Jochen Krenz

Flucht mit dem Wind

Ein Roman für Kinder und Jugendliche.
Mit Segelerklärungen

EDITURISMO
EDIÇÕES PARA O TURISMO, LDA.
SECÇÃO NÁUTICA

3

Verlag: Editurismo Lda., Secção Náutica
8400 Lagoa, Portugal
Vertrieb Deutschland: www.flucht-mit-dem-Wind.de

Gestaltung: Miranda Opmeer, Verena Spöttl, Piri-Piri Lda., Grupo Editurismo
Lektorat: Sandra Bärenfeldt
Zeichnungen: S. 9 und „Luv & Lee" Etna Radl

Umschlagfoto: Arapaho

ISBN 3-00-016424-3

Für Renate,
die tapferste Seglerin der Welt.

Jochen Krenz

Hat nach einem Studium in Hannover lange Jahre in einer Schule einer norddeutschen Seestadt gearbeitet und beim Kinderfunk von Radio Bremen. Daneben Segellehrer für Kinder, Jugendliche und Erwachsene im Segelverein und an einer Segelschule.

Lebt nach einer mehrjährigen Segelreise zurückgezogen auf dem Lande.

7

Inhalt:

Vorwort ....Seite 11

Flucht mit dem Wind ....Seite 13

Segel-Erklärungen ....Seite 269

Karte: Kleiner Belt bis Fehmarn ....Seite 301

9

Vorwort

Dies ist ein Roman.

Er handelt von Erwin, der 13 Jahre alt ist und in Kiel bei seinem Opa lebt, einem Kapitän. Sie verstehen sich blendend. Sie segeln oft zusammen und der Großvater hat Erwin das Segeln beigebracht, und zwar richtig. „Wenn ich über Bord falle, musst du das Boot beherrschen und mich retten", ist seine ständige Redensart. Also hat Erwin gelernt, das Boot so gut es geht, alleine zu segeln.

Eines Tages muss der Großvater für längere Zeit ins Krankenhaus. Das wäre an sich schon schlimm genug.

Noch schlimmer entwickelt sich die Sache mit der Schule. Erwin wird von einigen Mitschülern verfolgt und gequält. Wegen seines seltenen Namens und weil er klüger ist als sie. Als er sich bei einem Angriff wehrt, wird einer der Angreifer verletzt und die Tat Erwin in die Schuhe geschoben. Aus Furcht vor Schulstrafe und Heim entschließt sich Erwin zur Flucht. Mit dem Boot seines Großvaters segelt er auf die Ostsee. Irgendwohin, wo ihn keiner findet. So glaubt er zumindest.

Ein Großteil der Geschichte spielt auf dem Wasser. Auf dem Boot. Weil es dort einige Dinge gibt, die nicht jeder kennt, werden sie so beschrieben, dass man sie kennen lernt. Ab Seite 269 gibt es Erklärungen für alles, was auf dem Boot passiert und was mit Segeln zusammenhängt. Am besten, du liest diese Seiten zuerst.

Falls du nicht segelst und auch keine Gelegenheit dazu hast, kannst du das Buch trotzdem lesen. Einige technische Dinge, die dir zu kompliziert erscheinen, überliest du dann einfach. Du wirst die Handlung trotzdem verstehen. Am Ende wirst du dich spannend unterhalten haben.

Wenn du dich aber fürs Segeln interessierst und es vielleicht lernen möchtest, oder bereits kannst, wirst du am Schluss auch noch übers Segeln ein bisschen mehr wissen.

Flucht mit dem Wind

Leise glitt das Boot durch die Ostsee. Bei leichtem Südwestwind war nur ein leises Rauschen der Bugwelle zu hören. Die flache Heckwelle gurgelte ruhig und gleichmäßig. Die Segel standen genau im richtigen Winkel zum Wind und sorgten damit für lautlose Fahrt. Sogar die deutsche Flagge am Heck des ungefähr neun Meter langen, weißen Bootes wehte nur schwach und somit geräuschlos. Unterhalb der Flagge war in großen goldenen Buchstaben der Name des Bootes zu erkennen: *SCHWALBE*, Heimathafen: Kiel. Aber das war dem Segler im Augenblick nicht wichtig. Ganz im Gegenteil störte es ihn sogar, dass das Boot und sein Name von jemandem erkannt werden könnte. Deshalb vermied er auch jedes Geräusch an Bord und er war froh, dass durch den leichten Wind und die geringe Geschwindigkeit kaum Geräusche verursacht wurden. Denn genau das war es, was Erwin im Moment am wichtigsten war: niemand sollte auf ihn aufmerksam werden. Nicht, dass ihn jemand gehört hätte, wenn es an Bord lauter gewesen wäre! Weit und breit war trotz guter Sicht kein anderes Schiff zu sehen. Aber dennoch hatte er das Gefühl, jedes noch so kleine Geräusch auf der *SCHWALBE* würden sie in Kiel hören. Obwohl er natürlich wusste, dass das gar nicht möglich war. Kiel lag nun immerhin schon zehn Meilen achteraus.

Schlimmer wäre es, wenn sie ihn sehen würden. Deshalb hielt er sich möglichst abseits vom Schifffahrtsweg und er war froh, dass er den Leuchtturm am Eingang zur Kieler Förde in ausreichendem Abstand passiert hatte. Obwohl er nicht wusste, ob heutzutage noch Menschen auf dem Leuchtturm saßen, hatte er die Vorsichtsmaßnahme für erforderlich gehalten.

13

Wieder kontrollierte er den Kurs. Nord zeigte der Kompass, genau 360 Grad. Das war genau richtig. Noch sechs Meilen, dann würde er den Kurs ändern müssen. Bei einer Geschwindigkeit von drei Knoten hatte er also noch zwei Stunden Zeit.

„Zeit wofür?", murmelte er vor sich hin. Im Grunde segelte das Boot fast automatisch. Er hatte die Segel ausgerollt, die Schoten dichtgeholt und belegt und die automatische Steuerung eingestellt. Unvermittelt musste er grinsen. War doch ganz gut, dass sein Opa all die technischen Spielereien eingebaut hatte. Sogar das Großsegel ließ sich in den Mast rollen. „Einer von uns", hatte sein Opa gesagt, „kann mal an Bord plötzlich krank werden, und dann muss man das Boot alleine bedienen können. Auch wenn man so alt ist wie ich."

„Oder so jung wie ich", dachte Erwin.

Jetzt zahlte es sich aus, dass sein Großvater ihm das Segeln beigebracht hatte, noch bevor er eingeschult worden war. Zu Anfang lernte Erwin den Optimisten segeln, die kleine Jolle. Er lernte Knoten knüpfen und das An- und Ablegen. Er lernte Wind und Wetter zu beobachten und auch zu segeln, wenn es mal kräftiger wehte. Später nahm Großvater ihn dann auf der *SCHWALBE* mit. Und auch da lernte er eifrig: das Segeln mit dem größeren Boot, wie man den Motor bediente, wie man die Seekarte las und den Kurs ausrechnete. Zu guter Letzt lernte er sogar noch, mit der Elektronik umzugehen. Und weil Erwin der Umgang mit Booten riesigen Spaß machte, lernte er schnell. „Wer weiß, wofür du es mal brauchst", sagte sein Großvater immer.

Und jetzt brauchte er es, und zwar dringend.

Er hatte Glück. Schon Tage zuvor hatte er den Wetterbericht verfolgt und immer hatten sie leichten Wind angesagt. Ausnahmsweise hielt sich der Wind an die Vorhersage. Wenn der Wind zunehmen würde, dessen war sich Erwin bewusst, dann würde er das Boot nicht mehr alleine bedienen können. Es war bei diesem Wind schon ein Kunststück, dass es ihm gelang.

Eine Böe ließ das Boot leicht zur Steuerbordseite neigen und der Junge schaute mit einem kurzen Blick auf den Windmesser. Der Wind hatte um einen Strich nachgelassen. Jetzt wehte er nur noch mit Stärke zwei bis drei. Ziemlich stabil, stellte Erwin beruhigt fest. Und dass der Wind schwächer und das Boot langsamer geworden war, das war ihm durchaus recht. So würde er sein erstes Ziel nicht zu früh erreichen und dadurch vielleicht keine neugierigen Augen auf sich ziehen. Ein genauer Blick auf die elektronische Anzeige des Längen- und Breitengrades und die Kontrolle in der Seekarte zeigten ihm seinen Standort: vier Seemeilen nördlich vom Leuchtturm Kiel. Das ungeliebte Gabelsflach lag also längst achteraus. Bald würde er sich in dänischen Gewässern befinden.

Erleichtert atmete er tief durch. Hier würden sie ihn vielleicht noch nicht suchen.

Dass sie ihn zu Hause in Kiel suchen würden, das stand für ihn fest. Aber wenn sie die *SCHWALBE* nicht sofort vermissen würden, dann hätte er eine Chance. Falls er nicht einem Dampferkapitän, einem anderen Segler oder der Küstenwache auffallen würde.

An seiner Kleidung würden sie ihn jedenfalls nicht erkennen. So gut es eben ging, hatte er sich unauffällig gekleidet: normale Jeans und Turnschuhe, wie sie heute jeder trug und einen marineblauen Pullover. Auf den Kopf hatte er trotz der angenehmen Temperaturen eine blaue Pudelmütze gestülpt, die seine rötlich-blonden Haare fast gänzlich bedeckte. Die Brille konnte er nicht verdecken, aber das war vielleicht ganz gut so. So würde er wenigstens ein ganz klein wenig älter wirken und nicht auf den ersten Blick auffallen.

Denn das war sein Hauptproblem: ein dreizehnjähriger Junge ganz alleine auf einer kleinen Segelyacht, der würde automatisch auffallen. Und jedes neugierige Auge im Hafen würde von ihm wie von einem starken Magneten angezogen werden.

Also würde er sich etwas einfallen lassen müssen.

Im Moment hatte er aber andere Sorgen. Wieder fiel eine Böe ein, diesmal nicht von Südwest, sondern schon von West. Das war kein gutes Zeichen. Sollte der Wind weiter drehen, hätte er Schwierigkeiten. Nun war er froh, dass er zu weit nach Luv gesegelt war. Einerseits, weil er damit in wenig befahrenen Gewässern segelte, andererseits aber auch, weil er dann bei einer Winddrehung immer noch abfallen und sein Ziel erreichen könnte.

„Wozu hört man den Seewetterbericht ab?", murmelte er, weil das eine ständige Redensart seines Opas war. Der Wetterbericht hatte Süd bis Südwest Stärke drei bis vier angesagt, und zwar konstant. Aber eigentlich war das normal, dachte er weiter. Warum sollte sich der Wind auch daran halten, was die Menschen von ihm erwarteten?

Vorerst konnte er aber den Kurs noch halten. Er holte die Segel eine handbreit dichter und schaute auf die Logge, den Geschwindigkeitsmesser. Er war zufrieden: immer noch drei Knoten.

Wie schon so oft in den letzten Stunden ließ er wiederum einen prüfenden Blick über die See schweifen. Nichts! Weit und breit war zu seiner Erleichterung kein Dampfer und kein Segler auszumachen. Ein kleiner weißer Fleck am nördlichen Horizont mochte ein Segelboot sein, aber man konnte es noch nicht einmal richtig erkennen. Also stellte es auch keine Gefahr dar. Erwin atmete abermals tief aus und setzte sich für einen Moment. Zum ersten Mal seit seiner Flucht aus Kiel gab er sogar seinen Gedanken die Freiheit, sich von dem engen Boot zu entfernen. Was sein Großvater jetzt wohl machte? Nun, was sollte er machen? Er lag im Krankenhaus und würde vermutlich mit dieser Frau Petzold diskutieren. Erwin schämte sich, dass er seinem Opa nicht reinen Wein eingeschenkt hatte. Aber auf der anderen Seite war alles so schnell gegangen. Und wahrscheinlich hatte er Angst gehabt, dass Großvater ihm die Sache ausgeredet hätte.

Er nahm sich fest vor, vom nächsten dänischen Hafen aus in der Klinik anzurufen. Aber das schlechte Gewissen blieb. Auch deshalb, weil es ganz eindeutig nicht legal war, was er machte: die Schule schwänzen, dem Jugendamt durchbrennen und das Boot ohne Führerschein benutzen. Er war verzweifelt und hin- und hergerissen. Hatte er überhaupt eine andere Wahl gehabt?

16

Wieder eine Böe. Diesmal schon aus West-Nordwest und diesmal beschloss der Wind, dieser Richtung treu zu bleiben und sogar noch ein wenig müder zu werden. Aber auch das war Erwin recht. Vor der Dunkelheit würde er auf alle Fälle in Bagenkop ankommen, und je später, desto besser.

Er drehte das Ruder und stellte die Segel neu ein. Genau 45 Grad war nun sein Kurs und das war genau der, den er brauchte. Er würde langsam weitersegeln und sich vorsichtig der dänischen Küste nähern. Vielleicht noch fünf Meilen, dann würde er Land sehen. Er schaute nochmals prüfend um sich, um sich zu vergewissern, dass kein anderes Boot in der Nähe war. Aber soweit er auch schaute, es war nichts zu sehen. Sogar der kleine weiße Punkt am Horizont war verschwunden.

„Gut so", murmelte er. „Nicht, dass ich jetzt schon auffalle".

Nach seinem Rundumblick konnte er es sich nunmehr erlauben, sich ein paar Minuten zurückzulehnen.

„Eigentlich wunderschön hier", dachte er. Die See war so ruhig wie selten und die *SCHWALBE* reagierte genau so, wie er es von ihr verlangte. Es hätte ein wunderbares Segelwochenende sein können. Eigentlich! Wenn die Umstände besser gewesen wären. Aber das waren sie leider nicht.

Und abermals dachte er daran, wie die ganze Geschichte angefangen hatte.

Drei Wochen zuvor:
Freitag, 28. April, 10:45 Uhr

Angefangen hatte es in der Schule.

Prustend ließ sich Erwin in einer Nische nieder. Er hatte die anderen abgehängt, das war sicher, jedenfalls vorerst. Er setzte sich hinter einen Pfeiler, duckte sich und packte in aller Eile sein Pausenbrot aus. Dann lauschte er gespannt. In einem Nebengang klingelte ein Schlüsselbund und ein Schlüssel wurde in ein Schloss gesteckt und gedreht. Eine Tür wurde geöffnet und geschlossen. In der Ferne ertönten vereinzelt Stimmen von Kindern, aber nichts ließ auf näher kommende Menschen schließen. Obwohl auf dem schmutzig-grauen Teppichboden Schritte kaum zu hören waren, fühlte sich Erwin sicher. Sie würden sich nicht die Mühe geben, zu schleichen oder den Mund zu halten. Sie waren in der Überzahl und das wussten sie nur zu gut.

Er überzeugte sich nochmals lauschend davon, dass er hier nicht gesucht wurde. Erst dann traute er sich, in sein Brot zu beißen. Vorsichtshalber legte er aber zwischen jedem Bissen eine gespannte Horchpause ein, weil er nicht gleichzeitig kauen und lauschen konnte.

Eine absurde Situation, schoss es ihm durch den Kopf. Die anderen Schüler seines Alters mochten den Unterricht nicht so besonders, aber sie liebten die Pausen. Bei ihm war es umgekehrt. Am meisten an der Schule hasste er die Pausen. Nicht, dass er am Unterricht besonders viel Gefallen fand. Aber während dieser Zeit konnten sie ihm wenigstens nichts tun. Zwar hänselten sie ihn auch im Unterricht nach Leibeskräften und machten ihre Späße auf seine Kosten, aber sie trauten sich nicht, handgreiflich zu werden – immerhin etwas.

Die Pausen aber waren eine Qual. Kaum ertönte das Gongzeichen, da jagten sie ihn auch schon. Nun war er beileibe kein Hasenfuß, der vor jedem Streit davonlief. Obwohl er nicht besonders kräftig gebaut und für seine dreizehn Jahre eigentlich klein war, traute er es sich dank seiner

Geschicklichkeit und Schnelligkeit doch zu, es mit jedem von ihnen aufzunehmen. Zur Not auch mit zwei oder dreien seiner Mitschüler gleichzeitig. Angst hatte er nicht. Bei vieren oder fünfen, die hinter ihm her waren, sah die Sache aber schon anders aus. Da sagte ihm seine Klugheit, dass es angebracht war, das Weite zu suchen.

Hinzu kam ein weiteres Problem: Obwohl er noch nicht lange dieses moderne Schulzentrum in Kiel besuchte, hatte er doch schon herausgefunden, dass hier scheinbar die wunderlichsten Dinge erlaubt waren: das Schwatzen im Unterricht, Essen und Trinken, Kaugummi kauen, sogar das Herumlaufen in der Klasse. Offiziell war das alles natürlich verboten. Aber nur wenige Lehrer achteten darauf, dass die Verbote auch eingehalten wurden.

Eines war aber streng verboten: Prügeleien. Die Lehrer nannten das „körperliche Auseinandersetzungen". Sie achteten streng darauf, dass Konflikte mit Worten gelöst wurden. Was aber nicht hieß, dass es keine Prügeleien gab. Sie waren gang und gäbe, aber natürlich nur da, wo kein Lehrer war. Wenn es allerdings herauskam, wenn ein prügelnder Schüler erwischt wurde, gab es empfindliche Strafen, die in der Schülerakte notiert wurden. Erwin hatte zwar noch nie eine Schülerakte gesehen, aber es wurde ständig damit gedroht. Und noch einen Eintrag konnte er sich nicht erlauben. Also sah er zu, nicht in eine Schlägerei verwickelt zu werden.

Das war nicht einfach, weil es neue Probleme mit seinen Gegnern heraufbeschwor. Sie legten ihm die Tatsache, dass er Prügeleien aus dem Weg ging, fälschlicherweise als Angst und Feigheit aus. Und das veranlasste sie dazu, ihn noch mehr zu verhöhnen. Trotzdem hatte Erwin das versucht, was ihm die Lehrer empfohlen hatten: Er hatte mit seinen Gegnern reden wollen. Leider war ihm das aber gar nicht gut bekommen. Das erste Mal hatte er sich einen Faustschlag in die Magengrube und auf die Nase eingefangen, beim zweiten Mal ein paar Fußtritte in den Achtersteven.

Jedenfalls hatte er dadurch feststellen können, dass seine Widersacher Argumenten gegenüber nicht besonders aufgeschlossen waren. Sie waren in der Überzahl und genossen das Gefühl, ihm überlegen zu sein. So hatte er es sich angewöhnt, mit dem Pausengong seinen Füller fallen zu lassen, zur Tür des stickigen Klassenraumes zu hetzen, diese aufzureißen und in einem der unzähligen schmutzigen Gänge des riesigen Schulzentrums zu verschwinden. Wenigstens diesen einen Vorteil hatte das große, graue Gebäude am Rande von Kiel, das von außen eher wie eine Sperrholzfabrik aussah und von innen noch trostloser: es gab ausreichend lange und dunkle Gänge, in denen man nicht entdeckt wurde, wenn man einigermaßen flink war.

Und er war flink.

Nachdem er das Pausenbrot aufgegessen hatte, steckte er das Papier ein und schaute sich um. Kein Mensch weit und breit zu sehen. Selbst die Raucher verirrten sich nicht hier in den Naturwissenschafts-Trakt. Ein kurzer Blick auf seine Uhr überzeugte ihn, dass die Pause bald zu Ende sein musste.

So kurz vor Pausenschluss würden sie ihn vielleicht nicht mehr suchen.

Kai Burose hob gebietend die Hand und blieb stehen.

Sofort stoppten seine drei Freunde und schauten ihn erwartungsvoll an.

„Und du bist sicher, dass er sich nicht bei den Werkräumen aufhält?", fragte Kai.

„Hundertprozentig, Kai. Hab mit Torsten alles abgekämmt." Martin hatte die Gänge sogar in aller Eile ein zweites Mal überprüft, weil er Kai keinesfalls einen Grund für einen seiner Wutanfälle geben wollte. Aber trotz der gründlichen Suche hatten sie Erwin nicht aufgespürt. „Da ist er bestimmt nicht, der Streber", erklärte er Kai mit aller Überzeugung.

„Schon gut." Kai ging die Schleimerei von Martin gewaltig auf die Nerven. „Im Musikbereich ist er auch nicht. Hab ich mit Kevin selbst kontrolliert. Bleibt also nicht mehr viel übrig." Er öffnete die Flügeltür zum Treppenhaus und forderte die anderen mit einer Handbewegung auf, ihm zu folgen. „Wird er wohl unten sein, im Untergeschoss. Sieht ihm ähnlich. Wie so'ne verdammte Kanalratte." Gefolgt von seinen drei Freunden sprang er die wenigen Stufen abwärts. Vor der Tür zum Untergeschoss blieb er kurz stehen, um seine Befehle auszugeben. „Du", sagte er zu Kevin, „gehst voraus. Ich in der Mitte, ihr, Torsten und Martin, ihr deckt den Rückzug. Alles klar?"

„Alles klar", antworteten alle wie aus der Pistole geschossen.

„Gute Mannschaft", lobte Kai und ergänzte: „Wenn er nirgends ist, muss er sich ja wohl im gelben Geschoss verkrochen haben."

Jeder in der Schule wusste, dass das gelbe Stockwerk gewissermaßen der Keller war, das Untergeschoss. Weil die Schule so groß war, waren die Türen und Wände jeder Ebene in einer anderen Farbe gestrichen worden, damit sich die Kinder orientieren konnten. Es gab das grüne, das lila, das blaue und das rote Geschoss. Und eben das Gelbe, das Untergeschoss, wo sich die Naturwissenschaftsräume und die Werkräume befanden.

„Also dann mal rein in den verdammten gelben Keller", befahl Kai. „Und höllisch aufpassen, ob 'ne Aufsicht zu sehen ist." Huldvoll ließ er sich von Kevin die Tür zum Untergeschoss öffnen und schritt majestätisch zwischen seinen drei Leibwächtern durch die Tür und den gelbgrauen Gang entlang. „Und ist ja irgendwie für einen guten Zweck, was wir hier machen", erklärte er den anderen dabei. „Wir wollen ihm schließlich nur eine Lektion erteilen. Und das auch noch umsonst. Er muss lernen, dass wir keine Klugscheißer und Streber dulden und keine Versager, die nichts mitmachen. Ist fast so schlimm wie ein Verräter."

„Eigentlich noch schlimmer als ein Verräter", bestätigte Martin, „eigentlich sogar so schlimm wie anderthalb Verräter".

Kai nickte zufrieden. Manchmal hatte dieser Martin tatsächlich richtig gute Geistesblitze. War aber wohl normal, dachte Kai. Jeder Depp hat schließlich mal einen lichten Moment. Er gebot ihnen, den Mund zu halten und lautlos schlichen sie zunächst den östlichen Gang im

Untergeschoss entlang, wo es zu den Naturwissenschafts-Räumen ging. Die Pause musste bald zu Ende sein.

Sie mussten sich beeilen.

Erwin erhob sich langsam. Er kam hinter seinem Pfeiler hervor und wandte sich Richtung Klassenzimmer.

Sofort sah er, dass das ein fataler Fehler war. Drei Minuten zu früh, schoss es ihm durch den Kopf, als er Kai, Torsten, Kevin und Martin den Gang verstellen sah. „Niemals wieder eine Sackgasse", murmelte er, aber nun war es zu spät. Seine vier Klassenkameraden kamen in eindeutiger Absicht auf ihn zugeschlendert und Kai schlug sich lachend auf die Schenkel.

„Da ist ja unser Streber. Hat er sich eine Sackgasse ausgesucht, der stinkende Fischkopf".

Wie nicht anders zu erwarten, grölten alle über den gelungenen Scherz. Erwin wartete zunächst ab. Vielleicht würde gleich der rettende Gong das Ende der Pause befehlen, und dann hätte er wenigstens noch eine kleine Chance. Aber wie immer ertönen solche Gongs entweder zu spät oder zu früh.

„Plötzlich ganz still? Ist man nichts Besseres mehr?", höhnte Kai weiter, was wiederum eine Lachsalve seiner Kumpane auslöste. „Wie kann man nur Erwin heißen? So heißen alte Leute. Wie wär's mit Feigwin?"

Sie standen jetzt unmittelbar vor Erwin, schwärmten aus und bildeten einen Halbkreis um ihn. Erwin blickte sich blitzschnell prüfend um, sah aber zu seinem Leidwesen, dass ein Entkommen ganz und gar unmöglich war. Er hatte bis jetzt noch nichts gesagt. Er nahm sich vor, sich nicht provozieren zu lassen, abzuwarten und vielleicht doch noch eine Lücke zu finden.

„Wer mit so einem Namen bestraft ist", grinste Kai unter dem Beifall seiner Freunde, „der sollte doch wenigstens ein kleines Geschenk bekommen. Nimm das hier!" Damit holte er aus und schlug Erwin die Faust mit voller Wucht in den Magen. „So ein Schlag in den Magen gibt keine Spuren und keine Blutergüsse, du Feigling. Nicht, dass es dir noch mal einfällt zu

22

kneifen, wenn alle mitmachen", schrie er.

Erwin krümmte sich vor Schmerzen und ihm blieb die Luft weg.

Hätte er neulich vielleicht doch mitmachen sollen? Ein paar Jungs seiner Klasse hatten sich auf mehr oder weniger starkes Überreden von Kai zusammengeschlossen und in einem unbeobachteten Augenblick das Klassenbuch gestohlen. Dann hatten sie es im Fahrradkeller verbrannt. Erwin war auch bedrängt worden mitzumachen, hatte es aber nicht getan. Zum einen, weil er neu an der Schule war und sich nicht gleich Ärger einhandeln wollte und zum anderen, weil er die ganze Sache auch nicht für besonders intelligent hielt. War das vielleicht ein Fehler gewesen? Seitdem machten sie ihm jedenfalls das Leben zur Hölle. Und dann wurde der Hass noch weiter genährt durch Neid. Neid darauf, dass Erwin meistens mehr wusste als die anderen. Ob das Geografie, Englisch, Geschichte oder Mathematik war. Er hielt sich schon sehr zurück und gab manchmal bewusst falsche Antworten, aber es half alles nichts. Vielleicht hätte er bei der Klassenbuchgeschichte doch mitmachen sollen? Oder vielleicht hätte er noch mehr falsche Antworten geben sollen? Aber das war nun eine müßige Überlegung. Es war bereits zu spät. Jetzt waren sie hier und es würde bei ihrer Überzahl übel für ihn ausgehen. Er versuchte einmal kräftig durchzuatmen, was ihm freilich nicht gelingen wollte. Er konnte nur röcheln, stoßweise atmen, sich weiter zusammenkrümmen und die Hände auf den Magen pressen, um überhaupt ein wenig Luft zu bekommen.

„Das war für den Feigling, gib ihm noch einen für den Klugscheißer", forderte Martin seinen Freund Kai erwartungsvoll auf.

„Richtig, hätte ich fast vergessen", meinte dieser und holte wieder aus. Diesmal vorgewarnt und noch mit den Händen vor seinem Magen, hob Erwin den Fuß, um den Schlag abzuwehren. Und tatsächlich traf der Hieb auch nicht erneut seinen Magen, sondern das Schienbein. Das Bein konnte es vertragen, nicht aber die Faust von Kai. Von einem derart harten Knochen gestoppt, zuckte er schmerzverzerrt zurück. Dies wiederum ließ ihn straucheln und das Gleichgewicht verlieren. Und weil er nun unglücklicherweise keineswegs gelenkig war, fiel er wie ein nasser Sack zu

Boden. Das alleine wäre nicht schlimm gewesen, denn er war gut gepolstert. Sein Kopf aber war es nicht. Und der prallte gegen eine Rippe des gusseisernen Heizkörpers.

Die Wunde war eigentlich gar nicht so schlimm. Eine Platzwunde, etwa so lang wie ein Streichholz und ungefähr so lebensbedrohlich wie ein Mückenstich. Aber am Kopf sieht so etwas zunächst viel gefährlicher aus, als es eigentlich ist. Vor allem bluten Kopfwunden fürchterlich. Und wenn dann der Verletzte noch so herzzerreißend schreit wie Kai, dann kann ein Unbeteiligter leicht glauben, das letzte Stündlein des Patienten hätte geschlagen.

Das dachten auch Martin, Torsten und Kevin. Wie vom Katapult geschossen, gaben sie Fersengeld, um Gevatter Tod zu entrinnen.

Während Erwin noch einen Moment länger das Todesgeschrei von Kai aushielt, überlegte er fieberhaft, wie er im Gängegewirr der Schule am besten das Lehrerzimmer erreichte, um Hilfe zu holen. Er entschied sich dafür, nach dem Eingang der Sackgasse links zu laufen. Zu Kai sagte er, dass er Hilfe holen würde und startete so schnell er konnte.

Genau in diesem Augenblick kam, angelockt durch Kai´s gellende Hilferufe, der aufsichtsführende Lehrer Karsten Deters in den Gang geeilt und prallte mit Erwin zusammen. Herr Deters hielt eine gute und korrekte Aufsicht für einen enorm wichtigen Bestandteil des friedlichen Schulbetriebes. Und blutende Schüler entsprachen ganz und gar nicht seinen Vorstellungen von einem friedlichen Schulbetrieb. Außerdem war Karsten Deters als Akademiker in der Lage, eins und eins zusammen zu zählen: Wenn ein Kind blutet und ein anderes rennt quicklebendig davon, dann musste es sich um Opfer und Täter handeln. Also packte er Erwin und brüllte: „Warte Bürschchen, hier geblieben, jede Flucht ist zwecklos!" Dann kümmerte er sich um den Blutenden und vermeintlich Schwerverletzten, wenn nicht sogar Sterbenden.

24

Vier Tage später
Dienstag, 2. Mai, 16:50 Uhr

Thomas Heitmann saß alleine in seinem stickigen Klassenraum an einem abgenutzten und mit schwarzem Filzstift bekritzelten Schülertisch und war sauer. Stinksauer! Er war noch nicht einmal ein halbes Jahr Klassenlehrer der 8 E, und schon hatte er nichts als Ärger. Um 17 Uhr sollte die Konferenz beginnen, und er würde noch mehr Ärger ernten. Sogar der Schulleiter würde zur Konferenz kommen, was ein ganz und gar schlechtes Zeichen war. Sie würden sagen, dass er, der Klassenlehrer, die Klasse nicht im Griff hätte. Und das würde noch die schmeichelhafteste Aussage sein. Immer musste ihm so was passieren, ausgerechnet ihm und ausgerechnet jetzt. Wo er sich doch im nächsten Schuljahr zum stellvertretenden Rektor wählen lassen wollte. Deshalb war er jetzt auch schon zehn Minuten vor der Konferenz im Klassenraum. Das würde sicherlich einen guten Eindruck machen.

Die ersten Wochen als Klassenlehrer waren eigentlich noch ganz gut gelaufen. Klar, mit der Lernbereitschaft der Schüler war es nicht so weit her und die Disziplin war auch nicht so berauschend. Aber immerhin konnte man das gewissermaßen als Altsünde darstellen, verursacht von seinem Vorgänger, der dann ja auch versetzt worden war. Aber nun das! Ausgerechnet ihm setzte man diesen Hansen in die Klasse: Erwin Hansen, komischer Name für ein Kind. Wo alle Kevin, Robin, Linus und die Mädchen Ann-Kathrin hießen. Nun gut, für den Namen konnte der Junge nichts. Aber dafür, was er tat. In den zwei Monaten, die er hier war, hatte er schon zwei Eintragungen im Klassenbuch: einmal geschwänzt, weil er angeblich seinen Opa im Krankenhaus besuchen musste und einmal in eine Prügelei verwickelt. Und nun das: tätlicher Angriff auf Kai Burose mit schwerer Körperverletzung. Er selbst hatte gesehen, wie der Junge blutend von Sanitätern aus der Schule getragen wurde. Ihm wurde immer noch speiübel, wenn er an das viele Blut dachte.

Zum Glück hatte sich die Verletzung später als nicht besonders schlimm herausgestellt, genau genommen sogar als ziemlich harmlos. Sie wurde im Krankenhaus mit drei Stichen genäht und nach einer halben Stunde konnte der Junge die Klinik wieder verlassen. Aber natürlich durfte die Schule derartige Brutalitäten nicht dulden. Ganz im Gegenteil musste bei so was hart durchgegriffen werden. Zumal die Eltern von Kai den Täter bei der Polizei angezeigt hatten und darüber hinaus von der Schule strenge Konsequenzen forderten. Und das mit Recht, fand auch Thomas Heitmann. Pädagogik, schön und gut, aber irgendwann mussten auch Grenzen aufgezeigt werden. Vor allem, weil an der Schuld von Erwin kein Zweifel bestand.

Er blätterte in seinen Unterlagen, um sich die Aussagen der Zeugen noch einmal zu vergegenwärtigen. Alle drei Schüler, Kevin, Martin und Torsten, hatten unabhängig voneinander ausgesagt, dass der Schüler Erwin Hansen seinem Mitschüler Kai aufgelauert, ihn unvermittelt angegriffen, verprügelt und das Opfer mit dem Fuß getreten hätte. Nur ihr eigenes heldenhaftes Verhalten, sich dem Aggressor entgegenzustellen, hätte noch mehr Unheil verhindert.

„Eigentlich ungewöhnlich", dachte Thomas Heitmann, alle sagten genau das Gleiche und der kleinere Erwin gegen vier Schüler, zumal Kräftigere? Aber er war nun mal Lehrer und kein Detektiv und die Aussagen waren alle sorgfältig von ihm selbst niedergeschrieben worden, auch die Aussage von Erwin. Natürlich bestritt der Junge alles und war die Harmlosigkeit und Unschuld in Person. Aber was acht Augen, einschließlich der des Opfers gesehen hatten, konnte ja wohl schlecht angezweifelt werden. Außerdem hatte er noch niemals einen einzigen Fall erlebt, wo der Täter nicht rundheraus mit nicht zu überbietender Dreistigkeit alles abgestritten hätte. Thomas Heitmann wurde nochwütender. Wenn dieser Erwin wenigstens einsichtig gewesen wäre und sich reumütig entschuldigt hätte. Hatte er aber nicht. Keinerlei Selbstkritik hatte er aufgebracht – wirklich schlimm! Und das Schlimmste: Wegen so was wurde ihm, Thomas Heitmann, auch noch der Nachmittag geraubt! Statt seinen Wagen von der

Werkstatt abzuholen, musste er nun auf dieser saudummen Konferenz wahrscheinlich den Sündenbock spielen. Sorgfältig ging er nochmals von hinten nach vorne seine genauen Aufzeichnungen durch. Aber beim besten Willen konnte er keine Schwachstelle entdecken. Vielleicht würde er ja doch mit weißer Weste aus der Konferenz rausstolzieren. Und vielleicht würde es auch gar nicht so lange dauern, für den Übeltäter Erwin Hansen eine Schulstrafe zu beschließen. Immerhin war der Fall ja wohl eindeutig. Eigentlich ein starkes Stück, für so was extra eine Jahrgangskonferenz abzuhalten. Aber so war nun einmal die Gesetzeslage.

Missbilligend warf er abermals einen Blick auf seine Armbanduhr, und als hätte das ein Signal ausgelöst, öffnete sich die Tür des Klassenzimmers. Die ersten beiden Lehrer betraten missmutig den Raum und setzten sich an einen der im Halbkreis aufgestellten Tische. Demonstrativ in einiger Entfernung zu ihm selbst, empfand Thomas Heitmann. Aber gut, das war verständlich. Keiner ließ sich gerne seine Zeit von so einer Konferenz stehlen. Vielleicht würde es nicht zu lange dauern, bis man sich auf eine Schulstrafe einigte. Zwar gab es im Kollegium immer einige Lehrer, die sich bemüßigt fühlten, den Anwalt des Täters zu spielen, aber vielleicht sahen sie bei diesem eindeutigen Fall davon ab – abwarten. Vielleicht fehlte ja sogar die Kollegin Eva Reuter. Thomas Heitmann graute, wenn er nur an sie dachte. Aus irgendeinem Grund schien sie wie vernarrt in diesen Erwin zu sein. Sie verteidigte ihn, als wäre er das Opfer und nicht der Täter. Eine komische Frau. Aber na ja, was wollte man von einer Kunstlehrerin erwarten? Die lebten eben in einer anderen Welt. Wäre zu schön, wenn sie den Termin vergessen würde. Dann könnte er doch noch seinen Wagen aus der Werkstatt abholen.

Er blickte in die Runde.

Langsam füllte sich das Klassenzimmer mit den anderen Lehrern des Jahrgangs. Missbilligend schaute Thomas Heitmann auf die Uhr. Schon zwei Minuten nach fünf und es waren immer noch nicht alle da, Eva Reuter zum Glück auch nicht. Zu seinem Pech war aber auch der

Schulleiter noch nicht anwesend. Ohne ihn konnte man schlecht mit der Konferenz beginnen, da er den Vorsitz führte.

Als hätte er den Seufzer des Klassenlehrers der 8 E gehört, öffnete in diesem Moment der Rektor die Tür und hielt sie sogar für die letzte Kollegin auf: Eva Reuter.

Thomas Heitmann fluchte innerlich. Dann würde es wohl doch nichts mit dem Auto werden!

„Die gelbe Karte? Eine verdammte gelbe Karte? In der Akte eingetragen? Was zum Teufel soll das heißen? Was denken sich die Pfützenkrebse?"

Kapitän Heinrich Erwin Hansen tobte.

Er hatte sich mit Hilfe seines Enkels mühsam in seinem Gipsbett aufgerichtet und schäumte vor Wut. Was natürlich verboten war. Lautes Fluchen, Pfeife rauchen, Rum trinken und fast alles andere war im Krankenhaus verboten. Nur möglichst schnell das Bett zu räumen oder zu sterben, das war erlaubt.

Und Aufregung war auch verboten. Aber Kapitän Hansen war nicht 72 Jahre alt geworden und über 40 Jahre zur See gefahren, um sich hier von weiß bekittelten Grünschnäbeln bei jeder Gelegenheit bevormunden zu lassen. Er tat aus Gewohnheit so, als würde er die Pfeife aus dem Mund nehmen, strich sich mit der anderen Hand mehrmals durch den weißen Vollbart und hatte sich schon fast wieder beruhigt, als er an seine Hilflosigkeit dachte und abermals wütend wurde. „Stinkt doch zum Himmel, diese Geschichte! Wenn ich die Bürschchen zu fassen kriege", schimpfte er weiter.

„Die Lehrer?", fragte Erwin.

„Die auch", entgegnete sein Großvater. „Ja, die vielleicht sogar zuerst. Mein' aber eigentlich die vier Gauner, die du angeblich alleine vermöbelt haben sollst."

„Also glaubst du mir?", fragte Erwin.

„Natürlich, mein Junge. Stinkt doch zum Himmel, die Geschichte. Natürlich glaube ich dir. Aber ich kann jetzt nichts machen, Klabautermann noch eins. Bin hier in diesem verdammten Lazarett festgehalten. Noch ein paar Wochen, sagen die Ärzte!"

„Wissen sie denn jetzt endlich, was du genau hast?", erkundigte sich Erwin zum wiederholten Male besorgt.

„Immer noch nicht genau. Lähmungserscheinungen, sagen sie. Geht wahrscheinlich von einem Nerv in der Nähe der Wirbelsäule aus. Sie wissen aber noch nicht genau, von welchem und ob vielleicht einer eingeklemmt ist."

Das hörte Erwin nun schon seit Wochen.

Und seine Sorgen wuchsen. Sein Opa war immer gesund, kräftig und gelenkig gewesen, wie man sich das eben bei einem richtigen Seebären vorstellt. Und plötzlich so was! Woche für Woche kam Erwin jeden Tag zur Besuchszeit und hoffte, bessere Neuigkeiten zu hören – aber leider vergeblich. Und nun auch noch das: als hätte Großvater nicht schon genug Sorgen, musste er ihm heute die Geschichte mit der Prügelei und der Schulstrafe erzählen. Bisher hatte er es vermieden, weil er dachte, die Sache würde vielleicht im Sande verlaufen.

Leider war sie das aber nicht.

Gestern hatte man in der Schulkonferenz beschlossen, Erwin einen schriftlicher Verweis mit gleichzeitiger Eintragung der Strafe in die Schülerakte zu erteilen. Gewissermaßen eine gelbe Karte sei das, hatte ihm der Schulleiter erklärt. Eine Verwarnung, auf der bei einer weiteren Tat die rote Karte folgte. Und was das hieß, konnte sich Erwin an fünf Fingern abzählen. Er würde von der Schule fliegen. Außerdem, und das war viel schlimmer, würde seinem Großvater wahrscheinlich die vorläufige Vormundschaft entzogen werden.

Erwin hatte nochmals versucht, den Rektor von seiner Unschuld zu überzeugen, aber das war keine gute Idee gewesen. Wenn er weiter so uneinsichtig sei und sich nicht ändere, meinte der Schulleiter stattdessen ärgerlich, würde er ihm gleich die gelbrote Karte zeigen.

So hatte es Erwin vorgezogen, den Mund zu halten.

Zum Glück glaubte ihm wenigstens sein Großvater. Wer hätte ihm auch sonst glauben können? Seit vier Monaten, seit dem Tod seiner Eltern, wohnte Erwin bei seinem Großvater und gemeinsam hatten sie versucht, die schwere Zeit zu meistern. Tatsächlich war ihnen das auch recht gut gelungen. Opa half ihm bei den Hausaufgaben, erzählte ihm Geschichten von der Seefahrt, sie segelten viel und kochten gemeinsam. Das heißt, eigentlich kochte Erwin. Weil er früher bei seinen Eltern oft alleine gewesen war und auch auf dem Boot die Mahlzeiten zubereitete, konnte er sogar ganz passabel kochen. Deshalb war auch die Sorge des Großvaters unbegründet, als er fragte:

„Wie kommst du zu Hause zurecht? Machst du ab und zu auch mal was anderes als Spaghetti mit Tomatensauce?"

„Und ob", grinste Erwin, „möchte meinen, meine Kost ist abwechslungsreicher als deine hier!"

„Ist das jetzt als Kritik am Krankenhaus oder als Lob für dich selbst gemeint?", grinste der Großvater. „Ist hier auf jeden Fall besser, als bei meiner letzten Reise um Kap Hoorn, auf der das Kühlaggregat ausgefallen war. Weißt du, was es da jeden Tag gab?"

„Lass' mich raten", grinste Erwin zurück, „Kängurusteak?"

„Woher weißt du das?", staunte der Großvater. „Hab' ich dir das schon mal erzählt?"

„Och..., weiß nicht...", lachte Erwin, „vielleicht siebenmal?"

Trotzdem hörte er die Geschichte immer wieder gerne: die Kühlung war ausgefallen und die gesamte Crew musste neun Tage lang morgens, mittags und abends Kängurusteak essen, weil das Fleisch weg musste. Heute würde Opa lieber gefoltert werden, als wieder Känguru zu essen.

Natürlich wusste Kapitän Hansen auch, dass er die Geschichte schon oft erzählt hatte: achtmal, um genau zu sein. Einmal hatte sein Enkel scheinbar vergessen. Und er würde sie auch irgendwann noch mal erzählen. Erwin hörte sie eben so gerne. Außerdem fühlten sich Kinder und überhaupt junge Leute wohl, wenn sie das Gefühl hatten, ältere Leute seien ein wenig vergesslich. Das lenkte sie von ihrer eigenen Unzulänglichkeit ab.

Und was Erwins Kochkünste betraf, so war es für den Kapitän immer wieder beruhigend zu hören, dass sein Enkel zu Hause gut zurecht kam. Nicht, dass er daran gezweifelt hätte. Er kannte ihn schließlich genau, aber es war immer wieder schön, die Bestätigung zu bekommen. In dieser

Hinsicht musste er sich also keine Sorgen machen. Dagegen verursachte ihm die Angelegenheit mit der Schule große Bauchschmerzen. Die Schulstrafe und die Anzeige wegen Körperverletzung würden automatisch dem Jugendamt mitgeteilt werden. Zum Glück würde es einige Zeit dauern, bis die Papiere auf dem sogenannten Dienstweg ankämen. Aber sie würden ankommen. Und von dort war nicht viel Gutes zu erwarten, dessen war er sich sicher. Auf der anderen Seite: Er wusste, dass sein Enkel klug war und auch schlau genug, sich in seiner neuen Klasse nicht wieder provozieren zu lassen. Wenn er sich eine Weile zurückhielt, dann würde dort schon alles gut gehen und Gras über die Sache wachsen.

Leider war das ein fataler Irrtum.

Zwei Tage später
Freitag, 5. Mai, 13:30 Uhr

„Endlich", seufzte Eva Reuter erleichtert, als das erlösende Klingel-
zeichen doch noch ertönte und sie von der Fessel des Unterrichts befreite.
Ihre Doppelstunde Kunstunterricht in der 8 E war wieder eine Qual
gewesen. Am Freitag und dann die letzten beiden Stunden! Welcher
Hirnakrobat hatte sich das ausgedacht? Die Kinder schliefen schon fast
und hatten sich innerlich ins Wochenende verabschiedet. Kunst nahmen
ohnehin nur die wenigsten ernst. Die meisten betrachteten die beiden
Stunden als gerechte Einstimmung auf den freien Samstag. Wenn sie
wenigstens still schlafen oder zeichnend vor sich hin dösen würden. Aber
nein – sie liefen durch den Klassenraum, schwatzten und lachten und
störten die wenigen, die am Unterricht interessiert waren. Davon gab es
immerhin auch einige. Das heißt, um ehrlich zu sein, zwei oder drei.
Furchtbar, manchmal kam sie sich vor wie eine unterbezahlte Dompteuse
im Zirkus. Nur, dass das Publikum dort wenigstens den Atem anhielt. Sie
hätte doch lieber Mathematik studieren sollen. Das Fach nahmen die
Eltern halbwegs ernst und ermahnten die Kinder, aufzupassen. Natürlich
half das nicht besonders viel, aber immerhin etwas, wie ihr die Kollegen
versicherten. Oder sie hätte in einer anderen Schule anfangen sollen, statt
bei diesem riesigen Schulzentrum in..., nun ja, nicht gerade in Kiels bester
Gegend. Aber sie hatte es sich nicht aussuchen können und sie war nun
einmal hier. Sie sollte sich lieber über die wenigen Kinder freuen, denen
ihr Unterricht Spaß machte und die interessiert waren. Wie dieser Erwin.
Ein komischer kleiner Kerl. Er war an allem interessiert und aufmerksam
und wusste viel mehr als die anderen. Vielleicht war er in seiner früheren
Schule weiter gewesen? Ob seine Eltern, das heißt jetzt wohl sein
Großvater, viel mit ihm übten? Müsste sie sich mal erkundigen, wenn sie
Zeit hätte. Aber viel Kontakt zu den anderen hatte er komischerweise
nicht. Außer mit Katrin hatte sie ihn noch nie mit anderen Schülern

33

gesehen. War er ein Eigenbrötler oder wurde er von den Mitschülern nur geschnitten? Ganz blickte sie da noch nicht durch. Außerdem tat er ihr Leid. Irgendwas mit der Prügelei in der vergangenen Woche stimmte nicht. Aber was? Jedenfalls schade, dass Erwin immer noch nicht mit Kai, Torsten, Kevin und Martin redete, oder sie nicht mit ihm. Aber egal, wer mit wem redete oder nicht, es lief schließlich aufs Gleiche hinaus. Vielleicht müsste man da ein wenig nachhelfen und einen Anfang machen? Vielleicht könnte man sie wieder zusammenbringen? Und wenn, dann am besten gleich. Eines hatte sie in ihrer Ausbildung gelernt: Reden ist das A und O! Nicht nur in der Schule! „Wo geredet wird, da wird nicht geschossen", war eine ständige Redensart des Pädagogik-Professors.

Die Kinder hatten mittlerweile ihr Zeichenmaterial unter großem Hallo eingepackt, ihre Hausaufgaben mehr oder weniger sorgfältig notiert und die ersten waren im Begriff, den Klassenraum fluchtartig zu verlassen.

„Erwin," rief Frau Reuter, „würdest du noch bleiben und die Tafel wischen? Und Martin ist heute dran, den Klassenraum aufzuräumen." Dann verabschiedete sie die restlichen Schüler, die das aber kaum noch wahrnahmen.

Erwin und Martin murrten ein wenig und machten sich umständlich an ihre Aufgaben.

„Ich muss eben ins Lehrerzimmer und neue Kreide holen", erklärte ihnen Eva Reuter. „Macht das bitte sorgfältig, bin gleich wieder da." Damit verließ sie das Klassenzimmer und ging im Flur ein paar Schritte auf und ab. Gute Idee, die Sache mit der Kreide. Sie hatte noch genug in der Tasche, aber sie wollte den Jungs Gelegenheit geben, sich auszusprechen. Pädagogik fand schließlich auch nach Schulschluss, am Wochenende und in der Pause statt. „Pädagogik macht nie eine Pause", murmelte sie vor sich hin.

Erwin beobachtete unterdessen genau, was Martin machte. Der hielt sich zunächst im hinteren Drittel des Raumes auf. Ihm war offenbar nicht ganz wohl in seiner Haut, wie Erwin vermutete. Seit dem Vorfall mit Kai hatten sie sich noch nicht alleine gesehen. Kai und seine Freunde hatten sich erstaunlicherweise zurück gehalten, was das Ärgern von Erwin betraf.

Einerseits, vermutete Erwin, weil er ja nun mit der Schulstrafe sein Fett abbekommen hatte, andererseits aber wohl auch, weil sie ein schlechtes Gewissen hatten und an der Sache erst einmal nicht rütteln wollten.

Erwin dachte, dass die Gelegenheit jetzt günstig wäre. Wann sah er Martin schon ohne den Schutz durch seine drei Spießgesellen? Gerade Martin, freute er sich! Martin war nicht größer, aber schwerer als er. Er war noch dicker als Kai und auffällig unbeholfen. Eigentlich war er kein schlechter Kerl. Manchmal laut und ein bisschen einfältig, aber im Grunde eher feige. Im Rudel gewann er einige Sicherheit. Aber hier mit ihm alleine, das war Martin ganz augenscheinlich mehr als unangenehm und vielleicht würde er mit sich reden lassen.

Diese Chance wollte Erwin nutzen.

Er schritt langsam auf ihn zu. In der linken Hand den nassen Schwamm, in der rechten Hand ein Lineal, das er vom Fußboden aufgehoben hatte, um es Martin zu geben. „Kann nicht schaden, wenn er sieht, dass ich ihm beim Aufräumen helfen will", dachte Erwin.

Martin wich wortlos zurück, aber irgendwann ist auch der größte Klassenraum zu Ende.

„Hör mal", sagte Erwin mit einem gerade ausreichend drohenden Unterton, „was hältst du eigentlich davon, deine Falschaussage zurückzunehmen?"

„Äh..., wie... Falschaussage?", stammelte Martin.

„Weißt genau, was ich meine, Knallkopf", knurrte Erwin und ging noch einen kleinen Schritt näher an seinen Widersacher heran.

Nun hatte Martin vielleicht auch gute Eigenschaften, aber Heldentum gehörte ganz sicher nicht dazu.

„Na ja...", drehte er sich wie ein Aal, „würd' ich schon machen, aber Kai, du weißt ja, der poliert mir die Fresse, aber vielleicht..." Er hatte eine Idee. Jeden Moment müsste Frau Reuter ins Zimmer kommen. Er meinte, schon ihre Stimme auf dem Flur gehört zu haben. Vielleicht zehn Sekunden Zeit brauchte er noch. „Also", fuhr Martin fort und blickte ängstlich Richtung Tür, „wenn du mir nichts tust, dann sag ich der Reuter, wie es wirklich war!"

Erwin war völlig verblüfft. Mit soviel Einsicht hatte er im Traum nicht gerechnet. Vor lauter Freude vergaß er einen Augenblick seine Aufmerksamkeit und mit wem er es zu tun hatte. Genau in dem Moment, als sich die Türklinke senkte, riss Martin das Lineal aus Erwins Hand, schlug damit dreimal blitzschnell und kräftig auf den Tisch und brüllte, als hätte sich ein Elefant auf seinen Fuß gestellt. Dann ließ er das Lineal fallen, fasste sich mit beiden Händen an den Kopf und schrie und heulte: „Aua! Aua, oh, oh, mein Kopf." Dabei ließ er sich wie eine überreife Melone zu Boden fallen und handelte sich eine Beule hinter dem rechten Ohr ein.

Erwin war vollkommen verdattert über das Theater und stand eine Sekunde vor dem Schauspiel wie ein begossener Pudel.

So fand ihn Eva Reuter vor.

„Der Erwin hat mir mit dem Lineal auf den Kopf geschlagen, holt einen Arzt", jammerte und heulte Martin und wälzte sich auf dem Boden, als wäre er soeben dem Sensenmann entwichen.

In der Tat hatte Eva Reuter drei Schläge gehört. Was war nun schon wieder passiert? Hoffentlich würde man sie nicht wegen Verletzung der Aufsichtspflicht heranziehen. Mist ! Sie fragte Martin, ob er gehen könne, was er zunächst verneinte. Dann versuchte er es jedoch und demonstrierte damit seinen guten Willen. Eva Reuter hakte ihn ein, um ihn ins Sanitätszimmer zu schleppen. Vorher tastete sie aber noch sorgfältig Martins Kopf ab. Erleichtert stellte sie fest, dass er nicht blutete und außer einer kleinen Beule keine Verletzungen aufwies.

„Wir sprechen uns noch! Das wird Konsequenzen haben!", giftete sie Erwin an, der verdattert zurückblieb und von dem seine Lehrerin maßlos enttäuscht war.

Zwei Tage später

Sonntag, 7. Mai, 18:30 Uhr - Kiel, Olympiahafen

„Noch zwei Meter..., noch einen..., so: stopp!", rief Erwin dem Skipper zu, der die blaue Segelyacht auf ihren Liegeplatz zurückbrachte. Im gleichen Moment flog auch schon das Ende der Vorleine in Erwins Arme. Gekonnt belegte er die Leine auf der Klampfe, ging dann zum Bug des Bootes und hielt das Boot in stabiler Position. Die restlichen Leinen belegten der Skipper und seine Tochter Katrin.

„Wie war es?", fragte Erwin das Mädchen.

„Prima!", jubelte sie. „Wir waren in Dänemark, haben vor Langeland die Nacht geankert. War wirklich prima. Hättest mal mitkommen sollen."

Tatsächlich hatten der Skipper Henning Meise und Katrin ihm am Samstag angeboten, mitzukommen. Bei dem herrlichen Wetter war das verlockend gewesen, aber Erwin wollte am Samstag Nachmittag lieber seinen Großvater im Krankenhaus besuchen. So war aus dem Törn nichts geworden. Nach dem gestrigen Krankenbesuch war er dann aber in den Hafen gefahren, hatte die SCHWALBE geputzt, die Taue auf schadhafte Stellen überprüft, den Motor zwei Stunden laufen lassen, die elektrischen Kontakte mit Kontaktöl bepinselt und eben alles gemacht, was regelmäßig an einem Boot im Hafen erledigt werden musste. Als Vertreter seines Großvaters war Erwin nun schließlich der Skipper. Nun, vielleicht nicht ganz, aber bestimmt der stellvertretende Skipper. Und weil er sich im Olympiahafen immer pudelwohl fühlte, war er über Nacht auf dem Schiff geblieben. Er hatte sich abends eine ordentliche Portion Speck mit Bratkartoffeln zubereitet und war dann in die gemütliche Koje gekrochen. Wie gut, dass Großvater den Tick hatte, das Boot für Notfälle immer für mindestens sechs Wochen mit Proviant, Wasser und Diesel auszurüsten, dachte Erwin. So war wenigstens genügend Verpflegung an Bord. Am Montag dürfte er nur nicht vergessen, die verbrauchten Lebensmittel wieder aufzufüllen.

„Hat dir wohl ein kräftiger Bootsmann gefehlt, was?", scherzte Erwin zu Katrin.

„Du bist drollig", witzelte sie zurück, „bist weder kräftiger noch älter als ich. Und ich kann auch segeln, falls du das vergessen haben solltest." Nun, das hatte Erwin nicht vergessen. Ganz im Gegenteil kannte er kein Mädchen seines Alters, das ein Boot so gut beherrschte wie Katrin. Außerdem fand er sie sehr nett. War wohl kein Zufall, dass sie die einzige in seiner Klasse war, mit der er sich gut verstand. Dazu kam noch, dass das Boot ihres Vaters ganz in der Nähe von Opas Boot einen Liegeplatz hatte.

„Prima, Seemann, danke. Hast du gut gemacht", ließ sich jetzt auch Katrins Vater vernehmen. Nachdem er das Boot so vertäut hatte, wie sich das gehörte, kontrollierte er noch mal alles vom Steg aus. „Schade, dass du nicht an Bord warst", sagte auch er noch einmal. „Wie geht's deinem Opa? Fehlt uns hier richtig."

„Gibt nichts Neues", antwortete Erwin traurig. „Kann aber sein, dass sie morgen einen neuen Test machen."

„Hoffen wir das Beste", meinte Henning Meise. „So ein richtiger Kapitän ist ja zäh. Und wie geht's dir heute? Fliegst du jetzt von der Schule?"

„Äh..., also...", stotterte Erwin.

So direkt konnte auch nur ein Reporter fragen. Das seien die Geißeln der Menschheit, sagte sein Opa oft. Jetzt wusste Erwin, was er damit meinte. Jedenfalls teilweise. Und was mit der Schule war, das konnte er nach dem Vorfall vom Freitag selbst noch nicht sagen. Glücklicherweise war am Wochenende nichts passiert. Er hatte die Sache gestern Katrin erzählt, und sie hatte natürlich wieder nicht dicht gehalten.

„Äh..., also...", stotterte er abermals, drehte sich langsam um und ging zwei Schritte auf die *SCHWALBE* zu. Dann überlegte er es sich jedoch anders und kam wieder zurück. „Also...", sagte er gedehnt, „ich hoffe nicht, dass ich fliege."

„So, du hoffst nicht!", forschte Meise weiter. „Wie soll es denn nun weitergehen?"

„Wie zum Teufel soll Erwin das wissen?" Katrin war über die Neugierde ihres Vaters entrüstet. „Typisch Erwachsener, musst du die anderen fragen: die Lehrer und diesen verdammten Kai!"

„Ja, ja", antwortete ihr Vater gedehnt, „natürlich haben immer die Lehrer Schuld. Allerdings kann ich mir beim besten Willen nicht vorstellen, dass Erwin ein Rabauke ist."

„Ist er auch nicht, ganz und gar nicht", verteidigte Katrin ihren Mitschüler. „Eine himmelschreiende Intrige ist das. Die wollen ihm was unterjubeln und die bekloppten Lehrer glauben das!"

„Nun ist aber gut, Katrin", tadelte Henning Meise seine Tochter. Langsam ging ihm ihr falsch verstandener Gerechtigkeitssinn auf die Nerven. „Wenn die Lehrer blöd wären, dann wären sie ja keine Lehrer. Also halte dich mal ein wenig zurück!"

„Aber ich habe wirklich nichts getan", versuchte sich nun auch Erwin zu rechtfertigen.

„Hat er auch nicht", bestätigte Katrin. „Darüber solltest du mal eine Reportage machen. Wozu bist du beim Fernsehen? Armer, elternloser Junge wird in der Schule verfolgt! Wäre doch die Reportage für dich!"

„Nun mach' aber mal 'nen Punkt, Katrin", schimpfte ihr Vater. „Jetzt langt's. Wenn wir über jeden Jungen, der ein wenig unsanft angefasst und ungerecht behandelt wird, eine Reportage machen würden..., du meine Güte!" Diese Kinder hatten immer Vorstellungen vom Leben, dachte Henning Meise! Unglaublich! Der reinste Verfolgungswahn. Es wurde alles nicht so heiß gegessen, wie es gekocht wurde und schon gar nicht in der Schule. War ja schließlich ein demokratisches Gebilde, so eine Schule. Sie würden dem Jungen wahrscheinlich einmal mit dem Zeigefinger vor dem Gesicht herumfuchteln, „du, du" sagen, und dann wäre die Geschichte wieder erledigt. Passierte doch nie viel, wenn jemand in der Schule Blödsinn machte. Selbst bei richtigem Blödsinn nicht. Leider. Dann würde sich die Erwin-Sache auch in Null Komma nichts aufklären und morgen würden er und Katrin wieder über ihre Hirngespinste lachen.

Aber auch das sollte sich als Irrtum herausstellen.

Zwei Tage später
Dienstag, 9. Mai, 15:30 Uhr

Erwin schloss die Haustür auf und lauschte. Leise ließ er die Tür wieder ins Schloss fallen, schritt geräuschlos den Flur entlang und blinzelte durch die offene Tür des Wohnzimmers: nichts. Er atmete tief durch und dann musste er über sich selbst lachen. Es war ihm immer noch unheimlich, alleine im Haus zu sein. Auf der anderen Seite: Selbst wenn Einbrecher vor Ort gewesen wären, hätte er sie wohl nicht bemerkt. Aber was sollten sie hier schon holen? Dafür, dass das Haus in einer so wohlhabenden Gegend stand und sogar einen Garten und einen kleinen Springbrunnen hatte, gab es im Haus selbst nichts. Nichts, was ein Einbrecher hätte versilbern können. Außer nautischen Instrumenten und alten Seekarten gab es auch keine Antiquitäten. Und in dem Häuschen nebenan gab es sicherlich auch nichts. Dort wohnte die Witwe Haake, die außer ihrem Dackel wahrscheinlich noch weniger besaß als Großvater. Obwohl er sich das schon oft gesagt hatte, ging er trotzdem noch einmal zur Haustür, drehte den Schlüssel zweimal um und legte die Sicherheitskette vor die stabile Tür.

„Eigentlich war es bisher ein ganz guter Tag", sagte er sich. Der Unterricht war ausgefallen, was als solches schon einmal prima war. Stattdessen hatten sie Sportfest und er schnitt zum Erstaunen aller größeren Mitschüler als Bester seiner Klasse ab. Und der Besuch bei seinem Großvater war auch nicht so übel gewesen. Die Ärzte hatten irgendwas herausgefunden, was er nicht ganz verstanden hatte. Jedenfalls meinte sein Großvater, er müsste vielleicht nicht operiert werden. Das war mal eine positive Nachricht mit guten Aussichten.

Eine schlechte Aussicht eröffnete leider der Anruf, den er heute in aller Frühe erhalten hatte. Frau Petzold vom Jugendamt hatte ihren Besuch für 16 Uhr angekündigt, vielmehr angedroht! Er war sich nicht schlüssig darüber. Aber schon mal gut, dass sie kam und er nicht ins Jugendamt befohlen wurde, oder besser: gebeten wurde. Heutzutage wurde man ja höflich gebeten. Trotz Frau Petzold´s freundlicher Stimme wurde er das Gefühl nicht los, dass der Besuch keinesfalls etwas Gutes bedeuten würde. Es war bestimmt kein Zufall, dass sie ihn ausgerechnet kurz nach den Vorfällen in der Schule besuchen wollte.

Seinem Opa hatte er von dem bevorstehenden Besuch nichts erzählt. Der hatte Sorgen genug.

Das Beste würde sein, zuerst einmal einen guten Eindruck zu hinterlassen. Sicher würde die Jugendamts-Tante hier alles kontrollieren wollen und denken, er würde im Unrat verkommen. Aber genau wie auf einem Boot, wo alles aufgeräumt sein musste, hatte er sich angewöhnt, die Wohnung ebenso zu behandeln. Nur so fand man im Ernstfall gleich jeden Gegenstand. Nur den Müll musste er noch nach draußen in die Mülltonne bringen.

Weil er nicht mehr viel Zeit hatte, nahm er schnell den vollen Müllbeutel und ging zur Haustür. Er schloss sie auf und war im Begriff herauszugehen, als das Telefon klingelte.

„Könnte Opa sein. Oder das Jugendamt. Vielleicht sagen die ab", dachte er hoffnungsvoll. Er stellte den Müllbeutel in die offene Tür und ging zurück ins Wohnzimmer, wo er den Hörer abhob. Leider meldeten sich aber weder sein Großvater noch das Jugendamt, sondern Admiral Sander. Er wollte sich nach dem Befinden seines alten Freundes Kapitän Hansen erkundigen und Erwin nach den Besuchszeiten fragen.

Was Erwin nicht sehen konnte, war der Dackel Waldemar der Witwe Haake. Der Dackel war wieder einmal durch ein Loch im Zaun geschlüpft und wie immer auf der Suche nach etwas Essbarem. Und da sah er nun zu seiner grenzenlosen Freude den Müllbeutel, der vielleicht Essensreste enthalten könnte. In Windeseile knabberte der Dackel den Plastikbeutel auf und verteilte den Inhalt im Flur des Hauses. Das alles, um nach weniger als einer Minute enttäuscht zu seinem Frauchen zurückzueilen .

Was Erwin auch nicht sehen konnte, war, dass Isolde Petzold vom Jugendamt gerade die Gartenpforte öffnete und dynamisch den Weg zum

Haus einschlug. Dabei nahm sie sich aber noch einen Moment die kostbare Zeit, vor dem Springbrunnen stehen zu bleiben und die kunstvollen Kacheln und den Garten zu bewundern.

Isolde Petzold war eine junge, schlanke Frau von achtundzwanzig Jahren mit braunen, schulterlangen Haaren, die sie zu einem Knoten gebunden hatte. Ihr hellbrauner, moderner Hosenanzug passte vortrefflich zu ihrer Haarfarbe. Überhaupt passte alles an ihr. Sie legte großen Wert auf eine adrette und saubere Erscheinung und war stolz darauf. Vor allem, weil sie sich damit aus dem Heer der Sozialarbeiter abhob, die mit Sandalen und Wollpullover herumliefen. Seit vier Jahren war Isolde Petzold Sachbearbeiterin im Jugendamt für Familienrechts-Angelegenheiten und zuständig für die Buchstaben F bis K. Damit auch für den Fall Erwin Hansen. Es war egal, ob sie jemanden mochte oder nicht oder ob sie gewissermaßen einen guten oder schlechten Draht zu ihm hatte. Wenn sein Name mit F bis K anfing, war sie zuständig. Und das war gut so. So lief alles rein rechtmäßig ab und der Vetternwirtschaft oder Begünstigung war ein Riegel vorgeschoben. Bei Scheidungen oder Tod der Eltern, wie in diesem Falle, entschied sie, was mit den Kindern geschah. Das heißt, entscheiden tat eigentlich der Familienrichter. Sie ging in die Familie, prüfte, traf eine Entscheidung und schlug diese dem Richter vor. Aber fast immer, stellte sie befriedigt fest, fügte sich der Richter ihrem Vorschlag.

Isolde Petzold übte ihren Beruf gern aus.

Gut, manchmal konnte es schon ein bisschen viel werden. Besonders schlimm war der ganze Papierkram. Schlimm war es auch, wenn sich Kinder als undankbar erwiesen. So wie in diesem Fall. Sie hatte gegen ihre allergrößten Bedenken dem Betteln des Jungen und des Großvaters nachgegeben und empfohlen, dem alten Hansen das Sorgerecht für seinen Enkel zu geben. Dabei sah jeder Einäugige, dass der Alte überfordert und

42

ansatzweise senil war. Im Alter von 72 Jahren war das natürlich ganz normal, und sie nahm es ihm auch nicht übel. Aber dass er sie penetrant immer mit „Fräulein Petzold" ansprach, das nahm sie ihm wirklich übel. Widerlich! Und außerdem war er immer so schleimig freundlich. Er hielt ihr die Tür auf, half ihr aus dem Mantel – so als wäre sie ein Kleinkind – und bot ihr bei jedem Hausbesuch Kaffee mit Rum und Pralinen an. Sie fragte sich, ob sie das als Bestechungsversuch werten sollte? Aber dann tat sie das alles als Kleinkram ab und schrieb es dem Altersstarrsinn des Kapitäns zu. Schlimmer war, dass er den Jungen offenbar nicht versorgen konnte. Sie hatte gehört, dass der Junge kochte. An und für sich war das ganz gut, aber sie hatte den Enkel schließlich nicht als Dienstboten in die Obhut seines Großvaters gegeben. Vielmehr sollte er versorgt und zu einem demokratischen Kind erzogen werden. Und genau diese Fähigkeit hatte sie beim Alten schon immer angezweifelt, bei dem autoritären Eindruck, den er machte.

Nun hatte sie die Quittung. Nichts als Schwierigkeiten. Zum Glück hatte sie damals dem Richter vorgeschlagen, die Vormundschaft sozusagen auf Probe zu erteilen. Und dennoch würde sie einen Bericht schreiben und sich rechtfertigen müssen. Zwei schwere Körperverletzungen dieses Erwins innerhalb einer Woche. Und wahrscheinlich würde er wieder behaupten, völlig unschuldig und das arme Opfer zu sein. Unfassbar! Die Polizei hatte die Vorgänge an sie weitergeleitet, weil der Junge noch nicht 14 und damit noch nicht strafmündig war. Natürlich war das über ihren Vorgesetzten auf dem Dienstweg zu ihr gelangt. Dieser hatte sie gefragt, warum so ein aggressiver und verwahrloster Bengel nicht gleich in einem Heim oder einer Pflegestelle untergebracht worden war? Schöner Schlamassel!

Aber gut, zuerst einmal musste sie sich ein Bild machen, sowie mit dem Jungen und dem Großvater reden. Da müsste sie dann wohl auch noch ins Krankenhaus. Hatte ihr gerade noch gefehlt. Ihr reichte schon der Fußweg in diese Gegend, wo der Reichtum arrogant aus jedem der teuren Glasfenster glotzte.

„Hoffentlich macht der Junge auf", dachte sie. Sie riss sich vom Anblick des Springbrunnens los, der ihr eine widerwillige Bewunderung entlockt hatte. Zu ihrem Erstaunen erübrigte sich jedoch ihre Befürchtung: Die Haustür stand sperrangelweit offen. „Wahrscheinlich", flüsterte Isolde Petzold angewidert zu sich selbst, „bekommt er die Tür vor lauter Müll nicht mehr zu."

In der Tat sah der Flur furchtbar aus. Überall lagen Joghurtbecher, Bananenschalen, Chipstüten und sogar Obstreste verstreut.

„Hallo", rief Isolde Petzold und drückte vorsichtshalber gleichzeitig den Klingelknopf.

Was sie dann sah, sollte sie so schnell nicht wieder vergessen.

Selten hatte sie gesehen, dass ein Kind so entsetzt war, wenn es sie zu Gesicht bekam.

Erwin hörte die Stimme von Frau Petzold und die Klingel.

Er legte den Hörer auf und stürmte aus dem Wohnzimmer.

Als er den verstreuten Unrat im Flur sah, weiteten sich seine Augen vor Entsetzen. Zunächst registrierte er die Anwesenheit von Frau Petzold überhaupt nicht, sondern konnte das Tohuwabohu nicht fassen. Dann glitt sein Blick weiter auf Isolde Petzold und Resignation sprach aus seinem Blick.

„Äh..., guten Tag", stammelte er, „also..., äh..., das sieht hier nicht immer so aus..., also..., weiß gar nicht..."

„Schon gut", unterbrach ihn die Sozialarbeiterin, „hab schon ganz andere Sachen gesehen. Wie geht es deinem Opa?"

Dankbar für die Frage, atmete Erwin kräftig aus. Hätte er nicht gedacht, dass die Frau vom Jugendamt so viel Verständnis zeigte. Trotzdem war er immer noch auf der Hut. Er bat sie ins Wohnzimmer, aber sie fragte ihn, ob sie vielleicht vorher mal sein Zimmer sehen dürfte.

Weil Erwin mächtig stolz auf sein eigenes Zimmer war, stimmte er gerne zu. Während der Besichtigung erzählte er, wie es seinem Opa ging und Frau Petzold stellte von Zeit zu Zeit mehr oder weniger belanglose Fragen und lobte Erwin sogar hin und wieder, weil er offensichtlich alleine so gut zurecht kam.

So verlor Erwin mit der Zeit seine Angst und erzählte schließlich munter drauflos. Er merkte, wie gut es ihm tat, einmal erzählen zu können und einen Zuhörer zu haben. Er erzählte von seinem Opa, von der Schule, von dem Verweis und den Vorfällen, die zu den angeblichen Körperverletzungen geführt hatten. Und er sagte, wie es wirklich gewesen war und er sagte Frau Petzold auch, dass er es ganz gut fand, sich mit ihr zu unterhalten. Seit sein Großvater im Krankenhaus war, hatte er ja keinen, mit dem er sprechen konnte.

Und so redete er immer weiter, während Isolde Petzold Notizen machte und ihn kaum unterbrach.

45

Drei Tage später
Freitag, 12. Mai, 13:00 Uhr

Die Mittagspause lag hinter ihr und bald würde sie ins wohlverdiente
Wochenende gehen. Der Freitagnachmittag war immer qualvoll.

Isolde Petzold saß an ihrem einfachen Holzschreibtisch im Büro des
Jugendamtes, das sie sich mit zwei anderen Kollegen teilte. Vor ihr lag ein
Stapel von einem Dutzend Akten, die alle demnächst bearbeitet werden
mussten. Missmutig hob sie eine Akte nach der anderen auf, blickte kurz
auf die letzte Seite und legte dann vier Mappen auf die grüne
Plastikunterlage des Schreibtisches. Diese vier Fälle musste sie noch vor
dem Wochenende bearbeiten.

Isolde Petzold hatte es sich zur Gewohnheit gemacht, am Freitag möglichst alles aufzuarbeiten, was sie während der Woche vor sich herge-
schoben hatte.

Widerwillig schlug sie die oberste Akte auf. So sehr sie die Sache auch
drehte und wendete, die Angelegenheit ließ sich beim besten Willen nicht
weiter aufschieben: der Fall Erwin Hansen. Vor drei Tagen hatte sie mit
dem Jungen gesprochen und langsam musste sie eine Entscheidung
treffen. Eigentlich wollte sie noch mit dem Großvater sprechen, hatte es
dann aber nach reiflicher Überlegung doch nicht getan. Der alte Mann war
krank und konnte sich selbst nicht helfen. Wie sollte er ihr dann helfen?
Stattdessen hatte sie mit dem Schulleiter telefoniert. Auch wenn das
Gespräch wenig erfreulich war, so hatte sie dem arroganten Lehrer
wenigstens das Versprechen abringen können, Erwin nicht von der Schule
zu verweisen – immerhin etwas. Dummerweise hatte sie im Gegenzug
versprechen müssen, „erzieherische Maßnahmen" zu ergreifen.

Aber welche Maßnahmen? Die Prügeleien lagen schon fast zwei
Wochen zurück und in der Zwischenzeit hatte sich der Junge erstaunlicherweise gar nichts zu Schulden kommen lassen. Andererseits war das
vielleicht kein Wunder. Er wusste genau, was ihm blühte. Egal, irgendwas

46

musste geschehen. Nicht nur, weil sie es dem eifrigen Schulleiter versprochen hatte, sondern auch, weil es das Gesetz so wollte und man bei Körperverletzung immer von Gefahr im Verzug sprach. Man konnte schließlich nicht abwarten, bis das Kind vollständig verwahrloste und vielleicht jemanden umbrachte. Wenn das geschah, dann war sie eindeutig die Dumme. „Warum haben Sie nichts unternommen?", würden ihre Vorgesetzten fragen und das berechtigt. Wahrscheinlich würde sie sogar eine Schlagzeile in der *KLUG-Zeitung* ernten, was normalerweise ein Verfahren wegen Unterlassung nach sich ziehen würde.

Aber dazu wollte sie es nicht kommen lassen.

Isolde Petzold blickte gedankenverloren aus dem Fenster ihres tristen Büros. Von dort flog ihr aber bedauerlicherweise keine Eingebung zu. Sie blickte wieder in die Akte, blätterte sie von vorne nach hinten und von hinten nach vorne durch : Erwin Hansen, 13 Jahre. Wohnte bis vor einem halben Jahr zusammen mit Vater und Mutter in Cuxhaven. Der Vater hieß auch Erwin und war Pilot, seine Mutter Stewardess. Beide kamen vor sechs Monaten bei einem Unfall ums Leben. Es gab da noch eine Schwester der Mutter, aber die lebt in Amerika. Deshalb hatte der 72jährige Großvater die Vormundschaft beantragt...

So weit, so gut. Oder nicht gut. Der arme Junge konnte einem natürlich Leid tun. Es musste schlimm für ihn sein. Aber es half alles nichts. Man konnte ihn nicht sich selbst überlassen. Und heute war Freitag und sie müsste sich entscheiden und diktieren, was geschehen sollte.

Sie grübelte. Zugegeben, der Junge hatte sie in gewisser Weise beeindruckt. Er war höflich, konnte sich gut ausdrücken und war anscheinend intelligent. Allerdings konnte das auch zu seinen Ungunsten ausgelegt werden. Wenn er klug war, dann war er auch klug genug, sie zu täuschen. Wenn das Jugendamt im Haus war, verhielten sich fast alle Klienten höflich und angepasst und erzählten ihr das, was sie hören wollte. Und dass er so viel erzählt hatte und ihr gesagt hatte, er bräuchte jemanden zum Zuhören, bedeutete doch auch etwas, oder? Eindeutig fehlte ihm eine Bezugsperson. Und die Prügeleien in der Schule? Nun, einerseits hörte

sich Erwins Geschichte plausibel an. Andererseits konnte sie sich gut vorstellen, dass die Tatsache, dass er mit dem autoritären Opa und jetzt sogar
alleine in der Wohnung vegetierte, Aggression und Wut entstehen ließen.
Das Problem war, dass der Junge über kein Unrechtsbewusstsein verfügte
und zu keiner Selbstkritik fähig war. Wenn er wenigstens ansatzweise
seine Taten bereut hätte! Hatte er aber nicht.

Und dann der Unrat im Flur, das sprach ja wohl auch für sich. Es sah
aus wie auf einer Mülldeponie. Aus Erfahrung wusste sie, dass man
gerade bei den wohlhabenden Leuten sein blaues Wunder erleben konnte.
In diesem Fall war sogar eine Seuchengefahr nicht unbedingt auszu-
schließen.

Eines stand jedenfalls fest: der Junge brauchte eine Bezugsperson,
sonst würde es mit ihm böse enden. Also war es jetzt an ihr, dem Glück
ein wenig auf die Sprünge zu helfen.

Ihre Entscheidung war getroffen.

Sie nahm das Mikrofon des Diktiergerätes in die Hand und begann:
Aktenzeichen 440-33/1254 HA. Betreff: Hansen, Erwin, geb. siehe
Vorgang, wohnhaft siehe Vorgang.

Sechs Tage später
Donnerstag, 18. Mai, 16:30 Uhr

Der Brief war gar nicht mal besonders dick. Er lag in einem grauen
Umweltschutzumschlag, der nach Behördenpost aussah.

Erwin nahm ihn aus dem Briefkasten und blickte auf den Absender,
während er die Haustür aufschloss und in den Flur trat. Absender war das
Jugendamt der Stadt Kiel und das verursachte in seiner Magengegend ein
mulmiges Gefühl. Er verschloss die Tür sorgfältig hinter sich und überlegte. Eindeutig war der Brief an seinen Großvater gerichtet:

Herrn Erwin Hansen

z. Zt. Städtisches Krankenhaus Kiel

Orthopädische Station

Aber dann war als Straße und Hausnummer eigenartigerweise nicht die
vom Krankenhaus, sondern die Hausanschrift von Erwin Hansen ange-
geben: *Klaus Störtebeker Str. 81, 24159 Kiel*. Sicherlich handelte es sich
hierbei um ein Versehen der Behörde, und der Postbote hatte sich für die
Straße mit der Postleitzahl entschieden.

Morgen würde Erwin den Brief mit ins Krankenhaus nehmen.

Andererseits..., schließlich hieß er selbst auch Erwin Hansen. Und
außerdem würde es dem Genesungsprozess seines Großvaters ganz
bestimmt nicht gut bekommen, wenn man ihn im Krankenhaus mit
Behördenpost belästigen würde. Erwin grübelte weiter, doch mehr
Ausreden fielen ihm beim besten schlechten Willen nicht ein, die niedrigen
Beweggründe für sein Verbrechen wegzuwischen. Denn was er jetzt vor-
hatte, war ganz ohne Zweifel ein verabscheuungswürdiges Verbrechen: Er
wollte das Postgeheimnis verletzen. Aber hatte er eine andere Wahl?

Er stellte einen Kessel mit Wasser auf den Gasherd, entzündete die
Flamme und wartete ungeduldig auf das Aufsteigen des Wasserdampfes.
Als es endlich soweit war, hielt er die Rückseite des Briefes solange über
den Dampf, bis sich der Brief praktisch von selbst öffnete. Das beruhigte

49

sein Gewissen. Schließlich hatte er den Umschlag nun nicht selbst geöffnet. Vorsichtig entnahm er den Brief und setzte sich.

Und das war gut so.

„Sehr geehrter Herr Hansen..." begann der Brief, der mit *„Isolde
Petzold, Sozialinspektorin"* unterschrieben war. *„Nach langer Prüfung...,
und so weiter, und so weiter... Mitteilungen der Schule und der Polizei...,
zwei schwere Körperverletzungen..."*

Erwin wurde übel. Ein Gefühl, das sich noch verstärkte, als er den
letzten Absatz las.

*„...halte ich es für möglich, dass ein Verbleiben Ihres Enkels Erwin
Hansen in Ihrem Haushalt nicht mehr dem Wohle des Kindes entspricht.
Zum einen, weil aufgrund Ihrer Krankheit noch nicht abzusehen ist, wann
eine Versorgung des Jungen wieder gewährleistet ist. Zum anderen, weil
der von ihm eingeschlagene Weg der Verwahrlosung und Verrohung unterbrochen werden muss..*

*Deshalb scheint mir der Wechsel Ihres Enkels in eine Pflegefamilie oder
in ein Heim für geboten. Am Freitag, den 19. Mai gegen 15.00 Uhr werde
ich Sie in der Klinik aufsuchen, um mit Ihnen die Möglichkeiten einer
zukünftigen Versorgung Ihres Enkels zu besprechen."*

„Blödes Beamtendeutsch!"

Noch schlimmer war aber der Inhalt. Fassungslos ließ Erwin den Brief
aus der Hand fallen. Er überlegte. „Schon morgen in eine andere Familie
oder in ein Heim!", dachte er. Er konnte es nicht glauben. Eilig bückte er
sich und hob den Brief vom Fußboden auf, um ihn ein zweites Mal und
noch ein drittes Mal zu lesen. Er prüfte die Unterschrift und den Absender
und den Briefstempel. Als es absolut nichts mehr zu prüfen gab und an der
Echtheit des Schreibens nicht gezweifelt werden konnte, weinte er.

Er schluchzte mehrere Minuten, bis er wieder einen klaren Gedanken
fassen konnte.

Er würde in kein Heim gehen.

Morgen würde er auch nicht zur Schule gehen. Er würde anrufen und
sich krank melden und morgen ausnahmsweise am Vormittag seinen Opa

besuchen. Er würde den Brief nicht mitnehmen und seinen Opa nicht direkt anlügen. Er würde so tun, als sei die Schule ausgefallen. Und er würde lange bei Großvater bleiben, vielleicht bis zum Mittag, weil es für lange Zeit das letzte Mal sein sollte, dass er ihn besuchte.

Erwin trat aus dem Eingang des Krankenhauses heraus und prüfte den Wind. Südost 2 bis 3. Genau, wie sie es vorausgesagt hatten. Sogar die Sonne strahlte vom Himmel, als wollte sie ihm alles Gute wünschen. Er war erleichtert.

Es war ein guter Tag zum Fliehen.

Die drei Stunden bei seinem Opa waren allerdings nicht gut gewesen. Nicht nur, weil es ihm wie jedes Mal furchtbar Leid tat, Großvater fast bewegungslos in einem Krankenhausbett zu sehen. Besonders schwer war es Erwin gefallen, ihm etwas vorzumachen. Mehrmals war er drauf und dran gewesen, die Sache mit dem Brief und seinem Plan zu erzählen, aber dann hatte er es doch gelassen. Er hatte nicht direkt gelogen und nicht gesagt, dass er morgen nicht käme. Als Großvater ihm vorgeschlagen hatte, dass er am Wochenende nicht ins Krankenhaus kommen, sondern mit Katrin und ihrem Vater segeln gehen solle, hatte er nur zustimmend genickt.

Zum Ende der Besuchszeit hatte er Großvater wie immer alles Gute und Mast- und Schotbruch gewünscht und gehofft, er möge nichts gemerkt haben.

Doch nun war Eile geboten.

Er schulterte seinen Rucksack und rannte so schnell es ging zur Bushaltestelle. Er hatte Glück, nur zwei Minuten auf den Bus Richtung Olympiahafen warten zu müssen. Schon kurz vor halb eins betrat er das Hafengelände. Und auch dort war ihm das Glück hold. Es herrschte reges Gewimmel in der Hafenanlage. Viele Bootseigner nutzten offenbar den sonnigen Freitag für einen verlängerten Wochenend-Törn und außerdem fand eine Regatta statt. Das kam Erwin sehr gelegen. Nirgends sonst fiel ein Boot weniger auf als unter Hunderten von anderen Booten.

52

Er betrat die *SCHWALBE*, schloss die Kajüte auf, überprüfte das Boot und befestigte die Nationalflagge am Heck. Jetzt war er dankbar für Großvaters Tick, immer für Wochen im voraus Treibstoff, Wasser und Nahrung an Bord zu haben – das Boot sozusagen ständig in Bereitschaft zu halten. Sogar reichlich deutsches, dänisches und schwedisches Geld war als Reserve in einem Geheimfach gebunkert. Besonders half es Erwin jetzt, dass Großvater ihm beigebracht hatte, das Boot alleine zu bedienen. „Es könnte jemand von uns über Bord fallen, und dann muss der andere das Boot alleine segeln und das Opfer auch noch retten", war eine ständige Redensart seines Opas gewesen. Erwin schämte sich jetzt ein wenig, dass er die Mann-über-Bord-Manöver und dauernden Übungen oft nur mit langem Gesicht über sich hatte ergehen lassen. Aber nun konnte er das Gelernte dringend gebrauchen.

Er hatte nicht mehr viel Zeit. Um 15 Uhr würde diese Frau Petzold im Krankenzimmer stehen und dann würde sein Plan vielleicht schon auffliegen.

Also verstaute er flink, aber gründlich seine wenigen persönlichen Dinge. Dann schaltete er den Hauptschalter der Batterie an, ging in die Plicht, kontrollierte, ob der Ganghebel in Neutralstellung stand, glühte den Motor zwanzig Sekunden vor und startete die Maschine. Wie immer, sprang sie sofort und einwandfrei an.

Verstohlen schaute er nochmals um sich. Trotz des emsigen Treibens im Hafen war auf den Nachbarbooten niemand beschäftigt. Das war gut, weil sich die benachbarten Bootseigner kannten und es aufgefallen wäre, dass er alleine auf dem Boot hantierte. Zumal sie wussten, dass sein Opa im Krankenhaus war. Er hoffte aber, dass sie das Boot später nicht vermissen würden, da allgemein bekannt war, dass Großvater es hin und wieder seinem Freund Admiral Sander lieh.

Er ließ den Motor einige Minuten im Leerlauf arbeiten, damit er langsam warm wurde. Währenddessen schaltete er alle Instrumente an, überzeugte sich, dass der Autopilot arbeitete und legte die Seekarten zurecht. Mit einem prüfenden Blick zu den Flaggen an Land kontrollierte er die

Windrichtung und war froh, dass der leichte Wind genau von achtern kam. So würde er leicht ablegen können. Er konnte es kaum glauben, dass er so viel Glück mit Wind und Wetter hatte. Bei viel Wind würde er das Boot nicht alleine bedienen können, aber so wie ihn das Wetter heute begünstigte, konnte man es gewissermaßen als Fluchthelfer bezeichnen. Gut so! Erwin prüfte erneut die Drehzahl des Motors und nickte zufrieden. Dann kamen die Leinen an die Reihe. Das war kompliziert, weil die Reihenfolge genau stimmen musste. Zunächst überprüfte er die Spring. Das Boot lag an der Steuerbordseite an einem kleinen Steg. Von dort aus kletterte man an Bord und be- und entlud das Boot. Darüber hinaus machte man das Boot aber auch an dem Steg fest. Insgesamt drei Aluminiumklampen sorgten dafür, dass man die Leinen von diesen Klampen zum Boot spannen konnte. Eine dieser Leinen war an der ersten Klampe des Steges befestigt und mit dem anderen Ende auf der Mittelklampe des Bootes belegt. Dies war im Moment die wichtigste Leine: die Achterspring. Sie verhinderte, dass sich das Boot nach vorne bewegen konnte. Als Erwin feststellte, dass die Spring wie immer gut belegt war, legte er den Vorwärtsgang bei minimaler Motordrehzahl ein und drehte das Ruder nach Backbord. Wie nicht anders zu erwarten, wollte sich das Boot jetzt nach vorne bewegen, aber die straffe Springleine verhinderte dies. Außerdem wollte es sich, wegen des festgestellten Ruders, nach Backbord drehen, aber auch das ging nicht, weil es mit den Fendern fest an den kleinen Steg gepresst wurde. Die Folge war, dass sich das Boot weder vor noch zurück, noch zur Seite bewegen konnte und völlig stabil an seinem Liegeplatz lag.

Nun löste Erwin alle Leinen am Boot bis auf die Spring: die Achterleine an Steuerbord sowie die beiden Vorleinen, die auf dem breiten Steg vor dem Boot belegt waren. Die Leinen schoss er sorgfältig auf und legte sie auf den Steg. Die abgemessenen Leinen wollte er wie immer am Liegeplatz lassen. Für unterwegs hatte er noch mehr als ausreichend Leinenmaterial in der Backskiste. Erwin schaute sich nochmals prüfend um, sah aber keine Leine, die über Bord hing oder sich an Deck vertörnt hatte. Also war alles soweit in Ordnung und das Boot lag nur noch an einer Leine, an der zum Zerreißen gespannten Spring. Mit einem schnellen Blick registrierte Erwin erleichtert, dass der Vorwärtsgang und das eingeschlagene Ruder das Boot immer noch in einer stabilen Lage hielt, was sich aber gleich ändern sollte. Jetzt war der Zeitpunkt gekommen. Mit einem prüfenden Blick vergewisserte er sich, dass sich kein anderes Boot im Fahrwasser befand, dann drückte er den Ganghebel wieder auf neutral, sprang zur Mittelklampe, löste die letzte Leine und warf sie auf den Steg. Dann eilte er zum Steuerstand zurück, schaltete den Rückwärtsgang ein und bediente das Ruder.

Langsam glitt die *SCHWALBE* nach achtern. Genauso, wie er das geplant hatte. Im Fahrwasser stoppte er den Propeller. Als das Boot für einen Augenblick stand, sprang er schnell zu den Fendern an der Steuerbordseite und schmiss sie mit einer geübten Handbewegung über die Seereling an Bord. Verstauen konnte er sie später. Dazu hatte er im Augenblick keine Zeit. Er eilte an den Steuerstand zurück und schaltete den Vorwärtsgang ein. Zügig, aber nicht auffällig schnell, bewegte er das Boot Richtung Hafenausfahrt. Dort änderte er dann den Kurs Richtung Osten und nach drei Seemeilen schlug er den bekannten Kurs zum Leuchtturm Kiel ein.

Im Hafen waren viele Segler beschäftigt. Alle mit sich selbst und ihren Booten.

Keinem fiel das weiße Boot mit dem Jungen auf.

Pünktlich um 15 Uhr klopfte Sozialinspektorin Isolde Petzold als Vertreterin des Jugendamtes Kiel an die Tür des Krankenzimmers 707, in dem sie Kapitän Erwin Hansen vermutete. Sie hoffte, dass der Alte trotz seiner bedauernswerten Krankheit geistig einigermaßen in der Lage sein würde, dem Gespräch zu folgen.

Erstaunlicherweise schien sich der Kapitän sogar über ihren Besuch zu freuen. Er bot ihr sofort einen Platz auf dem abgewetzten Klinikstuhl an, was sie aber natürlich höflich ablehnte. Wer wusste schon, wieviele Krankheitskeime sich in den Möbelritzen eingenistet hatten und nur darauf warteten, auf sie überzuspringen! Trotzdem dankte sie dem Kapitän. Gleichzeitig verschärfte seine Freundlichkeit ihren Argwohn, was den Abbau seiner Gehirnzellen betraf. Kein normaler Mensch freut sich, wenn er einen derartigen Brief bekommt und zum Gespräch aufgefordert wird. Allerdings hatte sie sich in dem Brief extra vorsichtig und freundlich ausgedrückt. Schließlich lag er im Krankenhaus. Vielleicht hatte ihn das kluge Vorgehen ihrerseits besänftigt. Erleichtert stellte sie sich so nahe an das Bett des alten Mannes, dass er sie gut verstand, sie sich aber dennoch nicht infizieren konnte. So, als spräche sie mit einem ganz normalen Menschen, fragte sie den Patienten zunächst, wie es ihm ginge, bevor sie zum Kern der Sache kam: zu ihrem Brief.

Der Kapitän versuchte, sich ein wenig in seinem Bett aufzurichten. Wie all die Male zuvor, klappte es aber nicht. Mit schmerzverzerrtem Gesicht gab er sein Vorhaben auf. Er ließ sich wieder in sein Gipsbett zurücksacken und stöhnte resigniert. Nach einer kleinen Pause drehte er der Besucherin mühsam das Gesicht zu und fragte: „Was für ein Brief?"

Diese Frage verwunderte Isolde Petzold keineswegs. Es kam ständig vor, dass die Leute abstritten, unangenehme Briefe von ihr erhalten zu haben. Aus Erfahrung klug geworden, brachte sie deshalb immer die entsprechende Akte zu solchen Gesprächen mit. Wenige Handgriffe genügten ihr, die Aktentasche zu öffnen und den Vorgang mit dem Aktenzeichen 440-33/125 HA mit geübter Hand herauszufischen. Flink blätterte sie bis zu ihrem letzten Schreiben und las dieses dem Patienten vor. Das hielt sie für besser, als ihn in seinem Zustand den Brief selbst lesen zu lassen.

Wie sie richtig vermutet hatte, begriff Hansen den Inhalt zunächst nicht. Er bat sie stattdessen kopfschüttelnd, den Brief, er sagte sogar „das Machwerk", nochmals vorzulesen.

Als sie ein zweites Mal den gesamten Text langsam vorgelesen hatte, lief der Patient gefährlich rot an.

„Die Vormundschaft wollen Sie mir entziehen?", brüllte er und es gelang ihm mit aller Willenskraft sogar, sich in seinem Gipsbett einige Zentimeter aufzurichten. „Den Jungen in ein Heim stecken, wegen dieser Pfützenkrebse in der Schule? Alles erstunken und erlogen ist das!".

„Nun", sagte Isolde Petzold vorsichtig und blinzelte zur Tür. Sie befürchtete, dass das Geschrei einen Arzt oder gar die Oberschwester anlocken könnte.„Beruhigen Sie sich doch, ich meine...", fuhr sie fort.

„Sie meinen?", brüllte der Kapitän nun noch lauter. „Was meinen Sie? Sie überfallen mich hier und tischen mir Seemannsgarn auf und dann meinen Sie nur? Ohne dass ich mit dem Jungen geredet habe, passiert sowieso nichts."

„Ich meine", versuchte es Frau Petzold nochmals diplomatisch, „wäre es nicht auch für Sie besser, wenn Sie den Jungen in guter Obhut wüssten?"

„In guter Obhut?", Kapitän Hansen blieb erstaunlich ruhig, um nach einer kurzen Pause umso wütender zu wiederholen: „In guter Obhut? In welcher verdammten Obhut meinen Sie, zum Teufel? Ist ein verdammtes Heim eine gute Obhut?"

„Hören Sie", versuchte Frau Petzold resigniert zu beschwichtigen, „vielleicht, wenn Sie das gesundheitlich verkraften, also..., vielleicht könnten wir uns darauf einigen, dass wir uns zu dritt, also Ihr Enkel, Sie und ich, also dass wir uns Anfang der nächsten Woche mal darüber unterhalten? Und übers Wochenende können Sie mit ihm reden und Sie haben ein bisschen Bedenkzeit, sozusagen."

„Sozusagen", murmelte der Kapitän. „Bedenkzeit, sozusagen. Wozu? Aber meinetwegen in Drei-Teufels-Namen. Montag kommt Erwin wieder her. Am Wochenende segelt er. Das wird ihm gut tun."

Isolde Petzold atmete erleichtert auf. Wenigstens hatte sie gewissermaßen einen Fuß in der Tür behalten. Außerdem war sie sich immer noch nicht ganz sicher, ob das rechtlich einwandfrei war, was sie hier machte. Ein guter Anwalt des Kapitäns würde sie mit dem kleinen Finger zerquetschen, wenn er erfuhr, dass sie einfach so ins Krankenhaus spaziert war und einen schwer kranken Mann belästigte. Es hätte also viel schlimmer kommen können. Vor allem aber konnte sie von Glück sagen, dass der Patient bei seinem Wutausbruch nicht gestorben war. Sie mochte gar nicht daran denken, was das für einen Ärger gegeben hätte. Bei ihrem nächsten Besuch müsste sie den Alten mit noch weicheren Samthandschuhen anfassen. Andererseits könnte sie ihm auch gleich gerichtlich die elterliche Sorge entziehen lassen. So wäre ein Gespräch gar nicht mehr notwendig. Aber erstens erforderte das unendlich viel Papierkram und Zeit und zweitens, wenn der Alte das erführe, dann würde er vielleicht noch mehr toben und erst recht das Zeitliche segnen. Und sie würde ebenfalls Ärger bekommen. Sie hätte das Bürschchen von Anfang an nicht seinem senilen Opa, sondern einer Familie oder einem Heim anvertrauen sollen. Das war nun der Dank für ihre Gutmütigkeit. Aber gut, wenigstens hatte er sich beruhigt und am Montag würde sie weiter sehen. Gemeinsam mit dem Jungen würde man auch besser reden können. Selbst wenn Gefahr im Verzug war, was die Aggressivität des Bengels betraf: Bis Montag würde er schon niemanden niedermetzeln. Sie musste unwillkürlich schmunzeln, als sie an das komische Wort dachte. „Gefahr im Verzug", so stand es im Gesetz und sollte wohl heißen, dass irgendwas Schlimmes im Anmarsch war. Genau genommen war es aber doch so, dass jemand zu spät kommt, wenn er in Verzug ist.

Also beschloss sie, das Gesetz wörtlich zu nehmen und davon auszugehen, dass die Gefahr, die von Erwin ausging, zu spät kommen würde. Und da war es nur gut, wenn sie noch drei Tage warten würde.

Seufzend und mit guten Besserungswünschen stopfte sie eilig die Akte in ihre Tasche und verabschiedete sich von Kapitän Hansen.

Er würde ihr nicht durch die Lappen gehen.

Und der Junge würde schließlich am Montag auch noch da sein.

Kapitän Hansen schloss die Augen und lauschte.

Erst, als er die Schritte der Dame vom Jugendamt nicht mehr hörte, atmete er kräftig aus. Er hatte ihr seine Besorgnis nicht gezeigt, aber tatsächlich war er sogar sehr besorgt.

Während er sich den Brief von Isolde Petzold vorlesen ließ, hatte er auf das Schreiben geblickt und die Adresse gesehen. Er erkannte seine Hausanschrift. Es konnte sich hierbei nur um einen bösen Fehler dieser Dame handeln. Und sie hatte ihn noch nicht einmal bemerkt . „Wer weiß", dachte er, „wofür diese Information noch einmal wichtig sein kann?"

Er fragte sich, ob Erwin wohl den Brief gesehen hatte? Wenn ja, dann hätte er ihn sicherlich mitgebracht. Vielleicht hatte er aber am Absender gesehen, dass Ungemach drohte und den Brief erst einmal liegen gelassen? Andererseits hatte auch die Post schon Briefe verschlampt oder mit einer Schnelligkeit zugestellt, die der einer Schildkröte glich.

Ganz konnte er sich die Sache nicht erklären.

Aber egal. Am Wochenende würde der Junge erst einmal segeln gehen und am Montag käme er ja – mit oder ohne Brief.

Obwohl die Sonne schon sehr tief stand und es bald zu dämmern beginnen würde, konnte er sein erstes Ziel schon mit bloßem Auge erkennen: Bagenkop.

Das also war Dänemark. Genauer gesagt, die Insel Langeland.

Als Erwin vor etwa zwei Stunden Land gesichtet hatte, war er so stolz, wie seinerzeit Columbus gewesen sein musste, als er Amerika entdeckte – oder stolzer. Die Euphorie hatte sogar für eine Weile sein schlechtes Gewissen verdrängt.

Er blickte auf die Seekarte, warf einen schnellen Blick auf die langsam sinkende Sonne und war zufrieden. Dass die Sonne allmählich unterging, war gut. Wenn er in den Hafen einlaufen würde, wäre es bereits ein wenig dämmrig – der ideale Zeitpunkt! Die Segler würden hoffentlich mit dem Abendessen beschäftigt sein und nicht mehr Hafenkino schauen: auf dem Steg stehen und den anderen beim Anlegen zusehen. Immer in der Hoffnung, dass irgendwas schief ging und der Skipper schreiend der Mutti die Schuld gab. Bei dem leichten Wind war allerdings die Gaffer-wahrscheinlichkeit gering. Selbst Unfälle von unerfahrenen Seglern waren heute eher unwahrscheinlich.

Der leichte Wind war es auch, der ihn so spät zu seinem ersten Ziel brachte. Im Laufe der letzten Stunden hatte er sich immer mehr schlafen gelegt, bis fast gar nichts mehr zu spüren war. Mit einer Meile pro Stunde schlich das Boot eher dahin, als dass es glitt. Aber Erwin war es sehr recht. Bei Dämmerung anzukommen, war genau das, was er sich gewünscht hatte.

Es waren noch etwa zwei Meilen bis zur Hafeneinfahrt und er beschloss, alles für das Festmachen vorzubereiten. Lieber zu früh als zu spät. Er startete den Motor, schaltete aber noch keinen Gang ein. Bei dem leichten Wind konnte er sogar die Segel einrollen, ohne mit dem Boot in den Wind zu gehen. Als das getan war, schnallte er auch seinen Rettungs-gurt ab. Trotz des fehlenden Seegangs hatte er den Gurt in eine Öse gehakt. Jeder hätte gelacht, der ihn so gesehen hätte: angeschnallt wie bei einem Orkan. „Wenn du alleine segelst", hatte ihm Großvater eingetrichtert, „musst du dich immer anschnallen. Keiner könnte dich holen, wenn du über Bord fallen solltest."

Zumal dann, dachte Erwin, wenn der Autopilot eingestellt war und das Boot weitersegeln würde. Eine furchtbare Vorstellung. Und wieder kroch Angst in ihm hoch. Bisher war er immer mit seinem Opa gesegelt und noch nie alleine. Warum auch? Er hatte sich nie darüber Gedanken gemacht, wie es alleine auf dem Boot und ohne Landsicht sein könnte. Ebenso gut hätte er sich Gedanken machen können, wie es auf dem Mond sein könnte – völlig absurd. Nie im Leben hätte er gedacht, dass es auf dem Meer so unheimlich sein könnte. Von Zeit zu Zeit überkam ihn zwar Panik und Angst, aber er staunte, wie wenig Zeit ihm blieb, Angst zu haben. Immer gab es etwas zu tun und zu beobachten. Er musste alle Gedanken darauf richten, was wohl als Nächstes zu tun sei.

Was aber nun das Anlegen betraf, hatte er zunächst eine wichtige seemännische Arbeit zu erledigen. Er griff an die Innenseite des Niedergangs, wo sich fein säuberlich aufgereiht in verschiedenen Holzkästchen die unterschiedlichsten Signalfahnen und Gastlandflaggen befanden. Wenn ein Schiff in einem Hafen im Ausland anlegte, dann gehörte es zur guten Seemannschaft, unterhalb der Backbordsaling eine kleine Gastlandflagge wehen zu lassen. Also griff Erwin nach den kleinen Flaggen und fand die dänische Flagge auch sofort. Er nahm sie heraus und ging damit vorsichtig zum Mast. Dort löste er eine kleine Leine, die über eine Rolle unterhalb der Saling im Kreis nach unten geführt wurde. Er befestigte die kleine Flagge an den dafür vorgesehenen Ringen und zog sie nach oben.

Das war geschafft.

Er kroch mehr, als dass er ging, zum Ruder zurück. Dort angekommen, bereitete er die nächsten wichtigen Schritte vor. Aus der Backskiste nahm er vier Leinen und befestigte sie alle an den Klampen der Steuerbordseite. Aus vielen Besuchen des Hafens von Bagenkop wusste er, dass diese Vorbereitung für seine Zwecke richtig sein würde. Er kontrollierte die Leinen nochmals und band dann vier Fender an die Seereling der Steuerbordseite. Nun waren die wichtigsten Vorbereitungen getroffen.

Als alles soweit erledigt war, ging er zum Steuerstand zurück und nahm das Fernglas zur Hand. Angestrengt blickte er durch das schwere Glas Richtung Bagenkop und versuchte, die Masten zu zählen. Wie üblich, klappte das aber nicht. Die Boote lagen zu dicht beieinander. Aber allzu viele dürften es nicht sein. Und er sah, dass vermutlich an der Stelle, wo er anlegen wollte, kein Boot lag.

Nun schaltete er den Vorwärtsgang ein und näherte sich langsam der Hafeneinfahrt. Vorsichtig schaute er Richtung Mole, konnte aber niemanden erblicken. Das war schon mal ein gutes Zeichen. Fährverkehr herrschte auch nicht, was sogar sehr gut war.

Vorsichtshalber sprach er hin und wieder etwas in Richtung Kajüte. Vielleicht würde er damit einen heimlichen Beobachter täuschen können. Immerhin sah es so aus, als bekäme er seine Befehle vom Inneren des Bootes. Jeder Segler wusste, dass es passieren konnte, dass etwas mit der Maschine nicht in Ordnung war. Der Skipper musste sich dann um den Motor kümmern und seinem Sohn oder wem auch immer Anweisungen geben. Also redete Erwin fleißig weiter in Richtung Salon: „Ja, in Ordnung..., ja, Abstand zur Mole ist in Ordnung..., nein, keine Fähre in Sicht..."

Als er den Wellenbrecher zum Vorhafen passiert hatte, verstärkte er die Vorsichtsmaßnahme noch, sah sich aber vor, nicht zu übertreiben.

Nach dem Vorhafen, der für die Fähre freigehalten wird, öffnet sich ein weiterer kleiner Vorhafen, hinter dem sich drei Hafenbecken verstecken. Zwei für Sportboote und eines für Fischerboote. Aber diese wollte Erwin nicht ansteuern. Er hatte schon einmal gesehen, dass Boote an der Mauer des zweiten Vorhafens angelegt hatten. Dies taten sie, wenn sie recht spät in den Hafen kamen, und zwar längsseits. Und genau das wollte er machen: etwas abseits von den anderen und unauffällig anlegen. Dort am Rande des Fahrwassers lag man nicht besonders komfortabel, aber das war ihm nicht so wichtig. Außerdem war es die Stelle, die ihm das Anlagen als Einhandsegler am einfachsten ermöglichte.

Zu seiner Zufriedenheit sah er, dass der Platz tatsächlich nicht belegt war. Auch wurde er scheinbar nicht beobachtet. Er nahm den Gang heraus und prüfte noch einmal den Wind. „Sehr, sehr leichter Wind von vorne", murmelte er zufrieden. Langsam steuerte er das Boot an die Spundwand. Als es nur noch wenige Zentimeter entfernt war, stoppte er es mit dem Rückwärtsgang. Sobald es stand, griff er sich die lange Vor- und Achterleine gleichzeitig und sprang damit an Land. Zuerst belegte er flink die Vorleine auf dem Poller, dann hastete er zu dem Poller für die Achterleine und belegte sie ebenfalls; zunächst genau wie die Vorleine provisorisch.

Für Schönheit und absolute Sicherheit war nachher noch Zeit genug.

Als das Boot fest war, atmete Erwin tief durch.

Stolz schaute er auf die *SCHWALBE*, mit der er sicher in Dänemark angekommen war. „Heute war es nicht besonders schwer", sagte er sich," kein Wind und kein Seegang – mal abwarten." Bevor weitere Zweifel ihn plagten, wollte er sich lieber weiter dem Boot und dem endgültigen Festmachen widmen.

„Na, mein Kleiner, kommst wahrscheinlich ganz alleine über den Ozean, von Neufundland, was? – Ha, ha, ha."

Erwin zuckte zusammen und drehte sich erschrocken um. Er hatte den Mann überhaupt nicht kommen sehen, der da plötzlich hinter ihm stand und sich über seinen gelungenen Scherz vor Lachen schüttelte. Mit beiden Händen hielt er sich seinen bebenden Kugelbauch und sein rundes rotes Gesicht sah aus, als würde es jeden Moment wie ein zu praller Luftballon platzen.

Erwin überlegte fieberhaft: War der Mann schon länger in der Nähe gewesen und hatte ihn die ganze Zeit beobachtet? Oder war er nur zufällig hier vorüber gekommen? Erwin beschloss, zunächst einmal Zeit zu gewinnen und halbwegs intelligentes Nichts von sich zu geben.

„Bin kein Kleiner", sagte er, nachdem sich der Mann einigermaßen beruhigt hatte. „Bin schließlich kein Zwerg. Höchstens ein Stummelriese."

So was machte sich bei Erwachsenen immer gut. Wenn sie sahen, dass man sich als Kind in seiner Ehre gekränkt fühlte. Und tatsächlich wirkte es auch. Dem Mann blieb sein Lachen buchstäblich im Halse stecken. Er stutzte, schaute Erwin erstaunt an und schnappte zweimal nach Luft wie ein Karpfen an der Angel. Als er wieder ausreichend Sauerstoff getankt hatte, prustete er allerdings erneut los. Diesmal lachte er noch lauter als zuvor.

„Ein Stummelriese", prustete er immer wieder, „kein Zwerg, nur ein Stummelriese – ha, ha, ha!" Schließlich wischte er sich die Tränen mit einem vergilbten Taschentuch ab und brüllte immer noch lachend: „Ein Stummelriese, ganz alleine mit so einem Riesenboot. Gehörst wohl zu den

Einhandseglern, was – ha, ha, ha – zu den Königen der Segler." Dabei konnte er sich vor Lachen kaum auf den Beinen halten.

„Nein", entgegnete Erwin so ernst wie es ihm möglich war und streckte dem Mann beide Hände entgegen. „Nix Einhandsegler. Hab noch alle beide."

„Hä?", brüllte der Fremde. „Willst du mich auf den Arm nehmen?"

„Nein, nein", flüsterte Erwin, „Pssst! Nicht so laut." Dabei fuhr er fort, die Leinen ordentlich zu sichern. „Nicht so laut. Bin nicht alleine. Mein Vater liegt in der Koje . Ihm geht's nicht so gut. Irgendwie ist ihm übel."

„Wir in Berlin nennen das Seekrankheit", lachte der Berliner jetzt noch lauter. „Na dann nichts für ungut. Wollen deinen Papa, den Seehelden nicht weiter stören. Is' bei dem Sturm ganz normal, dass sich der Brechreiz meldet – ha, ha, ha. Waren ja mindestens zwei Windstärken da draußen."

Damit drehte er sich um und trollte sich, wobei er weiter von Lachkrämpfen geschüttelt wurde.

„Puh", atmete Erwin tief durch, „ nochmal gut gegangen." Jetzt wollte er so schnell wie möglich das Boot sichern und unter Deck verschwinden – sicher war sicher.

Etwas Gutes hatte die Sache mit dem Mann aber gehabt: er hatte gelernt, dass die meisten erwachsenen Segler sich für Admiral Nelson hielten. Sie fanden nichts auf der Welt lustiger, als die Tatsache, dass es andere gab, die sich übergeben mussten und denen es schlechter ging als ihnen selbst.

Und das glaubten sie gerne.

Zwei Tage später
Sonntag, 21. Mai, 07:00 Uhr, Bagenkop

Erwin blinzelte aus dem Niedergang empor und war beunruhigt.

Der Wind war während der Nacht eingeschlafen und vom Seegang war auch nichts mehr zu spüren. Für heute hatte der Wetterbericht abermals leichte südwestliche Winde vorausgesagt. Aber konnte er der Sache trauen?

Auch für gestern hatten sie Ähnliches verkündet. Stattdessen hatte es in der Nacht von Freitag zu Sonnabend plötzlich angefangen zu donnern, zu blitzen und zu stürmen. Und zwar kam der Wind und damit auch der Seegang ausgerechnet von Südwest. Und da lag er mit der *SCHWALBE* alles andere als gut im zweiten Vorhafen. Der Wind konnte dem Boot nichts anhaben, weil er es von der Spundwand wegdrückte. Die brechenden Wellen aber verursachten einen Sog, der das Boot wie ein Spielzeug mit

65

einer Sägebewegung hin- und herschleuderte. Das war nicht gefährlich, aber unangenehm. Sogar sehr unangenehm. Erwin hatte die ganze Nacht kaum ein Auge zugekriegt. Wenn er einmal vor Erschöpfung kurz eingenickt war, riss es ihn bereits in der nächsten Minute unsanft aus dem Dämmerschlaf, da das Boot wie ein Mustang an den Leinen zog. Zudem quietschten die Taue wie Geigensaiten und das Boot bildete den Resonanzkörper. Zu allem Überfluss war die Nacht feucht und kalt. Trotz der Decken in der sonst so gemütlichen Hundekoje fühlte sich Erwin bis zum Morgengrauen hundeelend. Am Vormittag musste er feststellen, dass der Wind immer noch recht kräftig blies und sich Gewitterwolken auftürmten. Unter diesen Umständen konnte er mit dem Boot nicht alleine auf See gehen. Weil sich der Yachthafen von Bagenkop am Sonnabend bereits am frühen Vormittag füllte, hatte es Erwin vorgezogen, an seinem unruhigen Liegeplatz zu bleiben. Das war immer noch besser, als vielleicht von einem Bekannten aus Kiel erkannt zu werden.

Einmal war er kurz zum Büro des Hafenmeisters gehuscht, um die Hafengebühren zu zahlen. Er hatte einen Zeitpunkt abgewartet, an dem sich möglichst wenige Menschen im Freien aufhielten. Aber da es den ganzen Tag leicht nieselte, und Segler im Allgemeinen recht wasserscheu sind, brauchte er nicht lange zu warten. Auch die Formalitäten im Hafenbüro erwiesen sich als völlig problemlos. Niemand wollte die Bootspapiere oder gar einen Ausweis sehen. Erwin erzählte wieder die traurige Geschichte, dass sein Vater nicht selbst zum Bezahlen kommen konnte, weil er sich übergeben musste. Und auch hier erntete er Verständnis und einen Lachanfall.

„Kenn' ich nur zu gut", hatte sich der Hafenmeister amüsiert, „wenn ich manche Seeleute hier so sehe, dann wird mir auch leicht übel – ha, ha, ha."

Erwin gab sich Mühe, ein wenig gequält mitzulachen. Er bezahlte für zwei Tage und war froh, dass der Hafenmeister keine weiteren Fragen stellte, da ihm immer noch Lachtränen von der Wange kullerten. Ansonsten war Erwin unter Deck geblieben. Zu seinem Glück gab es wegen des schlechten Wetters auch wenig Hafenwanderer, die Boote besichtigen wollten und ihn entdecken konnten. Vor allem hatte es sich als Vorteil erwiesen, dass er längsseits im Vorhafen lag. Um dorthin zu gelangen, hätte man um den gesamten Fischereihafen laufen müssen. Das scheuten sogar die hartgesottensten Seeleute beziehungsweise „Sehleute".

Was sich als Nachteil des Vorhafens erwiesen hatte, war der Schwell. Dadurch, dass die SCHWALBE wie wild an den Leinen zerrte und immer wieder aufs Neue von den kräftigen Tauen zurückgerissen wurde, bewegte sich das Boot wenig rhythmisch. Das brachte Erwins Magen völlig aus dem Gleichgewicht. Ihm war zwar nie richtig schlecht, aber während des ganzen Tages hatte er mit einer unterschwelligen Übelkeit kämpfen müssen. So hatte er es vorgezogen, sich die meiste Zeit in seiner Koje zu verkriechen. Und solange er nicht an Essen dachte, ließ es sich auch aushalten.

Und nun war also Sonntag.

Es war schon hell, aber noch so früh, dass im Hafen noch kein Leben herrschte. Selbst die Neugierigsten lagen noch in der Koje. Auch eine der großen Fähren war noch nicht zu erwarten. Es schien der ideale Zeitpunkt für Erwins Zwecke zu sein. Er hatte gestern einen ganzen Tag verloren und deshalb wollte er jetzt so schnell wie möglich weiter. Auf Wind wollte er nicht warten. Der würde schon irgendwann kommen.

Erwin wollte nicht unbedingt schnell irgendwohin.

Er wollt einfach möglichst schnell weit weg.

Außerdem drückte ihn das schlechte Gewissen. Er hatte sich fest vorgenommen, seinen Großvater von Bagenkop aus anzurufen. Gestern hatte er sich aber den ganzen Tag lang nicht getraut. Er redete sich ein, dass sein Verschwinden möglicherweise noch gar nicht bemerkt worden wäre und dass es vielleicht sogar ganz gut sei, sich noch nicht zu melden. Solange ihn jedoch die gläserne Telefonzelle neben der Hafenmeisterei so widerlich angrinste und auf seinem Gewissen herumtrampelte, wollte er lieber auf See. Dahin, wo es kein Telefon gab. Immerhin blieb ihm da die Ausrede, dass er beim besten Willen nicht anrufen konnte.

Also startete er den Motor, vergewisserte sich abermals, dass niemand guckte, löste die Leinen und legte sie provisorisch an Deck. Dann drückte er die *SCHWALBE* Richtung Fahrwasser, schaltete den Rückwärtsgang ein und bewegte das Boot langsam und leise achteraus in den Vorhafen. Dort änderte er den Kurs Richtung Hafenausfahrt, wobei er wieder wie bei seiner Ankunft Selbstgespräche Richtung Kajüte führte. Bis jetzt war alles gut gegangen und er atmete erleichtert auf. Er hatte keine neugierigen Augen gesehen, also hatten sie ihn wohl auch nicht gesehen. Langsam steuerte er Richtung Westnordwest, um sich von der vorgelagerten Untiefe frei zu halten. Zu seiner Beruhigung war weit und breit kein Boot zu sehen. Nachdem er eine halbe Meile zurückgelegt hatte, stoppte er kurz, um die Leinen sorgfältig aufzuschießen.

Als er die Taue verstaut und sich angeschnallt hatte, nahm er wieder Fahrt auf, diesmal mit fast maximaler Motorgeschwindigkeit, Richtung Südwest.

„Erstmal paar Meilen Richtung Kiel", murmelte er zu sich selbst, „falls mich doch irgendwelche Langaugen beobachten".

Später könnte er dann immer noch den Kurs nach Westnordwest ändern, wo er in den Kleinen Belt gelangen würde. Westnordwest war ein guter Kurs zum Fliehen. Auf dem Kurs stünde ihm der Weg nach Norden sperrangelweit offen. Ein abermaliger Blick versicherte ihm, dass er so gut wie alleine auf See war. Nur ein Segelboot war in der Ferne zu erkennen, weit backbord voraus. Es kam entgegen, war aber nicht auf Kollisionskurs und daher nicht gefährlich. Vor allem auch deshalb nicht gefährlich, weil das Boot unter Segeln bewegt wurde.

„Heißt, dass es bei dem bisschen Wind fast steht und nur hin und her schwabbelt", grinste Erwin zu sich selbst.

Als er sich dem anderen Boot mehr und mehr näherte, fuhr er einen kleinen Bogen, um nicht in Sichtweite zu gelangen. So war er auch beruhigt, als er das andere Boot schließlich passiert und nichts anderes erkannt hatte als ein blaues Boot, auf dem zwei ameisengroße Menschen zu sehen waren.

68

„Zwei Ameisen", murmelte Erwin. „Und wenn ich sie als Ameisen sehe, sehen sie mich auch so."

Aber das war leider ein Irrtum.

Die Blaumeise trug zwar volle Besegelung, aber selbst das trieb sie kaum voran.

„Da gibt man seinem Boot schon den Namen eines Vogels, und dann das...", beschwerte sich Henning Meise, während er missmutig am Ruder seines Bootes von einem Bein aufs andere trat. Er war die ganze Nacht über gesegelt und nun freute er sich auf einen heißen Kaffee in Bagenkop. Im Morgengrauen war es verdammt kalt geworden und außerdem war der Wind mehr oder weniger eingeschlafen. Auch Henning Meises Beine waren fast eingeschlafen, was seine Laune noch verschlechterte. Außerdem fühlte er sich in seinem dicken Polyester-Parka so, wie sich ein gestrandeter Wal fühlen musste.

„Hättest das Boot lieber Wind oder Iltschi nennen sollen wie Winnetous Pferd. Vielleicht hätte das den Wind gelockt", lachte Katrin.

Es war immer dasselbe mit ihrem Vater. Er wollte ständig segeln, auch nachts. So wie heute. Sobald das Boot allerdings langsamer als zwei Knoten lief, haderte er mit seinem Schicksal. Dabei gehörte zum Segeln der Wind und zum Wind gehörte, dass er sich manchmal austobte und manchmal eben auch nicht. Tausendmal hatte sie ihm das schon erklärt, aber nie hatte er es kapiert – begriffsstutzig wie Erwachsene nun mal sind.

„Zum Segeln gehört Geduld", sagte sie zum zehntausendsten Mal.

„So viel Geduld, wie der Entgegenkommer da drüben hat", beschwerte sich ihr Vater weiter, „der hat's aber verdammt eilig. Sieht aus, als hätte er Kurs nach Kiel angelegt, oder? Guck mal durch's Glas, ob ihm vielleicht der Frack brennt."

Widerwillig griff Katrin nach dem starken Fernglas. Im Großen und Ganzen war sie mit ihrem Vater mehr als zufrieden. Nur zwei Fehler hatte er: seine Ungeduld und seine Neugierde. „Berufskrankheit", dachte Katrin. Sie schaute grinsend durch das Glas, ob den Leuten auf dem anderen Boot nicht vielleicht wirklich der Frack brannte. Zu ihrem Erstaunen sah sie aber nur eine Person an Bord und zwar eine ziemlich kleine Person. Ein weiterer Blick auf das Heck des schnellen Bootes machte sie noch nachdenklicher. Genau konnte sie den Namen des Bootes nicht erkennen. Zumal es sich jetzt schnell entfernte. Aber irgendwie...: „Weißes Boot mit rotem Streifen. Sieht aus, als wär' das Erwin und die *SCHWALBE*", sagte sie erstaunt. „Hab' sonst keinen gesehen. Ist sein Opa wohl unter Deck? Aber ist der denn schon wieder gesund?"

„Dann hast du wohl eher 'ne Fata Morgana gesehen, mein Schatz", lachte ihr Vater. „Erstens ist der alte Hansen noch im Krankenhaus und zweitens hat er's nie eilig. Das ist wohl gegen seine Religion oder so ähnlich."

„Oder so ähnlich", murmelte Katrin. „Hast wohl Recht. Aber sah mir im ersten Moment wirklich aus wie Erwin – komisch."

Die Logge zeigte einen Tagesstand von 27 Seemeilen und er würde jetzt endlich eine Entscheidung treffen müssen.

Erwin saß angeschnallt in der Plicht der *SCHWALBE* und nahm abermals Seekarte und Hafenhandbuch „*Rund Fünen*" zur Hand. Seine Kursberechnungen hatten gestimmt; er segelte im Kleinen Belt Richtung Nordwesten und im Licht der langsam sinkenden Sonne sah er backbord voraus die Insel Alsen und den großen Fährhafen Fynshav.

Er dachte daran, dass er vor einigen Jahren schon einmal auf der Insel war. Damals hatten seine Eltern noch gelebt und es waren wunderschöne Ferien. Aber nun lebten sie nicht mehr, er hatte keine Ferien und schön war es auch nicht. Betrübt wischte er sich die Augen, konzentrierte sich dann aber schnell wieder auf die Seekarte, um sich abzulenken.

Die Insel Alsen lag also voraus. Es war eine schöne Insel, die wie eine Halbinsel aussah. Hauptsache war aber, dass sie eine dänische Insel war. In Dänemark würden sie ihn sicher nicht vermuten.

Er konnte immer noch kaum glauben, dass er genau dort gelandet war, wo er wollte. Den Kurs auszurechnen, eine Linie auf die Seekarte zu zeichnen und mit dem Boot diesen Kurs auch zu segeln, das war eine Sache. Vor allem, wenn Großvater beruhigend hinter ihm stand und er ein sicheres Gefühl hatte. So als würde er in der Badewanne mit dem Schiffchen spielen. Eine ganz andere Sache war es, alles alleine zu meistern. Zumal seine Kenntnisse der Navigation allerhöchstens Grundkenntnisse waren. An der Küste entlang segeln oder auch die bekannte Strecke von Kiel nach Bagenkop, das ging mit seinen Kenntnissen gerade noch. Aber nach Finnland könnte er damit nicht segeln. Aber schließlich wollte er auch gar nicht nach Finnland. Und hier in der westlichen Ostsee hatte er fast immer Landsicht und außerdem war er schon oft in diesem Revier gesegelt. Trotzdem: Dass nach fast 30 Meilen Fynshav immer noch dort war, wo es hingehörte, das verblüffte ihn doch einigermaßen.

Müde setzte er sich auf den Sitz hinter dem Steuerstand und legte die Seekarte zur Seite. Ein Blick auf seine Uhr sagte ihm, dass sie gleich wieder Nachrichten senden würden. Eilig beugte er sich zur Seite und griff zum kleinen Weltempfänger. Er stellte den Ton lauter und lauschte angestrengt. Den ganzen Tag hatte er schon den Norddeutschen Rundfunk gehört, aber nie das erfahren, was er erwartete. Auch jetzt berichteten sie über alles Mögliche. Über Konkurse, über den Bundesinnenminister und über ein Unwetter in Thailand. Dass sie in Kiel einen dreizehnjährigen Jungen vermissten, das sagten sie nicht. Wo sie doch sonst immer so aufgeregt waren, wenn Kinder verschwanden – und das mit Recht. Er hätte ja auch entführt sein können. Er war sich nicht sicher, ob er enttäuscht oder froh sein sollte. Aber eigentlich konnte das nur bedeuten, dass ihn noch niemand vermisste. Und das war gut. So besaß er einen guten Vorsprung, der ihm erlaubte, weiterhin langsam zu segeln. So wie heute.

Kurz nach seinem überhasteten Aufbruch von Bagenkop hatte ein leichter und beständiger Südwestwind eingesetzt, wie sie es vorausgesagt hatten. Eigentlich hätte es ein herrlicher Segeltag sein können. Wären die Umstände andere gewesen, hätte er ihn sogar genießen können.

Er hatte jetzt nur noch das Vorsegel gesetzt, was nicht so elegant aussah, aber den Vorteil hatte, dass er noch langsamer war und nicht zu früh im Hafen ankam. Und das war sein Problem. In welchem Hafen wollte er eigentlich ankommen? Er schaute wieder ins Hafenhandbuch und versuchte, sich zu konzentrieren. Das wollte ihm aber auch diesmal nicht richtig gelingen. „Voller Bauch studiert nicht gern", fiel ihm ein. Das hatte sein Opa oft scherzhaft zu ihm gesagt und damit gemeint, dass er vor den Hausaufgaben nicht so viel essen sollte. „Leerer Bauch studiert noch weniger gern", knurrte Erwin und übertönte damit sogar das Knurren seines Magens. Seit Freitag hatte er kaum etwas gegessen und ausgerechnet jetzt wurde ihm vor Hunger übel. Die beiden letzten Tage hatte er keinen Appetit verspürt oder war zu aufgeregt gewesen. Heute hatte er mit Navigation, Segeln und schlechtem Gewissen so viel zu tun gehabt, dass er seinen Magen komplett vergaß. Und jetzt erinnerte ihn sein Bauch daran, dass er nicht gerne vergessen wurde. Aber nun musste das Organ wohl oder übel noch Geduld aufbringen.

„Wahrscheinlich doch eher 'übel'", dachte Erwin und musste über das Wortspiel sogar ein wenig schmunzeln.

Im Nordosten lag also die Insel Lyö mit einem kleinen und versteckten Anleger. Und ein versteckter Anleger und eine verschwiegene Insel, das war eigentlich genau das, was er brauchte. Außerdem war es dort sehr schön. Vielleicht ideal, um sich ein paar Tage zu verkriechen.

„Und backbord voraus", dachte Erwin, während das Boot langsam durch die ruhige See glitt, „liegt also Fynshav. Ein an Hässlichkeit kaum zu überbietender Fähr -und Yachthafen." Er prüfte mit einem kurzen Blick den Kurs, den der Autopilot den ganzen heutigen Tag einwandfrei hielt und überzeugte sich, dass immer noch kein anderes Boot in der Nähe war. Dann vertiefte er sich wieder ins Hafenhandbuch: *„Auf Lyö ist die Welt noch in Ordnung und hier kennt jeder jeden."* Das gab den Ausschlag. Die Entscheidung war getroffen. Wenn die Welt dort noch in Ordnung war, dann könnten sie Kriminelle wie ihn bestimmt nicht gebrauchen. Außerdem, dass jeder jeden kennt, das konnte er nun gar nicht gebrauchen. Also würde er in den Hafen von Fynshav einlaufen, einem weniger attraktiven und anonymen Durchgangshafen, wo hoffentlich keiner seine Mitmenschen kannte.

Vorsichtshalber blickte er nochmals auf die Uhr. Es war bereits nach 21 Uhr. Das war genau das, was er brauchte. Wenn alles gut ging, hatte der Hafenmeister schon längst Feierabend und er müsste sich heute nicht mehr anmelden. Bis morgen würde er sich schon was einfallen lassen.

Erwin startete den Motor, rollte das Vorsegel ein und nahm Fahrt in Richtung Hafen auf. Dort ergriff er die gleichen Vorsichtsmaßnahmen wie bei seinem Anlegemanöver am Freitag und hatte auch diesmal Glück. Der Wind war im Hafen kaum zu spüren, sodass es von daher keine Probleme gab. Der Yachthafen war so gut wie leer. Trotzdem sprach Erwin wieder seine Selbstgespräche in Richtung Kajüte, während er langsam zwei Kreise im Vorhafen fuhr, um sich zu orientieren. Hier gab es keine Spundwand wie in Bagenkop und keine Möglichkeit, abseits zu liegen. Als er seine zweite Runde fast vollendet hatte, sah er zu seiner Freude ein Boot in der südlichen Ecke des Hafens liegen, das keinesfalls aus Kiel kommen konnte. Es war eine Ketsch mit englischer Flagge. Das war genau das, was er suchte. Also beschloss er, den Liegeplatz neben dem Engländer zu wählen. Er beendete seine Hafenrunde und fuhr langsam, aber zielstrebig auf den leeren Liegeplatz zu. Als er ungefähr drei Schiffslängen von dem Platz entfernt war, kuppelte er den Gang aus und steuerte direkt und so langsam auf die Lücke zu, dass er gerade noch Ruder im Boot hatte. Der Bug der *SCHWALBE* schob sich Zentimeter um Zentimeter nach vorne.

Erwin war erfreut, als er sah, dass ein junger Mann von der Ketsch ihn bemerkte und auf den Steg sprang, um die *SCHWALBE* in Empfang zu nehmen. So war das Anlegemanöver überhaupt gar kein Problem. Erwin brauchte nur noch geradeaus zu steuern und kurz vor seinem Helfer mit Hilfe des Motors das Boot abzubremsen. Wie vorgestern, gelang ihm das auch heute einwandfrei. Während Erwin die Leinen befestigte, hielt der junge Mann geduldig das Boot. Er machte dabei nicht den Eindruck, dass er sich für den Neuankömmling besonders interessierte.

Erwin befestigte das Boot wieder sehr sorgfältig und dann bedankte er sich bei dem netten Engländer. Dabei versäumte er allerdings nicht, ihm vorsichtshalber mitzuteilen, dass sein Vater unter Deck sei und ihm übel wäre. Grölend ging der Helfer zu seiner Mannschaft zurück und Erwin sah belustigt, wie er wild gestikulierend und lachend auf die *SCHWALBE* deutete. Würgend gab er zu verstehen, dass sich dort an Bord jemand übergeben musste.

Hier gefiel es Erwin. Einen ungastlicheren Hafen konnte er sich nicht wünschen.

Er beschloss, eine Weile in Fynshav zu bleiben.

Dänemark war ein gutes Land für einen Flüchtigen.

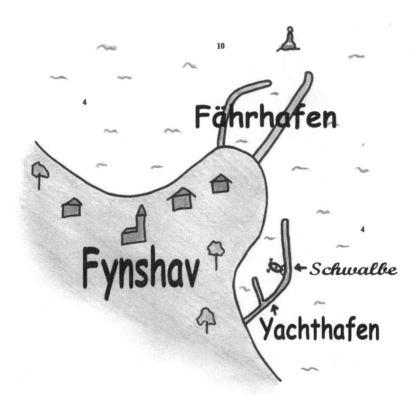

Ein Tag später
Montag, 22. Mai. 04:30 Uhr

Er stand im Niedergang und lauschte.

Außer einem leichten Plätschern an der Hafeneinfahrt hörte er nichts. Das beruhigte ihn.

Ein schwacher Grauschleier versuchte, die Nacht zu verdrängen und viel mehr Licht brauchte er im Moment auch nicht. Was er aber ganz und gar nicht brauchte, waren fremde Augen. Und dazu war die frühe Stunde ideal. Die wenigen bewohnten Boote im Yachthafen bewegten sich schwerfällig in der leichten Dünung. Es gab aber keinerlei Anzeichen dafür, dass schon jemand wach sein könnte.

Also machte sich Erwin ans Werk.

Zuerst würde er den Bootsnamen verändern. Er klappte sein Taschenmesser auf, schlich sich zum Heckkorb des Bootes und beugte sich kopfüber über das Heck. *SCHWALBE* hatte Großvater das Schiff getauft und immer hatte ihnen der Name gefallen. Hinzu kam, dass die goldenen Großbuchstaben am Heck des Bootes ausgesprochen schön aussahen. Aber nun musste er den Namen ändern und er hoffte, dass die Änderung kein Unglück brächte. Aber es sollte schließlich nur vorübergehend sein. Vorsichtig schob er sein Messer unter das goldene Messing-S, unter den ersten Buchstaben. Und siehe da, schon beim zweiten Versuch löste er sich langsam. Erleichtert stellte er fest, dass sich der Buchstabe leichter vom Rumpf löste, als er vermutet hatte. Gut, dass sie nur aufgeklebt waren. Er verbarg den ersten Buchstaben sorgfältig in einem Tuch, dann vergewisserte er sich abermals mit einem schnellen Blick, dass er keine Zeugen hatte. Genauso akkurat verfuhr er bei den anderen Buchstaben, die er nach und nach langsam entfernte. Übrig blieben die drei mittleren Buchstaben: *WAL*. Jetzt hieß das Boot also *WAL*.

So einfach war das! Der neue Name war zwar nicht besonders originell als Tarnung, aber es bot sich an und vielleicht würde es ja für den Moment reichen. Immerhin war der Wal ein Meeresbewohner und als Schiffsname auch nicht ganz abwegig. Vielleicht würde der Name auch Glück bringen.

Er verstaute die abgelösten Buchstaben, reinigte das Heck von Kleberückständen und betrachtete zufrieden sein Werk. Mittlerweile war es schon fast halb sechs. Das Tageslicht setzte sich immer mehr durch und er musste sich sputen. Immer noch war es im Hafen wie ausgestorben. Selbst nebenan im Fährhafen regte sich noch niemand. Immer noch mit seinem Messer bewaffnet, begab er sich jetzt an den Bug des Bootes, an die Steuerbordseite. Etwa 10 Zentimeter unterhalb der Scheuerleiste hatte sein Opa einen schönen roten Streifen aufgeklebt, der das Boot schlanker aussehen ließ. Diesen Streifen wollte Erwin nun ebenso vorsichtig entfernen. Wenn sie ein Boot suchten, das war ihm seit gestern klar geworden, dann ein weißes Boot mit einem roten Streifen und dem Namen SCHWALBE. Also musste er dafür sorgen, dass es dieses Boot nicht mehr gab. Langsam kroch er von vorne nach achtern und löste zunächst den Streifen auf der Steuerbordseite ab. Anschließend nahm er sich die Backbordseite vor. Auch das ging überraschend einfach. Schließlich nahm er sich noch ausreichend Zeit, um die Kleberückstände gründlich mit Seife zu entfernen. Zu seiner Genugtuung ging selbst das ziemlich einfach. Und wie immer, wenn etwas zu einfach geht, wird man übermütig – so auch Erwin. Als er fast fertig war, vergaß er für einen Moment seine Vorsicht und die ständigen prüfenden Blicke in Richtung Steg.

„Vorm Aufstehen schon so fleißig? Kannst bei mir anheuern. Brauch' auch einen, der nachts das Boot putzt."

Erschrocken ließ Erwin den Putzeimer aufs Deck poltern.

„Äh...", stotterte er, „also..."

Auf dem Steg, genau vor seinem Boot, stand ein breitschultriger Seemann, der trotz seiner Korpulenz geräuschlos aufgetaucht war.

„Äh...", stotterte Erwin abermals und flüsterte dann: „Pst, mein Vater schläft noch. Das ist Strafarbeit. Hätt' ich schon gestern machen müssen."

„Tja", flüsterte der Mann zurück, „wird dein Vater mit der Strafe wohl Recht haben. Wer nicht hören will, der muss putzen, auch morgens um sechs", und damit entfernte er sich in Richtung Fährhafen.

Erwin atmete tief durch. Das war noch mal gut gegangen. Im ersten Moment hatte er gedacht, es wäre der Hafenmeister. Der hatte gestern schon Feierabend gehabt und so war die SCHWALBE, vielmehr der WAL, verbesserte sich Erwin in Gedanken, noch gar nicht im Hafenbüro angemeldet worden.

Aber der Hafenmeister war es nicht und das war Glück.

Trotz des Schrecks brachte Erwin seine restliche Putzarbeit flink zu Ende. Vielleicht nicht ganz zu seiner Zufriedenheit, aber die Feinarbeiten konnten warten.

Nun zeigte die Uhr bereits halb sieben und er hatte noch eine andere wichtige Angelegenheit zu erledigen. Und jetzt hätte er es gebraucht, dass sich im Hafen langsam etwas bewegte. Das heißt, nicht im Hafen, aber auf dem Nachbarboot, bei den englischen Seeleuten. Aber da regte sich noch absolut gar nichts.

Gut, es war noch eine halbe Stunde bis sieben Uhr, aber wenn die Engländer um sieben ablegen wollten, dann sollte schon langsam das Kaffeewasser kochen. Oder das Teewasser, wie das bei Engländern wohl eher üblich war. Gestern hatten sich seine Nachbarn auf der englischen Ketsch radebrechend mit ihm unterhalten, und so hatte er erfahren, dass sie in aller Herrgottsfrühe „nach Viehmärn" aufbrechen wollten.

„Wo, zum Teufel ist Viehmärn?", hatte er gedacht, aber nach zwei-maligem Nachfragen hatte er herausbekommen, dass sie Fehmarn meinten. Und schon war in ihm ein Plan gereift. Fehmarn war der perfekte Ort, eine falsche Spur zu legen.

Er hatte in eine Mappe im Navigationstisch gegriffen und eine der Ansichtskarten gesucht, die er dort als Andenken an die verschiedenen Häfen sammelte. Wie er richtig vermutete, war auch eine von der Insel Fehmarn dabei. Die beschriftete er mit der Adresse seines Großvaters im Städtischen Klinikum Kiel. Und dann..., ja, und dann begann das Problem. Was sollte er schreiben? Er hatte sich nicht nur schuldig, sondern richtig niederträchtig gefühlt. Aber irgendwas musste er schreiben. Er brauchte fast eine Stunde für die vier Sätze:

Lieber Opa! Mach' dir keine Sorgen. Es ging leider nicht anders.
Ich gehe in kein Heim und ich passe gut auf mich und das Boot auf.
Es geht uns gut. Dein Erwin.

Dann hatte er eine Marke auf die Postkarte geklebt und sie einem der jungen Engländer, den sie David nannten, gegeben. Er bat ihn, die Karte am Montag in Fehmarn in einen Briefkasten zu stecken. Vielleicht würde der Poststempel von Fehmarn die Suche nach ihm in die falsche Richtung lenken. David war auch sofort bereit, Erwin diesen Gefallen zu tun. „I think, you forgot it, because you had to buy again beer for your father", amüsierte er sich.

Erwin erinnerte sich an den Englischunterricht und dass der Junge wohl gesagt haben musste: „Ich glaube, du hast die Karte vergessen, weil du wieder Bier für deinen Vater besorgen musstest." Erwin hatte ebenfalls gegrinst und nochmals darauf hingewiesen, dass die Karte ganz, ganz wichtig und eilig sei.

Und nun war es bereits halb sieben und nichts rührte sich. Mit dem schnellen Boot brauchten sie bei gutem Wind vielleicht sechs bis sieben Stunden bis Fehmarn. Dann könnten sie die Karte gerade heute noch einwerfen.

Aber wenn sie verschliefen? Sie hatten die halbe Nacht gezecht und gelacht und nun lagen sie am Ende noch im Koma? Sie sollten sich schon längst an Deck tummeln! Ob er vielleicht...?

„Wahrscheinlich tue ich ihnen einen Gefallen, wenn ich sie wecke", versuchte er sich murmelnd selbst zu überzeugen, „wo doch der Wind gerade günstig steht." Leise stieg er den Niedergang herab und schlich zu dem Schwalbennest, wo die Seenotmittel aufbewahrt wurden. Obenauf lag wie immer das Signalhorn mit der Pressluftflasche. „Das Signal darf man nur im Notfall benutzen", hatte ihm sein Großvater eingeschärft, „um anderen Schiffen eine Richtungsänderung oder sonst eine ganz wichtige Mitteilung zu morsen." Und dass es jetzt und in diesem Fall um beides gleichzeitig ging – sowohl um eine wichtige Mitteilung als auch um einen Notfall –, das war Erwin klar. Trotzdem wollte er sich lieber nicht erwischen lassen. Er nahm das Signalhorn, schlich wieder leise zum Niedergang, stieg halb empor und dann hielt er das Horn aus der Luke. Dabei achtete er darauf, dass das Horn noch von der Spritzpersenning verdeckt wurde. Er drehte das Signal in Richtung des Nachbarschiffes und drückte den Knopf geschlagene zehn Sekunden kräftig nieder. Dabei duckte er seinen Kopf möglichst tief, damit seine Trommelfelle keinen Schaden nahmen.

Ein ohrenbetäubender Lärm erfüllte den gesamten schlafenden Hafen. Bevor sich jedoch der erste aufgeschreckte Segler aus dem Niedergang schälen konnte, zog Erwin das Signal schnell an sich und sprang auf den Kajütboden. Dann verstaute er es wieder flink, stürzte den Niedergang empor, öffnete das Schiebeluk, stolperte in die Plicht, rieb sich die Augen und tat so, als forschte er verschlafen und schlaftrunken nach der Quelle des Alarms.

Auch auf den wenigen anderen Booten passierte dasselbe, begleitet von vereinzelten deftigen Flüchen.

Nur auf seinem Nachbarboot rührte sich erstaunlicherweise immer noch nichts. Erwin überlegte gerade, was er als Nächstes anstellen sollte, als plötzlich das Luk auf der Ketsch aufgerissen wurde und sich drei Besatzungsmitglieder gleichzeitig durch die enge Öffnung quetschten. Wild gestikulierend brüllten sie: „Alarm! Alarm!", und hielten in jede Himmelsrichtung Ausschau nach Piraten.

„I think, it was Fehlalarm", beruhigte sie Erwin in seinem besten Schulenglisch-Kauderwelsch. „War vielleicht the ferryboat, also die Fähre."

„Ah, yes, yes, ferryboat", murmelten sie durcheinander, schüttelten sich wie nasse Hunde, strichen sich mit der Hand durch die Haare und hatten damit auch schon die Morgentoilette erledigt.

„Wenn wir schon wach sind, können wir auch segeln", sagte der Skipper. „Wind ist günstig. Gefrühstückt wird auf See."

Dann dauerte es keine fünf Minuten und sie lösten die Leinen.

Erwin erinnerte David nochmals daran, die Postkarte einzustecken. Der Engländer versprach ihm das auch hoch und heilig, während er mit der rechten Hand die Vorleine aufschoss und mit der linken versuchte, seine Schlafanzughose vor dem Absturz zu retten.

So schnell hatte Erwin noch niemals jemanden ablegen sehen. Er war sich nicht sicher, ob er das bewundern oder für schlechte Seemannschaft halten sollte. Allerdings fiel ihm ein, dass er mit seiner Weckaktion auch nicht gerade ein Musterbeispiel einer guten Seemannschaft abgegeben hatte. Er merkte, wie er leicht rot anlief und nahm sich vor, die Sache irgendwie wieder gutzumachen. Sobald es ging, würde er einen Teil seines Taschengeldes für die Seenotrettung spenden. Oder ob das alles noch schlimmer machen würde? War das vielleicht Ablasshandel? Verdammt! War alles nicht so einfach. Er würde sich schämen. Er würde spenden, aber jetzt wollte er sich lieber erst einmal in der Hundekoje verkriechen.

Er schlich den Niedergang abwärts, während er sich weiter Gedanken und Sorgen über seine Aktion mit dem Signalhorn machte. Jetzt war er endlich in Dänemark, wo sie ihn vielleicht noch nicht suchen würden und er hatte gedacht, sein Gewissen würde sich beruhigen. Außerdem hatte er gehofft, keine Verbrechen mehr begehen zu müssen. Gut, die Sache mit dem Signal, der Postkarte und dem roten Streifen waren vielleicht gar keine richtigen Verbrechen. Bei der Fälschung des Bootsnamens war er sich da nicht so sicher. Irgendwie wurde alles immer schlimmer. Aber was sollte er machen? Wenn er wenigstens Großvater fragen könnte. Aber der war ans Bett gefesselt und konnte ihm im Moment auch nicht helfen.

Dabei galt es, heute noch mindestens ein weiteres Problem zu lösen: der Hafenmeister würde bald kommen. Und der würde Geld haben wollen sowie einen Schiffsnamen und einen erwachsenen Kapitän.

Wieder musste er sich etwas einfallen lassen.

Wahrscheinlich würde er abermals ein Stück tiefer in den Sumpf von Lüge und Täuschung einsinken. Und als sei das alles noch nicht genug, bekam er Hunger. Leider hatte er aber absolut keinen Appetit. So viel er gestern auch probiert hatte, richtig heruntergebracht hatte er keinen Bissen. Heute ging es ihm nicht besser. Im Gegenteil hatte er das Gefühl, jeder Bissen würde sofort wieder hochkommen.

Niedergeschlagen zog Erwin nur die Schuhe aus und kroch vollständig bekleidet in die Hundekoje. Dort zog er die Decke über den Kopf und steckte zum ersten Mal seit Jahren wieder den Daumen in den Mund.

Er versuchte, nachzudenken.

Heinz Detering besuchte mit seinem Wohnmobil das dritte Jahr hintereinander die Insel Alsen, aber so etwas hatte er noch nicht erlebt.

Da saß er seit vier geschlagenen Stunden auf der Mole des Hafens von Fynshav und hielt die verdammte Angelschnur und den Haken und den Köder ins Wasser, und noch nicht eine armselige Sprotte hatte angebissen. Ab und zu knabberte irgend so ein verschlagenes Wassertier den Köder ab, aber das wars dann auch schon. „Hätt' ich lieber selbst den Köder fressen sollen, wär billiger gekommen", schimpfte Heinz Detering murmelnd.

Er griff wieder zu einer Dose Bier und fluchte.

Zum Glück hatte er für morgen früh eine Passage nach Norwegen gebucht. Da gab es wenigstens Lachs. Er war nicht 45 Jahre alt geworden, um sich im dritten Jahr von den dänischen Fischen verarschen zu lassen. Mit ihm konnten sie das nicht machen. Nervös zupfte er seinen Pepitahut zum hundertsten Mal zurecht, um seine Glatze ordentlich zu bedecken. Wie die Male zuvor, konnte das seinen Ärger aber auch diesmal nicht besänftigen, und der Fisch biss auch trotz des grünen Hutes nicht an. Selbst das Zupfen an der Angel half nichts. Obwohl er dadurch dem einfältigen Dorsch vortäuschte, dass der Köder lebte, fiel der bauernschlaue Fisch darauf nicht rein. Aber an ihm, Heinz Detering, lag der Misserfolg nicht. In seinem Club war er als einer der besten Angler bekannt. Bestimmt hatte das verdammte Signal heute morgen den Dorsch verscheucht. Wenn er den in die Hände bekäme, der das Horn angestellt hatte, dem gnade Gott. Nun war es schon nach zehn Uhr und der Dorsch war immer noch nicht aus dem tiefen Wasser zurückgekehrt, in welches er sich wahrscheinlich geflüchtet hatte.

Und dann stand da auch noch dieser Junge und glotzte.

Heinz Detering goss sich das restliche Bier aus der Dose in den Schlund und rollte die Angelschnur auf. „Was glotzt'n so?", grollte er in Richtung des Jungen.

„Hab´ Sie bewundert", antwortete Erwin, „wie viel Geduld sie haben. Alle Achtung. Heutzutage hat kaum noch einer Geduld."

„Na ja..." Heinz Detering fühlte sich geschmeichelt. „Als richtiger Sportfischer musst du schon Geduld haben. Was machst'n hier?"

„Hab´ da ein Problem", sagte Erwin gedehnt. „Würden Sie mir ein Sechserpack Bier abnehmen?"

„Hä? Willst du mich verarschen?"

„Nie im Leben", versicherte Erwin. „Mein Vater und ich sind gestern mit dem Boot hier angekommen. Abends musste Papa aber überraschend das Boot für paar Tage verlassen. Und hier in Dänemark darf man ja nicht so besonders viel Bier an Bord haben..., ich mein' als Einzelner..., und wo der Zoll so streng ist. Ist wohl besser, ich bin das Bier los. Nicht, dass ich Ärger kriege. Oder soll ich's wegschütten?"

„Nee, nee", grinste Heinz Detering eilig, „also wenn das so ist, dann will ich mich mal opfern. Wenn du sonst noch was in Sicherheit bringen musst, vielleicht Rum oder so? Wieso musste denn dein Alter so plötzlich weg?"

„Hm..., ja..., also..., meine Mutter hat in Bagenkop einen Italiener kennen gelernt und mit dem ist sie nach Kiel gefahren", erzählte Erwin niedergeschlagen und hoffte, dabei nicht rot zu werden. Er hatte mal gehört, dass nichts bestimmte Männer mehr amüsierte als die Tatsache, dass einem anderen Mann die Frau durchgebrannt ist.

Und wirklich erwies sich das Gerücht als vollkommen richtig.

„Ha, ha, ha, ho, ho" ‚brüllte Heinz Detering und klopfte sich auf die Schenkel, „mit einem Italiener, ha, ha, ha." Während er weiter prustete, packte er seinen Eimer, die Angel, den Angelkasten und die letzten beiden Dosen Bier und ging mit Erwin Richtung Boot, um das Bier in Empfang zu nehmen. Hilfsbereit erbot sich Erwin, den Angelkasten zu tragen.

„Gibt ja sogar noch höfliche Kinder", lachte Heinz Detering, „ha, ha, ha, mit einem Italiener!"

Am Boot angekommen, griff Erwin in die achtere Backskiste, wo sein Opa das Bier aufbewahrte und brauchte nicht lange zu suchen. Mit sicherem Griff hob er einen Sechserpack heraus und gab dem Angler die versprochenen Dosen.

„Hier", sagte er, „wirklich nett von Ihnen. Nicht, dass der Zoll..."

„Schon gut", unterbrach ihn Heinz Detering. „Sonst noch was?"

Erwin tat, als würde er überlegen. „Hm..." seufzte er nachdenklich, „was wollen Sie haben, wenn Sie mir noch einen kleinen Gefallen tun?"

„Einen Gefallen?", Heinz Detering leckte sich die Zunge und reckte den Kopf ein wenig in die Höhe. Er konnte vom Steg aus aber nicht erkennen, welche flüssigen Wertgegenstände noch in der Backskiste lagerten. „Eine Flasche Rum", sagte er dann schnell, bevor der Stauraum zufallen konnte. „Welchen Gefallen denn?"

Erwin griff nochmals in den Lagerraum, hob eine Literflasche Rum in die Höhe und sofort bemerkte er ein begeistertes Glitzern in den Augen des Mannes. „Hier!", sagte Erwin. „Guter Rum. Und ist auch wirklich nur ein kleiner Gefallen. Mein Vater ist ja nun nicht hier. Und ich muss das Boot beim Hafenmeister anmelden und bezahlen. Geld hab' ich. Aber von Kindern nehmen die nicht gerne was. Könnten Sie vielleicht eben mitkommen und für das Boot als mein Vater bezahlen? Muss ja nicht jeder wissen, dass er wegen des Italieners..., na, Sie wissen schon."

„Wenn's nur das ist", lachte Heinz Detering. „Klar! Bist schon gestraft genug. Muss ja nicht jeder wissen. Reich' die Buddel mal runter."

Erwin reichte die Flasche vorsichtig über die Reling, dann kletterte er selbst wieder auf den Steg. Nachdem Heinz Detering die Getränke gewissenhaft in seiner Angeltasche verstaut hatte, gingen sie gemeinsam zum kleinen Büro des Hafenmeisters. Sie meldeten das Boot mit dem Namen *WAL* und als Besatzung Heinz Detering und Sohn an. Vorsichtshalber bezahlte Erwin für drei Tage. Dabei war er wiederum erstaunt, dass in Dänemark so gut wie nie jemand Ausweise oder Bootspapiere sehen wollte. Solange die Geldscheine echt waren, war alles in Ordnung.

Nach weniger als fünf Minuten waren sie wieder auf dem Steg und gingen gemeinsam Richtung Wohnmobil. Heinz Detering war um sechs Dosen Bier und eine Flasche Rum reicher, aber vor allem reicher um eine absolut witzige Story. Die konnte er zu Hause in seinem Angelverein gut und

84

gerne ein Dutzend Mal erzählen. Den Bengel hatte er reingelegt. Hatte er doch diesem Einfaltspinsel eine ganze Flasche Rum aus dem Kreuz geleiert, nur weil er dafür fünf Minuten den Papa spielte.

Heinz Detering war begeistert. Er grinste von einem Ohr bis zum anderen, hoffte aber, dass sein Triumph nicht zu offensichtlich erkennbar war. Während sie schweigend den Weg vom Hafenbüro bis zum abseits abgestellten Wohnmobil trotteten, versuchte er aber, seinen begeisterten Gesichtsausdruck zu unterdrücken. Am Auto angekommen, verstaute der Mann sein Zubehör ziemlich oberflächlich, die Dosen Bier und die Flasche Rum hingegen erdbebensicher. Er schwang sich auf den Fahrersitz, startete den Wagen, öffnete das Fenster und winkte Erwin zum Abschied zu.

„Mit einem Italiener", hörte Erwin den Sportfischer Heinz Detering noch prusten, als der bereits den zweiten Gang einlegte und sich auf den Weg nach Norwegen machte.

Endlich läutete der Pausengong.

Es war halb zwölf und Thomas Heitmann hatte die vierte Stunde mehr oder weniger unbeschadet überstanden. Zum Glück hatte er in der nächsten Stunde eine Freistunde. War auch nötig. Die vierte Stunde montags, das war so wie die achte am Dienstag. Die halbe Klasse schlief noch und kein Mensch interessierte sich für Mathematik. Nicht, dass sich die Schüler am Dienstag mehr für Mathe interessierten, aber wenigstens waren sie nicht mehr müde vom Wochenende, so wie heute.

Weil er aber positiv denken wollte, stellte er zufrieden fest, dass heute alle Schüler anwesend waren. Eine Sache, die am Montag längst nicht selbstverständlich war.

85

„Vielleicht bin ich doch ein ganz guter Klassenlehrer", dachte Thomas Heitmann. Nur eine Sache war komisch, überlegte er, während die Jungen und Mädchen aus dem Klassenraum stürmten: Dieser Erwin war wieder nicht da. Aber der war auch am Freitag nicht in der Schule. Entweder war er krank oder schon im Heim. War er nun noch sein Schüler oder war er es nicht mehr? Hier in der Nähe gab es kein Heim. Erwin würde dann eine andere Schule besuchen müssen. Typisch Jugendamt: informierten einen immer erst hinterher. Eigentlich schade... Im Grunde war der Kleine ein ganz netter und pfiffiger Bursche, wenn er nur nicht so aggressiv gewesen wäre. Nun, jedenfalls war er nicht in der Klasse und seitdem war es viel ruhiger und friedlicher, oder...? Wenn er ehrlich sein sollte, war es am Freitag und heute eher noch unruhiger und noch weniger friedlich zugegangen. Dabei müsste es doch so sein, ging es ihm durch den Kopf, während er den Klassenraum abschloss, dass Frieden herrschte, wenn der Aggressionsherd beseitigt war. Eigenartig. Ob dieser Erwin am Ende doch nicht die Wurzel des Übels gewesen sein sollte? Aber egal. Erst einmal musste er klären, ob der Junge nun noch sein Schüler war oder nicht.

Thomas Heitmann war wütend. Wieder keine richtige Pause.

Er würde in der Verwaltung nachforschen und beim Jugendamt anrufen müssen.

War er nun Klassenlehrer oder Kindermädchen?

„Wie, er ist nicht in der Schule? Und Freitag war er auch nicht da? Und das erfahre ich jetzt auch schon?" Isolde Petzold schäumte vor Wut. Das Jugendamt erfuhr immer alles zum Schluss, wenn überhaupt. „Natürlich ist er noch Ihr Schüler", brüllte sie mit einer Lautstärke ins Telefon, die man ihrer zierlichen Statur kaum zugetraut hätte. „Wenn ich ihn schon im

Heim untergebracht hätte, dann hätt' ich Ihnen das verdammt nochmal schon gesagt. Und wo ist er nun?... Ach, wissen Sie nicht. Weiß es denn einer von den anderen Kindern?... Ach, haben Sie noch nicht gefragt... Ja, natürlich wäre es angebracht, die zu fragen." Isolde Petzold schüttelte den Kopf, verdrehte die Augen und senkte ihre Lautstärke resigniert. „Ja, fragen Sie bitte die anderen Kinder. Vielleicht wissen die was. Is' ja schließlich keine Kleinigkeit, wenn so ein Kind verschwindet, Herr Heitmann. Vielleicht ist ihm auch was passiert und er liegt zu Hause in der Wohnung. Hätten Sie am Freitag schon sagen müssen."

Isolde Petzold legte den Hörer auf und registrierte dankbar, dass der Lehrer nicht schon am Freitag angerufen hatte. Hätte ihr womöglich das ganze Wochenende verdorben.

Aber jetzt würde sie sich darum kümmern müssen. Ehe diese furchtbare *KLUG-Zeitung* von irgendeinem Spitzel erfahren konnte, dass ein Kind verschwunden war und einen Skandal daraus konstruierte. Sie würde erst einmal zur Wohnung fahren. Wahrscheinlich würde der junge Herr Erwin Hansen Junior mit einem Eimer Chips vor dem Fernseher sitzen und vergessen haben, dass heute Montag war. Würde ihm ähnlich sehen. Wäre wirklich Zeit, dass seiner Verwahrlosung ein Ende gesetzt und er irgendwo professionell betreut würde.

Isolde Petzold griff sich ihre Tasche mit den Papieren und Broten, schmiss sich flink den Mantel über und meldete sich hektisch im Schreibzimmer ab.

Jetzt war Eile geboten.

Nun war wirklich Gefahr im Verzuge.

„Weg? Was soll das heißen, weg?"

Erschrocken richtete sich Kapitän Hansen in seinem Bett auf und fuchtelte mit den Armen in der Luft, als galt es, ein ganzes Rudel Piraten zu verscheuchen.

„Ich war beim Haus", berichtete Isolde Petzold, „aber da war er nicht." Sie hatte beschlossen, alles zu sagen. Auch auf die Gefahr hin, dass sie einen Infarkt seinerseits riskierte. Aber was sollte sie machen? War so schon schlimm genug. Der Junge war tatsächlich verschwunden. Die Nachbarin Elfriede Haake hatte ihn am Freitag pünktlich eine Minute nach halb neun mit seinem Rucksack das Haus verlassen sehen. „Sah aus wie immer, wenn er aufs Boot geht", hatte sie berichtet.

„Gut, dass es noch aufmerksame Nachbarn gibt", dachte Isolde Petzold. Nach ihrem Hausbesuch hatte sie nochmals mit dem Klassenlehrer gesprochen und der hatte berichtet, eine Schülerin, eine gewisse Katrin, wollte ihn auf dem Boot des Kapitäns gesehen haben: vor Langeland. Sie war sich aber nicht sicher und die Sache sei ja wohl auch eher unwahrscheinlich.

Fakt war aber, dass Erwin verschwunden und sie ratlos war.

„Ja, Herr Hansen, tut mir furchtbar leid. Da ist irgendwas schrecklich schief gelaufen. Da muss ich jetzt die Polizei informieren. Damit die eine Suchmeldung rausgeben."

„Suchmeldung...", seufzte der Kapitän resigniert, während sich die Welt um ihn zu drehen schien. „Suchmeldung...", murmelte er abermals. Um sich gleich darauf wieder wütend im Bett ein wenig aufzurichten: „Hat er wohl doch Ihren Brief gelesen, der Bengel." Dabei gestikulierte er wieder wild und fluchte weiter: „Wenn ich mich hier wenigstens bewegen könnte!"

„Bewegen?", fragte Isolde Petzold erstaunt, und fügte hinzu, um überhaupt etwas zu sagen: „Meiner Meinung nach bewegen Sie sich ganz gut."

„So, tue ich das?", schimpfte Hansen und fuhr fort: „Sie wissen ja schwer..." Dann unterbrach er sich, legte sich flach ins Bett und richtete sich noch einmal auf. „Sie wissen ja wirklich Bescheid! Ich kann mich tatsächlich bewegen. Bisschen jedenfalls. War wohl der Schreck. Schwester! Schwester!"

Während er die Krankenschwester rief, drückte er gleichzeitig den Klingelknopf. Er konnte es kaum glauben. Er konnte sich wirklich ein wenig bewegen. Er probierte es nochmals und es klappte wieder. Auch Isolde Petzold konnte kaum glauben, was sie sah. Wenigstens etwas Gutes war also heute passiert. Trotzdem würde sie jetzt gehen müssen, um bei der Polizei eine Vermisstenanzeige aufzugeben. Die müssten nach Erwin fahnden. Suchen war nicht mehr ihre Aufgabe. Vielleicht müsste man auch die Küstenwache oder die Seenotrettung einschalten, falls an der angeblichen Beobachtung dieser Katrin doch etwas dran gewesen sein sollte. Aber das war Sache der Polizei. Jedenfalls müssten sie Erwin so schnell wie möglich fangen. Zum einen, damit ihm nichts passierte und zum anderen aber auch, damit er mit seiner Aggression nicht noch weitere Taten verübte. Der war ja die reinste lebende Zeitbombe! Isolde Petzold seufzte. So viel kriminelle Energie hatte sie dem Jungen nun doch nicht zugetraut. Auch, wer ihn bisher für unschuldig gehalten hatte, wurde nun eines Besseren belehrt. Mit seiner Flucht und dem Diebstahl des Bootes hatte er seine Schuld ganz eindeutig bewiesen. Warum sollte er fliehen, wenn er nicht schuldig war?

Aber das sagte sie dem Kapitän lieber nicht. Obwohl er sich wundersamerweise plötzlich einige Zentimeter bewegen konnte, würde er sicherlich noch Wochen oder Monate hier verbringen müssen. Vielleicht würde er auch den Rest seiner Tage im Pflegeheim dahinsiechen.

Umso wichtiger, dass Erwin gefunden und in gute Obhut gebracht würde. Sie verabschiedete sich und stürmte eilig auf den Flur, bevor es hier von Schwestern und Ärzten wimmelte, die die Wunderheilung bestaunen wollten.

Kapitän Hansen staunte schon jetzt über die Wunderheilung. Er konnte sich tatsächlich ein wenig mehr bewegen. Vielleicht hatte sich durch sein wütendes Aufrichten ein eingeklemmter Nerv gelöst? Wer wusste das? Mal hören, was die Medizinmänner sagen würden und davon hielten. Er wusste selbst noch nicht, was er davon halten sollte.

Was er von der Sache mit Erwin halten sollte, wusste er noch weniger. Er war verschwunden. Das war sicher. Wahrscheinlich war er auf dem Boot. Wohin sollte er sonst? Vielleicht war er in den Hafen gegenüber – nach Laboe – geschippert? Das konnte er wohl alleine schaffen, da war sich der Kapitän ziemlich sicher. Aber gut, er würde auf sich aufpassen. Auch da war sich der Großvater sicher. Und er war sich sicher, dass sich Erwin mit Bestimmtheit noch heute oder morgen melden würde. Allerdings wurde ihm auch nicht wohler, als er sich diese Überzeugungen ein zweites Mal vorbetete.

Er fragte sich stattdessen, warum er sich plötzlich wie jemand vorkam, der im dunklen Wald pfiff, um seine Angst zu verlieren.

Für die Besatzung der „*BG 2312 Kormoran*" der Küstenwache hatte es heute keine besonderen Vorkommnisse gegeben – noch nicht. Alles in allem war es bisher mit Patrouillenfahrt und der üblichen Routine ein ruhiger Tag gewesen.

Kommissarin Andrea Lubkowitz war erste Offizierin auf dem Küstenwachschiff und war froh, dass heute Montag war. Am Wochenende wimmelte es auf der Ostsee von Sportbooten und da galt es häufig, Ordnungswidrigkeiten zu verfolgen. Nicht, dass sie sich scheute, die aufzuklären. Aber sie hatte sich schließlich nicht für die Küstenwache als Beruf entschieden, weil sie Bußgelder kassieren wollte. Sie wollte die Küste überwachen. Oder richtiger: bewachen. Und zwar vor richtigen

Sündern. Und sie wollte für die Sicherheit der Schifffahrt sorgen. Die Wochenendeinsätze gegen durstige Sportbootbesitzer, die in Schlangenlinien fuhren, begeisterten sie da eher weniger.

Kommissarin Andrea Lubkowitz saß im Steuerhaus der „Kormoran", hielt das schwere Fernglas vor die Augen, während das Schiff mit halber Fahrt voraus „Präsenz zeigte". So wie es in der Dienstvorschrift stand und woran sich die Kommissarin schmunzelnd erinnerte. Das Gebiet westlich von Fehmarn war – rein schiffstechnisch gesehen – fast ausgestorben, stellte sie befriedigt fest. Nur eine einzige Ketsch pflügte an diesem frühen Nachmittag Richtung Fehmarn, wahrscheinlich ein Engländer, aber man konnte die Flagge noch nicht richtig erkennen. Sah nicht aus wie ein Schmuggler, stellte Andrea Lubkowitz enttäuscht fest. Obwohl..., ein Schmuggler sah nie wie ein Schmuggler aus. Vielleicht sollte sie ihn gerade deswegen kontrollieren? Kapitän Schneider war krank, und so war sie jetzt immerhin Kapitän und sie konnte entscheiden. Auf der anderen Seite... Sie lächelte, als sie daran dachte, wie sie dem erstaunten Engländer ihr Vorgehen erklären musste: „Unser Anfangsverdacht beruht darauf, dass Sie nicht wie ein Schmuggler aussehen." Absurd.

„Lustig da draußen?"

Die junge Kommissarin schreckte hoch. Nun hatte sie über ihren eigenen Witz fast vergessen, wo sie war. Das konnte passieren, bei dem ständigen brummenden Motorengeräusch.

Die Stimme des Funkers machte die Welt wieder kleiner, die jetzt in Sekundenbruchteilen auf das Steuerhaus der „Kormoran" schrumpfte und das Schmunzeln von ihrem Gesicht zauberte.

„Was gibt's denn?"

„Meldung der Polizei in Kiel", las der Funker von seinen Notizen ab, „die suchen einen dreizehnjährigen Jungen, der mit einer Segelyacht verschwunden ist. Name des Jungen: Erwin Hansen. Segelyacht heißt SCHWALBE, Sloop, etwa neun Meter, weiß, roter Streifen ringsum. Heimathafen Kiel. Ist gestern wahrscheinlich vor Langeland gesehen worden, mit Kurs Richtung Kiel."

„Hat den Jungen jemand entführt oder was heißt das?"

„Nee, soll ganz alleine unterwegs sein. Die Kollegen von der Polizei klappern jetzt in Kiel und Laboe die Häfen nach ihm ab. Im Heimathafen ist er jedenfalls nicht. Wir sollen hier Ausschau halten. Die melden sich über Funk, wenn sie die Kieler Bucht kontrolliert haben."

„Der ist da alleine? Ein dreizehnjähriger Junge?" Kommissarin Lubkowitz wollte sich eigentlich über nichts mehr wundern, gab es aber immer wieder auf. „Werden immer dreister und jünger, diese Banditen. Was hat er denn angestellt?"

„Steht hier nicht. Boot stehlen und verschwinden alleine reicht ja wohl auch schon."

„Also gut", befahl Kommissarin Lubkowitz betont streng, „120 Grad, Richtung Heiligenhafen. Volle Fahrt. Wollen da mal nachschauen." Und zum Funker gewandt: „Sie gehen wieder in Ihre Funkbude und horchen. Und schalten Sie den Polizeifunk nach oben."

Zufrieden registrierte Andrea Lubkowitz, wie sich die „Kormoran" wie ein junger Mustang aufzubäumen schien und in allerkürzester Zeit die Spitzengeschwindigkeit erreichte. Die Kommissarin hob wieder das Fernglas an die Augen und suchte erneut den Horizont ab. Diesmal glücklicherweise nach einem richtigen Objekt, das war schon was anderes als die ewig langweilige Routine-Patrouille. Aber lange würde es nicht dauern. Sie bedauerte es fast, dass sie den kleinen Gauner bald haben würden. Und dass sie ihn bald fassen würden, daran bestand nicht der geringste Zweifel. Falls er nicht mehr in der Kieler Förde wäre, dann konnte er trotzdem noch nicht weit gekommen sein. Er konnte sich ja nicht in Luft aufgelöst haben. Außerdem würde so einer überall sofort auffallen. Er hatte nicht die geringste Chance.

Eigentlich tat er ihr sogar ein wenig Leid.

Die geräumige Mansardenwohnung über dem Kieler Olympiahafen war modern und gemütlich, aber nicht besonders teuer eingerichtet. Eigentlich erinnerte sie sogar eher an ein gemütliches Büro als an eine Wohnung. Und genau das war sie auch. Obwohl es noch nicht einmal dämmerte, waren die Vorhänge bereits zugezogen. Henning von Türk setzte sich nicht gern neugierigen Blicken aus. Er selbst war von Berufs wegen neugierig und das reichte ihm. Leider hatte es sich heute aber nicht gelohnt, neugierig zu sein. Es war einfach nichts passiert. Den ganzen verwünschten Tag war nichts passiert! Und wahrscheinlich würde auch in den nächsten Stunden nichts geschehen. Immer dasselbe am Montag. Am Montag passierte selten was Unwichtiges. Etwas Wichtiges natürlich immer, aber das war nichts für ihn. Damit sollten sich die Dummbatsche der Zeitungen rumschlagen, die kein Mensch las. Die Blödköppe, die sogar ihren Hals aus schlammigen Schützengräben reckten, um eine billige Story zu kriegen. Aber aus was Wichtigem konnte jeder Rotarschpavian eine Story schreiben. Aus etwas Unwichtigem etwas Wichtiges zu machen, dass forderte dagegen den ganzen Menschen. Und er war schließlich Reporter der *KLUG-Zeitung* geworden, weil er gefordert werden wollte. Und weil er was erleben wollte.

Aber heute hatte Henning von Türk eben überhaupt noch nichts erlebt und das war schlecht für einen Journalisten. Automatisch zündete er sich abermals eine Zigarette an, guckte die Tagesschau und lauschte nebenbei dem Polizeifunk. Auch da war heute noch nichts für ihn dabei gewesen. Außer den üblichen Verkehrsunfällen, Einbrüchen und einer Demonstration gegen Atommüll hatten sie ihm nichts bieten können. Und daraus war keine vernünftige Story zu machen.

Plötzlich spitzte Henning von Türk die Ohren.

Da waren sie wieder und riefen die Küstenwache. Sie hatten diesen Jungen in keinem Hafen in der Kieler Bucht gefunden. Also müsste er woanders sein. Sie baten die Küstenwache um verstärkte Suche und würden von Kiel aus alle Hafenmeister in der näheren Umgebung anfaxen und eine Suchmeldung ausgeben.

Henning von Türk schlug sich mit der flachen Hand an die Stirn.

War vielleicht doch eine Story!

Heute Nachmittag hatte er gedacht, der Bengel wäre nur mit dem Ruderboot von Strande nach Laboe gepaddelt und sie würden ihn vollgefressen bei McChicken finden. Aber nun war er immer noch nicht aufgetaucht und außerdem mit einer Neun-Meter-Yacht unterwegs – auf der Flucht! Aber vor wem? Vielleicht hatte er ja den Kahn geklaut oder den Eigner umgebracht, oder beides. Gesamtgesellschaftlich gesehen war die Geschichte vielleicht nicht so ganz wichtig. Und das war genau das, was er brauchte. Er setzte sich an den Computer, hackte ein paar Zeilen hinein und griff gleichzeitig zum Telefon. Heute zum Redaktionsschluss würde er die Geschichte nicht mehr schaffen. Er brauchte unbedingt ein Bild von diesem, wie hieß der noch gleich...?, von diesem Erwin. Und das könnte er vor morgen nicht beschaffen. Hätte das Bürschchen den Bootsbesitzer nicht ein paar Stunden früher niederstrecken können?

Aber gut, Henning von Türk war trotzdem zufrieden.

Während das Freizeichen ertönte, sah er schon im Geiste das Gesicht des Redakteurs vor sich, wie der fragte: „Ist die Sache wichtig?"

Und Henning würde antworten: „Völlig unwichtig."

Worauf der Redakteur wie immer grinsen würde: „Gut. Nehmen wir!"

In einem anderen Mansardenzimmer und in einem anderen Stadtteil von Kiel brannte nur eine einzige Kerze, was auch so sein sollte. Das kleine Zimmer war ansonsten vollständig abgedunkelt. Sogar das Schlüsselloch zum Flur war mit einem Papiertaschentuch verstopft worden, damit nicht etwa Licht von außen einfallen konnte. Vor allem aber, damit kein schleimiges Erwachsenenauge seine natürliche Neugierde austoben konnte. Unmittelbar unter dem Schlüsselloch stand ein Kassettenrekorder, mit dessen Hilfe das Hörbuch „Der Schatz im Silbersee" von Karl May vorgelesen wurde.

Die vier Jungen, die in der gegenüberliegenden Ecke des Zimmers im Kreis hockten, interessierten sich im Moment allerdings nicht im geringsten dafür, ob Old Shatterhand, Winnetou, der rothaarige Colonel oder wer auch immer dort sein Unwesen trieb. Aber natürlich hatte Kai Burose wie immer Recht, als er die tönende Kassette eingelegt hatte. Das Geräusch an der Tür war unverdächtig und würde fremde Lauschohren fernhalten. Und das war es, was Kai, Martin, Torsten und Kevin am wenigsten brauchten: fremde Ohren.

„Hab´ euch herbestellt", begann Kai die Sitzung flüsternd, wobei er sich nochmals vorsichtig in Richtung Tür umsah, „weil die Sache langsam heiß wird."

Alle nickten schweigend, weil jeder in der Schule mitbekommen hatte, was geschehen war.

„Sogar verdammt heiß", bestätigte Kevin ebenso leise, „obwohl..., ich hab ja eigentlich nichts gemacht."

„Du?" Kai Burose schaute ihn empört und verächtlich an. „Gerade du hängst mit drin. Wie wir alle. Du hast immerhin einen Meineid geleistet. Wird mit Zuchthaus bestraft". Das war vielleicht nicht ganz richtig, hörte sich aber gut an. „Nee, nee, wir hängen alle mit drin. Beißt die verdammte Maus keinen Faden ab."

Bedrückt nickten jetzt alle, auch Kevin war der Widerspruch vergangen.

„Und was können wir machen?", flüsterte Martin die ängstliche Frage so leise, dass Kai sie kaum verstand.

„Nichts!", flüsterte er ebenso still, aber bestimmt. „Am besten, wir machen gar nichts. Wir wollten ja alle, dass dieser Klugscheißer von Erwin von der Schule fliegt. Oder etwa nicht?"

Wiederum nickten die drei anderen widerstrebend.

„Also", fuhr Kai Burose fort, „also! Hat ja auch geklappt. Nur dass er jetzt ganz alleine den Wiedehopf gemacht hat, das konnte natürlich keiner ahnen. Macht ja auch eigentlich nichts."

„Macht nichts?" Kevin konnte sich diese Frage nun doch nicht verkneifen, hoffte aber, dass Kai sie nicht als Widerspruch empfand.

„Nee, macht nichts", bestätigte Kai. „Je weiter weg, desto besser. Nur eins ist saudumm. Falls er absäuft oder ihm sonst was passiert, dann schiebt man uns vielleicht die Schuld in die Schuhe. Die Kunst-Eule Reuter hat schon wieder so dämliche Fragen gestellt."

Auch das hatten Martin, Kevin und Torsten mitbekommen und es hatte ihnen ganz und gar nicht gefallen.

„Könnten sogar noch Reporter oder die Polente kommen", ergänzte Kai.

„Und was sollen wir machen?", fragte Martin nochmals ängstlich.

„Was ich gesagt habe", bekräftigte Kai abermals, jetzt noch eine Spur leiser, sodass sie ihre Köpfe millimeterdicht zusammenstecken mussten, um ihn zu verstehen. „Was ich gesagt habe: nichts! Wir wissen von nichts. Von gar nichts. Wir bleiben bei dem, was wir gesagt haben. Keiner erfährt weiter ein Sterbenswörtchen. Nicht ein Sterbenswörtchen. Dann können sie uns alle am Hobel pfeifen."

„Du meinst...?", wollte Martin fragen, kam aber nicht weiter, weil Kai ihn unterbrach. „Genau das meine ich. Wenn wir zusammenhalten, kann uns keiner was! Keiner!"

„Natürlich halten wir zusammen, Kai, was denkst du denn", beeilte sich Martin zu behaupten, wobei er eine Spur lauter wurde.

„Pst!" Kai hob unwirsch die Hand und blickte vorsichtig zur Tür. „Also gut. Wir halten zusammen. Das sagt jetzt jeder von uns. Dabei schwört er. Abgemacht?!"

„Abgemacht", sagten alle hintereinander, außer Torsten. Torsten sagte das, was er immer sagte: nämlich gar nichts.

„Gut", nickte Kai zufrieden. „Jetzt schwört jeder einzeln. Du fängst an." Dabei blickte er Martin an.

Martin setzte sich feierlich gerade, hob die Hand zum Schwur und sagte: „Wir halten zusammen!"

Dieselbe erhabene Prozedur wickelten Kai und Kevin ab. Sogar Torsten sagte drei Worte: „Wir halten dicht."

Sie reichten sich alle gemeinsam die rechte Hand und bildeten damit eine große Faust. Jetzt konnte ihnen nichts mehr passieren.

Kai Burose war zufrieden. Wenn sie zusammenhielten, waren sie sicher.

Und sie würden zusammenhalten.

Ein Tag später
Dienstag, 23. Mai, 10:00 Uhr, Yachthafen Fynshav, Alsen

Sören Laudrup war schon seit über zehn Jahren Hafenmeister des kleinen
Sportboothafens von Fynshav, aber so etwas hatte er noch nicht erlebt.

Er riss das Fax aus dem Gerät und las den Text noch einmal. Zu seiner
Befriedigung hatte die Polizei der Landeshauptstadt Kiel das eilige Rundschreiben „An alle Häfen" sogar in dänisch geschrieben. Musste wichtig
sein. Sie suchten also ein Boot mit einem dreizehnjährigen Jungen oder
umgekehrt. Was es alles gab! Gut..., dass ab und zu eine Yacht verschwand,
das passierte häufiger. Aber nicht, dass sie von einem kleinen Steppke
entführt wurde. Wo sollte das noch hinführen? Die Kinder wurden wirklich
immer schlimmer. Früher klauten sie Autos, was eigentlich schon schlimm
genug war. Aber dass sie heute schon Schiffe stahlen..., schrecklich!

Sören Laudrup schüttelte den Kopf und las den Text zum dritten Mal.
Er wünschte sich, der Bursche würde hier auftauchen. Dem würde er
was erzählen! Aber er würde hier nicht auftauchen, bedauerte der Hafenmeister. Weil hier nie was los war – und davon viel! Auf der anderen Seite
hatte er sich den Job schließlich darum ausgesucht. Er war ausgesprochen
ruhig.

Zur Sicherheit schaute er aber doch noch in sein aufgeschlagenes
Hafenbuch. *SCHWALBE* hieß das Boot, weiß mit rotem Streifen. So was
würde ihm sofort auffallen. War leider noch nicht eingetroffen. Gestern
war überhaupt nur ein einziges deutsches Boot in seinem Hafen angekommen und das hieß *WAL* und die Leute hießen Detering, wie ihm ein
Blick in seine Liste bestätigte. Wirklich schade. Also war der vermisste
und allein stehende Junge woanders. Hansen sollte er heißen. Müsste ein
schönes Früchtchen sein. Was es alles für missratene Kinder gab!

Zum Glück gab es aber auch andere. Der Kleine mit der Brille, der dort
drüben auf der Mole in der Nähe seiner Tochter stand, der war von anderem
Kaliber. Nett, freundlich, clever und zuvorkommend. Sören Laudrup hatte

98

ihn kurz beobachtet, als er sich gestern mit seinem Vater angemeldet hatte. Beeindruckend! Der Vater war es allerdings weniger. Aber gut, man konnte sich seine Eltern nicht aussuchen.

Sören Laudrup überflog nochmals das Rundschreiben. Er nahm sich vor, die Augen offen zu halten wie einen Augspleiß. Ihm konnte man nichts vormachen.

Dabei beobachtete er weiter aus den Augenwinkeln seine Tochter, die auf den fremden Jungen zuging.

„Musst du gar nicht zur Schule?", fragte sie ihn in perfektem Deutsch.

Sie sprach ihn an, als er für einen Moment das Boot verlassen hatte, um auf die Mole zu gehen. Er konnte schließlich nicht den ganzen Tag in der Hundekoje verbringen. Allerdings hatte er sich nicht weit vom Boot entfernt, damit er beim Auftauchen irgendwelcher Uniformierter in Windeseile unter Deck verschwinden konnte. Und dabei hatte er nun vor lauter Uniformerwartung das blonde Mädchen mit den Zöpfen glatt übersehen.

Sie war fast so groß wie er und musste in seinem Alter sein. Bekleidet war sie mit Jeans, Turnschuhen und einem karierten, dicken Holzfällerhemd, das mindestens zwei Nummern zu groß war. Sie hatte einen auffällig breiten Mund und im Verhältnis dazu eine recht kleine Stupsnase, die von zahlreichen Sommersprossen eingerahmt wurde.

Und nun stand sie also mit einem netten Lachen und dieser völlig überflüssigen Frage vor ihm.

„Kommt drauf an", antwortete Erwin nach einer Schrecksekunde.

Natürlich war ihm klar, dass das mit Abstand die allerdämlichste Antwort war, die er geben konnte. Und deshalb war sie so gut. Sie passte immer, um Zeit zu gewinnen. Ursprünglich wollte er sagen: „Meine Schule ist abgebrannt" oder „Habe Pfingstferien" oder als dritte Möglichkeit schoss ihm durch den Kopf „Geht dich gar nichts an." Aber alles wäre entweder schlechter gewesen oder hätte weiteres Lügen bedeutet.

Also entschied er sich für „kommt drauf an" und erwürgte jede weitere Frage mit einer sofortigen Gegenfrage, oder besser einem ganzen Fragenwust. Das war immer gut: „Und du? Musst du nicht zur Schule? Bist du dänisch? Wie heißt'n du?"

Tatsächlich vergaß sie ihre eigene Frage.

„Eine Menge Fragen", grinste sie. „Linda heiße ich. Hab'erst heute Nachmittag Schule. Bin mit meinem Papa hier, der ist Hafenmeister. Ich bin dreizehn Jahre und einmeterzweiundvierzig groß, Schuhgröße 34. Weißt du jetzt alles oder hast du noch mehr Fragen?" Dabei lachte sie, dass ihr beinahe die Tränen kamen.

„Also..., äh..", stotterte Erwin, „ich heiße Michael und bin auch dreizehn."

War noch nicht einmal gelogen, stellte er mit Genugtuung fest. Ging wohl mit ihm aufwärts. Er war schließlich auf den Namen Erwin Michael Hansen getauft worden.

„Hallo Michael", sagte Linda. „Hab dich gestern gar nicht gesehen. Bist du schon lange hier? Ich bin fast jeden Tag hier. Wir wohnen in Nordborg, im Norden der Insel."

Und so ging es weiter.

Linda Laudrup erzählte viel und gerne. Sie stellte viele Fragen, aber wartete die Antwort nicht erst ab, sondern erzählte meistens gleich irgendwas von sich oder ihrem Vater oder der Insel. Eine Angewohnheit, die ihre Eltern manchmal zur Verzweiflung brachte, aber die Erwin im Moment durchaus recht war. Wenn sie erzählte, brauchte er wenigstens keine unangenehmen Fragen zu beantworten.

Ansonsten stellte er fest, dass Linda durchaus sympathisch, hübsch, schlagfertig und klug war.

„Du sagst ja gar nichts. Bist du immer so still?", fragte sie schließlich, nachdem sie fast ihre ganze Lebensgeschichte in wenigen Minuten erzählt hatte: dass sie in einem kleinen Haus in der Nähe von Nordborg wohnte, dass ihre Mutter Deutsche und ihr Vater Däne war, dass sie die Insel liebte und dass sie auch schon ein paar Mal mit ihrem Onkel gesegelt sei.

Erwin wollte gerade antworten, dass er nicht zu Wort käme, als sie auch schon weitersprudelte: „Oh Schreck, ich muss ja los. Papa kassiert morgens nur und dann bringt er mich wieder nach Hause. Bin schon spät dran. Morgen komme ich aber wieder. Bis morgen, Michael!" Und schon sprang sie über die Hafenmole zurück zum Bürohäuschen ihres Vaters.

Erwin blieb verdutzt und mit offenem Mund stehen, wandte sich dann aber wieder langsam Richtung Boot. Wenn die Leute hier alle so redselig waren, dann wollte er doch lieber unter Deck verschwinden. Nicht, dass er sich mit jemandem unterhielt und sich am Ende noch verriet. Jetzt war es gerade nochmal gut gegangen.

Also Michael hieß er jetzt.

Erwin öffnete das Schiebeluk und kletterte den Niedergang abwärts. Hier fühlte er sich mit Abstand am sichersten. Keine neugierigen Augen, niemand, der ihn ansprach und keiner, der ihn ausfragen wollte. „Wie eine Höhle ist so ein Boot", dachte Erwin, „ nur gemütlicher."

Er setzte sich auf die Bank vor dem Navigationstisch und blickte wie so oft in den letzten Tagen auf die ausgebreitete Seekarte. Ewig könnte er hier nicht bleiben. Bis morgen hatte er bezahlt, aber was dann? Aus Gewohnheit schaltete er das Radio ein, um den Wetterbericht zu hören. Toll war er nicht, der Wetterbericht des Norddeutschen Rundfunks, aber immerhin besser als gar keiner. Am Nachmittag würde er wie immer den genauen Seewetterbericht mitschreiben.

Während der Sprecher die aktuellen Arbeitslosenzahlen vorlas, nahm Erwin einen Bleistift zur Hand und begann, auf der Seekarte die für ihn in Frage kommenden Häfen anzukreuzen.

Plötzlich stutzte er.

Das war doch er! Die meinten ihn!

„...ist etwa einmeterfünfundfünfzig groß, hat rotblonde Haare, blaue

Augen und trägt eine Brille mit runden Gläsern und silberner Fassung, "
hörte er den Sprecher sagen. Der Junge sei seit Sonntag vermisst und
zuletzt auf einem weißen Segelboot mit dem Namen SCHWALBE gesehen
worden. *„Und nun die Wettervorhersage für morgen, den 24. Mai..."*
Vor Schreck schaltete Erwin das Radio aus, so, als könnte er damit die
Meldung rückgängig machen. Bestürzt schloss er die Augen.

Die suchten ihn also schon. Hätte er sich natürlich denken können. Aber
dass sie es nun tatsächlich im Radio brachten, das erschreckte ihn doch.
Das erschreckte ihn sogar sehr! Jetzt würde jeder wissen, wer er war.
Hatten sie eigentlich gesagt, weshalb sie ihn suchten? Vor Aufregung wusste
er das gar nicht mehr. Im Grunde genommen war es aber auch egal.
Bedauerliche Tatsache war jedoch, dass die Leute jetzt wahrscheinlich
schon vor dem Boot standen und mit den Fingern auf ihn zeigten.

Vorsichtig stand er auf, zog die Schuhe aus und schlich leise auf Socken
die Treppen des Niedergangs empor. Er öffnete das Schiebeluk zwei handbreit und schob Zentimeter für Zentimeter seinen Kopf über Deck. Erst
dann traute er sich, die Augen zu leichten Schlitzen zu öffnen.

Er atmete tief durch.

„Keiner da, noch nicht", durchfuhr es ihn.

Da hatte er also noch ein wenig Zeit, nachzudenken.

Er zog seinen Kopf wie eine Schildkröte ein, schloss das Schiebeluk
und atmete nochmals tief durch. Und dann noch einmal! Puh! Dann
beschloss er, sich eine Suppe zu kochen. Irgendwann musste er schließlich
mal Nahrung zu sich nehmen. Außerdem war es ein alter Ratschlag seines
Großvaters: „Wenn du nicht mehr weiter weißt, dann tust du am besten
irgend etwas völlig anderes, irgendwas, was gar nichts mit dem Problem
zu tun hat. Dann fällt dir schon was ein. Ich rasiere mich dann meistens."
Nun, rasieren konnte sich Erwin schlecht. Auf jeden Fall würde nicht viel
dabei rauskommen.

Er griff in den Schubkasten unter der Spüle und nahm die Schachtel mit
den Streichhölzern heraus, um den Gasherd anzuzünden. Er öffnete die
Gasdüse der linken Flamme, nahm sich einen Streichholz und rieb ihn an

102

die raue Fläche der Schachtel. Zu seiner Verblüffung passierte gar nichts. Auch beim nächsten und übernächsten Streichholz passierte nichts.

„Das übliche Problem auf Booten", murmelte Erwin. „Sind feucht geworden, die Dinger." Also schloss er zunächst die Gasdüse und suchte die nächste Schachtel Streichhölzer.

Erstaunt stellte er fest, dass da kein Streichholz mehr war. Nun gut, dann müsste er eben welche kaufen gehen.

Er zog seine Schuhe an, nahm sich einen kleineren Geldschein und den Bootsschlüssel, öffnete den Niedergang, steckte den Kopf heraus und schaute aus Gewohnheit erst einmal Richtung Bug.

Sofort zog er den Kopf wieder ein und schloss das Luk vorsichtig.

Der Mann, der da am Bug stand, sah eigentlich gar nicht aus wie ein Polizist, durchfuhr es Erwin. Aber welcher Polizist sah schon aus wie einer? Vor lauter Streichholzproblemen hatte er die nötige Vorsicht außer Acht gelassen. Was nun? Er blinzelte verstohlen aus einem der Seitenfenster. Selbst als er den Mann weiterstapfen sah, der nun eine Angel in der Hand hielt, blieb er geduckt dort stehen.

Heute würde die Küche wieder kalt bleiben.

Er würde sich nicht in Gefahr begeben und das Boot nicht wegen ein paar lächerlicher Streichhölzer verlassen. Musste er sich eben eines der widerlichen Müsli-Riegel einzwingen. Vielleicht könnte er sogar kalte Bohnen mit Ketchup aus der Dose essen. Oder noch besser: er würde sich einfach an einen leeren Magen und an die Magenschmerzen gewöhnen.

Bei genauerer Überlegung sagte ihm sein Verstand allerdings, dass seine Vorsichtsmaßnahme übertrieben war. Sein Boot hieß jetzt *WAL* und hatte keinen roten Streifen; und weiße Boote gab es Tausende.

Sein Gefühl sagte ihm jedoch, dass Vorsicht nicht schaden konnte.

Und Streichhölzer würde er schon früher oder später besorgen können.

Vielleicht könnte ihm Linda helfen? War möglicherweise doch ganz gut, überlegte er, dass er sie kennen gelernt hatte. Sie kannte sich hier jedenfalls verdammt gut aus.

Nur an seinen neuen Namen musste er sich gewöhnen. Michael hieß er jetzt also. Das würde er sich merken müssen, um sich nicht zu verraten. Er ahnte nicht, dass er sich den neuen Vornamen keineswegs lange merken musste.

Aus dem Bewegungsbad des Städtischen Krankenhauses Kiel drangen Laute, die an eine Robbenschule erinnerte.

Selten hatte ein Pfleger erlebt, dass ein einzelner Mensch in einer derartigen Lautstärke um sein Leben geprustet und geplanscht hatte. Aber wie die meisten Seeleute war auch Kapitän Hansen wasserscheu und hasste die Berührung mit dem feuchten Element. Aber was sollte er machen? Seit er sich gestern überraschend ein wenig bewegen konnte, hatten sie sofort Bewegungstherapie im Schwimmbad angeordnet.

Die Ärzte waren zunächst noch skeptisch, was seine wundersame Heilung anbetraf. Besonders der Chirurg, der nach wie vor eine Operation für notwendig hielt, weil von richtiger Bewegung des Kapitäns noch nicht die Rede sein konnte. Außerdem glaubte er nicht an derartige Heilungen.

„Dass eine Heilung auf diese Art und Weise geschieht, so was kann gar nicht passieren", argumentierte er bei der Visite. Dagegen gab der junge Assistenzarzt zu bedenken: „Natürlich haben Sie Recht. Andererseits sind die Krankenhäuser und Friedhöfe voll von Menschen, bei denen etwas passiert ist, was gar nicht passieren konnte."

So einigten sie sich zunächst darauf, den ersten Genesungsschritt des Kapitäns als eigenen Therapieerfolg zu verbuchen. Sie hatten ihn ja schließlich auch schon ein paar Wochen behandelt. Vielleicht war die Theorie tatsächlich nicht ganz abwegig, dass sich bei dem Patienten durch plötzliche Bewegung im therapeutischen Gipsbett ein Nerv gelöst haben könnte. Also verordneten sie ihm neben Medikamenten leichte Bewegung im Bad und Muskeltraining. Sie hatten ihn im Rollstuhl in den Keller geschoben und dann mit einer Spezialvorrichtung ins Wasser gehoben. Unter fachkundiger Anleitung einer strengen Physiotherapeutin musste er nun Bewegungen wie ein Zitteraal machen.

War auch eigentlich gar nicht so übel, dachte der Kapitän. Vor allem, wenn man sich freute, dass man außer Hals und Händen wieder andere Körperteile bewegen konnte.

Aber nun fand er, dass es langsam genug für den ersten Tag war. Wenn er schon nicht auf dem Operationstisch sterben würde, so wollte er noch weniger ertrinken oder an Überanstrengung in diesem gottverdammten Chlortümpel eingehen, wo noch nicht einmal ein Dampfer hineinpasste. Erleichtert stellte er fest, dass endlich der Pfleger kam, um ihn wieder in seine Koje zu hieven.

„Wird auch langsam Zeit, Sanitäter", mäkelte er. „Die Kombüse hat doch bestimmt schon längst geöffnet."

„Aye, aye, Käptn", lachte der Pfleger, bereitete sorgfältig alles für das Herausheben vor und reichte dem Patienten ein Handtuch. „Gibt gleich Mittag. Hier hab ich aber noch was für Sie. Is' 'ne Postkarte von Ihrem Enkel."

„Schon mal was vom Postgeheimnis gehört?", grunzte Kapitän Hansen. Aber was wollte er erwarten? Wie ein Lauffeuer hatte sich auf seiner Station herumgesprochen, dass sein Enkel verschwunden war. Die meisten hatten den „kleinen Erwin", wie sie ihn nannten, kennen gelernt und mochten ihn. Und sie machten sich Sorgen, genau wie er.

„Kommt von Fehmarn, die Karte", erzählte der Pfleger weiter und befestigte das Gestell, mit dem der Kapitän herausgehoben wurde. „Wie kommt denn der Junge nach Fehmarn?

„Dann sagen Sie mir auch gleich, was er geschrieben hat", seufzte der Kapitän resigniert, „kennt doch ohnehin schon die ganze Klinik auswendig, bevor ich die Karte gesehen habe."

„Wie kommen Sie denn darauf?", fragte der Pfleger eingeschnappt und überlegte sich, ob er dem Alten die Karte vorlesen sollte. Waren immerhin nur drei Leute auf der Station, denen er die Karte gezeigt hatte. Hätte der

Junge eben einen verschlossenen Brief schicken sollen, wenn sein Opa solche Kinkerlitzchen wie das Briefgeheimnis wichtig fand.

Trotzdem war der Pfleger so nett, dem Kapitän die Karte vorzulesen und anschließend einen kostenlosen Rat zu geben: „Werden sie wohl dem Jugendamt oder der Polizei zeigen müssen, wie? Oder beiden!"

Langsam reichte es Kapitän Hansen wirklich.

„Geht Sie einen Scheißdreck an, Sie Pinscher! Holen Sie mich endlich aus der verdammten Pfütze raus", knurrte er ärgerlich. Schlimm, dachte er wütend, die Anmaßung von diesen Leuten, wenn man hilflos war. Das Schlimmste aber war, dass der Pfleger Recht hatte. Er würde wirklich Frau Petzold vom Jugendamt anrufen müssen. Er würde ihr sagen müssen, dass Erwin ein Nachricht aus Fehmarn geschickt hatte. Mit Sicherheit wäre sie froh, ein Lebenszeichen und eine Fährte zu haben.

Dass er ein Lebenszeichen hatte, machte auch den Kapitän froh.

Aber dass die Karte von Fehmarn kam, konnte nur heißen, dass Erwin in einer völlig anderen Gegend war.

Das würde er Frau Petzold natürlich nicht sagen.

Der Junge war viel zu schlau, eine richtige Fährte zu hinterlassen. Also war er wahrscheinlich in entgegengesetzter Richtung unterwegs.

Aber wo?

„Auf Fehmarn war er gestern? Hätten wir doch sehen müssen!"

Kommissarin Andrea Lubkowitz befahl gerade das Ablegemanöver der *Kormoran* aus dem Hafen von Travemünde, als sie die neueste Meldung ihres Funkers überraschte.

Sie hatten gestern und heute die ganze Küste und jeden Hafen bis Lübeck abgesucht, aber nirgends war eine *SCHWALBE* und ein dreizehnjähriger Junge gesehen worden.

„Vielleicht ist er kurz vorher abgehauen", gab der Funker zu bedenken.

„Dann hätten die den notiert. Die notieren jeden Höckerschwan, der in den Hafen kommt, in der Hoffnung, Gebühren zu kassieren", entgegnete die Offizierin, um gleich darauf das Manöver beenden zu lassen: „Gut! Achterleine los! Langsame Fahrt voraus."

Nachdenklich verließ sie das Außendeck, schloss die Schiebetür und setzte sich auf ihren Platz im Deckshaus. Irgendwas stimmte da nicht, überlegte sie. So ein Schiff kann doch nicht mir-nichts-dir-nichts von der Bildfläche verschwinden. Aber gut, wenn das Bürschchen gestern auf Fehmarn war, dann segelte es eindeutig Richtung Osten und dann würden sie den Übeltäter bald einholen. Sie fragte sich nur, wie so ein Dreikäsehoch ganz alleine mit so einem vergleichsweise großen Boot ohne Unfall bis hierher gekommen war.

„Wenn wir die Glockentonne querab haben, gehen wir auf Ostnordost", befahl sie dem Steuermann. „Bis zur Tonne halbe Fahrt, dann volle Fahrt voraus. Und alle halten verstärkt Ausguck."

Langsam wurde ihr die Sache unheimlich. Theoretisch war es ganz und gar unmöglich, dass der ihnen durch die Maschen geschlüpft war.

Sie nahm sich abermals die Seekarte vor.

Wenn der Junge vorgestern vor Langeland gesehen worden war und gestern auf Fehmarn und Richtung und Geschwindigkeit beibehielt, dann wäre er jetzt Richtung Rügen unterwegs. Auch gut möglich, dass er in Polen untertauchen wollte. Aber auch dort würde ihn jemand sehen! Alle Hafenmeistereien, die gesamte Küstenwache und sogar die Gesellschaft zur Rettung Schiffbrüchiger waren alarmiert worden. Einer müsste ihn doch sehen. Sie blickte kurz auf die Uhr und nickte zufrieden. Es war noch früher Nachmittag und sie würden noch lange Tageslicht haben. Auch wenn ihn die anderen Schnarchnasen übersehen würden: sie, Andrea Lubkowitz, würde ihn finden.

Und dann würde sie ihm die Ohrmuscheln lang ziehen.

Und die Hammelbeine noch dazu!

Henning von Türk zog das Blatt aus dem Drucker und las sich die Geschichte nochmals durch.

„Einwandfrei", stellte er fest.

Allerdings hatte die Sache einen Haken. Er hatte kein Bild von dem Jungen. Unglaublich, aber wahr. Da war er nun als eifriger Reporter der *KLUG-Zeitung* gewissermaßen mit der Lizenz zum Schnüffeln ausgestattet und dann das! Den ganzen Tag hatte er sich die Reifen abgefahren, war in der Schule des Bengels gewesen, beim Jugendamt, bei der Nachbarin Frau Haake, im Yachthafen und am Kiosk, wo der sich immer seine Gummibärchen kaufte: nichts. Kein Foto. Es gab einfach kein Bild von ihm. Da er noch nicht lange in der Schule war, konnten sie noch nicht einmal ein Gruppenfoto von einem Ausflug rausrücken.

Das war ein böser Tiefschlag.

Henning von Türk las den Artikel zum dritten Mal, weil er schließlich auf der ersten Seite stehen sollte. Aber wie die Male zuvor war er auch diesmal mit sich zufrieden. Wenn er auch zugeben musste, dass er heute nicht besonders viel dazu beigetragen hatte. Eigentlich hatte er die Story schon gestern nach den spärlichen Informationen durch den Polizeifunk in rekordverdächtigen zwanzig Minuten in seinen Computer getippt. Heute hatten ihm die paar Informationen von den Befragten nur dazu gedient, sozusagen das Gerippe mit Fleisch zu füllen. Die Leute waren ja geradezu begierig darauf, mit Informationen zu prahlen, wenn die *KLUG-Zeitung* anfragte. Allerdings hatte niemand etwas Richtiges gewusst, wenn er ehrlich sein sollte.

Aber egal, der Artikel war fertig.

Zufrieden legte er das Blatt beiseite.

Die Überschrift würde der Redakteur aussuchen, aber es müsste etwas in der Art sein wie: *„Brutales Kind auf der Flucht"* oder *„Kind Gnadenlos flüchtet mit Millonenyacht"*. Oder so was Ähnliches.

Alles in allem hätte er sich also anerkennend auf die Schulter klopfen können. Wenn da nicht die Sache mit dem Foto gewesen wäre; also mit dem Foto, das er nicht hatte! Was nützte der beste Artikel ohne Bild?

Außerdem gab es für ein Foto ein Extrahonorar. Henning von Türk strich sich mehrmals mit der Hand durch das lockige Haar, und tatsächlich half das. Er hatte eine Idee. Von dem Bengel würde er ein Phantombild zeichnen lassen. Er hatte von den ganzen Schwätzern, die er heute befragt hatte, genug Angaben. Vor seinem geistigen Auge hatte er ein gestochen scharfes Bild von Erwin Hansen, dem Kind auf der Flucht, dem Phantom. Da würde es für den Zeichner ein Leichtes sein, ein Bild zu zeichnen.

Henning von Türk strahlte. Wahrscheinlich war so ein gezeichnetes Bild sogar noch besser als ein Foto. Das verlieh der ganzen Angelegenheit eine gewisse geheimnisumwitterte Dramatik.

Jetzt war Henning von Türk richtig zufrieden.

Erwin wurde übel.

Er hatte heute morgen doch noch ein Streichholz trocknen können und sich zum ersten Mal seit Tagen ein kräftiges Frühstück mit Eiern und Speck gebraten. Nun merkte er, wie ihm dieses Gemisch langsam wieder die Speiseröhre emporstieg. Er riss das Schiebeluk auf, presste die Lippen fest zusammen und eilte mit runden Backen an Deck, an die Reling der Leeseite. Dort beugte er sich so weit wie möglich über Bord und erbrach sich würgend. Auf diese zweifelhafte Art erleichtert, schnappte er einmal nach Luft und erbrach sich abermals. Sicherheitshalber blieb er weiter über die Reling gebeugt stehen und bat Linda mit flüsternder Stimme, ihm ein Glas Wasser zu geben. Nachdem sie ihm das Glas gereicht hatte, spülte er sich mit einigen kräftigen Schlucken den Mund, spuckte das Wasser ins Hafenbecken, atmete einmal tief durch und taumelte mehr als dass er ging unter Deck. Er setzte sich auf den Navigationssessel und warf nochmals einen Blick auf die Titelseite der *KLUG-Zeitung*: *"Crash-Kind mit gestohlener Yacht auf der Flucht"* stand dort auf der ersten Seite als Überschrift. Es gab keinen Zweifel: er war gemeint. Und als wäre die Schlagzeile nicht schon schlimm genug, so wurde sie vom Text sogar noch übertroffen: *„Kieler Bucht. Mit schäumender Bugwelle pflügt die Zwölf-Meter-Segelyacht „SCHWALBE" durch die Ostsee. An Bord Crash-Kind Erwin H. (13) auf der Flucht vor Jugendamt, Polizei und Schule. Erwin H. hat sich mit der Yacht seines Großvaters abgesetzt, nachdem er mehrere Mitschüler schwer verletzt hatte. Er sollte deshalb in ein Heim eingewiesen werden. Weiter Seite 4."*

Eilig schlug Erwin Seite vier auf. Auf dem ersten Blick sah er ein Foto seines Großvaters. Daneben eine Zeichnung mit der Beschriftung *„Erwin H.: auf der Flucht"*. Das sollte wohl er sein, aber so hatte er sich noch nie im Spiegel gesehen. Sogar die Brille hatten sie vergessen und insgesamt

110

sah es ihm so ähnlich wie ein Pandabär der Wollhandkrabbe. „Wenigstens etwas", dachte er. Ansonsten war der Artikel auf Seite 4 noch weniger schmeichelhaft als die Ankündigung auf der ersten Seite. Sie hatten zwei Klassenkameraden – Kai in Klammern 14 und Kevin in Klammern 13 – interviewt und die beiden bezeugten, dass der geflüchtete Erwin wirklich ein ganz gefährlicher Bursche und zu allem fähig sei.

Erwin konnte nicht glauben, was er dort las. Zur Sicherheit nahm er sich den Artikel ein weiteres Mal vor, aber jedes Wort stand immer noch dort. Verzweifelt nahm er den Kopf in die Hände und ihm wurde wieder leicht übel.

„Woher..., also..., woher hast du die Zeitung?", stammelte er.

„Gab's am Kiosk, am Fähranleger", sagte Linda, „da hat Papa mich abgesetzt."

„Hat dein Vater die auch gesehen?"

„Der kann kein Deutsch lesen", beruhigte ihn Linda.

„Aber jeder andere wird es lesen und mich erkennen", stöhnte Erwin, „die meisten Dänen hier können gut Deutsch, so wie du. Du hast mich doch auch gleich erkannt."

Das war es, was Erwin mehr erschütterte als der Artikel. Dass sie keinerlei Zweifel gehabt hatte, dass nur er gemeint sein könnte.

Dabei hatte der Tag eigentlich ganz gut angefangen.

Nach dem üppigen Frühstück hatte er aus dem Niedergang den wolkenlosen Himmel und die gemächlich ziehenden Wolken beobachtet. Er hatte gesehen, wie einige Boote ablegten und sich in dem kleinen Hafen zum ersten Mal ziemlich sicher und fast heimisch gefühlt. Er hatte sich sogar in die Plicht gesetzt und die warmen Strahlen der langsam steigenden Sonne genossen.

Und dann stand Linda vor dem Boot.

„Ich heiße Michael", erinnerte sich Erwin sofort, aber Linda sagte gleich: „Hallo Erwin!"

Während Erwin noch mit halboffenem Mund staunte, hatte sie ihm die Zeitung gereicht und mit dem Finger auf die erste Seite getippt.

„Komm unter Deck", hatte er nur hervorbringen können und dort sah er die Katastrophe. Und dann hatte ihn der Brechreiz übermannt. Und jetzt fühlte er gar nichts. Noch schlimmer war, dass er auch keinen klaren Gedanken fassen konnte.

„Warum bist du überhaupt hier?", fragte er Linda, weil er nicht wusste, was er sagen sollte. „Hast du keine Schule?"

„Heute nicht", erwiderte sie. „Elternsprechtag. Deshalb hat mich Papa auch zum Hafen gebracht. Hab gesagt, ich wollte angeln. Papa und Mama müssen zu den Lehrern."

„Elternsprechtag habt ihr hier in Dänemark auch?", fragte Erwin, weil er immer noch nicht wusste, was er sagen sollte.

„Warum nicht, Knallkopf?", antwortete sie.

„Und was willst du jetzt machen? Willst du mich verpfeifen?", fragte Erwin zögernd.

Linda stand bisher neben dem Navigationstisch, auf dem immer noch die Zeitung ausgebreitet war, setzte sich aber nun auf die lange Sitzbank an der Backbordseite, seufzte und schüttelte missbilligend den Kopf.

„Hätte ich dir dann so schnell die Zeitung gebracht? Ich will dir helfen, Blödmann."

„Du mir helfen?", staunte Erwin. „Du? Besser, du gehst von Bord. Ich muss verschwinden. Und zwar ´n bisschen plötzlich."

Langsam kehrten seine Lebensgeister zurück. Er nahm sich einen kräftigen Schluck Wasser, so, als wollte er sich die Lebensgeister einflößen. Und tatsächlich verließ ihn allmählich die Lähmung. „Muss wirklich weiter", sagte er. „Aber nett von dir, dass du mir helfen wolltest."

„Und wo willst du hin?", fragte Linda.

„Na ja", sagte Erwin misstrauisch, „einfach weiter."

Selbst wenn er sein Ziel schon gewusst hätte, so schnell würde er es dann doch nicht preisgeben. „Einfach weiter weg", wiederholte er.

Linda zuckte mit den Achseln: „Ich will dir wirklich helfen. Hast du's schon mal mit Nachdenken versucht? Hätt' ich dir sonst die Zeitung gezeigt?"

112

„Weiß nicht..."

Er wusste wirklich nicht, was er von ihr halten sollte. Warum sollte sie ihm helfen wollen? Sie kannte ihn doch kaum. Eigentlich sogar gar nicht!

„Du weißt nicht?", höhnte sie. „Weiter willst du also, einfach weiter? Die *KLUG-Zeitung* gibt's überall, sogar in Dänemark. Die erkennen dich in jedem Hafen, das ist mal sicher. Aber ich wüsste ein gutes Versteck für dich. Wenn du mich mitnimmst, dann zeig' ich's dir."

„Ich dich mitnehmen?"

Nun war Erwin wirklich aufgebracht. Er war auf der Flucht, und da sollte er sich mit Touristen an Bord abgeben? Mit Mädchen?

„Wird ja immer schöner. Ich bin doch gefährlich. Hier!" Damit schlug er mit der Hand auf den Artikel. „Hier steht's. Hab kleine Kinder schwer verletzt!"

„Blödsinn", wiedersprach Linda. „Mama sagt immer, was in der Zeitung steht, das stimmt fast nie. Weiß doch jeder. Aber auf der Flucht bist du doch, oder?"

„Na ja...," sagte Erwin gedehnt, „ja..., das stimmt schon." Dann hielt er es für geboten, ihr in möglichst kurzen Worten seine Geschichte zu erzählen. Und zwar die ganze Geschichte.

„Mein lieber Mann," staunte sie, „ist ja 'n richtiges Abenteuer. Aber warum haben sie den anderen Jungs geglaubt, aber dir nicht?"

„Wenn jemand blutet, haben die Erwachsenen sofort Mitleid. Außerdem neigt Kai zur Vollleibigkeit, Mitleidsfaktor fünf – mindestens!"

„Ihr mit eurer vorsichtigen deutschen Ausdrucksweise", lachte Linda schallend. „Er neigt zur Vollleibigkeit, ja? Meinst also, er ist fett wie ein Schwein!"

„Ist doch egal. Ich muss jetzt wirklich los!"

„Also gut", lenkte Linda ein, „soll ich dir nun helfen? Ja oder nein? Hast du 'ne Landkarte hier?"

„Seekarte heißt das auf dem Boot", knurrte Erwin.

Natürlich hatte er eine Seekarte. Er hatte sogar einen ganzen Stapel. Aber was würde sie mit einer Seekarte anfangen wollen? Auf der anderen

Seite: Was hatte er zu verlieren? Schlau war sie ja. Anhören könnte er sich vielleicht, was sie vorzuschlagen hatte. Er würde fünf Minuten verlieren, aber darauf kam es jetzt auch nicht mehr an. Aber danach müsste er schleunigst die Leinen lösen und Fersengeld geben.

Eilig nahm er die Zeitung vom Navigationstisch und gab damit den Blick auf die Seekarte vom Gebiet um Alsen und den Kleinen Belt frei.

Sofort kam Linda an den Tisch, stellte sich direkt neben Erwin, beugte sich über die Karte und orientierte sich zunächst einen Augenblick. Als sie gefunden hatte, was sie suchte, tippte sie mit dem Finger darauf: „Hier, das ideale Versteck. Hier sucht dich keiner. Da gibt's keinen Hafenwart, keinen Zeitungskiosk, gar nichts!"

Erwin war verblüfft.

Er wäre vermutlich nach Assens gesegelt oder in einen ähnlich großen Hafen, weil er hoffte, unter vielen Booten nicht aufzufallen. Aber Lindas Vorschlag war besser. Sogar viel besser. Erstaunlich! Die Hoffnung ließ ihn sogar grinsen und einen billigen Kalauer zum Besten geben. „Bist gar nicht so dumm, wie ich aussehe."

Nur die Sache mit ihr, das müsste er sich noch überlegen.

„Wann musst du denn zu Hause sein?", fragte er.

„Mama und Papa sind den ganzen Tag in der Schule. Ich wollte hier angeln und abends mit dem Bus nach Hause fahren. Die kennen das. Ich angle oft lange."

„Du angelst?", staunte er. „Ein Mädchen?"

„Warum nicht, Dämlack, ist dem Fisch doch egal, bei wem er anbeißt."

„Äh..., ja..., stimmt eigentlich", stotterte er und weil er nicht wusste, was er noch sagen sollte, nahm er eilig den Zirkel zur Hand. Den hielt er an den rechten Rand der Seekarte, maß eine Seemeile ab und prüfte die Entfernung, die sie zurücklegen müssten. Ein Blick aus dem Schiebeluk und an die Mastspitze ließen ihn Windrichtung und Windgeschwindigkeit erkennen.

„Hm...," murmelte er, „sind 20 Meilen. Wind kommt von Ost, Stärke drei. Nicht allzu viel, aber wir könnten die Strecke in vier bis sechs

Stunden schaffen. Wundern sich deine Eltern nicht, wenn du keinen Fisch mitbringst?"

„Hab erst einen einzigen Fisch mitgebracht", grinste sie. „Ich glaube, es gibt hier kaum welchen."

„Also gut", entschied Erwin, „dann machen wir das. Von da aus hast du's nicht weit nach Hause."

Er schaute abermals mit hoffnungsvollem Blick in die Seekarte und nickte zufrieden. Ein Blick aus dem Schiebeluk überzeugte ihn davon, dass auch die Zeit günstig war, den Hafen zu verlassen. Die Mannschaften, die weitersegeln wollten, hatten schon längst abgelegt und ankommende Boote würden erst am Nachmittag kommen. Weit und breit sah er keinen Menschen in dem kleinen Hafen und der Hafenmeister war beim Elternsprechtag. Wenn das kein gutes Zeichen war!? Er hatte bis heute bezahlt und so würde es auch nicht auffallen, dass das Boot nicht mehr an seinem Platz war. Alles hatte seine Ordnung.

Erwin erklärte Linda eilig die notwendigsten Dinge am Boot. Er zeigte ihr, wo die Seenotmittel verstaut waren und wo die Leinen lagen. Sie banden sich die Schwimmwesten um, an denen die Sicherheitsgurte befestigt waren und Erwin startete den Motor.

Das Ablegen war bei dem leichten Wind in dem geschützten Hafen ein Kinderspiel und so verließen sie den Liegeplatz ohne Probleme und ohne neugierige Blicke. Sie richteten das Boot ins Fahrwasser des Kleinen Belts, um den Kurs später auf Nordwest zu ändern.

Ein Blick zum Himmel überzeugte Erwin, dass die leichten Wolken immer noch langsam Richtung Westen zogen. Für ihren Kurs war das günstig und er hoffte, dass es so blieb. Leider hatte gestern Nachmittag das Radio aus irgendeinem Grund nur gerauscht und gepfiffen und er hatte den Seewetterbericht nicht hören können.

Sonst hätte Erwin der etwas klumpigen, aber noch hellen Wolke am nordwestlichen Horizont mehr Bedeutung beigemessen.

Henning von Türk war stinksauer.

„Aber natürlich versteh' ich das", sagte er freundlich, „klar gibt es auch noch andere Dinge, die unsere Leser interessieren", dann legte er den Hörer auf.

Verdammter Mist. Er hatte heute schon in aller Frühe in der Erwin-Sache weiter ermittelt und jetzt war es gerade Mittag und er konnte die Hälfte wegschmeißen und sich den Leitartikel auf Seite eins in die Haare schmieren.

„Seite fünf können Sie haben", hatte ihm der Redakteur am Telefon erklärt, „eine Achtelseite, maximal, mit Bild. Ist was Wichtiges passiert. Muss ganz groß vorne rauf."

„Also wahrscheinlich irgendwas, was an Unwichtigkeit nicht zu überbieten ist", dachte Henning von Türk, während ihm der Redakteur erklärt hatte, dass es eine Eilmeldung aus der Lüneburger Heide gab. Eine ehemalige Heidekönigin und Schauspielerin war in Amelinghausen vor dem Schaufenster eines Ladens mit Babykleidung gesehen worden und das war mehr als verdächtig. Das musste die Nation wissen und so würde die Seite-eins-Überschrift lauten: *„Gaby Baby?"*. Damit würde sie bestimmt mehr Kaufanreiz bieten als die geplante Erwin-Schlagzeile.

Also hatte Henning von Türk Verständnis geheuchelt.

Was sollte er auch machen?

Er war nicht fest angestellt und musste gute Miene zum bösen Spiel machen. Gerade diesmal, dachte der Reporter, wo er doch so früh aufgestanden war und sogar zwei Mitschüler von Erwin Hansen aufgetrieben hatte, die ausgesagt hatten. Allerdings musste er zugeben, dass mit den Berichten nicht viel anzufangen war. Ein gewisser Martin hatte ausgesagt, Erwin wäre gemeingefährlich und hätte ihn mit einem Lineal krankenhausreif geschlagen. Dagegen hatte ein Mädchen mit Namen Katrin, der Henning von Türk auf dem Schulweg aufgelauert hatte, genau das Gegenteil behauptet: Erwin sei lammfromm und der friedlichste Junge der Welt und die ganze Schulstrafe würde „nur auf einer verdammten Intrige" beruhen.

116

Komische Sichtweise. Aber gut – Mädchen konnten da schon mal mit der rosa Brille beobachten. Manche Mädchen fühlten sich eben magisch zu solchen Verbrechern hingezogen. Gut, dass er keine Tochter hatte. Dann hatte er noch diese Tante vom Jugendamt befragt. War auch irgendwie komisch und ein bisschen ungereimt gewesen. Aber wenigstens hatte er durch sie ein Bild aufgetrieben. Das war zwar nicht ganz neu, aber brauchbar. Henning von Türk griff in einen Papierstapel, blätterte solange, bis er das Foto gefunden hatte und betrachtete es zufrieden. Es war so verblüffend ähnlich mit der Zeichnung von gestern, die er nach seiner Phantasie hatte anfertigen lassen, dass er stolz auf sich war.

Er musste immer noch grinsen, wie einfach es gewesen war, von der Beamtin die frühere Adresse des Bengels zu bekommen.

„Eigentlich darf ich Ihnen die aus Datenschutzgründen nicht geben", hatte sie zunächst abgewehrt. Aber als er entgegnete: „Dann würde ich vielleicht vergessen, dass Sie Ihre Pflichten in der Sache Erwin Hansen vernachlässigt haben", konnte sie die Adresse nicht schnell genug nennen. „Natürlich nur unter dem Siegel der Verschwiegenheit", hatte Frau Petzold gesagt.

„Natürlich", hatte er geantwortet und sich Notizen gemacht. Bis jetzt hatte er noch keinen Hinweis, dass das Jugendamt irgendwas falsch gemacht haben könnte. War nur so eine Floskel gewesen, die Drohung – sozusagen ein Wink mit dem Zaunpfahl. Weil fast jeder Mensch Dreck am Stecken hat. Aber dass sie so schnell und bereitwillig einlenkte, das hatte ihn dann doch gewundert. Also hatte sie wirklich ein schlechtes Gewissen und er würde bei Gelegenheit nachbohren.

Aber wenigstens hatte er die Adresse bekommen: Cuxhaven, Helgoländer Straße 126. Sofort hatte er sich in seinen Sportwagen gesetzt und war in weniger als zwei Stunden nach Cuxhaven gerast. Dort hatte er ohne große Schwierigkeiten einen Nachbarjungen mit Namen Sebastian ausfindig machen können, der früher mit Erwin befreundet war und der ein Foto hatte. Für eine Schachtel Pralinen hatte er ihm das Bild abgeschwatzt, bevor die Eltern des Jungen ihren Senf dazugeben konnten. Dieser Sebastian hatte ihm sogar erzählt, dass beide Eltern seines Freundes Erwin bei einem Unfall ums Leben gekommen waren. Das war natürlich tragisch. Aber auf der anderen Seite war das vielleicht auch ein Grund dafür, dass der Junge heute verhaltensgestört war.

Auf der Heimfahrt hatte Henning von Türk den Entwurf des Artikels in sein Miniatur-Diktiergerät gesprochen, zu Hause die Endfassung in Windeseile in den Computer getippt und per Computer an die Redaktion gesandt.

Und nun war es gerade Mittag und er musste erfahren, dass sich die ganze Eile nicht gelohnt hatte. Jedenfalls nicht so richtig. Die Titelseite konnte er sich abschminken!

„Aber gut", dachte er, „so schlecht ist Seite fünf auch nicht, und vielleicht klappt es ja morgen mit der ersten Seite."

Er schaltete seinen Anrufbeantworter an, stand auf und nahm sich sein Jackett. Der Chinese nebenan hatte einen phantastischen Mittagstisch. Und „Ente á la Hongkong" mit zwei, drei Gläschen Reiswein würden ihn von seinem Chefredakteur ablenken.

Aber er würde in der Sache Erwin Hansen am Ball bleiben – morgen vielleicht. Langsam interessierte ihn dieser Junge. Vor allem komisch, dass sie ihn immer noch nicht gefangen hatten. An Land, mit einem gestohlenen Auto oder Moped, gut und schön, da konnte man leicht untertauchen. Aber doch nicht mit einer Yacht und nicht auf der Ostsee!

Irgendwas schien da nicht zu stimmen.

„Und was ist mit dem Nachtisch Käptn? Haben wir heute keinen Hunger?"

Kapitän Hansen hörte die Stimme von Schwester Erika, als versuchte sie, eine Nebelwand zu durchdringen.

„Der Nachtisch, Kapitän", wiederholte die Schwester.

Langsam drehte sich der Kapitän in die Richtung, in der er die Stimme vermutete, schüttelte zweimal kräftig den Kopf wie ein nasser Hund das Fell, und erst dann merkte er, dass die Schwester direkt neben seinem Bett stand und im Begriff war, das Mittagsgeschirr mitzunehmen.

„Ach, Nachtisch", murmelte er, „bringen Sie's wieder in die Kombüse, keinen Hunger." Seit gestern knurrte ihm der Magen, aber er bekam kaum einen Bissen heruntergewürgt.

Es verging keine Minute, in der er nicht an seinen Enkel dachte.

Es war bereits Mittwoch, genauer gesagt schon Mittwochnachmittag, und er hatte immer noch kein Lebenszeichen von Erwin erhalten. Gestern hatte er die Postkarte bekommen, aber die hatte ihn eher aufgeregt als beruhigt. Es war zum Verzweifeln. Er war hier gefangen und konnte sich kaum bewegen, während irgendwo auf der Ostsee sein Enkel herumirrte und seine Hilfe brauchte. Aber wo war er, wo hätte er ihm also helfen können, selbst wenn er sich hätte bewegen können?

Der Großvater war sicher, dass Erwin mit dem Boot umgehen konnte.

„Hab ich ihm schließlich in mühseliger Kleinarbeit beigebracht", murmelte er. „Allerdings weiß Gott nicht deswegen, damit der Bengel damit ganz alleine durchbrennt". Ganz alleine... Kapitän Hansen schüttelte den Kopf. Erwin ganz alleine da draußen... Aus langjähriger, leidvoller Erfahrung wusste er nur zu gut, wie verdammt tückisch Meer und Wind sein konnten.

Er hoffte nur, dass der Junge in Sicherheit vor Anker lag und sich in drei Teufels Namen heute telefonisch meldete.

Sie waren jetzt etwas mehr als zwei Stunden gesegelt und die Logge zeigte, dass sie neun Seemeilen zurückgelegt hatten.

Erwin war zufrieden.

Er musste jetzt das betonnte Fahrwasser im Kleinen Belt verlassen und den Kurs Richtung Nordwest ändern, wo bald eine schwarz-gelbe Untiefentonne mit zwei Dreiecken als Toppzeichen auftauchen müsste. In der Seekarte war sie jedenfalls eingezeichnet, also würde sie auch dort sein. Er nahm das Fernglas und spähte angespannt backbord voraus. „Tatsächlich", frohlockte er, „da ist sie. Du kannst jetzt ein bisschen nach links steuern."

Linda stand seit einiger Zeit am Ruder der *SCHWALBE* und nach anfänglichen Schlingerkursen machte sie ihre Sache erstaunlich gut. Nur die seemännischen Begriffe waren ihr nicht vertraut. So hatte er sich angewöhnt, „links" statt „backbord" zu sagen und auch keine Gradzahl für den Kurs anzugeben und alles zu vermeiden, was man missverstehen könnte. Das würde er ihr alles später noch erklären.

Insgesamt, stellte er aber zufrieden fest, hatte sich Linda erfreulich geschickt angestellt. Außerdem war sie eine gute Gesellschafterin. Sie verstand viel Spaß, sodass die Zeit wie im Fluge vergangen war. Sie hatten sich außerhalb des Fahrwassers gehalten, wodurch sie mit dem Schiffsverkehr nichts zu tun bekamen. Begünstigt wurde die angenehme Reise durch den Wind. Nordost Stärke drei bis vier, besser ging es nicht. Mit vollständig ausgerolltem Vorsegel und Großsegel waren sie durch die ruhige See dahingeglitten. Sogar die Navigation war bisher ausgesprochen einfach gewesen. "Augapfelnavigation", hatte Erwin ihr grinsend erklärt, „einfach in einem Abstand von ungefähr zwei Meilen parallel zur Insel Alsen segeln!"

Was nicht so erfreulich war, war die kleine Wolke im Nordwesten, die sie beim Start schon gesehen hatten.

Während das Boot auf den neuen Kurs einschwenkte, beobachtete Erwin abermals mit Sorge, wie sich die Wolke näherte, und zwar mittlerweile recht rasch. Sie hatte sich im Laufe der letzten Stunde um das fünffache vergrößert und als hätte das alleine nicht gereicht, hatte sie sich auch noch von Minute zu Minute verdunkelt.

Erwin hatte Linda nicht beunruhigen wollen und bisher noch nichts darüber verlauten lassen, aber das musste er jetzt ändern. Er senkte das Fernglas und wandte sich zu ihr: „Sieht nach Gewitter aus. Besser, wir ziehen Ölsachen an."

„Ölsachen?", fragte sie.

„Sagt mein Opa immer. Also Regensachen, meine ich. Ich hab' unten meinen Overall. Kannst du haben. Hab' noch einen anderen Anzug."

„Ist das nicht 'n bisschen übertrieben?", lächelte sie. „Weit und breit kein Regen zu sehen."

„Warte mal ab, sicher ist sicher", beharrte Erwin. „Ich hol' die Klamotten. Du hältst Kurs!"

Unter Deck benötigte er lediglich einen Griff, um die Regenkleidung hervorzuziehen. „Du musst immer alles so verstauen, dass du es im Notfall auch bei Dunkelheit sofort greifen kannst", hatte sein Großvater immer gesagt und er hatte sich angewöhnt, genau das zu machen.

„Ging ja schnell", lachte Linda, als er nach weniger als einer halben Minute an Deck war. „Aufgeräumter Haushalt. Ich wollte... was war das?"

Erwin hatte es auch gehört.

Ein Grummeln in der Ferne kündigte wirklich ein Gewitter an. Nun brauchte er Linda nicht mehr zu überreden, die Regenkleidung überzuziehen. Sie legten abwechselnd Schwimmweste und Sicherheitsgurt ab, zogen die wasserdichten Overalls und die Stiefel über und gurteten sich anschließend wieder an.

Darüber war soviel Zeit vergangen, dass sie die Untiefentonne gut mit bloßem Auge erkennen konnten.

Wieder hörten sie ein Grummeln, diesmal wesentlich stärker.

„Hab's auch blitzen gesehen", stöhnte Erwin. „Kommt direkt auf uns zu. Hat uns gerade noch gefehlt. Wir ändern den Kurs nach Steuerbord, weiter auf See raus."

„Noch weiter raus? Ist doch 'n Umweg", protestierte Linda.

„Das schon, aber sicherer. Direkt an der Tonne ist es flach, da sind Steine eingezeichnet. Nicht, dass uns der Wind auf die Felsen treibt."

„Welcher Wind?" fragte sie, während sie den Kurs in die befohlene Richtung änderte.

„Mit Gewitter kommt meistens Wind", erklärte Erwin. „Das Gewitter ist nicht gefährlich, nur unangenehm. Gefährlich ist der Wind. Ich reffe vorsichtshalber die Segel."

„Reffen? Was heißt reffen?"

„Die Segel verkleinern. Damit der Wind das Boot nicht auf die Seite drückt", erklärte er. „Du steuerst jetzt einen Moment in den Wind."

Mit der rechten Hand deutete er in die Richtung, in die sie steuern musste, damit die Segel flatterten und er sie verkleinern konnte.

Jetzt war Erwin froh, dass sein Opa diesen „neumodischen Kram", wie er es immer nannte, angebracht hatte. Mit der Rollvorrichtung für das Vorsegel und das Großsegel waren die Segel in Windeseile auf die Hälfte eingerollt. Nun machte das Boot zwar wesentlich weniger Fahrt und sie würden später ankommen, aber sicher war sicher. Wenn der Wind sie erst gepackt hätte, dachte Erwin, dann würde er nicht mehr reffen können. Dann hätte er alle Hände voll zu tun, das Boot auf Kurs zu halten.

Er schaute sich aufmerksam die Seekarte an, um sich ihren Standort und den Kurs genau einzuprägen. Sie müssten noch etwa eine Meile auf ihrem Kurs bleiben und dann fünf Meilen Richtung Westsüdwest segeln. Während er überlegte, ob sie alle Vorbereitungen für das Gewitter getroffen hatten, blitzte es abermals; diesmal in ganz kurzer Zeit gefolgt von einem Donnerschlag, der die Luft zittern ließ.

„Du setzt dich jetzt hier unter das Spritzdeck", sagte Erwin zu Linda und schloss das Luk zum Niedergang. „Kannst dich an dem Metallring am Niedergang anschnallen."

Damit übernahm er das Ruder, stellte sich breitbeinig hinter die Steuersäule und hakte seinen Sicherheitshaken an der Luvreling ein.

Nun konnte er nichts machen. Nur warten.

Während er sich umblickte und befriedigt feststellte, dass kein anderes

Boot oder Schiff in der Nähe war, flüsterte er Linda zu: „Wird schon nicht so schlimm werden. Brauchst keine Angst zu haben."

Vielleicht hätte er das nicht sagen sollen. Als wollte der Donnergott das Gegenteil beweisen, sandte er einen zischenden Blitz und fast gleichzeitig einen Donnerschlag in ihre Richtung, der den Mast vibrieren ließ.

Mittlerweile war es so dunkel geworden, dass Erwin die Kompassbeleuchtung anstellen musste, um den Kurs erkennen zu können. Er schaute angestrengt auf den Kompass, als wiederum ein Blitz niedersauste und das Meer taghell erleuchten ließ. Erwin war für einen Moment geblendet und verlor den Kurs, korrigierte ihn aber sofort wieder. Während er das Ruder nach Steuerbord drehte, erschütterte abermals ein Donnerschlag die Atmosphäre und der taghelle Blitz beleuchtete das zu Tode erschrockene Gesicht von Linda.

„Ist nicht gefährlich", versuchte Erwin sie und sich selbst zu beruhigen, wobei er ängstlich und mit zusammengekniffenen Augen abwechselnd auf den Kompass und über den Bug aufs Meer blickte. „Wenigstens ist der Wind noch stabil."

Als sei das ein Signal gewesen, erstarb der Wind plötzlich von einem Moment auf den anderen und die grellen Blitze und das ohrenbetäubende Donnergetöse folgten Schlag auf Schlag. Dazu kam jetzt noch das Schlagen der Segel, die von einer Seite zur anderen flappten, weil der Wind sie nicht mehr füllte und in einer stabilen Seitenlage hielt.

Erwin zerrte in Windeseile die Schoten dicht, wobei er das Vorsegel auf die Steuerbordseite nahm und schrie Linda zu, sie solle sich jetzt um Gottes Willen gut festhalten, und dann ging der Tanz auch schon los.

Der Wind, der bis vor einer Minute von Nordost und damit von ihrer Steuerbordseite gekommen war, erwachte urplötzlich wieder. Diesmal kam er aber aus der entgegengesetzten westlichen Richtung und in mehr als doppelter Stärke. Erwin drehte das Ruder mit aller Kraft Richtung Steuerbord und zu seiner grenzenlosen Befriedigung reagierte das Boot auch so, wie er das wollte.

„Puh!" Erwin atmete kräftig aus.

„Wir müssen auf See, nichts wie auf See. Nicht, dass uns der Sturm an Land treibt", rief er, „und halt' dich verdammt nochmal gut fest."

Die letzte Bemerkung war allerdings völlig überflüssig. Linda saß in ihrer Ecke und hielt sich so krampfhaft am Griff zum Niedergang fest, dass ihre Handknöchel hervortraten. Und das war auch gut. Das Boot neigte sich jetzt so stark zur Seite, dass das Wasser gefährlich in ihre Nähe kam.

„Das Boot kann nicht umkippen", versuchte Erwin die Donnerschläge zu überbrüllen, was ihm freilich nicht recht gelingen wollte. Also schrie er es noch einmal, auch um sich selbst zu beruhigen: „...das Boot kann nicht umkippen". Dabei drehte er krampfhaft und mit aller Gewalt das Ruder nach Steuerbord, da das Boot wie ein bockiger Mustang versuchte, in die Richtung zu segeln, aus der der Wind mit zunehmender Stärke blies. Ein kurzer Blick auf die elektronische Windanzeige trug nicht zu Erwins Beruhigung bei: Windstärke acht bis neun!

„Wir müssen das Großsegel fieren", brüllte er. „Kann das Ruder kaum noch halten."

„Was?", schrie Linda zurück.

„Fieren. Die Schot lösen. Die Leine dort lösen", rief Erwin durch den kreischenden Wind und das gleichzeitige Donnergetöse, während er auf die Klampe zeigte, worauf die Großschot belegt war.

„Jetzt rächt es sich", dachte er, „dass ich ihr nicht vorhin bei Sonnenschein alles erklärt habe." Aber nun war es zum Bedauern zu spät. Zumindest nützte es nichts. „Die Leine dort", brüllte er nochmals, „aber halte dich weiter fest!"

Und wirklich verstand Linda endlich. Sie stand auf, hielt sich mit einer Hand so gut es ging weiter fest und löste mit der anderen die Großschot.

„Aber nicht ganz lösen", wollte Erwin rufen, kam aber nur bis „aber nicht...", und dann war es schon passiert: Linda löste die Leine artig, so wie man es ihr gesagt hatte – und zwar vollständig. Dadurch hatte das Großsegel keinerlei Halt mehr nach unten und der Baum, der von der Schot gehalten wurde und an dem das Segel befestigt war, rauschte nach

124

Steuerbord und schlug mit aller Gewalt und mit schwerem Getöse an die Wanten. Das alleine wäre nicht so schlimm gewesen. Das Material auf der *SCHWALBE* war zum Glück so stark, dass es so einen Unfall aushielt. Lindas Hand dagegen war nicht so robust. Nachdem sie die Schot gelöst hatte und der Großbaum ausschwenkte, zog dieser die Großschot mit sich und das Ende der Leine rauschte durch Lindas halb geschlossene Hand. Schmerzverzerrt schrie sie auf. Zum Glück öffnete sie geistesgegenwärtig die Handfläche, aber der kurze Augenblick reichte schon aus, sich die innere Fläche der rechten Hand zu verbrennen. Sie fiel zurück auf ihren Platz unter der Spritzpersenning, betrachtete erschrocken und mit zusammengekniffenen Lippen die Verletzung und stieß einen Fluch aus.

Erwin bekam das Unglück gar nicht so schnell mit.

Dadurch, dass die Schot nun ganz gelöst war, geschahen außer der Verletzung von Lindas Hand zur gleichen Zeit noch zwei andere Dinge: zum einen war der Großbaum nun locker und schlug im Sturm mit einem brachialen Getöse gegen die Wanten und das Segel flappte so laut, dass es kaum von den Donnerschlägen zu unterscheiden war. Und zum anderen richtete sich das Boot fast vollständig auf, so als wäre es vorher von einer starken Hand aufs Wasser gedrückt und plötzlich losgelassen worden.

„Du musst die Schot wieder dichter holen und belegen", rief er, und dann erst sah er ihre gerötete Hand. „Mist! Verletzt?", fragte er überflüssigerweise.

„Geht schon", stöhnte sie, „blutet nicht, tut nur höllisch weh."

„In den Wind halten", rief Erwin, machte einen Schritt um die Steuersäule und hielt das Ruder mit nur einer Hand fest. Das war nun wesentlich einfacher, weil der Wind nicht mehr auf das Großsegel drückte und das Boot leichter geradeaus zu steuern war. Dann streckte er sich, ergriff die Großschot mit der anderen Hand, zog sie so gut es ging dichter und belegte sie notdürftig auf der Klampe.

Er atmete auf, als das geschafft war. Nun schlugen der Großbaum und das Segel zwar noch, aber wesentlich weniger. Und trotz des mehr oder weniger funktionslosen Großsegels pflügte das Boot mit unverminderter

Geschwindigkeit durch die See. Erwin kontrollierte den Kurs: genau Nord. Das war nun überhaupt nicht die Richtung, in die sie wollten, aber bei diesem Sturm war der Südsüdwest-Kurs, den sie eigentlich segeln mussten, nicht zu halten. Er war im Gegenteil froh, diesen Nord-Kurs segeln zu können und in Richtung See genügend Platz zu haben. Erwin bedauerte es, sich jetzt nicht um Linda kümmern zu können, aber der Sturm blies mit unverminderter Stärke. Er hatte in den wenigen Minuten derart brechende Wellen gebildet, wie er sie noch nie zuvor gesehen hatte und die ihn erschreckten. Zudem begann nun auch noch sintflutartiger Regen, das Gewitter und den Sturm an unheimlicher Gewalt zu übertrumpfen.

Immer noch schnitt das Boot mit einer Geschwindigkeit durch die See, die Erwin bei der *SCHWALBE* nie vermutet hätte. Um sie herum sah es aus, als würde das Meer kochen. Das Überkochen schien nur dadurch verhindert zu werden, dass der Regen die Spitzen der Wellenberge niederpresste. Die Wellen kamen jetzt von backbord voraus, was zur Folge hatte, dass die Gischt jeder dritten oder vierten Welle krachend über das Boot und die Kinder hinwegfegte. Linda saß einigermaßen geschützt unter dem Spritzdeck, aber Erwin fühlte sich nach wenigen Augenblicken plitschnass. Zwar hielten Overall und Kapuze das meiste Wasser ab, aber das eiskalte Salzwasser fand immer irgendwie einen Weg durch die Halskrause ins Innere. Hätte sich Erwin nicht so fest auf den Kompass und den Kurs und das Ruder konzentrieren müssen, weil die Sicht durch den prasselnden Regen auf wenige Meter geschrumpft war, so hätte er sich hundeelend gefühlt. Aber dazu war keine Zeit. Er musste genau Kurs halten und rechnen, um nicht am Ende im Norden zu stranden.

Sie jagten weiter und weiter und während Erwin mit aller Kraft das Ruder des bockigen Bootes hielt, sagte niemand von ihnen ein Wort. Wozu auch? Sie müssten sich schreiend verständigen und selbst dann verstünden sie einander kaum. Aus den Augenwinkeln riskierte Erwin einen schnellen Blick auf seine Uhr. Zwanzig Minuten dauerte das Inferno nun schon und es erschien ihm wie zwanzig Stunden. Er konzentrierte sich weiter auf

Kurs und Kompass und zählte wie immer bei einem Gewitter die Sekunden zwischen Blitz und Donner. Er stellte fest, dass die Zwischenräume länger wurden, sich das Gewitter also entfernte.

„Wenigstens etwas", murmelte er.

Angestrengt schaute er nach vorne und was er da sah, ließ ihn abermals schrumpfen. „Festhalten", schrie er, dann überspülte auch schon der schäumende Gipfel einer mächtigen Welle das Boot und ergoss sich in die Plicht. Erschrocken schrie Linda auf, als sie bis zu den Knien im Wasser stand. Sie schrie auch noch, als das Wasser zu ihrer beider Erleichterung gurgelnd durch die mächtigen Rohre abfloss. Und sie schrie auch noch, als es gar nichts mehr zu schreien gab!

Als wäre die letzte riesige Woge der Ausschaltknopf gewesen, erloschen Wind und Regen gleichzeitig und hätten eine unheimliche Stille hinterlassen, wären da nicht Linda´s Schreie und das Schlagen des Segels gewesen.

„Ruhig", flüsterte Erwin, „hörst du das?"

Linda stutzte und richtete sich schwankend auf: „Was?"

„Man hört nichts mehr. Wind und Regen sind weg."

„Man hört nichts mehr? Ist ja wohl übertrieben. Das Meer tobt immer noch und das Boot ächzt und klappert und stöhnt!"

„Natürlich hat sie Recht", dachte Erwin. Der Seegang würde sie auch noch lange weiter belästigen. Das Ausbleiben der anderen beiden Elemente hatte ihn für einen Augenblick getäuscht, oder erschrocken oder beides? Aber dass der Wind nun gänzlich verschwunden war, dass war nun äußerst unangenehm. Das Boot tanzte in den Wellen wie ein Korken und mit jeder der zahlreichen steilen Wellen wurde es wie in der Achterbahn hin- und hergeworfen. Ein Steuern oder gar Kurshalten war ganz und gar unmöglich.

„Kotzkurs", stellte Erwin angewidert fest. „Wenn dir bis jetzt noch nicht schlecht war, dann brauchst du nicht mehr lange zu warten."

Das munterte Linda nun keineswegs auf.

„Kann man da nichts machen?", fragte sie.

„Warten oder Motor anstellen, damit wir Fahrt machen und gut festhalten. Vielleicht erst mal deine Hand angucken." Damit stellte er das Ruder fest und kroch mehr als dass er ging auf sie zu. Er setzte sich neben sie und betrachtete die verletzte Hand. „Sieht wirklich nicht gut aus", stellte er bedauernd fest. „Hat sich aber nicht abgelöst, die Haut. Willst du Brandcreme haben? Und einen Verband?" Und dann fragte er noch unnötigerweise: „Tut weh, was?"

„Wieder drei Fragen gleichzeitig", stöhnte Linda. „Brauche keinen Verband. Aber wenn ich so nach unten gucke, dann wird mir doch bald übel. Kannst du nicht den Motor anstellen?"

„Wird wohl besser sein", meinte er und kroch die zwei Schritte zurück. „Kein Wunder, dass Segler selten dick sind", bemerkte er dabei, „die zwei Schritte auf dem tanzenden Schiff sind ungefähr so anstrengend wie der Versuch, auf einem Rodeopferd zu Fuß zu gehen."

Als er endlich wieder am Steuerstand angelangt war, drückte er den Startknopf.

Zu seiner Überraschung passierte gar nichts.

Er drückte nochmals, jedoch mit dem gleichen Ergebnis.

„Gibt's nicht", murmelte er nervös, und zu Linda gewandt, „hab ich noch nie erlebt! Opa macht die Wartungsarbeiten an der Maschine immer ganz regelmäßig." Er versuchte noch einmal und ein weiteres Mal, den Motor zu starten, aber wieder vergeblich. „Muss ich runter gehen, in den Motorraum", stöhnte er. „Bei dem kreuzweisen Seegang! Da ist der Würganfall vorbestellt."

Aber es ging nicht anders. Er löste seinen Sicherheitsgurt und kroch halb gebückt wie ein Schimpanse zum Niedergang. Sorgfältig achtete er darauf, sich stets mit mindestens einer Hand festzuhalten. Er öffnete den Niedergang, ging rückwärts die vier Stufen nach unten und stieß einen Schrei aus.

Auch Linda blickte jetzt trotz ihrer beginnenden Übelkeit hinunter und auch sie schrie vor Entsetzen: „Wir sinken!"

Tatsächlich watete Erwin schon bis zu den Knöcheln im Wasser.

„Da muss irgendwo ein Leck sein, verdammt. Müssen wir finden und stopfen," schrie er und eilte, so schnell es bei den schwimmenden Bodenbrettern und dem verrutschten Teppichboden ging, Richtung Vorschiff.

„Wir sinken!", rief Linda abermals. „Mach doch was!"

„Ich mach doch schon was", brüllte er und stapfte mühselig weiter nach vorne.

„Du musst still sein", rief Linda ihm zu. „Bleib stehen."

„Willst du absaufen, weil du seekrank bist?", rief er ärgerlich zurück.

„Nein, aber wenn du still bist, müssten wir hören können, wo das Wasser reinrauscht."

Donnerwetter, das hätte er ihr wieder einmal nicht zugetraut – ein guter Vorschlag. Trotzdem blieb er nur widerwillig stehen. Er lauschte. Auch Linda lauschte von oben. In dem allgemeinen Getöse, das die schlagenden Segel, das tobende Meer, das Wasser im Boot und die hin- und herschwappenden Bodenbretter verursachten, war es allerdings für Erwin alles andere als einfach, unter Deck irgendein spezielles Rauschen auszumachen. Außerdem wurde es immer schwerer, sich in dem Wust von schwimmenden Objekten aufrecht zu halten. Also kniete er sich nieder und kroch nun durch das schwankende Boot und kam sich vor, als würde er durch einen Wildwasserbach krabbeln. Mit dem entscheidenden Unterschied, dass ein Bach nicht so widerlich stank. Durch die Überschwemmung der Motorbilge mussten sich einige Tropfen Diesel mit dem Seewasser vermischt haben. Und der penetrante Dieselgestank war bei der Vermischung eindeutig als Sieger hervorgegangen. Erwin hielt sich im ersten Moment die Nase zu, aber es war hoffnungslos. Also ließ er es und stützte sich beim Kriechen mit beiden Händen ab, so gut es eben ging. Zunächst robbte er nach vorne und als er dort nichts feststellen konnte, ins Achterschiff und zum Motorraum. Zu seiner Überraschung hörte er aber, außer dem nun schon bekannten Getöse von Meer und Boot, kein unbekanntes Geräusch.

„Nichts", rief er nach oben. „Außerdem..."

„Was außerdem?", fragte Linda.

„Das Wasser scheint nicht zu steigen. Soweit man das bei dem Hin- und Herschwappen sehen kann. Ich suche weiter. Du musst pumpen."

Er erklärte ihr den Gebrauch der Lenzpumpe in der Plicht und wirklich schaffte sie es auch nach wenigen misslungenen Versuchen, die Pumpe zu bedienen.

Trotz ihrer recht zierlichen Figur war sie erstaunlich kräftig, stellte Erwin bewundernd fest, als er die Pumpe schlürfen und den Wasserstrahl heraussprudeln hörte. Während er weiter nach einem Leck horchte und schaute, merkte er, wie der Wasserstand tatsächlich ein wenig sank. Als er trotz zweimaligen Kontrollierens keinen Wassereinbruch feststellen konnte, krabbelte er mühsam den Niedergang empor und löste Linda beim Pumpen ab.

„Die beiden Batterien standen unter Wasser", stöhnte er dabei, „wahrscheinlich Kurzschluss. Wird der verdammte Motor nicht anspringen. Mist, verdammter."

Mit aller Kraft pumpte Erwin um sein Leben und merkte, wie ihm nun nach dem Salzwasser der Schweiß den Rücken herunter lief. Als er prustend Luft holte und kurz innehielt, löste ihn Linda wieder ab und sie stellten befriedigt fest, dass das Wasser weiter aus dem Inneren heraus-gesogen und in einem kräftigen Strahl außenbords gespuckt wurde. Erwin wollte Linda gerade abermals ablösen, als er zu seiner unendlichen Erleichterung ein lautes Schlürfen hörte.

„Da kommt schon Luft", jubelte er, „scheint fast leer zu sein. Jetzt wird's leichter. Du pumpst weiter, ich krieche runter, da muss doch so ein elendes Leck sein!"

„Gut", stöhnte Linda und quälte den Griff der Pumpe weiter, „aber halte dich gut fest, da unten."

Erwin hangelte sich abermals mühsam die Stufen in die Kajüte abwärts. Was er dort sah, verursachte zwei widersprüchliche Gefühle. Einerseits stellte er befriedigt fest, dass das Wasser tatsächlich fast verschwunden war, andererseits sah er angewidert das Chaos.

„Sauerei!", stöhnte er.

Bodenbretter, Teppich, heruntergefallene Kissen und Polster lagen triefend wirr auf dem Boden verstreut. Er zwang sich, das furchtbare Durcheinander zu ignorieren und kroch weiter nach vorne, wobei er sorgfältig nach einer undichten Stelle Ausschau hielt. „Muss über der Wasserlinie sein. Sonst würde jetzt auch noch Wasser kommen", murmelte er. Er kletterte über den Unrat ins Vorschiff, aber auch dort war nichts Außergewöhnliches feszustellen. Schließlich öffnete er die Tür zum Toilettenraum. Und dort sah er die Bescherung. Das kleine Fenster zur Backbordseite war durch die Wucht der Wellen aufgedrückt worden. Erstaunt stellte er fest, was er vorher nie richtig beachtet hatte: das Fenster war nur durch zwei winzige Plastiknippel gesichert. Diese Nippel konnten gar nicht abbrechen. Aber sie waren durch die Kraft der Wogen doch abgebrochen. Und bei jeder der antobenden Wellen hatte sich durch das offene Fenster sicherlich mehr als ein Eimer Wasser ins Bootsinnere ergossen.

„Alles Plunder," brüllte Erwin wütend Richtung Linda,„wegen so einem Billigartikel wären wir beinahe abgesoffen. Da hat die Werft wohl wieder einen Groschen sparen wollen!" Dann kroch er wieder an Deck, erklärte Linda die Unglücksursache, griff dabei in die Backskiste und holte ein langes Vierkantholz und eine Säge heraus.

„Gut, dass Opa immer alles für Notfälle dabei hat", stöhnte er und machte sich nochmals auf den schwankenden Weg nach unten. Linda war mittlerweile mit dem Pumpen fertiggeworden und reichte ihm das Material und das Werkzeug zu.

Trotz der störrischen und wilden Bewegungen des Bootes sägte Erwin in wenigen Minuten einen starken Keil, mit dem er das aufgeklappte Fenster notdürftig verschließen konnte. Als er das beendet hatte, kroch er wieder an Deck und verschloss sorgfältig den Niedergang.

„Nochmal gut gegangen", flüsterte er. Und dann grinste er sogar schon ein wenig: „Dir ist gar nicht mehr schlecht, oder?"

„Hab' ich vor lauter Aufregung vergessen", grinste nun auch Linda. „Aber mir ist gar nicht zum Grinsen. Was machen wir denn jetzt?"

131

Erwin schüttelte sich mehrmals wie ein nasser Hund, aber das brachte auch keine Erleuchtung. „Das Gewitter ist zum Glück weg und hell ist es auch wieder. Der Wind ist aber auch weg."

„Und die Batterien sind im Eimer", ergänzte Linda.

Erwin setzte sich neben Linda und zu zweit keilten sie sich in der Ecke zusammen. Jetzt, wo sie saßen und sich festhalten konnten und nicht mehr ständig hin- und hergeschmissen wurden, merkten sie auch, dass sie froren. Sie begannen zu zittern, während jeder von ihnen krampfhaft überlegte, was sie machen könnten.

Erst jetzt merkte Erwin, dass die Segel so furchtbar knallten und schlugen, weil er es in dem Durcheinander versäumt hatte, die Schoten dicht zu holen. Mühsam erhob er sich wieder und korrigierte seinen Fehler. Als sei das ein Zeichen gewesen, wurde das Boot plötzlich auf die Seite gelegt. Genau so abrupt, wie der Sturm aufgehört hatte, wurde er nun wieder angeknipst. Diesmal kam er allerdings von Norden.

„Wir müssen das Vorsegel auf die linke Seite holen, aber schnell", schrie Erwin.

Er sprang wie ein Panther zum Ruder, drehte es kräftig nach backbord und fast gleichzeitig löste er die Schot des Vorsegels. Linda griff sich die Backbordschot, legte sie blitzartig um die Winsch und zog sie mit Hilfe der Kurbel dicht.

Wie durch Zauberhand nahm das Boot wieder Fahrt auf und Erwin stellte zufrieden fest, dass sie ihren Zielkurs Südsüdwest ohne große Schwierigkeiten ansteuern konnten. Er stellte auch mit Genugtuung fest, dass der Sturm weit weniger stark war als während des Gewitters. Stärke 6, manchmal 7, zeigte ihm der Windmesser. Das war auch noch reichlich, aber im Verhältnis zu vorhin schon besser.

„Außerdem kommt der Wind mehr oder weniger von achtern, also von hinten", erklärte er Linda, während er das schlingernde Boot auf Kurs zu halten versuchte. „Nur gut, dass die Segel noch so klein sind. Kannst du mal das Ruder halten? Vielleicht kann ich das Großsegel ganz einrollen."

Es zeigte sich, dass Linda in den letzten Stunden viel gelernt hatte. Sie hielt das Ruder und steuerte genau auf den Punkt an Land zu, den Erwin ihr beschrieb. Währenddessen gelang es Erwin leichter als er befürchtet hatte, das Großsegel vollständig einzurollen.

„Geht eigentlich gar nicht, ohne in den Wind zu segeln", erklärte er Linda, „aber weil es schon halb eingerollt war, ging es eben doch."

Jetzt musste sich Erwin dringend um die Navigation kümmern.

„Gut, dass wir wieder Fahrt machen", rief er Linda zu, „wenigstens ein Fortschritt. Kannst du das Ruder noch halten?"

„Geht schon", antwortete sie. Und in der Tat war es nun, nur mit dem kleinen Vorsegel, gar nicht mal so schwierig. Trotzdem machten sie noch schnelle Fahrt und ließen ein gurgelndes Kielwasser hinter sich.

Erwin blickte angestrengt auf die Instrumente und griff sich die Seekarte, die in einer wasserdichten Hülle verborgen war. Er atmete tief durch. Sie waren am Leben und sie machten Fahrt und sie waren auf dem direkten Kurs, der sie zu ihrem Ziel bringen würde. Das war schon mal etwas. Anhand der elektronischen Positionsbestimmung stellte er fest, dass sie etwa fünf Meilen in die falsche Richtung, also Richtung Norden, gesegelt waren. Die Strecke müssten sie jetzt zurücksegeln, aber bei dem Wind und der Fahrt sollte das kein Problem sein. Zur Sicherheit kontrollierte er die elektronische Angabe noch anhand der Logge. Beide Angaben stimmten überein. Erleichtert nahm er das Fernglas und stellte mit einem zufriedenen Nicken fest, dass an der Backbordseite der Leuchtturm Nordborg gut zu sehen war. Abschließend zeichnete er mit einem weichen Bleistift ein Kreuz in die Seekarte, um ihren momentanen Standort zu markieren. Bei ihrer jetzigen Geschwindigkeit würden sie die nordwestliche Spitze von Alsen in etwas weniger als zwei Stunden erreichen und dann müssten sie in den Alsen-Fjord Richtung Süden einbiegen. Dann hätten sie es fast geschafft. Er blickte auf die Uhr und staunte. Sie würden noch vor 16 Uhr an ihrem Zielort ankommen. Dabei war es ihm beinahe so vorgekommen, als hätten sie während des Gewittersturms Stunden über Stunden verloren.

Das einzige, was ihm jetzt noch wirkliche Sorgen bereitete, war der

Motor. Aber da war erstmal nichts zu machen. Mit Motoren kannte er sich kaum aus. Also müssten sie versuchen, bis ans Ziel zu segeln. Anlegen würde er natürlich nicht können.

Erwin nahm die Seekarte, rückte zu Linda und erklärte ihr seine Berechnung.

„Hoffentlich bin ich bis 17 Uhr zu Hause", war ihr Kommentar. Aber eigentlich war ihr im Moment alles egal. Hauptsache, sie würde überhaupt lebend an Land kommen.

„Nimm du mal wieder das Ruder", bat sie. „Ich muss mich setzen!"

Sie kauerte sich wieder in ihre Ecke, schnallte sich an und zu Erwins Erstaunen schlief sie sitzend sofort ein.

Erwin ließ sie schlafen.

Sie hatte sich wirklich tapfer gehalten und sie gefiel ihm immer besser. Auch ihm klappten von Zeit zu Zeit die Augenlider zu, aber er zwang sich, sie sofort wieder aufzureißen und den Kurs sorgfältig zu halten. Das war jetzt nicht mehr besonders schwierig, weil er nach Landsicht steuern konnte und weil zum Glück der Wind stabil blieb und dadurch sogar die alten Wellen des Gewittersturms glättete. Das Boot lief nicht gerade ruhig, weil auch der achterliche Wind hohe Wellen verursachte, aber wenigstens konnte man sich auf die gleichmäßigen Wogen einstellen.

So rauschten sie über eine Stunde dahin, ohne dass etwas passierte. Der Wind war ihnen gnädig und ließ sogar ein wenig nach. Er drehte sogar ein paar Grad nach Westen, was ihnen nur zum Vorteil gereichen konnte.

Als sie das nordwestliche Kap von Alsen in einem Abstand von kaum einer Meile passierten, änderte Erwin den Kurs Richtung Süd und weckte Linda.

„Jetzt bist du dran", forderte er sie auf. „Hoffentlich kennst du das genau."

„Ganz genau", sagte sie.

Der Fjord war zwar auch in der Seekarte und im Hafenhandbuch vermerkt, aber alleine hätte sich Erwin nie und nimmer in diesen Teich gewagt.

„Mjels Bucht heißt das", hatte ihm Linda erklärt „oder auf dänisch

Mjels Vig. Ist nur ein paar Kilometer von unserem Haus entfernt. Geht tief ins Land rein. Und ganz am Ende ist sozusagen ein Teich und drum herum Wald. Da hab' ich schon mal Boote ankern sehen. Dort findet dich im Leben keiner." Er war zunächst mehr als skeptisch gewesen, aber nach und nach fand er, dass die Bucht das ideale Versteck sein müsste. Im Hafenhandbuch stand, die Fahrrinne sei flach und nicht jedes Boot käme hinein. Außerdem gäbe es dort keinerlei Komfort: keine Dusche, keinen Bäcker, gar nichts. Das schreckte fast alle Segler ab. Und man musste ankern. Das mochten auch die wenigsten. Also würde er dort wohl keine neugierigen Nachbarn haben.

„Da vorne ist die gelbe Tonne", rief Linda triumphierend.

Tatsächlich, da war sie. Genau am westlichsten Punkt der Insel lag ein gelbes Seezeichen, nach dem Erwin Ausschau gehalten hatte. Und nicht er, sondern ausgerechnet Linda hatte das schwimmende Objekt zuerst gesehen.

„Hinter der Tonne müssen wir links abbiegen, da ist die Einfahrt", erklärte Linda.

„Nach backbord", murmelte Erwin.

„Ist jetzt nicht die Zeit für Unterricht, Eierkopf", stöhnte Linda augenverdrehend.

„Schon gut", meinte er, „also biegen wir da nach links ab. Nimm du jetzt mal das Ruder. Ich nehme das Fernglas."

Er schaute sich nochmals das Luftbild im Hafenhandbuch und die Seekarte an, um sich die Fahrrinne und besonders die flachen Stellen genau einzuprägen. Dann blickte er angespannt durchs Fernglas. Im Hafenhandbuch stand: *„Die Einfahrt erscheint von See aus etwas undurchsichtig"*, aber das war mehr als geschmeichelt.

„Ich sehe absolut noch gar nichts, nur Land, keine Einfahrt", sagte er.

Auch Linda fühlte sich in ihrer Haut nicht ganz wohl: „Ich sehe auch noch nicht viel. Wir müssen langsam dichter ransegeln. Muss aber hier sein. Bin mit meinem Onkel schon mal von hier gekommen... Sieht aber jetzt wirklich komisch aus."

„Abwarten", sagte Erwin und versuchte damit mehr sich selbst als Linda Mut zu machen, „das täuscht immer so."

Aber es musste hier sein. Da gab es gar keinen Zweifel. Während sie langsam dahinglitten, überprüfte er nochmals mit Logge und GPS ihren Standort und er war sich absolut sicher, dass er alles genau richtig berechnet hatte. Sie waren dort, wo es ihm die Seekarte anzeigte. Wenn da nur nicht Land voraus gewesen wäre. Mit dem Wind im Rücken auf Land zuzusegeln, das war kein angenehmes Gefühl. Er versuchte nochmals, den Motor zu starten, aber der Anlasser stotterte noch nicht einmal.

„Verdammter Mist", fluchte er. Leider nützte das aber auch nichts. Er schaute wiederum durchs Fernglas und las noch einmal den Absatz im Hafenhandbuch, der allerdings keineswegs zu seiner Beruhigung beitrug. „Sie nehmen doch besser den Motor zu Hilfe", stand dort und das war sicherlich gut gemeint.

Aber was sollte er machen?

Er blickte wieder durchs Fernglas und beinahe hätte er sie wieder übersehen.

„Da", brüllte er und fuchtelte mit dem freien Arm nach vorne, „da, da ist die Einfahrt – Gott sei Dank!"

Auch Linda jubelte: „Toll, jetzt sehe ich's auch. Und da vorne sieht es aus, als ginge es nicht weiter, aber es geht weiter. Das kenne ich jetzt."

„Hast ja wirklich Ahnung", erwiderte Erwin begeistert. Zu seiner Freude war die Fahrrinne bezeichnet. Als er durchs Fernglas die erste Tonne erblickte, zeigte er sie Linda und sie steuerte darauf zu. Erwin bediente währenddessen das Vorsegel und die Schot, die bei jeder geringfügigen Kursänderung geändert werden mussten. Zufrieden stellte er fest, dass der Wind durch die Landabdeckung nachgelassen hatte, was bei diesem komplizierten Fahrwasser nur von Vorteil sein konnte.

Sie steuerten das Boot so dicht wie möglich an die erste Fahrwasserboje, was dadurch begünstigt wurde, dass es im Fjord keinerlei Seegang gab. „Angenehmes Segeln", dachte Erwin, als sie nun von Tonne zu Tonne dahinglitten. Die Tonnen waren zu ihrer Orientierung wie auf einer Perlenschnur aufgereiht und führten sie genau zu ihrem Ziel.

Als die schmalste Stelle hinter ihnen lag, deutete Linda nach vorne: „Diese Bucht dort heißt Dyvig. Da kann man auch ankern. Aber gleich sehen wir rechts... also an Steuerbord, eine Einfahrt und dahinter noch einen Teich. Und der ist noch versteckter. Wie geschaffen für dich. Das ist Mjels Vig. Siehst du's in der Karte?"

„Ja, ja", erwiderte er, „sehe ich. Jetzt musst du gut aufpassen. Hier rechts ist es verdammt flach."

Aufmerksam umschifften sie auch diese Untiefe, dann bogen sie nach Steuerbord.

„Da hinten in der Ecke ist das kleine Wäldchen", rief Linda erfreut, als sie die Einfahrt soweit passiert hatten, das man diesen Teil der Bucht erkennen konnte.

Auch Erwin jubelte: „Toll, wir segeln ganz nach hinten, aber auch nicht zu dicht ans Ufer."

„Und wie komme ich an Land?", fragte Linda erschrocken.

„Mit dem Beiboot", beruhigte Erwin sie, „mit dem Schlauchboot. Ist in null Komma nichts aufgeblasen. Ich gehe jetzt nach vorne, den Anker vorbereiten."

Der Anker war am Bug so angebracht, dass man ihn im Notfall in allerkürzester Zeit fallen lassen konnte. Erwin löste den Sicherungssplint, dann ließ er den schweren Anker prustend mitsamt der Kette bis zur Wasserlinie niedersinken. Jetzt sicherte er die Kette so, dass er sie später durch einen einzigen Ruck ausrauschen lassen konnte. Er überprüfte nochmals sorgfältig seine Vorbereitung, dann ging er zu Linda zurück. „Gut so", sagte er und fühlte sich wie ein richtiger Kapitän, der dem Steuermann Anweisungen gab, „weiter so. Wenn es soweit ist, steuerst du kurz in die Richtung, woher der Wind kommt, also nach dort." Damit deutete er mit der ausgestreckten Hand nach achtern.

Langsam und fast geräuschlos glitt das Boot durch die Bucht. Sie waren jetzt fast genau in der Mitte der Mjels Bucht. Die kleine Bucht war rundum mit mannshohem Schilf bewachsen und dahinter umklammerte ein Gürtel grüner Laubbäume den kleinen See. Hinter den Bäumen und vereinzelten Wäldchen erstreckten sich sanfte Hügel, die den Blick auf die Insel verbargen. Sie erweckten den Eindruck, als würden sie sich trotz der kleinen Insel endlos ins Land ziehen. Außer einigen schnatternden und tauchenden Enten waren keine Lebewesen zu sehen. In der südöstlichen Ecke der kleinen Bucht sah Erwin einen kleinen Anleger, aber den wollte er meiden; zumal er es ohne Motorkraft ohnehin nicht riskieren konnte, dort anzulegen. Zufrieden registrierte Erwin auch, dass kein anderes Boot in der Bucht ankerte. „In der Ferienzeit ist das bestimmt anders", dachte er. Aber zum Glück gab es noch keine Ferien, oder zu seinem Pech, fiel ihm ein. Hätte er schon Sommerferien gehabt, würde er nicht die Schule schwänzen müssen und vielleicht hätte er die ganzen Probleme überhaupt nicht.

Weil der Gedanke zu nichts führte, wischte er ihn jedoch beiseite. Stattdessen konzentrierte er sich wieder auf ihr Ziel. Ein Blick auf das Echolot sagte ihm, dass sie eine Wassertiefe von etwa drei Metern hatten – ideal zum Ankern.

„Phantastisch", flüsterte Erwin. „Tolle Gegend, man hört sogar die Vögel zwitschern."

„Hab ich doch gesagt", meinte Linda. „Willst du nicht langsam stoppen? Wolltest doch nicht so dicht an Land."

„Hab ich vor lauter Bewunderung fast vergessen", schreckte Erwin auf. „Kannst jetzt in den Wind steuern."

Sofort drehte Linda das Ruder kräftig, sodass das Segel flatterte, was Erwin noch dadurch unterstützte, dass er die Schot löste. Als das Boot fast stand, eilte er geschwind zum Bug und als es vollständig stand, löste er die Sicherungsleine. Mit Genugtuung stellte er fest, dass die Ankerkette rumpelnd abwärts rauschte. Als Erwin fühlte, dass der Anker den Grund erreicht hatte, ließ er nur noch wenig Kette nach. Dann hastete er in die Plicht und rollte das Vorsegel ein. Als er merkte, dass das Boot vom Wind langsam nach Lee getrieben wurde, ging er nochmals nach vorne, ließ noch ein wenig Kette sinken und sicherte sie.

„Jetzt müsste man den Anker mit dem Rückwärtsgang sozusagen eingraben, also festziehen", erklärte er Linda, „aber das geht ja nun nicht. Also wird es so gehen müssen."

„Wird es wohl", bestätigte Linda müde. „Aber schau dich mal um – gut, oder?"

„Toll", bestätigte Erwin, „wirklich toll. Man sieht die See nicht, also kann die See uns auch nicht sehen. Und weit und breit kein Boot. Wirklich prima von dir, die Idee. Alle Achtung!"

„Nicht schlecht für'n Mädchen, meinst du?", grinste sie.

„Hast dich wirklich tapfer gehalten, danke. Und dafür, dass wir fast abgegluggert wären, bist du auch schon wieder ganz guter Laune."

„Halt lieber die Klappe", entgegnete sie unwirsch.

An das Gewitter und den Wassereinbruch wollte sie besser nicht erinnert werden. Gut, dass sie keine Zeit zum Nachdenken gehabt hatte.

Aber der Schrecken würde noch kommen. Da war sie sich ganz sicher.

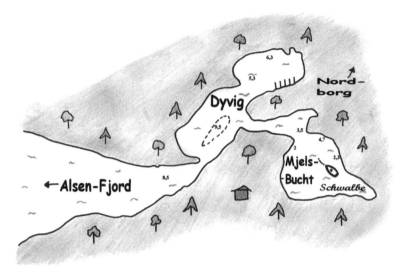

Es war einfach gewesen, das Schlauchboot aufzupumpen.

Gemeinsam hatten sie das Boot ins Wasser gelassen und Erwin hatte Linda ans südliche Ufer der Bucht gerudert, wo er eine Lücke im Schilf entdeckt hatte.

Während er wieder zu dem ankernden Boot zurückruderte, sah er noch, wie sie in der Ferne einen Feldweg entlang eilte. Sie drehte sich einmal um, winkte ihm zu und verschwand dann schnell hinter dichten Büschen. Erwin ruderte mit gleichmäßigen und kräftigen Schlägen. Er reckte nochmals den Hals, doch sie blieb verschwunden. Aber sie hatte versprochen, morgen wieder zu kommen, morgen Nachmittag. Es war noch eine lange Zeit bis morgen Nachmittag. Aber er würde es schon aushalten.

Zwei Schlauchbootlängen vor der *SCHWALBE* zog er die Riemen ein und glitt die kurze Strecke ohne Ruderhilfe. Erst als er an das Boot stieß, hielt er sich an der Seereling fest und band das Schlauchboot mit äußerster Sorgfalt an das Heck der *SCHWALBE*. Dann sicherte er es mit einer zweiten Leine, bevor er an Bord stieg.

Es gab viel zu tun, bevor es dunkel wurde.

Zunächst suchte er die einzelnen Teile des durchnässten Teppichbodens zusammen und klammerte sie an der Seereling fest. Dort konnten sie abtropfen und dann würde er weitersehen.

Als nächstes säuberte er den Boden der Kajüte und die flache Bilge. Das war eine mühselige und zeitraubende, aber vor allem eine unangenehme Arbeit. Er hatte vermutet, dass bei dem Wassereinbruch einige Tropfen Dieselöl aus der Motorbilge entwichen waren, aber es waren wohl mehr als einige wenige gewesen. Und die hatten sich mit dem Seewasser in der gesamten Kajüte verteilt. Und da Öl nun einmal oben schwimmt, war das stinkende Dieselöl auch das Letzte, was aufgewischt werden musste.

Erst, als es schon zu dämmern begann, war er mit dieser schmierigen Arbeit fertig.

Nun kontrollierte er zur Sicherheit noch die wasserdichten Stauräume, in denen die Lebensmittel lagerten. Er griff in den ersten Stauraum unter der Sitzecke im Salon und riss sofort erschrocken seine Hand zurück. Für einen Moment verschlug es ihm die Sprache. Mit weit aufgerissenen Augen riss er den Sperrholzdeckel des Schapps empor und traute seinen Augen nicht: die Packungen mit den Nudeln, dem Kartoffelpüree, dem Brot, dem Käse, der Wurst, dem Schinken und sogar die Tüten mit den Kartoffelchips waren zu einem einzigen matschigen, salzwasserdurchtränkten und nach Dieselöl stinkenden Brei geworden. Soviel er auch suchte, schaute und fühlte, außer einem einzigen lächerlichen Müsliriegel war nichts zu retten.

Es war einfach nicht zu glauben. Wie war das schmierige Wasser in die wasserdichten Stauräume gelangt? Er suchte und klopfte, aber er konnte kein Leck entdecken. Hatte das Boot etwa so schräg gelegen, dass das Wasser mit dem Dieselgemisch von oben hineingelaufen war? Anders konnte er sich die Sache nicht erklären. Allerdings beruhigte ihn die Erklärung keineswegs. Er kannte jetzt vielleicht die Ursache des Desasters, das brachte ihm aber keine Lebensmittel zurück. Er kniete sich auf den feuchten Kajütboden, nahm eine Taschenlampe zur Hand und wühlte nochmals hektisch in jedem der drei Stauräume, aber das Ergebnis war niederschmetternd. Nichts, absolut nichts, was nicht aufgeweicht war oder nach Diesel stank.

Es war trostlos.

Fassungslos kauerte sich Erwin auf den feuchten Boden neben dem Navigationstisch und stützte seinen Kopf in die Hände. Was sollte er jetzt machen? Wann hatte er eigentlich das letzte Mal etwas Richtiges gegessen? Er wusste es nicht.

Unter Aufbietung einer gewissen Tollkühnheit griff er nach dem widerwärtigen und nach Diesel schmeckenden Müsliriegel und zwängte ihn in sich hinein.

Dann begann er, aufzuräumen oder besser gesagt, zu entsorgen. Es war eine widerliche und schleimige Angelegenheit, die dadurch nicht besser wurde, dass sein Magen ständig rebellierte.

Als es dunkel wurde, unterbrach er die schmierige Tätigkeit.

Prustend und mit gekrümmtem Rücken stieg er an Deck, während er versuchte, seine Hände mit einem halbwegs sauberen Lappen abzuwischen. Dort überprüfte er rasch die Ankerkette und peilte eine Landmarke an. „Wenigstens etwas", stellte er erleichtert fest. Der Anker hielt und das Boot lag immer noch dort, wo es liegen musste.

Zumindest war das Wetter nicht besonders schlecht. Die Wolken zogen zwar schnell, aber immerhin wehte der Wind nur mit drei Windstärken.

Er hoffte, dass das in der Nacht so blieb.

Ganz plötzlich hatte der Wind zugenommen. Seit fast zwei Stunden blies er mit sieben bis acht Windstärken, in Böen sogar noch kräftiger. Erwin griff zur Taschenlampe und leuchtete auf die Schiffsuhr. Es war fast Mitternacht. Eine Nachtzeit, in der jeder vernünftige Mensch zu Hause friedlich in seinem Bett schlummerte, dachte Erwin. Zu gerne hätte er mit diesen vernünftigen Menschen getauscht; jedenfalls in dieser Nacht, in der an Schlaf nicht zu denken war.

Das Boot zog und zerrte an der Ankerkette, krängte mal nach Steuerbord und ein andermal nach Backbord. Der Wind pfiff und heulte in den Wanten und Stagen und übertönte damit sogar das Prasseln des Regens. Erwin hatte sich in die Hundekoje gelegt, sich in zwei Decken eingewickelt und sich zusammengekrümmt. Es war warm und trocken in der Koje, aber keineswegs gemütlich. Das ganze Innere des Bootes roch immer noch penetrant nach Diesel und es würde lange dauern, diesen Gestank loszuwerden. Er fragte sich, ob er sich jemals an diesen Geruch gewöhnen könnte. Selbst unter der Bettdecke roch man es.

Erwin hatte mehrmals versucht, wenigstens ab und zu ein wenig Schlaf zu finden. Zu seinem Leidwesen war es aber immer vergeblich gewesen. Obwohl die Koje schmal war, war er von einer Seite auf die andere gerollt. Jedes Mal, wenn sich das Boot wieder besonders stark zur Seite neigte, war er aus der Koje gesprungen, den Niedergang hochgeeilt und hatte versucht, in der Dunkelheit der Nacht zu erkennen, ob das Boot nur unruhig lag oder Richtung Land trieb. Nicht, dass er in der pechschwarzen Dunkelheit etwas hätte erkennen können. Aber er tat es immer und immer wieder. Und immer hatte sich das Boot nach einer Weile wieder brav mit dem Bug in den Wind gelegt und nach kurzer Zeit abermals begonnen, mit der anderen Seite dem Wind und dem Regen Widerstand zu leisten. Und immer war Erwin wieder in seine Koje gekrochen und hatte gehofft, dass der Morgen bald grauen würde. Und dass der Wind und der Regen einschlafen würden. Bedauerlicherweise taten sie ihm den Gefallen aber nicht.

143

Und als wären das Orgeln des Windes und das Prasseln des Regens nicht genug, spielte die Ankerkette im Konzert der Krakeeler noch kräftig mit. Sie knurrte und ächzte und sorgte dafür, dass die Geräusche durch die Bordwand noch verstärkt wurden. Wie im menschlichen Miteinander machte allerdings auch in diesem Lärmkonzert ein Außenseiter den meisten Krach. Oder mindestens den, der am schlimmsten auf den Nerven herumtrampelte: die kleine Gastlandflagge unterhalb der Saling schlug mit einem ungleichen Rhythmus ihr schrilles „ping-ping-ping" gegen die Wanten, so als hätte sie einen persönlichen Hass gegen Erwin.

Das Allerschlimmste war allerdings, dass es so furchtbar dunkel war und unheimlich und gruselig. Die Nacht bei Regen und Sturm auf dem Boot zu verbringen, wenn es sicher im Hafen vertäut lag, das war nicht so übel. Aber bei diesem Wetter alleine, in dunkler Nacht und in der Mitte von Nirgendwo zu ankern, das war doch eine andere Sache. Wenn wenigstens der Mond scheinen würde! Aber der war von den dunklen Regenwolken vollständig verschluckt worden und dachte nicht daran, für einen einzelnen kleinen Jungen einen Strahl durch die Wolkendecke zu schicken.

Zum hundertsten Mal schälte sich Erwin missmutig und widerwillig aus der warmen Decke und stieg in seine Stiefel. Weil er sich am Abend angezogen in die Hundekoje gelegt hatte, ging das recht schnell. Er zog seine Regenkleidung über, tastete sich den Niedergang empor, steckte den Kopf aus der Luke und schaute unter der Spritzpersenning einmal sorgfältig rundum. Das heißt, er versuchte es zumindest. In der stockdunklen Nacht konnte er selbst den Bug des Bootes nicht erkennen, geschweige denn irgendwelche Objekte an Land. Wie jedes Mal bei seinen vergeblichen Kontrollblicken fragte er sich, ob der Anker das Boot noch hielt oder ob sie schon durch die Bucht und Richtung Land trieben. Der Wind hatte in der letzten halben Stunde nicht zugenommen und Erwins Verstand sagte ihm, dass der Anker dann wohl halten würde, wenn er es die Stunden davor auch getan hatte. Außerdem würde sich das Boot völlig anders bewegen, wenn sie trieben. Und drittens konnten sie nicht weit treiben; das Ufer war keine halbe Meile entfernt und rechtzeitig vorher würde das Boot mit dem Kiel im weichen Schlick stecken bleiben. Aber alle verstandesmäßigen Verrenkungen nutzten nichts. Sein Gefühl sagte ihm, dass sich der Anker losreißen könnte, und dann würde er stranden.

Er öffnete die Tür zum Niedergang vollständig und trat gebückt in die Plicht. „Wenigstens ein Gutes hat es, wenn man bei diesem Wetter ankert", dachte er, „Wind und Regen kommen von vorne und es regnete nicht ins Boot." Er richtete sich auf, um über die Spritzpersenning zu schauen, aber sofort prasselten dicke Regentropfen auf ihn ein. Er wurde sich schmerzhaft bewusst, dass er bei diesem Regen wahrscheinlich auch nicht viel gesehen hätte, wenn es heller gewesen wäre.

Aber was wäre, wenn der Anker nun doch nicht hielt?

Er musste sich eingestehen, dass er im Moment nichts machen konnte. Er hatte fast die gesamte Kette ins Wasser gelassen und das müsste eigentlich reichen. Als der Wind zunahm, hatte er noch einmal Ankerkette nachgelassen, immerhin 35 Meter. Er hatte gelernt, dass die Kettenlänge mindestens fünfmal so lang sein sollte wie die Wassertiefe. Da er auf drei Meter Wassertiefe ankerte, war seine Kette also mehr als zehnmal so lang.

Eigentlich sollte ihm das ein beruhigendes Gefühl geben.

Leider tat es das aber überhaupt nicht.

Er zog den nassen Kopf wieder ein, stieg in den Niedergang, schloss die Tür, tastete sich in Richtung seiner Koje, zog mühsam die Stiefel aus und trocknete sich mit einem Handtuch den Kopf ab. Er überlegte nochmals, ob er nicht irgendwas zu seiner Sicherheit unternehmen könnte, aber ihm fiel nichts ein. So stieg er wieder in seine warme, schwankende Koje. Immerhin etwas, was noch warm und trocken war, dachte er und versuchte wiederum, einen Moment Schlaf zu ergattern. Das wollte ihm freilich auch diesmal nicht gelingen.

Erwin verwünschte den Regen.

Allerdings fiel ihm ein, dass dadurch der durchnässte Teppichboden gespült und von Salzwasser und Diesel befreit wurde. Die Teppichstücke, die immer noch an der Seereling festgeklammert waren, wurden dort wenigstens gut gewaschen. Sie wurden zwar durch den Wind ständig gegen die Relingsdrähte getrommelt und verstärkten so das Lärminferno, aber darauf kam es jetzt auch nicht mehr an.

Umständlich drehte er sich in der Koje mehrmals von einer Seite auf die andere, aber auch das brachte ihm keinen Schlaf. Ganz im Gegenteil hatte er das Gefühl, er wurde von Minute zu Minute munterer. Und das, obwohl er sich andererseits todmüde und hundeelend fühlte. Also legte er sich auf den Rücken, zog die Decke so fest es ging an seinen Körper und schloss mit aller Kraft die Augen.

Die Ohren konnte er jedoch nicht verschließen. Und je stärker er die Augenlider zupresste, desto intensiver nahm er jedes einzelne Geräusch wahr.

Erschrocken richtete er plötzlich seinen Oberkörper so weit auf, wie es die niedrige Hundekoje erlaubte. Er lauschte, hielt aber die Augen weiter geschlossen. War da nicht ein Geräusch, oder war es wieder nur der Magen? Langsam zog er zunächst das linke, dann das rechte Knie an, und tatsächlich wurde sein Magen dadurch ein wenig entspannt und knurrte nicht mehr so laut. Allerdings hatte er jetzt das Gefühl, dass der Magen dadurch nach oben rutschte, was den bohrenden Hunger verschlimmerte.

Er horchte angestrengt, aber bei dem gemeinsamen Konzert von Ankerkette, Regen, Wind und schlagendem Teppich war es ganz und gar unmöglich, irgendein spezielles Geräusch herauszufiltern.

Und was, wenn sich jemand mit einem Boot heranschlich und ihn überfallen wollte?

Vorsichtig und geräuschlos wälzte er sich abermals aus der Koje und spähte angestrengt durch die schmalen Kajütenfenster. Nichts, außer der rabenschwarzen Nacht war dort draußen zu sehen. Also zog er wieder die Stiefel an und mühte sich zum tausendsten Mal die Stufen zum Niedergang hoch. Dort lauschte er angestrengt, aber außer dem trommelnden Regen und dem pfeifenden Wind war wieder nichts zu hören. Erwin war sich nicht sicher, ob er enttäuscht oder erleichtert sein sollte. Er beschloss, noch eine Weile im Freien zu beobachten. Angespannt kauerte er sich in die trockene Ecke unter der Spritzpersenning, um in die stockdunkle Nacht zu horchen. „Komisch", dachte er, „dass man die Enten immer noch hört. „Wann schlafen die eigentlich?" Aber dann fiel ihm ein, dass er eigentlich andere Sorgen hatte, als sich um müde Enten Gedanken zu machen. Er hatte schrecklichen Hunger. Er fror, er war todmüde und einsam, und ganz trocken war er auch nicht. Außerdem war er auf der Flucht. Gab es eigentlich irgendwas, was er nicht war?

Müde zog er die Beine fester an sich, stellte sie auf die Sitzfläche der Bank und umklammerte sie mit beiden Armen in der Hoffnung, dass es ein wenig wärmer würde.

Er schloss die Augen und dachte an sein warmes und trockenes Bett in dem wundervollen Haus seines Opas in Kiel, das kein bisschen schwankte und himmlisch ruhig im Garten stand. Er dachte an den vollen Kühlschrank. Man brauchte ihn nur zu öffnen, dann ging ein Licht an und man hatte die herrlichsten Speisen vor Augen: Schokolade, Leberwurst, Schnitzel, Früchtequark...! Und in der Speisekammer lagen und hingen noch bessere Sachen: geräucherter Aal und Obst..., ja, sogar ein ganzer Schinken hing dort. Überall gab es etwas zu essen, nur hier nicht. Vielleicht hätte er doch in ein Heim gehen sollen? Da hätte er wenigstens etwas im Magen gehabt und warm und trocken wäre es dort bestimmt auch. Und so schlimm war es da vielleicht gar nicht. Vor allem gab es dort bestimmt regelmäßige Mahlzeiten.

Mühsam öffnete er die Augen und die Welt war wieder nass und kalt.

Wieder schaute er angestrengt um sich, aber wieder blickte er in ein schwarzes Loch. Nach einigen Minuten schien es ihm jedoch, als gewöhnten sich seine Augen langsam an die nächtliche Dunkelheit. Vorhin hatte er wahrscheinlich den Fehler gemacht, ein paar Mal kurz die Taschenlampe anzuschalten. Jetzt fiel ihm ein, das er mal in einem Buch gelesen hatte, dass es etwa zehn Minuten dauerte, bis sich die Pupillen wieder an die Dunkelheit anpassten. Angestrengt blinzelte er nach achtern, in die Richtung, wo er am dichtesten das Ufer vermutete. Und tatsächlich konnte er bald einen Schatten sehen. Das mussten die Bäume sein. Also war er noch nicht abgetrieben – immerhin etwas.

Er stieg wieder ins Boot und in die Koje.

„Erstaunlich, wie ein so kleiner Schatten einen Menschen beruhigen kann", dachte er.

Müde schloss er die Augen und schon nach wenigen Sekunden übermannte ihn ein leichter, unruhiger Schlaf.

„Linda, Linda! Nun komm endlich. Frühstück ist schon längst fertig.
"Astrid Laudrup schüttelte ihre Tochter schon zum dritten Mal an der Schulter, aber Linda schlug noch immer nicht die Augen auf. „Jetzt komm. Musst zur Schule. Oder bist du krank?"

„Bin nicht krank", murmelte Linda. „Noch fünf Minuten, ja?"

„Nein, jetzt sofort. Bist schon spät dran", sagte die Mutter energisch.

Was Linda wohl hatte? So kannte Astrid Laudrup ihre Tochter gar nicht. Gestern war sie völlig erschöpft vom Angeln nach Hause gekommen, hatte nur einen einzigen Pfannkuchen gegessen und war sofort ins Bett gegangen. Und das, wo Pfannkuchen ihr Lieblingsgericht war und sie normalerweise davon mindestens fünf Stück verdrückte. Auch dass sie freiwillig ins Bett gegangen war, war überhaupt nicht ihre Art. Aber gut, sie war den ganzen Tag an der frischen Luft gewesen, das machte müde. Obwohl Angeln ja nun weiß Gott nicht so anstrengend sein konnte.

„Komm jetzt, Linda", sagte sie nochmals, „Papa sitzt auch schon am Tisch." Zu ihrer Erleichterung sah sie, wie sich ihre Tochter endlich aus dem Bett schälte. „Ich gehe jetzt ins Wohnzimmer, zu Papa. Du springst ins Bad, hopp-hopp."

Auf dem Wohnzimmertisch dampfte bereits der Kaffee und für Linda stand ihr Lieblingsgetränk bereit: ein kleines Kännchen Kakao.

Für Astrid Laudrup war das Frühstück mit der kleinen Familie die wichtigste Mahlzeit des Tages. Auch, wenn ihr Mann meistens nur auf seinem Stuhl saß, still seine zwei Brötchen aß, den Kaffee trank und nebenbei seine Zeitung las.

Astrid Laudrup war glücklich mit ihrer Familie. Und sie lebte gerne in Dänemark. Sie hatten vor einigen Jahren das kleine Haus am Rande von Nordborg auf der Insel Alsen bezogen, wo sie das eher ruhige Leben genoss. Sie vermisste nichts. Vor allem nicht die Hektik und die vielen

Menschen ihrer Heimatstadt Frankfurt. Wenn sie das Bedürfnis hatte, etwas über ihre Heimat zu erfahren, kaufte sie eine der wenigen deutschen Zeitungen, die es auf der kleinen Insel gab. So wie auch heute. Sie hatte Milch und Brötchen gekauft und bei der Gelegenheit die neueste Ausgabe ihres Lieblingsblattes, der *KLUG-Zeitung* mitgebracht. Sie las die Zeitung gerne. Sie war nicht so langweilig wie andere Tageszeitungen und eindeutig am lustigsten. Zwar stimmte selten, was darin stand, aber das war ihr egal.

Während Astrid Laudrup schweigend neben ihrem Mann am Kaffeetisch saß und auf Linda wartete, blätterte sie langsam das Blatt durch. Sie hatte bereits die Seite fünf aufgeschlagen, als Linda endlich kam.

Die Mutter legte die Zeitung beiseite, schenkte ihrer Tochter eine Tasse Kakao ein und fragte: „Wie lange hast du nachher Unterricht? Hast du auch Mathematik?" Mathematik war das Fach, das bei Linda etwa so beliebt war wie die Pest im Mittelalter.

„Keine Mathematik", antwortete Linda, „fällt aus. Fünf Stunden haben wir. Mittags bin ich wieder hier. Bleibst du länger im Hafen, Papa?"

Sören Laudrup senkte die Zeitung für einen Augenblick, nahm sich einen Schluck Kaffee und meinte: „Könnte sein. War gestern ja kaum dort. Warum?"

„Nur so", sagte Linda rasch, nahm das Messer und schmierte sich ein Marmeladenbrötchen.

„Gesprächig seid ihr ja beide nicht", stellte Astrid Laudrup fest. „Beide noch müde, was?"

Als sie keine Antwort erhielt, hob sie wieder die Zeitung in Augenhöhe und las. „Hier steht sogar was von dem Gewitter gestern", sagte sie. „Bei Langeland ist eine Yacht gesunken. Gut, dass du gestern nicht mit Onkel Jesper draußen warst, Linda."

„Äh..., ja, ja, das ist gut", versicherte Linda eilig und stopfte sich ein halbes Brötchen in den Mund, um nicht weiterreden zu müssen. Zum Glück wartete ihre Mutter aber auf keinen weiteren Kommentar, sondern las interessiert den nächsten Artikel, der größer und wichtiger als der vom

150

Gewitter war: Im Sauerland hatte doch tatsächlich ein Dackel das Glück gehabt, der Vater von sage und schreibe 17 Welpen zu werden.

Linda kaute mühsam das Brötchen, nippte an ihrem Kakao und blickte dabei mehr aus Langeweile als aus echtem Interesse auf die Rückseite der Zeitung. Ihre Mutter las die Seite vier, wobei sie die Seite fünf auf die Rückseite geblättert hatte. Und was Linda dort sah, ließ sie entsetzt die Luft anhalten: Ein gestochen klares Foto von Erwin und darüber die Schlagzeile: *„Chaos-Kind Erwin schon in Polen?"*

Auf keinen Fall durfte ihr Vater das Foto sehen, durchfuhr es sie. Sie hielt vor lauter Schreck weiter die Luft an und das war ein Fehler. Der Kakao verfehlte die Speiseröhre, was zur Folge hatte, dass Linda keine Luft mehr bekam. Sie ließ die Tasse fallen, der Kakao ergoss sich auf den gesamten Tisch und Linda hustete und röchelte.

Erschrocken sprangen Vater und Mutter auf, um ihre Tochter und den Teppich zu retten. Der Vater klopfte Linda kräftig auf den Rücken, wobei er sorgfältig darauf achtete, bei seiner Körperkraft nicht zu kräftig zu schlagen. Astrid Laudrup eilte währenddessen in den Keller, um einen Lappen und einen Eimer zu holen.

Das war Lindas Gelegenheit.

„Papa", stöhnte sie, „kannst du mir ein Glas Wasser holen?"

Natürlich konnte er das.

„Gute Idee", sagte er hastig, „komme gleich wieder."

Sobald er das Wohnzimmer verlassen hatte, ergriff Linda die Zeitung ihrer Mutter. Die Seiten vier bis sieben waren der Mittelteil der dünnen Zeitung und diesen Teil zog sie heraus. Dann faltete sie geschwind und unter ständigem lauten Husten die Doppelseite mehrmals und steckte sie unter ihren Pullover. Sie war gerade im Begriff, den Rest der Zeitung wieder an ihren alten Platz zu legen, als beide Eltern gleichzeitig ins Wohnzimmer stürzten.

„Die Zeitung...," krächzte Linda, „ist... auch... nass..."

„Nicht so schlimm", beruhigte die Mutter. „Huste dich erst einmal aus."

Das tat Linda. Dann nahm sie einige Schlucke Wasser zu sich und stand auf. „Kann nichts mehr essen", erklärte sie.

Ihr war der Appetit gründlich vergangen.

Sie musste jetzt zur Schule gehen, daran ging kein Weg vorbei. Sie nahm sich allerdings fest vor, so schnell wie noch nie zurückzukommen. Sie konnte kaum erwarten, am Nachmittag zu Erwin zu gehen. Sie musste ihn dringend warnen und ihm den Artikel und das Foto zeigen. Er dürfte sich auf keinen Fall an Land sehen lassen.

Für Kommissarin Andrea Lubkowitz brach eine Welt zusammen.

Nun suchten sie schon den vierten Tag nach diesem Grünschnabel und sie hatten noch nicht einmal einen Zipfel von ihm gesehen. Es war nicht zu fassen. Sie und die anderen Boote der Küstenwache hatten alle Häfen, jede Bucht und sogar jede Werft von Flensburg bis zur polnischen Grenze kontrolliert. Auch die dänischen Kollegen der Inseln Falster und Lolland waren informiert, aber dort war der Bengel auch nicht aufgetaucht.

Andrea Lubkowitz konnte es nicht begreifen. Sie hatte schon vor Jahren Verdächtige im Schlauchboot oder im Kajak gefangen und die Boote waren verdammt viel kleiner als die weiße SCHWALBE. Aber der Junge konnte schließlich nicht verschluckt worden sein. Wenn das Boot gesunken wäre, dann hätte man irgendwelche Wrackteile oder wenigstens Öl auf dem Wasser finden müssen. Hatten sie aber nicht. Ob er vielleicht doch über die polnische Grenze entwischt war? Aber das war eigentlich unmöglich. Die Grenze wurde mikroskopisch so beobachtet, wie damals Robert Koch den Tuberkelbazillus bespitzelt hatte – unmöglich da durchzukommen.

Andrea Lubkowitz musste lächeln.

Sie bewachten die Grenze rund um die Uhr, damit Schmuggler keine Menschen von Ost nach West brachten. Da würden sie doch wohl so einen unbedarften Konfirmanden finden, der in seiner Naivität in die Gegenrichtung flüchtete, um das Boot in Polen zu verkaufen. Nein, nein, sie war sich sicher, dass er nicht nach Osten entwischt sein konnte. Völlig ausgeschlossen!

Kommissarin Lubkowitz nahm das Fernglas, öffnete die Tür des Deckshauses und lehnte sich an die Seereling der *Kormoran*. Während das Schiff mit halber Kraft an der 12-Meilen-Grenze zwischen Warnemünde und der dänischen Insel Falster durch die aufgewühlte See rauschte, hielt sie sich mit der linken Hand krampfhaft fest und mit der rechten hielt sie das Fernglas vor die Augen. Einhändig wackelte das Glas allerdings so heftig, dass sie selbst einen Ozeanriesen kaum erkannt hätte. Dabei war ihr allerdings klar, dass sie ohnehin nur noch aus Gewohnheit durch das Glas starrte. Aber hin und wieder musste sie einfach ins Freie gehen, um ihre Gedanken aufzufrischen.

Bedauerlicherweise funktionierte das heute überhaupt nicht.

Sie trat wieder ins Steuerhaus und rief nach dem Funker.

„Geben Sie an die Zentrale durch" befahl sie, „dass wir nicht weiter in Richtung Osten suchen. Vielleicht ist der Junge von Fehmarn wieder zurück gesegelt. Unwahrscheinlich, aber es gibt keine andere Möglichkeit. Die Zentrale soll die dänische Küstenwache in der ganzen verdammten Ostsee um Mithilfe bitten."

„In der ganzen verdammten Ostsee?", fragte der Funker.

„In der ganzen Ostsee", korrigierte Kommissarin Lubkowitz augenverdrehend, „einschließlich Großer und Kleiner Belt, Kattegat und sogar Skagerak."

„Vielleicht noch Karibik?", lästerte der Funker ironisch. „Vielleicht ist das Phantom schon in der Karibik?"

„Lassen Sie Ihre dämlichen Scherze." Kommissarin Andrea Lubkowitz war absolut nicht zu Späßen aufgelegt. „Also ich wiederhole: vor allem

Kleiner Belt, Großer Belt und Kattegatt. Alle Häfen, Werften und Buchten. Ist das klar?"

Der Funker hielt es für angebracht, kurz und knapp zu antworten: „Ist klar!"

Erwin schaute zum hundertsten Mal auf die Uhr, aber das trieb den Zeiger auch nicht voran.

Kurz nach 15 Uhr und der Sekundenzeiger überlegte sich jeden Schritt aufs Neue. Kaum zu glauben, wie lange so eine Sekunde dauern konnte. Erschöpft und mit hängendem Kopf saß er in der Plicht, umgeben von zwei riesigen Müllsäcken. Es hatte aufgehört zu regnen und die Sonne hatte sich am Nachmittag sogar vereinzelt eine kleine Lücke zwischen den dicken Wolken erkämpft. Aber das konnte Erwin auch nicht aufmuntern. Linda hatte versprochen, heute zu kommen. Sie hatte aber nicht genau gesagt, wann sie kommen konnte. Vielleicht war sie aufgehalten worden? Oder vielleicht war sie sogar krank und konnte gar nicht kommen. War gut möglich, dass sie sich bei dem Sturm auf See eine Lungenentzündung geholt hatte. Wenn sie nun gar nicht käme? Vielleicht hatte sie sogar die Nase voll von Abenteuern und deutschen Schulschwänzern und zog es vor, in ihrem warmem Zimmer ein Buch zu lesen.

Er blickte angestrengt in die Richtung, aus der sie kommen müsste. Aber außer den Enten, die seit gestern neugierig das Boot umkreisten und einigen Vögeln, sah er weit und breit keine Lebewesen.

„Eigentlich genau das, was ich mir gewünscht habe", dachte er und lächelte einen Moment. Der abermalige Blick zum Sekundenzeiger ließ jedoch sofort sein Lachen ersterben. Noch nicht mal eine Minute war vergangen. Oder ob Lindas Uhr kaputt war? Bis Mittag hatte sie Schule.

Und die vier Kilometer mit dem Fahrrad konnten auch nicht so furchtbar lange dauern. Wenn ihr nun etwas passiert war? In Dänemark gab es auch rasende Autofahrer, die auf Kinder keine Rücksicht nahmen.

Wieder schaute er durchs Fernglas zu dem kleinen Wäldchen, aus dem sie kommen musste – nichts. Er schwenkte mit dem Glas zurück, aber auch das half nichts. Dann schwenkte er wieder in die andere Richtung. Dabei hätte er sie fast übersehen. Er senkte das Glas, weil er sie schon mit bloßem Auge ganz deutlich erkennen konnte. Sie stand dort zwischen den wogenden Schilfhalmen und winkte und es sah aus, als würde sie dort schon ewig stehen.

Eilig sprang er auf und fiel dabei mehr ins Schlauchboot, als dass er hineinstieg. Er löste die Leine, ergriff die Riemen und ruderte mit allen Kräften zu dem winkenden Mädchen.

„Hast du schon gewartet?", fragte sie.

„Nein", antwortete er möglichst weltmännisch, „war mit Aufräumen beschäftigt. Stehst du da schon lange?"

„Bin gerade gekommen", sagte sie, stieg ins Schlauchboot und setzte sich auf das wacklige und wenig komfortable Brett, das die beiden äußeren Schwimmkammern miteinander verband. „Hab zwei Sachen für dich – erst die gute."

Erwin schubste das Boot mit den Riemen vom Schilf ab, dann ruderte er die Strecke zum Boot zurück, diesmal gegen den Wind und durch Linda an Bord mit mehr Gewicht. „Ganz schön schwer, gegen den Wind", ächzte er, während er die Riemen durch das trübe Wasser prügelte. „Zeig mal, was hast du denn?"

„Hier", triumphierte sie und reichte ihm eine Schachtel Streichhölzer, „trockene Streichhölzer. Hab ich zu Hause stibitzt."

„Toll", freute sich Erwin. „Danke. Kann ich mir endlich mal wieder was Warmes kochen. Zuerst... Ach du Schande!" Erst jetzt wurde ihm klar, dass er nun trockene Streichhölzer hatte, aber nichts mehr, was er damit hätte kochen können. Während er angestrengt ruderte, erzählte er prustend die Katastrophe: „Alles nass. Kann ich alles wegschmeißen."

„Na ja", tröstete ihn Linda, „du hast ja noch Geld. Musst du eben neues Brot und neue Chips und neue Kartoffeln kaufen. Das heißt..., oh Gott, geht ja gar nicht. Hier!" Damit reichte sie ihm die Zeitung mit der aufgeschlagenen Seite und seinem Foto. „Besser, du lässt dich erstmal nicht an Land blicken."

Bestürzt hielt Erwin für einen Moment mit Rudern inne und starrte auf das Foto und den Artikel. Das war er. Es gab keinen Zweifel. Auf der anderen Seite gab ihm die Überschrift aber auch ein unbestimmtes Gefühl des Triumphes. *„Chaos-Kind Erwin schon in Polen?"* las er und daraus schloss er, dass sein Trick mit der Postkarte aus Fehmarn geklappt haben könnte. Was ihn wiederum beunruhigte, war das Fragezeichen. Sie suchten ihn also doch noch woanders. Aber wo?

„Wenn du nicht ruderst, sind wir gleich wieder an Land!"

Lindas Stimme rief ihn in die Wirklichkeit zurück und tatsächlich hatte sie Recht. Durch seinen Schreck und die Grübelei hatte er das Rudern völlig vergessen und sie trieben mit dem Wind in die Richtung, aus der sie kamen. Eilig nahm er wieder die Riemen in Gebrauch, diesmal mit noch mehr Anstrengung. „Klatsch, Klatsch", tauchte er die Ruder in die Bucht und versprühte dabei eine Gischt, die wie Regen auf ihn einschlug.

„Iiih gitt", schrie Linda und hielt sich die Hände vors Gesicht, „willst du eine Olympiade gewinnen?"

„Keine Olympiade. Bin einfach wütend", ächzte Erwin und prügelte weiter auf die Wellen ein, „Klatsch, das ist für Kai, die stinkende Kanalratte, klatsch, das für Martin, den vollgefressenen Pfützenkrebs, das für meinen schleimbackigen Klassenlehrer und klatsch, das für die scheißfreundliche Tante vom Jugendamt!"

Linda duckte sich vor den salzhaltigen Schauern. Schützend hielt sie dabei die Hände ausgestreckt vor sich und stöhnte: „Bringt aber nicht viel, was du da machst. Die ganzen Leute merken das ja gar nicht."

„Weiß ich", erwiderte Erwin und ruderte ungebremst weiter, „tut aber gut, sich auszutoben."

„Ewig wirst du sowieso nicht weglaufen können", sagte Linda, „und

156

jetzt hör langsam auf, wie ein Wilder das Wasser zu quirlen. Wir sind am Boot. Gott sei Dank!"

Erschöpft band Erwin das Schlauchboot an der *SCHWALBE* fest, dann half er Linda dabei, aufs Boot zu klettern und zog sich anschließend selbst an Bord. Er setzte sich neben Linda in die Plicht und erst jetzt nahm er ihr die *KLUG-Zeitung* aus der Hand und las den ganzen Artikel.

Nun ja, viel Neues stand nicht drin. Sie vermuteten, dass er nach Polen wollte, um das teure Boot zu verkaufen. Und es wurde vor ihm gewarnt: er sei gefährlich, stand dort.

„Glaubt doch sowieso keiner, was da steht", versuchte Linda ihn zu beruhigen.

„Weiß nicht", seufzte Erwin. „Langsam glaub' ich's selber. Aber gut, hier bin ich erstmal sicher. Hab´ nur verdammten Hunger. Hab´ seit Tagen nichts Richtiges gegessen."

„Wenn du mir Geld gibst und mich wieder an Land paddelst", bot Linda an, „dann fahr' ich schnell mit dem Rad ins nächste Dorf. Das ist nicht weit. Da ist ein kleiner Laden."

„Prima Idee. Muss nur in den Tresor."

Eilig sprang er den Niedergang abwärts und setzte sich an den Navigationstisch. Dort bückte er sich und drückte im Fuß des Tisches ein Brett beiseite. Das Geheimfach hatte ein Freund seines Großvaters gebaut – ein begnadeter Bootsbauer und Schreiner. Kein Mensch außer ihnen wusste von diesem Fach. „Besser als ein Tresor", sagte Großvater immer, „kein Mensch weiß, dass man das Brett zur Seite schieben kann." Wieder dankte Erwin seinem Opa für dessen Weitsicht, während er mit der rechten Hand nach dem Bündel kleiner Scheine griff, die sorgfältig in ein Tuch eingewickelt waren. Erschrocken zuckte seine Hand zurück. Das, was er da ertastete, fühlte sich nicht wie gut verwahrte Geldscheine an, sondern eher wie ein Schwamm. Vorsichtig zog er das nasse Bündel heraus, hielt die linke Hand unter das tropfende Etwas und sprang damit eilig an Deck.

„Was soll das denn sein?", staunte Linda.

„War mal Geld", stöhnte Erwin. „Aber gut, kann man ja trocknen."
Damit wickelte er das klitschnasse Tuch vorsichtig ab, um das nasse
Papier nicht zu zerreißen. Tatsächlich war das Geld zu einem einzigen
nassen und nach Diesel riechenden Brei zusammengepresst. Wenn man
sehr sorgsam zu Werke ging, konnte man einige der Scheine vielleicht
noch lösen. Was Erwin aber vollständig entsetzte, war eine andere
bedauerliche Sache. Großvater hatte das Geld in seiner gut gemeinten
Sorgfalt in ein dunkelrotes Tuch eingewickelt. Erwin erinnerte sich, dass
es zufällig das einzige Tuch war, das zu Hause im Kleiderschrank herum-
gelegen hatte. Früher mochte es einmal ein schönes Kopftuch oder ein
moderner Schal gewesen sein, jetzt aber war es weder rot noch schön. Der
größte Teil der Farbe war dafür in die Geldscheine eingedrungen.

„Lauter rote, schmierige Scheine." Linda konnte es nicht begreifen.

„Vielleicht kann ich sie langsam lösen, wenn der ganze Stapel getrocknet
ist", überlegte Erwin laut.

„Damit sind sie aber immer noch rot. Dafür gibt dir keiner ein
Brötchen, geschweige denn Wechselgeld raus. Die verhaften dich sofort,
weil jeder denkt, das sei Falschgeld."

„Ich hab mal gehört, bei der Landeszentralbank kann man die
eintauschen", widersprach Erwin hoffnungsvoll.

„Hier auf Alsen gibt's keine Landeszentralbank, du Knalltüte", nahm
sie ihm die letzte Hoffnung. „Schöner Mist. Und ich hab auch kein Geld."

Erwin legte den schmierigen kleinen Stapel ohne das abgefärbte Tuch
in die Backskiste.

„Erstmal trocknen lassen. Dann sehen wir weiter." Ärgerlich schloss er
die Backskiste und wie aus Protest zog sich sein Magen schmerzhaft
zusammen, so als wollte er die nassen Geldscheine als Nahrung anfordern.

„Und wo krieg ich jetzt was zu essen her?", stöhnte Erwin.

Linda richtete sich auf, stellte sich an die Reling und schüttelte ratlos
den Kopf: „Bisschen was kann ich dir morgen mitbringen, vielleicht mein
Pausenbrot. Alles andere würde auffallen."

„Morgen erst?" Erwin erhob sich, weil er glaubte, damit seinen Magen zu entlasten. „Musst du schon wieder los?", fragte er.

„Ja, leider. Kann nicht schon wieder so spät kommen. Ich nehm' eine von deinen Mülltüten mit. Mehr würde auffallen." Sie nahm einen Beutel und hangelte sich abwärts ins Schlauchboot. „Tut mir leid. Vielleicht findest du noch was zu essen. Und so schnell verhungert man auch nicht."

„Bist du schon mal verhungert oder woher weißt du das?", fragte er ärgerlich und folgte ihr ins Beiboot.

„Lass mich mal rudern. Verhungerte brauchen Ruhe", scherzte Linda. „Bist du keiner von den Jungs, die mit einer Nagelfeile ganze Mammuts erlegen?"

Erwin war überhaupt nicht zum Scherzen aufgelegt. „Nein", sagte er nach einer kleinen Pause, „nein, von denen bin ich keiner." Missmutig überließ er ihr den Platz an den Riemen. Sollte sie halt zusehen, wie sie zurecht kam und immer im Kreis paddelte wie die meisten Mädchen. Da würden ihr am ehesten die Scherze vergehen. Er setzte sich auf die hintere Bank und stieß das Schlauchboot ab. Zu seinem Ärger paddelte sie aber weder im Kreis noch flogen ihm Wasserspritzer ins Gesicht, über die er sich hätte aufregen können. Im Gegenteil ruderte sie ruhig und hielt genau den richtigen Kurs. „Mit dem Wind im Rücken segelt auch ein Bund Stroh geradeaus", murmelte er wütend.

Nach kurzer Zeit legte Linda sanft an der Stelle im Schilf an, wo sie vorhin gewartet hatte.

„Ich begleite dich noch bis zur Straße", sagte Erwin, jetzt schon eine Spur freundlicher. „Immer nur auf dem Boot, da kriegt man ja Zustände."

Linda ging vorsichtig den schmalen Weg durch den Schilfgürtel entlang, zu der Stelle, an der sie ihr Fahrrad versteckt hatte.

„Wenn ich du wäre, würd' ich lieber hier bleiben", sagte sie und drehte sich zu Erwin um, der gebückt hinter ihr hertrottete und sich den Magen hielt. „Da vorne ist ein richtiger Weg und da sind vielleicht Menschen. Denk an das Foto in der Zeitung."

„Hab schon den ganzen Tag durchs Fernglas spioniert", widersprach Erwin. „glaub', die verdammte Insel ist gar nicht bewohnt."

Entrüstet blieb Linda stehen und drehte sich zu ihm um: „Geb' dir gleich was auf deinen verdammten Riechkolben. Das ist keine verdammte Insel, verstanden? Sehe ich vielleicht aus wie ein verdammter Unbewohner?"

„Schon gut", lenkte Erwin ein, während sich Linda wieder umdrehte und beide die wenigen Schritte bis zu dem Feldweg gemeinsam gingen, „mein ja nur so. Guck, kein Mensch weit und breit. Außerdem erkennt mich so schnell keiner."

Leider sollte sich das als Irrtum erweisen.

Alwine Findeinsen war ihr ganzes Leben lang korrekt gewesen.

Sie kleidete sich korrekt, frisierte jeden Morgen ihr silbergraues Haar aufs Genaueste und ihr Schmuck war farblich stets auf ihre Seidenblusen oder auf ihre ausgesuchten Kostüme abgestimmt. Das hatte sie während ihrer Berufstätigkeit als Führungskraft im Finanzamt Husum so gehalten und in der Seniorenresidenz *Ostseeblick* in Flensburg war es nicht anders.

Wenn sie einen Ausflug machte, war sie auch korrekt.

Und sie würde sich von ihrem Enkel, diesem vierzigjährigen Grünschnabel nicht reinreden lassen, wo ihr Hund Oskar Gassi gehen durfte und wo nicht. Oskar war kein überzüchteter Hund. Andere mochten ihn verächtlich eine Promenadenmischung nennen, aber sie machte es stolz, dass er nicht reinrassig war. Weil sie damit jeden Beweis antreten konnte, dass er nicht überzüchtet und neurotisch sein konnte. Er war ein ganz normaler, kleiner, lieber und geselliger Aufpasshund – kein richtiger Dackel, dafür war er zu dick, aber auch kein Mops. Sicherlich war er ein echter Mopsdackel. Oskar war das Ein und Alles von Alwine Findeisen. Er war ihr Kamerad, ihr Altenpfleger und ihr Bewegungstherapeut. Die alte Dame liebte den kleinen runden Kerl und sie freute sich, wenn er mit seinen kurzen Beinchen den Feldweg entlang schaukelte. Allerdings wäre es langsam mal angebracht, dass Oskar eines seiner Hinterbeinchen hob. Denn auch ein Mopsdackel musste mal austreten.

„Nun mach schon, Oskar", flüsterte Alwine Findeisen und zog auffordernd an der roten Leine. „Wenn du hier austreten gehst, dann ist das korrekt." Völlig unkorrekt wäre es dagegen gewesen, wie es ihr Enkel zunächst vorgeschlagen hatte, den Hund in Nordborg, mitten in der Stadt, auszuführen. Da war es hier im Grünen schon besser. Es war schlimm, dass man sich gegen die Jugend immer erst durchsetzen musste.

Ärgerlich stapfte Alwine Findeisen den Feldweg entlang. Bis auf ihren Modeschmuck, der rhythmisch klirrte und klingelte, war es hier in der Nähe der Bucht himmlisch ruhig. Die alte Dame hoffte, dass diese Ruhe den Hund Oskar dazu bewegen konnte, nun endlich sein Geschäft zu erledigen. Aber wie immer, hatte er alle Zeit der Welt. Hin und wieder zerrte er an der Leine und tat, als wollte er verweilen, aber dann schnüffelte er weiter hinter den dichten Büschen.

„Nun mach schon, Oskar", tadelte die alte Dame, „Karl-Heinz wartet." Aber gut, dachte Alwine Findeisen, ein bisschen konnte der Enkel noch warten. Würde der Jugend nicht schaden, Geduld zu lernen. Schließlich hatte sie heute morgen auch auf ihn warten müssen. Geschlagene sieben Minuten hatte sie sich gemeinsam mit dem Hund Oskar am Kiosk neben der Seniorenresidenz die Beine in den Bauch gestanden. Aus reiner Verzweiflung hatte sie sogar die *KLUG-Zeitung* gekauft und gehofft, dass sie dabei keiner beobachtet hatte. Sie hatte die Zeitung mehr aus Verlegenheit als aus Interesse durchgeblättert; immer ein Auge in Richtung Straße, wo der blaue Mercedes ihres Enkels auftauchen sollte. Bedauerlicherweise war er aber nicht aufgetaucht. Also hatte sie die Zeitung nochmals durchgeblättert. Diesmal von hinten nach vorne, um sich die Bilder anzuschauen. Als sie wieder auf der ersten Seite angelangt war, wo wie immer ein Bild mit einer leicht bekleideten jungen Frau zu sehen war, hatte sie die Zeitung sorgfältig zusammengefaltet und sie mit spitzen Fingern verächtlich in den Papierkorb gestopft.

Kurz danach war auch endlich Karl-Heinz erschienen und hatte sie zu dem versprochenen Tagesausflug abgeholt.

Er wollte mit ihr nach Dänemark. Aber das war ihr egal. Hauptsache, sie hatte mal eine Abwechslung und Begleitung. Ihretwegen hätte er auch in die Lüneburger Heide oder nach Altötting fahren können, alles dasselbe. Sie konnte sich die Orte ohnehin nicht gut merken und sie sahen sowieso alle gleich aus.

Und die Leute waren auch überall gleich, solange sie nichts mit ihnen zu tun hatte. Für sie war die Hauptsache, dass das Land oder die Stadt klinisch sauber war.

Und Dänemark war sauber.

Mit dem Land war nicht viel los, aber es war sauber.

Alwine Findeisen lockerte die Leine von Oskar und hoffte, dass ihn das motivieren würde, endlich sein Geschäft zu erledigen. Doch es war wie verhext. Vielleicht hätte sie ihn doch einfach vorhin in Nordborg laufen lassen sollen, wie ihr Enkel vorgeschlagen hatte. Aber sicher hatte er das nur gesagt, weil er nach Hause wollte – wahrscheinlich wieder zu seinen Skatfreunden. Aber sie, Alwine, hatte sich durchgesetzt. „Wir können noch eben aufs Land fahren", hatte sie fest und bestimmend zu Karl-Heinz gesagt, „die Dänen haben es nicht gerne, wenn deutsche Hunde ihre Städte verunreinigen."

Karl-Heinz hatte zwar gemurrt, dass Hunde gar keine Staatsangehörigkeit hätten, aber dann war er doch noch missmutig in Richtung dieser Bucht mit den Bäumen und Büschen gefahren. Und nun irrte sie hier also mit Oskar herum und ihr Enkel wartete gemütlich irgendwo dort hinten an der Straße in seinem Mercedes. „Wahrscheinlich hört er seine furchtbare Musik", dachte Alwine Findeisen, während sie die Leine von Oskar wieder verkürzte. Vielleicht half das. Es half nicht. Oskar zog und zerrte an der Leine, schaute sein Frauchen von Zeit zu Zeit mit seinen braunen Knopfaugen vorwurfsvoll an, schnüffelte unter jedem abgefallenen Blatt und hinter jedem Kieselstein und dachte gar nicht daran, ein braver Mopsdackel zu sein.

„Oskar", sagte Alwine Findeisen gedehnt, „wenn du jetzt nicht austreten gehst, dann gibt's heute..., psst."

Alwine Findeisen hatte etwas gehört: Stimmen. Von rechts, vom Schilf.

„Komm Oskar", flüsterte sie, „komm hier hinter den Busch." Damit zog sie den Hund würgend hinter den nächsten Haselnussstrauch – sicher war sicher. Vielleicht mochte es die Landbevölkerung auch nicht, dass deutsche Hunde ihre Gegend befleckten. Wer wusste das schon? „Pst, Oskar", flüsterte die alte Dame. „Aha, da! Ach, nur zwei Kinder."

Aber auch Kinder hatten Augen.

Besser war es, hinter dem Busch zu bleiben, um nicht doch noch Verdacht zu erwecken.

Die Kinder blieben stehen und sprachen miteinander: ein Mädchen mit Zöpfen und einer Plastiktüte in der Hand, und ein Junge mit rotblonden Haaren und einer Brille. Der Junge ging ein wenig gebückt und sah nicht ganz gesund aus. Die beiden unterhielten sich angeregt, wobei sie langsam gingen und ganz dicht an ihrem Versteck vorbeikamen. Sie sprachen dabei aber so leise, dass Alwine Findeisen kein einzelnes Wort verstehen konnte. Oskar knurrte leise, aber das hörten die beiden Kinder nicht.

Die alte Dame beobachtete die Kinder genau. Sie machten den Eindruck, als hätten sie etwas zu verbergen; sonst hätte Oskar bestimmt nicht geknurrt. Und irgendwie kam ihr der Junge sogar bekannt vor. Aber woher? Hatte sie ihn schon einmal gesehen? Oder träumte sie am Ende schon?

Während sich das Mädchen und der Junge langsam entfernten, dachte Alwine Findeisen, dass heutzutage sowieso alle Kinder gleich aussahen. Trotzdem war es komisch, dass Oskar geknurrt hatte. Er knurrte niemals ohne Grund.

Vielleicht fiel ihr später noch ein, wo sie den Jungen schon einmal gesehen hatte.

Henning von Türk war enttäuscht.

Nun war er schon seit sage und schreibe sechs Monaten als Reporter bei der *KLUG-Zeitung* tätig und eigentlich sollte er wissen, wie der Hase läuft. Aber er wusste es immer noch nicht. Er hatte gedacht, dass er heute mindestens eine sechzehntel Seite mit der Erwin-Sache füllen könnte, aber er hatte eine Abfuhr erhalten.

„Wenn Sie nichts Neues haben und der Bengel auf seiner Flucht keinen niedergemetzelt hat, dann ist da die Luft raus", hatte der Redakteur gesagt und ihm sechs Zeilen zugesagt, mehr nicht. „Bin doch nicht bekloppt", hatte der Redakteur weiter behauptet, „und opfere 'ne ganze Spalte, nur weil so ein Bürschchen von zu Hause abgehauen ist. Jedes Jahr gehen in Deutschland über tausend Kinder stiften, da könnten wir unser Blatt ja nur mit denen füllen."

Henning von Türk saß gedankenverloren am Computer und starrte auf seine jämmerlichen sechs Zeilen. Das Schlimme an dem, was der Redakteur gesagt hatte, war, dass es stimmte. Er hatte wirklich keine neuen Erkenntnisse.

Bei der Schule und beim Jugendamt hatte er nochmals geforscht, aber die sagten alle nur ihren auswendig gelernten Text auf. Auch von Polizei und Küstenwache hatte er nichts Neues gehört. Wenn er ehrlich war, hatte er von der Seite sowieso nicht viel erwartet. Er sagte sich, dass die Polizei schließlich am besten wusste, wie viele Kinder jeden Tag von zu Hause wegliefen. Und solange die Flüchtigen keine alten Mütterchen ausraubten, oder was noch schlimmer war, das Finanzamt betrogen, suchte sie niemand mit aller Macht. Außerdem hatte die Polizei gar nicht genügend Leute, um auf jedes entsprungene Kind einen eigenen Beamten anzusetzen.

Enttäuscht nahm Henning von Türk das Bild des Jungen in die Hand. Auch das hatte ihn nicht weitergebracht. Das Foto hatte weniger als gar nichts bewirkt. Einen läppischen Anruf hatte er deswegen bekommen. Eine Hausfrau aus dem Bayerischen Wald hatte sich gemeldet und wollte den Jungen vor einem Supermarkt in Grafenau lungern gesehen haben. Aber wie zum Teufel der mit einer Segelyacht in den Bayerischen Wald gekommen sein sollte, das konnte sie ihm auch nicht sagen. Und bei genauerem Nachfragen hatte sich sogar herausgestellt, dass der Bengel vor dem Supermarkt schwarze Haare hatte und mit türkischem Akzent sprach. Henning von Türk schüttelte den Kopf. Manche Leute nahmen sich so verdammt wichtig!

Er verschickte seine sechs Zeilen per E-Mail und schloss den Computer. Ein halbes Dutzend Zeilen waren immerhin besser als gar nichts und hielten die Sache sozusagen am Kochen. Aber jetzt wollte er sie erstmal auf Eis legen – vorerst. Es gab schließlich noch wichtigere Dinge zu recherchieren. „Das heißt, noch unwichtigere", verbesserte er sich grinsend. In Neumünster hatte es einen Streit um einen Parkplatz gegeben, in dessen Verlauf einer der Autofahrer dem anderen ins Bein gebissen hatte. Das war doch mal eine Story. Er sah schon, wie die riesengroße Überschrift den Lesern ins Gesicht sprang: *„Kannibalismus in Neumünster - Der Beinbeißer hat zugeschlagen".*

Daraus ließ sich was machen.

Ein Tag später
Freitag, 26. Mai, 19:00 Uhr, Mjels-Bucht, Alsen

Er brauchte keine Uhr, um zu wissen, dass sie nicht mehr kam. Die Sonne stand schon so tief, dass sie bestimmt nicht mehr aus dem Haus durfte. Erwin war verzweifelt. Und er hatte Hunger. Er hatte nie gedacht, dass ein Mensch so hungrig sein könnte. Zwar hatte er schon einmal darüber gelesen, aber er hatte sich nie vorstellen können, wie das war. Ihm war übel vor Hunger.

Zusammengekauert hockte er in der Plicht der *SCHWALBE* und blickte angestrengt zu dem kleinen Wäldchen hinter dem Schilfgürtel, wo sie gestern gewunken hatte. „Eigentlich sollte ich das Fernglas nehmen", dachte er. Dafür müsste er aber in die Kajüte steigen und zuvor aufstehen. Also blieb er lieber eingekringelt sitzen, weil das seinen Innereien am besten bekam. Er stierte weiter auf den Punkt im Schilf, aber weil er sich nicht konzentrieren konnte, schweiften sein Blick und seine Gedanken immer wieder ab. Vielleicht kam sie auch später, weil sie ihm ein richtiges Abendessen bringen wollte? Womöglich Kaninchen in Rotweinsoße oder geräucherte Makrele? Erwin musste wieder schmerzhaft aufstoßen und zwang sich, an etwas anderes zu denken. „Man muss sich konzentrieren", murmelte er, „einfach an Dinge denken, die nichts mit Essen zu tun haben." Also zwang er sich, an den Bahnhof seiner Heimatstadt zu denken und an Züge. Und an..., aber eines war phantastisch: Direkt am Bahnhof gab es eine Bude, die brieten dort eine Bratwurst – sagenhaft.

Verdammt, schon wieder war er abgeschweift. Dann würde er eben ganz fest an ein Buch denken... Es gab da herrliche Kochbücher.

Auch das nützte nichts!

Er zwang sich, nochmals zum Rande der Bucht zu schauen, aber wieder vergebens.

Das Jugendamt! Er würde eine Weile an das Jugendamt denken.

166

Vielleicht würde sein Ärger die Magenschmerzen vertreiben. Also das Jugendamt: Was diese Frau Petzold jetzt wohl machte? Natürlich Feierabend. Wahrscheinlich hatte sie einen fetten Mann und saß mit dem vor einer riesigen Portion Eisbein.

Es wollte einfach nicht klappen.

Erwin krümmte sich zusammen, weil ihn abermals ein Magenkrampf schüttelte. Ihm war, als würde sich der Magen durch die Speiseröhre langsam nach oben arbeiten und ihm blieb für einen Moment die Luft weg. Ihm war furchtbar schlecht, sein Kopf dröhnte und er hatte trotz der kühlen Temperatur das Gefühl, als käme ihm der Schweiß aus allen Poren. Er hatte schon hin und wieder erlebt, dass der Magen drückte, wenn er zu viel gegessen hatte. Irgendwie ungerecht, dachte er, dass sich der Magen ähnlich nach oben zwängte, wenn er lange nichts bekam. Erwin krümmte sich wie ein Wurm zusammen, was ihm für eine Weile Erleichterung brachte. Aber er wusste, dass die Krämpfe wiederkommen würden. So, wie sie ihn schon den ganzen Tag heimgesucht hatten. In regelmäßigem Abstand kamen sie und verschwanden nur für eine kurze Weile, wenn er sich wie ein schlafender Dackel einrollte. Deshalb hatte er einen großen Teil des Tages in der Koje verbracht. Besonders gut war ihm das aber nicht bekommen. Immer, wenn der Höhepunkt des Magenkrampfes durch intensives Zusammenkrümmen langsam abflaute, war er eingenickt, aber sofort wieder erschrocken aufgewacht, weil er den Geruch von Bratkartoffeln in der Nase zu spüren glaubte oder weil er von einem riesigen Berg Bratwürstchen geträumt hatte.

Er war schließlich wieder aus der Koje gekrochen und hatte mühsam die getrockneten Teppichteile auf den Kajütboden gelegt. Am späten Nachmittag hatte er endlich ein Ziel gehabt und sich in die Plicht gekauert, um auf sie zu warten.

Erwin riss sich aus seinen Gedanken und zwang seinen Blick abermals zum Schilf. Aber es wogte nur sanft im leichten Abendwind. Er ließ den Blick über die ganze Bucht gleiten. Vielleicht würde sie ja heute aus einer anderen Richtung kommen? Aber auch dort sah er sie nicht. Er sah überhaupt niemanden: keinen Menschen, kein Boot, gar nichts. Er war sich nicht sicher, ob er sich jetzt nicht doch einen anderen ankernden Segler wünschte, der ihm eine Dose Bohnen geben könnte, oder einen Müsliriegel. Während er weiter in die Runde blickte, fiel ihm ein, dass er weder Bohnen noch Müsliriegel mochte. Doch plötzlich erschienen sie ihm wie die leckersten Mahlzeiten der Welt.

Er schloss seine Beobachtung ab und stellte enttäuscht fest, dass sich niemand in diese Bucht verirren wollte.

Erschrocken merkte er, dass er mindestens zwei Minuten nicht nach Linda Ausschau gehalten hatte. Er drehte sich schnell in die Richtung des kleinen Wäldchens, was wieder einen Magenkrampf zur Folge hatte. Schmerzverzerrt verzog er das Gesicht und stellte enttäuscht zwei Dinge fest: Erstens wurde es schon ein wenig dämmrig und er konnte die Konturen nicht mehr deutlich erkennen und zweitens stand dort kein Mensch. Erwin merkte, wie wieder Übelkeit in ihm hochstieg. Er war sich allerdings nicht sicher, ob der Hunger dies verursachte oder die Tatsache, dass sie nichts mehr mit ihm zu tun haben wollte. Dass sie das nicht wollte, stand für ihn fest. Warum sollte sie ihn sonst versetzt haben? Vielleicht hatte sie im Nachhinein Angst bekommen, weil sie einem polizeilich gesuchten Flüchtling geholfen hatte? Das musste man vielleicht sogar verstehen.

Erwin stand vorsichtig auf, presste beide Fäuste in den Magen und schlich gekrümmt zum Bug. Jetzt, wo die Nacht langsam den Tag verdrängte, musste er nochmals den Anker kontrollieren. Ein Tritt auf die Ankerkette überzeugte ihn, dass die kräftige Kette immer noch gespannt war und der Anker infolgedessen fest im Schlick steckte. „Wenigstens etwas", dachte er, als er sich mühsam zurückbewegte. Heute hatte der Wind nachgelassen, und wenn der Anker gestern bei dem starken Wind gehalten hatte, dann würde er auch bei weniger Wind nicht ausbrechen.

Gebückt stieg er den Niedergang abwärts, schloss die Tür und rollte sich wieder in seine Koje. Abermals wurde er von einem Krampf geschüttelt und er nahm einen Schluck Wasser, was den Schmerz aber eher verstärkte. Vielleicht sollte er sich morgen doch der dänischen Polizei stellen. Keiner wollte etwas von ihm wissen. Vielleicht hatte alles gar keinen Sinn und sie würden ihm schon auf der Polizeistation einen Hamburger oder einen dänischen Hot Dog geben – vielleicht sogar einen mit zwei Würstchen!

Erwin dämmerte in einen gnädigen, aber leichten Schlaf. Er träumte unruhig von Bergen mit Orangen, Äpfeln, Nüssen, Brot und Schinken.

Er war sich nicht sicher, was das für ein Geräusch war. Er war erwacht, weil er etwas gehört hatte. Aber was? Der Regen war es nicht. Der hatte gegen Mitternacht begonnen und gleichmäßig auf das Boot getrommelt. Es war ein anderes Geräusch. Irgendwas hatte gegen das Boot geschlagen. Mühsam zwang sich Erwin, die Augen ein wenig zu öffnen. Erstaunt stellte er fest, dass es schon dämmerte. Ein Blick auf die Schiffsuhr sagte ihm, dass es kurz nach vier Uhr in aller Herrgottsfrühe war. Also hatte er die kurze Nacht fast durchgeschlafen; jedenfalls mehr oder weniger. Ein paarmal war er wieder aufgewacht. Einmal, weil er gebratene Spiegeleier mit Speck gerochen hatte, ein andermal, weil ein riesiges Schnitzel mit zwei Beinen und Augen vor seiner Koje stand; und zu guter Letzt war ein halbes gebratenes Hähnchen in der Plicht gelandet.

Aber dieses Geräusch, das er eben gehört hatte, das hatte verdammt echt geklungen. Da war er sich ganz sicher.

Angestrengt lauschte er wieder und hörte es erneut. Etwas schlug gegen die Bordwand.

Erwin richtete sich halb auf und lugte durch das Kojenfenster. Soweit er erkennen konnte, lag das Boot noch an seinem Platz. Abgetrieben war die *SCHWALBE* also nicht.

Durch das plötzliche Aufrichten wurde ihm schwindelig und wieder stieg Übelkeit in ihm auf. Er ließ sich zurück in die Koje sinken und atmete tief durch. Wenn das Boot nicht abgetrieben war, dann bestand keine Gefahr und dann sollte da klopfen, wer wollte. Müde rollte er sich in die warme Decke und versuchte, das Schwindelgefühl zu ignorieren.

Wieder hörte er das eigenartige Geräusch, aber jetzt war es ihm egal. Es war ein leichtes, schabendes Schlagen. Es war sicher kein harter Gegenstand, der dort sein Unwesen trieb und das Boot würde dadurch nicht zum

Sinken gebracht werden. Dafür würde er sich nicht die Treppe nach oben quälen.

Durch diese Schlussfolgerung ein wenig beruhigt, schloss er die Augen, worauf sich auch sein Körper langsam beruhigte.

Abermals hörte er das kratzende Geräusch an der Bordwand, und nun ärgerte sich Erwin. Nicht, weil es laut war. Er ärgerte sich viel mehr darüber, dass ihn das Geräusch an diesem nassen Morgen in die Wirklichkeit zurückholte.

Wohl oder übel musste er etwas unternehmen.

Mühsam setzte er sich aufrecht hin, diesmal aber langsam. Er war noch benommen, aber nun wollte das Schlagen an der Bordwand gar nicht mehr enden und er beschloss, der Sache nachzugehen. Vorsichtig kroch er vollständig aus der Koje, griff in das Schwalbennest unter dem Herd und tastete nach einer Waffe. Wie nicht anders zu erwarten, fand er die eiserne Winschkurbel sofort und das beruhigte ihn. Nicht, dass er Feinde vermutete, aber ganz mit leeren Händen und völlig unbewaffnet wollte er dem Lebewesen nicht gegenübertreten. Erwin spürte, wie einige Lebensgeister in ihn zurückkehrten, was ihn beruhigte. Leise schleppte er sich den Niedergang aufwärts, öffnete vorsichtig die Luke und krabbelte auf allen vieren in die regennasse Plicht. Es war gerade hell genug, dass man trotz des Regens, der zu Erwins Befriedigung zu einem Nieselregen geworden war, die Umrisse des Ufers ausmachen konnte. Erwin lauschte aufmerksam, aber zu seiner Überraschung war das schlagende Geräusch verstummt. Was er stattdessen hörte, war ein leichtes Platschen vom Heck; dort, wo er das Beiboot angebunden hatte. Langsam kroch er nach achtern und merkte, dass von seinem Magen ausgehend wieder Übelkeit in ihm aufzusteigen begann. Er hielt kurz inne, schüttelte sich wie ein nasser Hund und kroch weiter, wobei er mit der rechten Faust fest die Winschkurbel umklammerte. Als er am Heckkorb angelangt war, kroch er mit dem Oberkörper unter dem unteren Relingsdraht hindurch und beugte sich Zentimeter für Zentimeter über den achteren Rumpf des Bootes.

Und nun passierte zweierlei.

171

Erstens lag Erwin bäuchlings auf der Rumpfkante mit dem Kopf über dem Wasser, was dazu führte, dass rasender Kopfschmerz von ihm Besitz ergriff und echte Übelkeit in ihm hochstieg.

Und zweitens, während er den Brechreiz unterdrückte, sah er erschrocken und gleichzeitig fasziniert die Quelle der Geräusche. Zwischen dem Schlauchboot und dem Rumpf der *SCHWALBE* hatte sich eine der Enten verfangen, die schon den ganzen Tag das Boot umkreist hatten. Scheinbar hatte sich die Ente einen Flügel gebrochen, sonst wäre es für sie ein Leichtes gewesen, sich zu befreien. Aber so strampelte sie mit ihren Füßen und schlug mit den Flügeln wie wild um sich, wobei sie mit dem gebrochenen Flügel ständig gegen die Bordwand kam.

Erwin, der gleichzeitig gegen seine Übelkeit ankämpfte, den Kopfschmerz unterdrückte und das Gleichgewicht halten musste, bemühte sich eine Sekunde, einen klaren Gedanken zu fassen. Da sein leerer Magen aber bereits die Herrschaft über seinen Verstand übernommen hatte, bedeutete bereits die nächste Sekunde das Aus für die bedauernswerte Ente. Erwin ließ die metallene Winschkurbel niedersausen und zu seinem grenzenlosen Erstaunen sackte das Wassertier zusammen. Angeekelt und zugleich triumphierend legte er die Kurbel aus der Hand, hielt sich mit der anderen Hand am Heckkorb fest und beugte sich noch weiter über Bord, sodass er die Ente ergreifen konnte. Gierig zerrte er das leblose Tier an Bord und legte es auf den Boden der Plicht.

Erwin lief das Wasser im Munde zusammen.

Ente war eines seiner Lieblingsgerichte und er konnte es kaum glauben, dass die Natur ihm eine beschert hatte. Nun, nicht ganz die Natur, schämte er sich ein wenig, aber andererseits hatte er das arme Tier von seinem Leiden erlöst. Jetzt könnte er zulangen und sich den Magen voll schlagen. Hier an Bord, noch dazu im Morgengrauen, brauchte er dazu noch nicht einmal Messer und Gabel. Zuerst würde er sich eine der fetten Keulen nehmen und dann...!

Erwin richtete sich auf, trat erschrocken einen Schritt zurück und plumpste hart auf die Sitzbank unter der Spritzpersenning.

Entsetzt schüttelte er mehrmals seinen Kopf und bearbeitete mit den Fingerspitzen seine Schläfen. War er das tatsächlich, der die Ente ins Jenseits befördert hatte? Und was sollte er mit ihr anfangen? Bisher kannte er Enten nur aus der Ferne oder aus dem Backofen. Ente á la Hongkong beim Chinesen war sein Leibgericht, aber das sah ganz anders aus als dieses nasse gefiederte Etwas hier auf dem Boden vor ihm. Was zum Teufel sollte er damit machen?

Er setzte sich zurück und atmete mehrmals tief durch. Zu seinem Erstaunen war die Hunger-Übelkeit wie weggeblasen. Allerdings war sie einer anderen Übelkeit gewichen. Sollte er die tote Ente einfach wieder über Bord werfen? Ratlos versuchte er, einen vernünftigen Gedanken einzufangen, aber er hatte das unheimliche Gefühl, dass sein ganzer Körper samt Hirn aus Watte bestand. Vielleicht brachte der Regen Abhilfe? Unter Aufbietung aller Kraft streckte er den Kopf nach vorne und hielt ihn mehrere Minuten in den Nieselregen.

Zu seiner Enttäuschung kam dadurch aber keine Erleuchtung über ihn. Eine Ente!?

Einen Fisch hatte er schon einmal gefangen und ausgenommen, aber das war eine verdammt andere Sache. Einen Fisch musste man nicht rupfen. Dass man die Ente rupfen musste, dessen war er sich ziemlich sicher. Und wahrscheinlich musste man sie auch ausnehmen, aber wie? Ob er das Tier so, wie es dort lag, in den Kochtopf schmeißen konnte? Sicherlich nicht! Konnte man es vielleicht sogar so essen, wie es war? Das wäre die einfachste Lösung.

Aber nein, das war bestimmt nicht gesund. Vielleicht würde man sogar davon sterben. Er verwarf den Gedanken und versuchte, sich an die Sache mit dem Fisch zu erinnern. Zunächst hatte er damals vor dem Fisch genau so belämmert gestanden, wie er das jetzt tat. Dann hatte sein Vater ihm gezeigt, wie man ihn entschuppte und ausnahm, und es war gar nicht so schlimm und auch nicht schwer gewesen. Aber ein Federvieh? Auf der anderen Seite war so ein Tier eigentlich auch nicht viel anders als ein Fisch.

Ratlos zog er seinen nassen Kopf wieder ein und kauerte sich in die trockene Ecke. Das Einfachste wäre wirklich, das Tier wieder über Bord zu werfen. Allerdings hätte er das Federtier dann völlig sinnlos ins Jenseits befördert, was Erwin irgendwie frevelhaft vorkam. Und außerdem müsste er dann weiter hungern.

Also beschloss er, die Ente ebenso wie den gefangenen Fisch zu behandeln. Was sollte er machen? Besser als verhungern war es allemal. Langsam und umständlich stand er auf, öffnete die Backskiste und holte sich die größte Schüssel heraus. Einmal musste er schließlich anfangen. Er nahm seinen ganzen Mut zusammen und schlich vorsichtig zu der Ente. Wenn sie sich noch bewegte, würde er ihr die Freiheit schenken, das versprach er. Vorsichtig tippte er sie an, aber sie rührte sich nicht. Nun überwand er sich endgültig und begann, das Tier zu rupfen. Erst ganz zaghaft, Feder um Feder, aber schließlich bekam er eine gewisse Übung. Freilich war das mehr ein Federn-Ausreißen, aber es klappte. Mehr schlecht als recht, aber immerhin funktionierte es. Von diesem Anfangserfolg beflügelt, verlor Erwin mehr und mehr seinen Widerwillen und sah im Geiste nur noch den knusprigen Festtagsbraten vor sich und gierig und wie besessen zerrte er an den Federn. Während es langsam heller wurde und der Regen immer schwächer tröpfelte, arbeitete und schwitzte er wie im Akkord und später dachte er abermals an den Fisch und ihm gelang es sogar, die Ente halbwegs von ihren Innereien zu befreien.

Eine Ente im Backofen zu braten, das würde mit Bordmitteln gut und gerne mehrere Stunden dauern, da war er sich ziemlich sicher. So lange konnte er auf keinen Fall warten. Er beschloss, den schnelleren Weg einzuschlagen. Er nahm sich den größten Topf, den er an Bord hatte, steckte die Ente hinein und bedeckte sie mit Wasser. Dann zündete er die Gasflamme an und kochte das Wasser. Dabei war er unendlich dankbar, dass Linda ihm die trockenen Streichhölzer gebracht hatte.

Als nach einer Ewigkeit das Wasser begann, kleine Blasen zu schlagen, öffnete er zum ersten Mal erwartungsvoll den Deckel und stach mit einer Gabel in das Objekt. Als die Gabel keinen einzigen Millimeter eindrang,

174

schloss er wieder den Deckel, blieb aber, ungeduldig von einem Bein auf das andere tretend, vor dem Topf stehen. Er leckte sich mit verhaltenem Atem die Lippen, während er die Gabel-Prüfung wenigstens alle fünf Minuten wiederholte.

Es war eine Tortur.

Noch schlimmer wurde die Qual, als die Suppenente schon nach wenigen Minuten Koch-Zeit einen betörenden Hühnersuppen-Geruch verbreitete. Erwin wurde fast wahnsinnig vor erwartungsfroher Spannung. Er konnte es nicht glauben, dass solch ein Federtier so lange kochen musste. Schon eine halbe Stunde, und die Ente war immer noch nicht weich!

Als er es nicht mehr aushalten konnte, stellte er die Flamme niedriger, sodass das Wasser gerade eben noch kochte, und legte sich in die Koje. Nach langen zehn Minuten wälzte er sich heraus und prüfte abermals den Zustand der Mahlzeit.

Dies wiederholte er mehr als ein Dutzend Mal, bis er zu dem Entschluss kam, dass die Ente nun auf Gedeih und Verderb gar sein müsste. Er zog sie mit einer Gabel aus dem Topf, legte sie in eine große Porzellanschüssel und riss sich eilig eine Keule ab. Gierig biss er hinein und schrie auf: „Verdammt heiß, so eine Ente!" Zunge und Lippe waren ein wenig verbrannt, aber er spürte es vor gespannter Erwartung kaum. Aufgeregt pustete er mehrmals und biss abermals in das Stück Fleisch. Verklärt verdrehte er die Augen. Ein bisschen zäh, aber trotzdem hatte er niemals zuvor in seinem Leben so etwas Schmackhaftes gegessen. Mit leuchtendem Blick nahm er noch einen Bissen und noch einen, dann erst legte er die Keule auf den Teller und setzte sich an den Tisch. Gierig schlang er weiter von dem Stück Fleisch, dass er in der Hand hielt, während er seine Zähne hineinschlug und damit Stücke herausriss. Bei der zweiten Keule ließ er sich schon mehr Zeit. Zufrieden lehnte er sich sogar zweimal zurück und machte eine kleine Pause zwischen zwei Bissen. Vielleicht ein bisschen fad im Geschmack, aber herrlich. Als ihm einfiel, dass eine kleine Menge Salz den Geschmack verbessern könnte, streute er eine Prise über das Fleisch und damit war die Ente das geschmacklich vollkommenste

175

Entenmenü, dass er sich denken konnte. Hin und wieder musste er mit den Fingern einige kleine Federn von der Zunge absuchen oder er biss auf zähe Federkiele, die er in der Eile nicht entfernt hatte. Aber das alles machte überhaupt nichts. Die Ente und vor allem die Suppe waren einfach köstlich. Dagegen war die Ente á la Hongkong beim Chinesen in Kiel ein Trauerspiel. Erwin stopfte fast die gesamte Ente in sich hinein, bis er nicht mehr konnte. Er war zufrieden. Sogar sehr zufrieden. Auch wenn er jetzt ein noch größeres Magendrücken hatte als zuvor. „Aber wenigstens", murmelte er sich zur Bestätigung zu, „weiß ich jetzt, wovon mir der Bauch drückt." Das Festessen, das er jetzt genossen hatte, da war er ganz sicher, das würde ein paar Tage vorhalten.

Prustend stand er auf, stieg den Niedergang empor, setzte sich in die Ecke der Plicht und faltete die Hände über dem prallen Bauch. Er lehnte sich glücklich zurück und beobachtete verzückt, wie sich die Sonne kleine Lücken zwischen den dicken Wolken erkämpfte.

Auch Alwine Findeisen beobachtete den Kampf der Sonne.

Sie war gerade aufgestanden und stand am großen Panoramafenster ihres Apartments in der Seniorenresidenz *Ostseeblick* in Flensburg. Zufrieden gähnte sie, weil sie wieder einmal eine Nacht durchgeschlafen hatte. Der Ausflug vor zwei Tagen mit ihrem Enkel hatte ihr soviel Bewegung und Sauerstoff zugeführt, dass sie schon die zweite Nacht hintereinander durchgeschlafen hatte. Es gab Leute, stellte sie befriedigt fest, die wurden mit zunehmendem Alter gesünder. Zum Glück gehörte sie dazu. Auch wenn einige meinten, sie sei vergesslich und tüdelig. Alwine Findeisen verzog den Mund zu einem Grinsen. Natürlich behaupteten das in erster Linie die jungen Schnösel von Pfleger, die sich hier vornehm Diplom-Seniorenwirt nannten. Das änderte aber nichts daran, dass sie weiter wie vor zwanzig Jahren Dienstboten und Urin-Flaschen-Leerer waren. Alwine Findeisen lachte über diesen gelungenen Vergleich abermals in sich hinein. Und sie waren gleichzeitig Tierbändiger. Alwine freute sich auch darüber. Das Heim, nein, die Residenz, verbesserte sie sich, war teuer und deshalb mussten die Pfleger auch ihren Hund erdulden. Obwohl Hunde nicht gerne gesehen waren, konnten sie nichts dagegen machen. Sie schaute liebevoll zu Oskar, der wie immer um diese Zeit noch friedlich schlief und legte ihm einige Pralinen in seinen vollen Napf. „So ein Mopsdackel braucht eben viel Essen und viel Schlaf", sagte sich Alwine Findeisen.

Im Grunde aß und schlief er nur.

Sie öffnete das Fenster, um etwas morgendliche Frischluft zu tanken und atmete mehrmals tief durch. Dann schloss sie das Fenster wieder sorgfältig, um Einbrechern keine Einladung zu geben.

Wie immer um fünf Minuten vor halb neun ging sie in das angrenzende, gut ausgestattete Badezimmer, erledigte ihre Morgentoilette und kleidete sich gewissenhaft an.

Genau zwanzig Minuten später verließ sie ihr Apartment, um pünktlich um neun Uhr im Gemeinschaftsraum am Frühstückstisch zu sitzen. Einige der Senioren und der Pfleger, stellte Alwine Findeisen bedauernd fest, ließen hier in der Seniorenresidenz die Zügel schleifen. Sie gewöhnten sich eine gewisse Schlampigkeit an und ließen es an Pünktlichkeit und äußerlicher Korrektheit mangeln. Sie war dankbar, nicht zu diesen Menschen zu gehören.

So war sie, wie nicht anders zu erwarten und wie an jedem Morgen, die Erste beim Frühstück. Sie schaute missbilligend auf ihre goldene Armbanduhr. Eine Minute vor neun und weder Menschen im Saal noch Kaffee auf den Tischen. Da hätte sie ihren Lebensabend auch in einem Zelt im Kongo verbringen können! Aber gut, wenigstens waren die Tische gedeckt und ihr Stammplatz neben dem Zeitungstischchen war noch frei. Sie

177

schritt an den kleinen Tisch und griff nach der oben liegenden Zeitung. Verächtlich und mit einem angewiderten Zucken der Mundwinkel ließ sie die Zeitung sofort wieder fallen. Von vorgestern. Sah dieser schlampigen Heimleitung mal wieder ähnlich. Und dann auch noch dieses zeitungsähnliche miese Druckerzeugnis, das sich wie zum Hohn *KLUG-Zeitung* schimpfte. Außerdem hatte sie die Zeitung ja schon einmal gelesen, vor ihrem Ausflug mit Karl-Heinz. Während Alwine Findeisen das Blatt auf den Stapel zurücklegte und ordentlich ausrichtete, fiel ihr Blick mehr aus Zufall als aus Neugierde auf eines der Fotos der aufgeschlagenen Zeitung. Erschrocken griff sie wieder nach dem Blatt und sah sich das Bild genauer an. Genau! Das war er, der Junge, den sie vorgestern bei dem Ausflug gesehen hatte. Da gab es nichts zu deuten. Sie konnte sich zwar, das räumte sie widerwillig ein, nicht so gut an Namen und Orte und so was erinnern. Aber das hatte sie noch nie gekonnt und war auch nicht ihrem Alter zuzuschreiben. Aber Gesichter! Die Gesichter konnte sie sich als pensionierte Finanzamts-Führungskraft immer noch ausgezeichnet merken.

Und der Junge hier, der war es.

Während mittlerweile vereinzelt andere Bewohner der Residenz in den Frühstücksraum getrottet kamen, las Alwine Findeisen rasch den Artikel, in der Hoffnung, nicht bei der Lektüre dieses Blattes erwischt zu werden.

Der Junge war also ein Verbrecher und auf der Flucht.

Und sie hatte ihn gesehen!

Auch wenn dort nicht stand, welche Belohnung sie für sachdienliche Hinweise zahlten, so kannte sie ihre Pflicht. Sie dachte nicht im Entferntesten daran, dass der Junge vielleicht gar kein richtiger Verbrecher sein könnte.

Er wurde gesucht, also hatte er etwas verbrochen.

Sonst würden sie ihn ja nicht suchen!

Alwine Findeisen legte die Zeitung zum zweiten Mal verächtlich auf den Stapel, dann schritt sie eilig zum Ausgang des Saales, wobei sie entgegenkommenden Senioren ein kurzes „Guten Morgen" zumurmelte. Das Frühstück würde heute warten müssen.

In ihrem Zimmer angekommen, ergriff sie den Telefonhörer und wählte mit der anderen Hand eine Nummer.

Das Schiff hieß *Limfjorden*, aber es hatte den Limfjord im Norden Dänemarks nie gesehen. Sein Revier waren der Kleine und der Große Belt bis zur Insel Samsö im Norden und bis zur deutschen Grenze im Süden. Das Schiff sah schnell und schnittig aus, war etwas über zwanzig Meter lang und graublau gestrichen. Aus der Ferne konnte man es fast für eine dieser mondänen und teuren Motoryachten halten. Wenn man näher herankam, sah man freilich an der Bordwand den großen dänischen Schriftzug für *Küstenwache* und man wusste, dass es keine Yacht war.

Die *Limfjorden* bewegte sich mit weniger als halber Kraft Richtung Süden, auf eine der engsten Passagen im Kleinen Belt zu: auf die Durchfahrt unter der gigantischen Eisenbahnbrücke von Middelfart, der nordwestlichsten Ecke der Insel Fünen.

Für Kapitän Fleming Olsen war es jedes Mal aufs Neue faszinierend, unter der riesigen Brücke hindurchzugleiten. Er trat aus dem Deckshaus heraus, stellte sich an die Steuerbordreling und schaute gebannt nach oben. Von Zeit zu Zeit warf er allerdings einen prüfenden Blick auf den Steuermann. Auch, wenn dieser ein erfahrener Seemann war und genau wie er selbst schon etwa tausend Mal diese Stelle mit der wahrscheinlich stärksten Strömung der Ostsee passiert hatte, so war doch Sorgfalt geboten. „Gerade, wenn man etwas wie im Schlaf beherrscht", sagte sich Fleming Olsen, „dann schleichen sich Flüchtigkeitsfehler ein."

Befriedigt stellte er fest, dass sich hier aber keine Fehler eingeschlichen hatten. Ruhig und genau auf der richtigen Fahrwasserseite und im richtigen

Abstand zu einem der mächtigen Brückenpfeiler glitt die Limfjorden unter der gewaltigen Brücke hindurch.

Ob er heute allerdings in anderer Hinsicht einen Fehler gemacht hatte, da war sich Fleming Olsen nicht sicher. Wie konnte man es erklären, dass sie seit zwei Tagen von Hafen zu Hafen irrten und diesen deutschen Jungen immer noch nicht dingfest gemacht hatten? Leider gab es da ein Problem: was man nicht sah, das konnte man auch nicht fangen. Ganz einfach. Aber irgendwo musste er schließlich sein. Die deutsche Küstenwache hatte ihn informiert und hoch und heilig versichert, dass er im Osten der Ostsee keinesfalls sein konnte. Da hatten sie jeden Wassertropfen einzeln umgedreht. Also müsste er im Westen oder im Norden sein.

Aber wo?

Nun gut, es bestand keine Alarmstufe 1. Der Bengel hatte in den letzten drei Tagen niemanden umgebracht und noch keine Bank ausgeraubt – noch nicht. Und trotzdem ließ ihm die Sache keine Ruhe. So ein großes Segelboot konnte man schließlich nicht in die Hosentasche stecken.

Kapitän Olsen schüttelte den Kopf, drehte sich Richtung Steuerhaus, bückte sich wegen seiner riesigen Statur und begab sich wieder auf seinen drehbaren Sessel an den Kartentisch. Er schaute sich abermals die Seekarte an, die er auswendig kannte und schüttelte wieder den Kopf. Sie waren bei mehreren deutschen Yachten längsseits gegangen, aber immer vergeblich. Sage und schreibe achtmal hatten sie in den letzten beiden Tagen weiße deutsche Yachten mit rotem Streifen aufgebracht. Er hätte vorher nie gedacht, wie viele weißrote Boote es gab. Aber es gab sie und er hatte sie kontrolliert und die deutschen Segler hatten sich heimlich über ihn amüsiert. Weil er ein Kind suchte und es nicht fand. Einer machte den intelligenten Scherz „Da werden Sie Schwierigkeiten haben. Ein Kind ist kleiner als ein Erwachsener und deshalb viel, viel schwerer zu sehen". Natürlich hatten sich alle Leute an Bord vor Lachen auf die Schenkel geklopft. Er, Fleming Olsen, hatte selbstverständlich mitgelacht, aber hinterher das gesamte Boot vom Kielschwein bis zur Saling nach Schmuggelgut durchsucht.

Aber gut. Das war ganz lustig, hatte ihn allerdings in der Sache mit dem Grünschnabel auch nicht weitergebracht. Wen sollte er denn noch kontrollieren? Er war dazu übergegangen, auch Boote ohne roten Streifen zu überprüfen. Natürlich hatte der Junge den blöden Streifen übergepinselt, wenn er nicht ganz auf sein Oberstübchen gefallen war. Aber auch das hatte bisher nichts gebracht. Kein Wunder: es gab Hunderte von Booten. Die Deutschen fielen gerade am verlängerten Wochenende mit ihren Yachten in sein Land ein, als würden sie hier Begrüßungsgeld erwarten. Bisschen lästig waren sie schon, die ganzen reichen Ausländer mit ihren Angeberbooten. Allerdings ließen sie reichlich Geld im Land, und das war überhaupt nicht lästig.

„Kapitän, hier ist vielleicht was für Sie".

Der erste Offizier hielt ihm auffordernd das Telefon entgegen.

„Was gibt's denn? Was Wichtiges?"

„Die Zentrale. Direktverbindung. Geht um den Jungen. Eine Frau Findmeise oder so ähnlich, aus Flensburg", erklärte der Offizier.

Neugierig ergriff Fleming Olsen den Hörer. „Kapitän Olsen, dänische Küstenwache", meldete er sich vorschriftsmäßig und nahm dabei einen Bleistift für mögliche Notizen in die andere Hand. Erwartungsvoll lauschte er der Mitteilung und stellte erfreut fest, dass es tatsächlich um den Jungen ging und dass diese Dame ihn wohl wirklich gesehen hatte.

„Und wo war das genau?", fragte er gespannt, wartete auf die Antwort und stellte dann fest: „Ach, in Dänemark. Aber Dänemark ist groß..., ja, ja, gut, so groß auch wieder nicht...., ach, an einen Ort können Sie sich nicht erinnern?... Nein, ich wollte keineswegs was über Ihr Gedächtnis sagen... Ja, ja, hören sich alle gleich an, die Ortsnamen in Dänemark. Find' ich auch. Wie sind sie denn nach Dänemark gekommen, vorgestern? Mit dem Auto oder der Fähre?... Sehen Sie, immerhin etwas, also nur mit dem Auto. Kann also nicht auf Fünen oder Langeland oder so gewesen sein. Und wie lange sind sie dorthin gefahren, von Flensburg?... Ach, der ist überall rumgefahren, Ihr Enkel... Ach, paar Stunden... Na gut, danke, Frau äh..."

Kapitän Olsen zögerte ein wenig, weil er den Namen der Dame nicht richtig verstanden hatte und hoffte, dass sie zuerst auflegte. Plötzlich stutzte er und hielt den Hörer wieder dichter an sein Ohr. Jetzt stellte sie ihm schon die Fragen. Unverschämt! „Warum ich ihnen die entscheidende Frage nicht gestellt habe? Welche entscheidende Frage?" Kapitän Olsen fühlte sich plötzlich wie ein kleiner Junge, der im Buchstabierwettbewerb der dritten Klasse versagt hatte. „Welche entscheidende Frage?", fragte er nochmals ärgerlich. „... ach, ich habe Sie nur gefragt, wie lange sie hin gefahren sind, und nicht, wie lange es zurück gedauert hat? Ja, wie lange sind Sie denn nun zurückgefahren, zum Teufel?... Nein, war nicht böse gemeint... Ach, keine Stunde mit dem Mercedes? Gut, danke Frau, äh..., Ja, danke, Frau Findeisen."

Fleming Olsen legte erleichtert den Hörer beiseite und sprang auf.

Keine Stunde waren sie von Dänemark nach Flensburg gefahren. Dann müsste der Junge irgendwo hier an der Küste sein. So furchtbar viele Möglichkeiten gab es da gar nicht. Zwar hatte sie ihn schon vorgestern gesehen, aber gestern, bei dem Wetter, war er bestimmt nicht viel weiter gekommen. „Volle Kraft voraus", befahl er. „Sie hat ihn tatsächlich gesehen. Kann nicht weit sein. Wir suchen nochmal alles an der Küste ab. Von hier bis einschließlich Alsen."

Jetzt hätte er wieder in jedem Arm vier Winkel gebraucht.

Weil er die aber nicht hatte, stöhnte und ächzte Erwin, als müsste er den olympischen Ringkampf gewinnen. Er steckte mit den Armen voraus bis weit über beide Schultern in dem dunklen, engen und stickigen Motorraum. Es roch nach einer Mischung aus Öl und abgestandenem Seewasser, was seine Stimmung keineswegs verbesserte. Mit Lappen und einer Dose Kriechöl bewaffnet, wischte er alle erreichbaren Kontakte so gut es ging trocken und besprühte sie anschließend mit dem Öl-Spray. Das, was er nicht sehen konnte, ertastete er und hoffte, dass das reichte. Die Batterien hatte er bereits sorgfältig bearbeitet, aber das alleine reichte sicherlich nicht. Also kroch er noch weiter in den dunklen, stinkenden Tunnel und wischte und sprühte, als ginge es um sein Leben.

Ging es ja auch, genau genommen, dachte er. Nun, vielleicht nicht gerade um das Leben, aber vielleicht um die Freiheit, korrigierte er sich. Er fühlte mit der rechten, angewinkelten Hand in die Richtung, wo Anlasser und Lichtmaschine sitzen mussten und war wieder einmal froh, dass sein Opa ihm sogar erklärt hatte, wie so ein Motor funktionierte und wo die wichtigsten Teile angebracht waren. Nicht, dass er viel verstanden hätte, aber immerhin wusste er, dass so eine Maschine von irgendeinem elektrischen Ding gestartet wurde. Und das saß nun ausgerechnet von ihm aus gesehen hinter dem Motor, wo er nicht den geringsten Schatten erkennen konnte. Also wischte und sprühte er abermals blind. Dabei fuchtelte er mit der Dose hin und her und stieß an einen Gegenstand, der zu Erwins Überraschung klirrte. Und klirren durfte am Motor nichts, dass sagte ihm sein von wenig Sachverstand getrübter Instinkt. Vorsichtig fühlte er mit der Hand nach dem Übel und fand, dass sich dort tatsächlich eine Mutter gelockert hatte. Umständlich legte er die Sprühdose aus der Hand und versuchte, den rechten Arm trotz der Enge zurückzuziehen, was ihm nach einigen Versuchen auch gelang. Dann erfühlte er den 13er Schlüssel, angelte ihn mit den Fingerspitzen und schlängelte Hand samt Werkzeug zu der lockeren Mutter. Zu seinem Erstaunen passte der Schlüssel sogar. Er probierte es mehrmals, und schließlich gelang es ihm sogar, die Mutter zu drehen. Vier halbe Umdrehungen genügten, dann rührte sich der Übeltäter keinen Millimeter mehr. Erwin sprühte abschließend noch einmal mit dem Kriechöl auf die dunkle Seite, dann zog er sich prustend und schwitzend aus der engen Öffnung zurück. Dabei achtete er sorgfältig darauf, keinen Gegenstand zu vergessen.

Als er das geschafft hatte, keuchte er und atmete mehrmals erleichtert tief durch.

Die Ente in seinem Magen drückte immer noch, obwohl es schon später Nachmittag war und er fast den ganzen Tag geschlafen hatte. Aber es war ein angenehmes Drücken und er fühlte sich einigermaßen wohl. Er hatte sich damit abgefunden, dass Linda nicht mehr kommen würde und außerdem war er satt. Unwillkürlich musste er schmunzeln, als ihm bewusst wurde, mit wie wenig er plötzlich zufrieden war und er fragte sich, ob das ein gutes Zeichen sei. Sicherlich war es das, dachte er. Es könnte aber auch ein schlechtes Zeichen sein.

Nachdenklich wischte er sich mit einem Lappen Hände und Gesicht ab, stieg den Niedergang empor und ging zum Steuerstand. Ein prüfender Blick sagte ihm, dass der Wind auf Südost gedreht und nachgelassen hatte. Auch die Sonne hatte sich immerhin einige größere Lücken in der Wolkendecke erkämpft.

Erwin nahm den Zündschlüssel und steckte ihn ins Schloss. Einen Moment überlegte er, ob er wirklich wagen sollte, den Motor zu starten. Was wäre, wenn er wieder nicht ansprang? Aus dieser Bucht unter Segeln herauszukommen, das würde er wohl nicht schaffen. Und was dann? Ängstlich drehte er den Schlüssel zunächst nur ganz wenig, um die Maschine vorzuglühen. Je länger, desto besser. Mindestens zwei Minuten hielt er ihn vorsichtig in dieser Position. Erst dann traute er sich, ihn weiter zu drehen.

Und wirklich rührte sich der Motor. Er drehte zwei- dreimal durch, dann erstarb er allerdings wieder.

„Immerhin ein Fortschritt", dachte Erwin, „wenigstens sagt er überhaupt etwas." Er drehte den Schlüssel zurück und gleich darauf wieder langsam vor, zum abermaligen Vorglühen. Diesmal zündete er ihn aber schon mit gespannter Erwartung nach einer halben Minute. Der Motor drehte sich einmal langsam, stotterte, drehte sich dann zweimal und stotterte wieder, so als wollte er einen Hustenanfall abschütteln. Nachdem er nochmals ausführlich hustete, hielt er es aber für angebracht, seine ganze Kraft zu entfalten. Er schnurrte, als hätte er niemals im Koma gelegen.

Erwin war überglücklich.

„Juchuu!", schrie er, auch wenn ihn niemand hören konnte und es dem Motor wahrscheinlich egal war. „Hast du gut gemacht, alter Diesel-Fuzzi", lobte er den Motor und nahm sich vor, ihn sich eine Stunde im Leerlauf austoben zu lassen. Das war auch gut, um die Batterien zu laden, sagte er sich. Erleichtert ließ er sich auf seinen Lieblingsplatz unter der Spritzpersenning sinken, lauschte der dröhnenden Musik der Maschine und beobachtete verzückt die langsam ziehenden Wolken. Im vorigen Sommer hatte er einmal an einem warmen Tag mit seinem Opa im Garten gesessen, die Wassermusik von Händel gehört und sie hatten dabei die Wolken angeschaut. Genauso fühlte er sich in diesem Moment. Das Motorengeräusch war vielleicht nicht ganz mit der Wassermusik zu vergleichen, dachte er, aber es war im Augenblick die schönste Musik der Welt. Außerdem machte es die Welt kleiner. Es gab keine Geräusche von der anderen Welt, die ihn irritieren konnten. Er hörte nichts als den Motor und es gab auf der Welt nur das Boot und ihn, Erwin.

Als sich seine Verzückung ein wenig gelegt hatte, stand er auf und schaute aus reiner Gewohnheit über das Boot Richtung Ufer.

Und da sah er sie.

Sie winkte und rief etwas und ihre Haare wehten in der leichten Brise nach vorne, so als wollten sie mit dem Schilf um die Wette wehen.

Unwillkürlich hob Erwin den rechten Arm und winkte zurück, was er sofort bereute. Er überlegte eine Sekunde, ob er sie nicht mit Missachtung strafen sollte, weil sie ihn gestern versetzt hatte, aber nun war es eindeutig zu spät. Außerdem musste er widerwillig zugeben, dass er sich über Linda freute wie ein Kind über den Nikolaus.

Eilig sprang er ins Beiboot, löste die Leine und ruderte in rekord-verdächtiger Zeit ans Ufer. „Wo warst du gestern?", rief er, noch bevor das Schlauchboot abrupt vom schlammigen Ufer gestoppt wurde.

Linda lachte. „Bist ja noch nicht verhungert. Hab ich doch gesagt."

Sie schmiss ihren schweren Rucksack ins Boot, schubste es an und sprang leichtfüßig hinein. „Dafür hab ich dir heute was mitgebracht. Ich erklär dir alles, wenn wir drüben sind."

185

Das war nun nicht gerade die Antwort, die Erwin gewünscht hatte.

„Tolle Entschuldigung", murmelte er und tauchte missmutig die Riemen ins Wasser.

„Muss ich mich denn entschuldigen?", fragte Linda. „Hab doch gesagt, ich erklär dir alles, wenn wir drüben sind."

„Stimmt, wir sind ja nicht verheiratet", erwiderte Erwin schnippisch.

Und Linda erwiderte lediglich: „Eben".

So herrschte während der kurzen Überfahrt bedrücktes Schweigen, das von Linda erst unterbrochen wurde, als sie bei der *SCHWALBE* ankamen.

„Der Motor läuft ja wieder."

„Hab ich repariert", erklärte Erwin stolz, während sie das Schlauchboot befestigten und an Bord der Yacht kletterten. Sie setzten sich umständlich und verlegen in die Plicht, und erst jetzt erklärte Linda, warum sie nicht kommen konnte.

„Papa hat mich gleich von der Schule abgeholt, wir mussten meine Oma in Sönderborg besuchen. Hat einen Unfall gehabt. Zum Glück nicht so schlimm." Sie erzählte, dass sie am Abend sehr spät nach Hause gekommen waren und sie nicht mehr aus dem Haus gehen konnte. „Das Schlimmste war, dass ich dich nicht benachrichtigen konnte. Aber du bist ja nicht verhungert. Hab ich doch gesagt. Hast du noch was gefunden?"

Jetzt war es an ihm, ihr einiges zu erklären und er stellte befriedigt fest, dass sie bewundernd hin und wieder „oha!" sagte, als er die Sache mit der Ente schilderte.

„Gut", meinte sie dann allerdings nur, ohne ihn weiter ausführlich zu loben. „Wir haben keine Zeit zu verlieren. Hab mir überlegt, über kurz oder lang kommen sie auch hierher und suchen dich. Hier! Hab ich mitgebracht." Damit zog sie aus ihrem Rucksack eine rote Flagge mit einem weißen Kreuz hervor. „Die dänische Flagge. Wir machen aus deinem Boot ein dänisches. Die suchen ja ein deutsches."

Für einen Moment verschlug es Erwin die Sprache.

„Äh..., habt ihr eine Flagge im Haus?", stammelte er schließlich.

Linda lächelte. „Jeder Däne hat eine dänische Flagge im Haus. Aber

186

das hier ist sogar eine Seeflagge." Damit deutete sie auf die gezackten Ränder und erklärte weiter: „Die hab ich mal im Hafen von Papa gefunden. Hat wohl ein Segler verloren."

Erwin erhob sich erstaunt, griff nach der Flagge und grinste: „Ein dänisches Boot. Du bist gut!" Er nahm das Tuch, zögerte nicht lange und wechselte seine schwarzrotgoldene gegen die dänische Flagge aus.

„Sieht richtig echt aus", bewunderte Linda das Werk. „Hast du weißes und schwarzes Isolierband?"

„Klar. Hat jeder Segler an Bord. Warum?"

Linda verdrehte die Augen über soviel geistige Schwerfälligkeit. „Wir müssen deinen Heimathafen Kiel mit weißem Band überkleben. Geht ja schlecht an, dass du eine dänische Flagge und einen deutschen Hafen hast, oder?"

„Und wie soll ich zu einem dänischen kommen. Hast du auch schon überlegt, oder?"

„Klar", erklärte sie und verdrehte wieder die Augen. „Ganz einfach. Aus schwarzem Isolierband kleben wir dir einen dänischen Hafen. Ist vielleicht nicht so schön, aber aus der Entfernung sieht man das nicht so. Hält ja keiner die Nase auf dein Heck... also auf das Heck vom Boot", ergänzte sie lächelnd.

Sie verblüffte ihn immer wieder aufs Neue.

Erwin öffnete die Backskiste und griff nach dem mittleren Werkzeugkasten, konnte aber sein Staunen nicht verbergen. „Ich dachte immer, ich sei clever... Wahrscheinlich hast du dir auch schon einen Hafennamen ausgedacht?" Er klappte den Deckel der Kiste hoch und nahm sich das breite weiße Isolierband und eine Rolle schmaleres, schwarzes heraus.

„Klar", sagte sie wie selbstverständlich. „Ein O oder andere runde Buchstaben kann man mit Isolierband schlecht kleben. Also nehmen wir einen Namen ohne O oder D oder R. Da gibt es nicht so viele Orte. Aber *Assens*. Das ist ein großer Hafen, vielleicht 30 Kilometer von hier."

„So, nehmen wir das?", meinte Erwin gedehnt. „Also gut, dann machen wir das mal."

Kapitän Fleming Olsen nickte zufrieden und senkte das Fernglas.

Die *Limfjorden* Ihrer Königlichen Majestät Küstenwache pflügte zuverlässig wie immer durch die dänische Ostsee. „Vier Strich Backbord voraus. Das ist die Einfahrt der Mjels-Bucht. Bis jetzt haben wir den Bengel noch nicht gefunden und das heißt...?" Fleming Olsen drehte sich wie von einem Katapult geschossen zu seinem Steuermann um und zeigte mit dem Finger auf ihn. Er liebte solche kleinen Prüfungsfragen und fand, dass sie den Alltag auflockerten und das Gehirnschmalz seiner Beamten flüssig hielten. „Das heißt?", wiederholte er erwartungsvoll.

„Dass er woanders ist," kam es wie aus der Pistole geschossen.

„Richtig. Gut der Mann", lobte Kapitän Olsen. „Und das heißt wiederum, das unsere Chancen von Mal zu Mal steigen. Irgendwo muss er ja sein. Wenn ich er wäre, ich würde mich dort in der Mjels-Bucht verkriechen."

„Wenn Sie er wären, wären sie schon in der Karibik", lächelte der Steuermann und änderte langsam den Kurs.

„Wo der weiße Rum schon zum Frühstück in der Tasse gereicht wird", bestätigte der Kapitän verklärt und beobachtete, wie der befohlene Kurs eingeschlagen wurde. Er nickte abermals zufrieden und gab die Anweisung für die Geschwindigkeit. „Volle Fahrt, Steuermann."

Er konnte es kaum erwarten, dem Bürschchen die Löffel lang zu ziehen. Und mit irgendwelchen Tricks würde ihn der Bengel auch nicht reinlegen. Von wegen die roten Streifen überpinseln und Heimathafen ändern. Er, Fleming Olsen, war mit allen Wassern gewaschen. Wo die hinwollten, die Gauner, da kam er schon lange her. Kapitän Olsen hob das Fernglas wieder an die Augen und beobachtete, wie sie der waldumrandeten Bucht zügig näher kamen.

Der Motor hatte eine Stunde gearbeitet und nun war es an der Zeit, dem unangenehmen Lärm ein Ende zu bereiten.

Erwin verringerte die Umdrehungszahl, drückte einen Knopf und hörte zufrieden, wie sich die Maschine auf seinen Befehl hin zur Ruhe begab. Endlich war es wieder so leise, wie es sich in einer schönen Bucht gehörte.

„Schön..., puh..., ruhig", stöhnte Linda, während sie bäuchlings über das Heck gebeugt lag. „So, nur noch ein Buchstabe. Puh! Das S. Also nochmal einen kurzen Streifen."

Erwin schnitt auch diesen Streifen von der Isolierbandrolle ab und reichte ihn ihr. Sie hatten sich auf diese Art der Arbeitsteilung ohne viele Worte geeinigt und Erwin war froh darüber. Linda arbeitete schnell und gewissenhaft und er war glücklich, dass sie die Idee gehabt hatte. Den eigentlichen Heimathafen Kiel mit weißem Band zu überkleben, war kinderleicht. Auch den Namen *WAL* in das dänische *VAL* zu verwandeln, ging durch Überkleben einfach. Die Prozedur hingegen, für den neuen Hafennamen ASSENS jeweils kleine Teilstückchen zu schneiden und über Kopf in der richtigen Länge anzukleben, hatte sich als schwierig herausgestellt.

Erwin war zunächst eingeschnappt, weil sie ihm nicht gleich ihren Rucksack geöffnet hatte. Sie hatte nur angedeutet, dass sie Leckereien mitgebracht hatte, aber mehr wollte sie nicht sagen. „Nach der Sache mit der Ente bist du ja nun vollgefressen und wir haben's eilig. Wir müssen kleben", hatte sie behauptet. Erwin konnte die Eile zwar nicht so recht verstehen, aber schließlich kam die gute Idee von ihr, und wenn es sie glücklich machte, warum nicht? Er schnitt wieder ein Stückchen Isolierband ab, reichte es ihr, dann reichte er ihr das Nächste und schließlich das Letzte.

„Fertig", jubelte Linda, „guck dir das mal an – fast echt, also von Weitem jedenfalls." Erwin beugte sich ebenfalls über das Heck und was er da sah, begeisterte auch ihn. „Besser als echt!", lobte er sie. „Jetzt habe ich ein neues Boot ohne roten Streifen und mit anderem Namen und sogar einen neuen Heimathafen. Bin praktisch unsichtbar."

Beide betrachteten zufrieden und in Gedanken versunken ihr Werk, und dabei hörten sie das Geräusch.

Erwin blickte zuerst in die Richtung, aus der es kam.

„Weg hier. Los!", brüllte er, schwang sich in die Plicht und zog Linda ebenfalls zurück. „Los ducken. In die Kajüte, auf Tauchstation!"

„Wie, was..?", stotterte Linda, folgte aber seiner Aufforderung. Eilig krochen sie zum Niedergang, stiegen vorsichtig hinab und blickten gespannt und halb geduckt nach achtern, von wo aus das Geräusch langsam, aber stetig zunahm.

„Ein Schiff", flüsterte Erwin, „ein richtiges Schiff. Hört sich gar nicht gut an." Mit angehaltenem Atem erwartete er, dem Schicksal in der nächsten Sekunde gegenüberzustehen. Leider war es aber nicht das Schicksal, dass ihm bald gegenüber stehen sollte, durchfuhr es Erwin, als sich die Spitze des graublauen Bootes langsam hinter der Landzunge hervorschob. Es war schlimmer. Das Schicksal kannte wenigstens manchmal Gnade, die Menschen hingegen weniger.

„Küstenwache", flüsterte er Linda zu, „bleib auf jeden Fall auf Tauchstation, was auch immer passiert. Dann verschwinden sie vielleicht wieder."

Die schwierige Einfahrt lag zum Glück hinter ihnen.

Voraus sah Fleming Olsen bereits den größten Teil der Bucht, die Dyvig hieß, und dort ankerte zu seiner Enttäuschung nur eine Ketsch, also ein zweimastiges Boot. Und einen zweiten Mast konnte der Grünschnabel ja wohl nicht aufgebaut haben. Aber er vermutete ihn ja sowieso in der Bucht rechts daneben, in der Mjels-Bucht.

Vorsichtig manövrierte der Steuermann die Limfjorden durch die enge Fahrrinne und zwar mit der geringst möglichen Geschwindigkeit.

Kapitän Olsen stellte zufrieden fest, dass sie noch nicht einmal einen Knoten Fahrt machten. „Gut der Mann", lobte er den Steuermann, „jetzt hart Steuerbord."

Und da sah er das Boot. Genau wie er, Fleming Olsen, es erwartet hatte. „Sehen Sie auch, was ich sehe?", triumphierte er und ballte vor Freude eine Siegerfaust. Er war auf der Jagd, und nun hatte er seine Beute gestellt. Ein wunderbares Gefühl.

Der Steuermann drehte das Ruder eine weitere halbe Umdrehung Richtung Steuerbord und schmunzelte: „Hat eben immer Recht, so ein Kapitän."

„Was ich immer sage", bestätigte Fleming Olsen mit der ihm eigenen Bescheidenheit, „ganz langsame Fahrt voraus. Jetzt kann er uns nicht mehr entwischen."

Mit äußerster Sorgfalt arbeitete sich die Limfjorden Meter um Meter in die gefährlich flache Bucht, aber Kapitän und Steuermann verstanden ihr Handwerk und hielten sich mit Hilfe des Echolotes sorgsam in der Fahrrinne. Obwohl sich Fleming Olsen sicher war, den Übeltäter vor sich zu haben, schaute er weiter gespannt durch sein Fernglas: „Hat tatsächlich den Streifen übergepinselt. Wie ich's gesagt habe." Er blickte zum Steuermann und senkte das Glas: „Aber natürlich kein Mensch zu sehen. Hat uns gesehen und ist auf Tauchstation gegangen. Hätt' ich auch gemacht." Er hob wiederum das Glas und stutzte: „Verdammt und zugenäht. Ist ja ein dänisches Boot."

Tatsächlich konnten sie jetzt schon mit bloßem Auge die dänische

Flagge erkennen. „Glaub ich nicht", stöhnte Fleming Olsen. „Können wir noch näher ran?"

„Bisschen schon". Der Steuermann schwitzte. „Können Sie den Namen erkennen?"

„Einen neuen Namen schreib' ich Ihnen in zehn Minuten", entgegnete Olsen unwirsch. „Doch, jetzt hab ich ihn. *VAL*. Heimathafen Assens."

„Dann war's wohl doch falscher Alarm, Käptn."

„Bisschen dichter können wir noch. Der hat das Beiboot draußen. Muss also einer an Bord sein." Fleming Olsens Enttäuschung war fast körperlich zu spüren. Aber solange er nicht sah, wer dort an Bord war, würde er sogar das Schlauchboot zu Wasser lassen und höchstpersönlich übersetzen und nachschauen.

Zentimeter für Zentimeter arbeitete sich die *Limfjorden* näher an das weiße Segelboot heran.

Erwin hätte nicht gedacht, dass so ein großes Boot in die Bucht einlaufen könnte.

Aber es war da.

Ängstlich beobachtete er, wie es näher und näher kam. Er konnte sogar schon die Menschen an Bord erkennen, und das war überhaupt kein gutes Zeichen.

„Nicht rühren", flüsterte er Linda atemlos zu. „Wenn keiner an Bord ist, hauen sie bestimmt ab. Falls unser Trick geklappt hat."

„Sieht aber ganz und gar nicht so aus", entgegnete sie schweißgebadet, „ganz und gar nicht."

„Warte nur. Bloß ruhig verhalten. Wird schon", versuchte Erwin sie und sich selbst zu beruhigen, was allerdings nicht so recht klappen wollte. „Schön ruhig. Bleib... Wo willst du denn hin?" Er traute seinen Augen nicht, aber es geschah tatsächlich. Sie riss sich los, sprang den Niedergang hoch, zischte ihm zu: „Bleib du unten!", stellte sich mitten auf die Sitzbank in der Plicht und winkte.

„Völlig durchgedreht, die Ärmste. War wohl doch alles zu viel für sie", stöhnte Erwin leise.

Enttäuscht stellte er sich darauf ein, hinter schwedische Gardinen zu wandern.

„Ein Mädchen? Das ist ja ein Mädchen." Der Steuermann der *Limfjorden* konnte seine Überraschung nicht verbergen.

„Seh ich auch, dass das ein Mädchen ist", schnauzte Fleming Olsen, trat aus dem Steuerhaus heraus und lehnte sich an die Reling. Er wischte sich mit der rechten Hand über die Augen, aber es blieb dabei. Dort stand ein Mädchen, ihre Zöpfe wehten in der leichten Brise und sie winkte vergnügt. Sie waren mittlerweile so dicht herangekommen, dass er ihre blauen Augen und den etwas breiten Mund erkennen konnte. Sie rief etwas gegen den Wind und er hielt fragend die Hand an das rechte Ohr. Jetzt rief sie es nochmals und er verstand.

„Nein, nein", rief Fleming Olsen zurück und zum Steuermann gewandt: „Stopp und achteraus. Und zwar bisschen plötzlich. Nicht, dass Sie uns hier noch auf Grund setzen." Er winkte dem Mädchen halbherzig einen kurzen Gruß zu, trat eilig ins Steuerhaus zurück und schloss die Tür wütend hinter sich.

Der Steuermann drehte das Boot vorsichtig und gekonnt, dann erhöhte er die Drehzahl geringfügig, was aber trotzdem dazu führte, dass sie eine schlammige Wolke im Kielwasser zurückließen. Während die Limfjorden langsam Fahrt aufnahm, schwiegen Kapitän und Steuermann enttäuscht. Sie waren sich vollkommen sicher gewesen und jetzt das... Morgen würden sie weitersuchen müssen. Kapitän Olsen entschied, dass es ihm für heute reichte, und zwar gründlich. Sie würden die Nacht in Sönderborg verbringen und in Bereitschaft bleiben. Wenn der Bengel heute in einer der

Buchten südlich von Sönderborg ankerte, dann würden sie ihn auch morgen noch finden. Für heute langte es jedenfalls. Der Tiefschlag musste erst einmal verdaut werden.

„Das ist nicht zu glauben", beantwortete Fleming Olsen schließlich den fragenden Blick des Steuermanns, „in bestem Dänisch ruft die »Mein Vater ist nicht an Bord. Der ist einkaufen. Wollen Sie was von uns?«" Kapitän Fleming Olsen schüttelte nochmals den Kopf, während das Boot langsam aber sicher der offenen See zustrebte.

Nein, von denen wollte er nichts.

Von einem dänischen Vater mit einer vorlauten Tochter wollte er ganz und gar nichts.

„Bist du verrückt geworden?" Erwin hatte sich immer noch nicht erholt. „Ich hätte bald einen Infarkt gekriegt. Hab mich schon in Handschellen gesehen." Er atmete tief durch und ließ sich auf die weiche Bank im Salon fallen.

„Hat aber geholfen", grinste sie bis über beide Ohren, während sie vorsichtig beobachtete, wie sich das Schiff der Küstenwache langsam entfernte. „Sind bald weg."

„Hör ich. Wie bist du denn darauf gekommen? So einfach rauszuspazieren..." Erwin schüttelte immer noch den Kopf vor so viel Wahnsinn.

Linda blickte weiter dem grauen Schiff hinterher. „Jetzt sind sie weg", sagte sie, setzte sich neben ihn und lächelte stolz. „Ich dachte, die suchen einen Jungen und außerdem, wer sich versteckt, macht sich verdächtig. Freundlich winken zeigt ihnen, dass man kein schlechtes Gewissen hat."

„Wahnsinn." Erwin konnte sich immer noch nicht entscheiden, ob er die arme Linda bedauern oder bewundern sollte. Er drehte sich zu ihr, schaute sie von oben bis unten prüfend an und grinste schließlich. „Wirklich toll. Danke."

„Schon gut. Entspann dich erstmal." Sie lächelte immer noch. „Willst du gar nicht sehen, was ich im Rucksack habe?"

„Kannst du jetzt an so was denken???" Erwin konnte nicht glauben, wie jemand so abgebrüht sein konnte. „Ich bin gerade erst wiederbelebt worden." Immer noch apathisch saß er herzklopfend auf der engen Bank und schüttelte den Kopf. Er beobachtete, wie Linda in die Plicht kletterte, ihren Rucksack holte und ihn öffnete. Sie griff hinein und schließlich siegte Erwins Neugier und er richtete sich halb auf. Als er sah, was sie vor seinen Augen auspackte, dachte er unwillkürlich an den Nikolaus: Eier, Speck, Brot, Kartoffeln, Butter und giftfarbene orangerote dänische Mettwurst, seine Lieblingswurst.

„Wo hast du das denn her?", staunte er. „Doch nicht...?"

„Nicht wieder stibitzt", amüsierte sich Linda über seine Angst, ein weiteres Verbrechen auf sein Kerbholz geschnitzt zu bekommen, „alles legal gekauft. Hab mein Sparschwein gemolken."

„War dann wohl eher 'ne Sparkuh", amüsierte sich Erwin, während er jedes einzelne Stück begeistert in die Hand nahm. „Warum machst du das eigentlich alles?"

Sie antwortete nicht sofort, machte ein nachdenkliches Gesicht und meinte schließlich: „Vielleicht hab ich einfach ein Herz für unschuldig Verfolgte. Oder?"

Verlegen wendete er den Blick von ihr ab und schaute gebannt auf den Speck. „Äh..., ja..., vielleicht."

„Und vielleicht", ergänzte sie, „weil ich dich eine Weile nicht sehe."

Er ließ erschrocken den Speck fallen, bückte sich jedoch sofort danach und tat, als müsste er ihn umständlich suchen. Er brauchte eine Sekunde Zeit zum Überlegen. Als er nach einer sehr, sehr langen Sekunde wieder auftauchte, hoffte er, dass seine Frage nicht zu ängstlich klang. „Wieso, musst du verreisen?"

Linda setzte sich wieder neben ihn und schaute ihn ernst an. „Nein, du musst verreisen."

„Ich?" Jetzt war er wirklich erstaunt. „Ich?", wiederholte er. „Wieso?"

„Du kannst nicht ewig auf Tauchstation gehen", sagte sie leise. „Du kannst nicht immer abhauen. Hast du doch vorhin gesehen. Du musst rausgehen, was unternehmen."

„Und was, deiner Meinung nach?" Die Frage klang leicht gereizt und das sollte sie auch. Wenn er gewusst hätte, was er unternehmen könnte, wäre er nicht hier.

„Zurückschlagen!"

Nun war er wirklich ärgerlich. Er stand auf, ging die wenigen Schritte in der Kajüte auf und ab und meinte schließlich: „Weil ich zurückgeschlagen habe, bin ich auf der Flucht. Hast du wohl vergessen, wie? Das heißt, nicht zurückgeschlagen, sondern einfach geschlagen."

„Das ist es ja, du hast überhaupt nicht geschlagen", entgegnete sie. „War ja in dem Moment richtig, dass du abgehauen bist. Aber irgendwann musst du zurückschlagen".

„Und wie, deiner Meinung nach?", fragte er nun noch eine Spur gereizter. „Hast du sicherlich auch schon für mich geplant, oder? Soll ich Kai mit dem Spaten niederstrecken?"

Linda stand auf, nahm ihren Rucksack und ging zum Niedergang. Sie schaute einen Moment zu den gemächlich vorbeiziehenden einzelnen Wolken und trat auf die unterste Stufe. „Wenn ich gehen soll, musst du's nur sagen."

„Hör auf", beeilte er sich zu versichern, „war nicht so gemeint. Tut mir leid." Er kam sich vor wie der größte Depp der Welt und war überzeugt, dass er das tatsächlich war. „Tut mir wirklich leid", wiederholte er. „Was hast du dir denn überlegt?"

Linda zögerte. Schließlich drehte sie sich wieder um, legte den Rucksack beiseite und setzte sich abermals neben ihn. „War das 'ne Entschuldigung?"

„Das war eine. Ich war blöd. Menschen, die einem am meisten helfen, behandelt man manchmal ganz schön gemein. Tut mir leid."

„Na gut. Ist mir auch schon mal so gegangen."

Sie überlegte, wie sie ihm den Plan am besten erklären sollte. Sie hatte

196

sich in der Tat ihre Gedanken gemacht und sie hatte herausgefunden, dass es keine andere Lösung gab. Sie setzte sich auf die andere Seite der Kajüte, ihm gegenüber. Dann begann sie zögernd: „Das Ganze fing doch damit an, dass du diese beiden Jungs angeblich verprügelt hast, stimmt's? Wie hießen die noch?"

„Kai Burose. Und der mit dem Lineal, das war Martin."

„Genau", erklärte Linda weiter, „Kai ist der Hartgesottene, richtig?"

„Kann man so sagen. Der ist verschlagen und brutal. Quält auch kleine Mädchen", bestätigte Erwin.

„Gut, und dieser Martin, das ist eher ein Jammerlappen?"

„Jammerlappen und schleimig. Eine Kreatur von Kai Burose. Redet dem alles nach. Der würde sich auch einen Knopf an die Backe nähen, wenn Kai das fordern würde. Außerdem ist er ein bisschen dämlich. Genau genommen ist er der Tabellenführer der Dummbatschliga."

Linda lachte. „Hört sich an, als wär' er nicht dein Freund. Aber gut, wir müssen nun dafür sorgen, dass der Schleimer die Nerven verliert."

Erwin blickte sie erstaunt an. „Und dann?"

„Dann wird was passieren. Eigentlich ganz einfach."

„Gaaanz eiiiinfach???" Erwin prustete mehr, als dass er sprach. „Wie willst du das denn anstellen? Was meinst du, was ich schon alles überlegt habe."

„Wir müssen dafür sorgen", erklärte Linda geduldig weiter, „dass sie sich selbst zerfleischen. Weißt du, so wie in einem Wolfsrudel."

„So wie in einem Wolfsrudel...?" Langsam merkte Erwin, dass es ihr tatsächlich ernst war und dass sie alles bis ins Einzelne durchdacht hatte. Er bewunderte sie womöglich noch mehr als bisher.

„Und wie?", fragte er vorsichtig.

„Hast du was an Bord, was billig ist, aber teuer aussieht?"

Er senkte den Kopf und überlegte. Das Geld war weg und sonst hatten sie keine Wertsachen an Bord. „Nicht, dass ich wüsste", sagte er, „oder... warte mal." Er griff hinter sich, öffnete die kleine Tür zu dem Fach, in dem die Bücher sorgfältig sortiert standen und fasste hinter die Nautischen

Jahrbücher. „Doch, hier", triumphierte er erfreut und hielt eine wasserdichte kleine Plastiktüte in die Höhe. Mit einem kurzen Ruck öffnete er die Tüte und schüttete den Inhalt auf den Tisch.

Linda pfiff bewundernd durch die Zähne. „Uhren. Relox, oder wie die heißen. Und gleich drei Stück. Sind die echt?"

„Natürlich nicht", lachte Erwin. „Die hat Opa mal in Polen gegen eine Flasche echten Cognac eingetauscht. Sind Imitate. Aber kaum zu erkennen. Haben wir zu Tauschzwecken an Bord. Reichen die?"

Linda war begeistert. „Eine reicht. Ist ideal für unsere Zwecke."

„Für welchen Zweck?", fragte Erwin.

„Erklär ich dir gleich. Noch eine Frage: Hast du zufällig die Telefonnummer von diesem Kai Burose?"

„Doch..., ja...", stotterte Erwin, „aber was soll das? Hab meine Schulmappe hier. Und wir haben ja so eine Liste mit allen Telefonnummern. Weißt du, man macht damit in Deutschland eine Telefonkette. Falls mal der Unterricht ausfällt, ruft der Lehrer nur einen Schüler an und der dann den nächsten und so weiter. Aber wozu zum Teufel willst du das alles wissen?"

„Das Wichtigste haben wir also. Die Nummer brauche ich." Linda erhob sich, ging mehrmals auf und ab und überlegte, ob sie auch alles bedacht hatte, sie fand aber keine logische Lücke. „Nur eins musst du machen. Du kannst nicht mehr weglaufen. Du musst zurücksegeln, nach Kiel. Morgen ist ideal. Das Wetter wird gut. Und morgen ist Sonntag. Ideal!"

Erwin sprang auf. „Gut, gut, meinetwegen. Aber was soll das Ganze?"

Endlich erklärte ihm Linda den vollständigen Plan.

Erwin hörte gespannt zu und je länger sie redete, desto begeisterter war er. Wirklich, sie hatte an alles gedacht. Unfassbar. Es könnte klappen.

„Nicht zu glauben", murmelte er, nickte versonnen und schaute Linda dabei bewundernd an. „Es könnte tatsächlich klappen!"

Kapitän Fleming Olsen schreckte hoch.

Das war's. Er hatte einen Fehler gemacht und jetzt wusste er auch, welchen. Er hatte etwas übersehen. Die halbe Bereitschaftsnacht hatte er gegrübelt, weil er ahnte, dass mit diesem weißen Segelboot irgendwas nicht stimmte. Es war eine unruhige Nacht gewesen. Sie hatten keinen Einsatz gehabt und die *Limfjorden* lag friedlich und sicher vertäut an einer Kaimauer im Zentrum des hübschen Städtchens Sönderborg. Und trotzdem hatte Fleming Olsen kaum Schlaf gefunden, weil er ahnte, dass er einen Fehler gemacht hatte. Aber welchen? Und jetzt, wo der Morgen schon graute, da wusste er's.

Kapitän Olsen war froh, dass er sich mit der Uniform in die Bereitschaftskoje gelegt hatte. Er knöpfte die Uniformjacke eilig zu, zog die Krawatte fester und warf einen schnellen Blick auf die Messinguhr an seiner Wand: zwanzig nach fünf! Bald müsste die Dämmerung von der Sonne besiegt werden. Fleming Olsen drückte die Taste der Gegensprechanlage, die ihn mit der Brücke verband. Es ging um Minuten und es war keine Zeit zu verlieren.

„Alles klar machen zum Ablegen. Wir laufen aus!", brüllte er hinein, „Und zwar sofort. Bin gleich oben." Der Wachhabende würde sich nicht schlecht wundern, aber das war ihm egal. Viel Zeit hatten sie nicht, ihren Fehler von gestern auszubügeln. Er kämmte sich vor einem kleinen Spiegel flüchtig die Haare, setzte seine Mütze auf und hörte dabei mit Genugtuung, wie der Maschinist bereits die vorgeglühten Motoren anwarf. „Klappt alles wie am Schnürchen", stellte Fleming Olsen wieder einmal fest. Er verließ seine Kabine und war geneigt, eilig ein Deck höher zu hetzen, ließ es aber sein, weil ein Befehlshaber keinesfalls rennt. Er war schließlich kein einfacher Matrose und auf die eine Minute kam es wohl doch nicht an.

Auf der Brücke wurde er bereits vom erstem Offizier und vom Steuermann erwartet, aber er beschloss, zunächst abzulegen und erst dann die fragenden Blicke zu beantworten.

„Klar zum Ablegen?", fragte er kurz angebunden, worauf der erste Offizier wie immer antwortete: „Klar zum Ablegen."

„Dann mal los. Machen Sie das". Kapitän Olsen hatte nicht vor, mit Routine seine Zeit zu verplempern. Er schritt zur Seekarte. Während er aus den Augenwinkeln verstohlen das Ablegemanöver beobachtete, legte er den Kurs fest.

„Den Alsen-Fjord zurück", befahl er, „zur Mjels-Bucht."

„Zur Mjels-Bucht?"

Obwohl der Steuermann mit dem Ablegemanöver beschäftigt war und die Anweisungen des ersten Offiziers konzentriert beobachtete, konnte er sein Erstaunen nicht verbergen.

„Ja." Kapitän Olsen nahm aus Gewohnheit das Fernglas zur Hand, „Erstmal ins Fahrwasser. Dann erklär' ich ihnen, wie der Hase läuft."

Zufrieden beobachtete er, wie die Limfjorden zuverlässig wie immer Fahrt aufnahm und sich langsam in die Mitte des Fahrwassers schob. Erst jetzt hielt er es für angebracht, den Steuermann aufzuklären. „So viel Speed wie in dem engen Sund möglich ist", sagte er und wartete die Rückmeldung nicht ab. „Wissen Sie, was wir gestern übersehen haben? Hab die ganze Zeit gedacht, dass da was nicht stimmte. Aber was?"

„In der Mjels-Bucht? Bei dem Segler?"

Fleming Olsen verdrehte die Augen. „Bei wem sonst? Beim Dackel der Königin? Also, der hatte eine dänische Flagge, stimmt's?"

„Natürlich", bestätigte der Steuermann, „war ja das Dilemma." Er gab ein wenig mehr Gas, weil der Sund allmählich breiter wurde. „Und?"

„Und unter der Saling" sagte Fleming Olsen bewusst zurückhaltend, um seinen Triumph nicht so offensichtlich zur Schau zu stellen, „unter der Saling flatterte so eine kleine, dämliche dänische Gastlandflagge, die es überall für paar Taler zu kaufen gibt."

„Verdammt!" Der Steuermann gab abermals mehr Gas und musste

widerwillig zugeben, dass der Kapitän Recht hatte. Auch er hatte sie gesehen, aber nicht weiter darauf geachtet, aber jetzt, wo er das gehört hatte...! „Verdammt", wiederholte er. „Heißt, dass es ein ausländisches Boot ist. Ein dänisches braucht ja keine Gastlandflagge. Und der hat also die Nationalflagge am Heck ausgetauscht und vergessen, die kleine wegzunehmen, stimmt's?"

„Blitzmerker!", lobte der Kapitän ironisch. Er ballte die Faust und schlug sie auf den Kartentisch. „Dass wir darüber nicht gleich gestolpert sind. Die kleine Ratte hat uns wirklich gelinkt. Möchte nur wissen, wo er das Mädchen aufgelesen hat." Wütend schlug er nochmals auf den Kartentisch. „Nun geben Sie mal Gas." Sein Blick ruhte abwechselnd auf der Uhr und der Logge. Ging alles viel zu langsam! Aber gut, heute war Sonntag und so früh würde der Bengel am Wochenende bestimmt nicht aufstehen. Zumal nicht der kleinste Hauch von Wind zu bemerken war, der ein Segel hätte antreiben können. Zu seinem Leidwesen gab es allerdings zu dieser frühen Stunde tatsächlich schon einige Segler, die mit Motorhilfe unterwegs waren. Nicht, dass er ihnen das nicht gegönnt hätte. Das Drama war nur, dass sie jedes Mal, wenn sie einem begegneten oder jemanden überholten, die Geschwindigkeit reduzieren mussten. „Sonst machen wir so viel Schwell, dass denen der Papa vom Klo plumpst", erklärte er dem Steuermann unnötigerweise.

Zum Glück begegneten sie jedoch nur einigen und so pflügte die Limfjorden mit schäumender Bugwelle durch den allmählich breiter werdenden Fjord. Zur Erleichterung von Kapitän Olsen konnten sie bereits nach weniger als einer halben Stunde auf langsame Fahrt gehen, und wie gestern vorsichtig in die Einfahrt der Bucht einlaufen. Jetzt konnte er ihnen nicht mehr entwischen. Fleming Olsen hielt es für angemessen, einen kleinen Scherz zu machen. „Sie finden den Weg heute alleine, stimmt's?", neckte er den Steuermann.

„Aye, aye, Sir. Und wenn ich nicht weiter weiß, frage ich Sie."

Befriedigt stellte Kapitän Olsen fest, dass die Ketsch, die sie gestern schon gesehen hatten, immer noch in dem anderen Arm der Bucht lag.

Warum sollte der Junge dann schon weg sein. „Warte, Bürschchen..." murmelte er und blickte angestrengt mit dem Fernglas Richtung Steuerbord, konnte aber wegen der hohen Bäume den Mast noch nicht erblicken.

„Mein Gott, eine Schnecke ist ja schneller", stöhnte er, als er sah, dass sie in dem engen und flachen Fahrwasser weniger als einen Knoten Geschwindigkeit machten. Dabei war die Bucht schon zum Greifen nahe. Gleich könnten sie den Kurs Richtung Steuerbord ändern. Nur noch einen Augenblick. Hatte ja auch keinen Sinn, abzukürzen und auf Grund zu laufen.

„Endlich", atmete Kapitän Olsen erleichtert auf. „So, jetzt nach Steuerbord. Gut so. Jetzt langsam voraus..., ja, langsam..."

Vorsichtig schob sich die Limfjorden um die Landzunge, und jetzt sahen sie die ganze Mjels-Bucht.

Aber eben nur die Bucht.

„Verdammte Sauzucht!" Fleming Olsen ließ die Hand so heftig auf den Kartentisch knallen, dass er schmerzverzerrt die Lippen zusammenpresste. „Verdammte Sauzucht", wiederholte er, „schon weg!"

Es bestand kein Zweifel. Sie fuhren noch weiter in die Bucht hinein, aber er war nicht da.

„Im Schilf kann er sich ja nicht versteckt haben", stöhnte der Kapitän resigniert. „Wird er wohl schon gestern Abend stiften gegangen sein, nachdem er uns gesehen hat. Oder vielleicht gibt's den gar nicht und das ist ein verdammtes Phantom?" Langsam hatte er davon die Nase gestrichen voll, entlaufene oder entsegelte Kinder zu verfolgen, die ihn auf den Arm nahmen.

„Sollen wir 'ne Meldung rausschicken? An alle? Vielleicht ist er noch nicht weit," schlug der Steuermann vor.

„An alle?" Fleming Olsen konnte über das, was der gehirnamputierte Steuermann da von sich gab, nur den Kopf schütteln. „An alle?", brüllte er nochmals, „sind Sie des Wahnsinns fette Beute? Damit alle wissen, dass wir uns von so einem deutschen Dreikäsehoch verarschen lassen, ja?!"

War er eigentlich nur von Ignoranten umgeben und Leuten, die ein Gehirn wie ein Flohpimmel hatten? „Stopp, drehen und zurück", befahl er, „aber dalli!" Wütend schmiss er das nutzlose Fernglas auf den Tisch und schüttelte den Kopf. Er holte mehrmals tief Luft und das half. „Außerdem..." Er überlegte einen Moment. „Außerdem ist ja gar nicht bewiesen, dass das gestern der Junge war. Was sagt schon so eine kleine Gastlandflagge aus; gibt's auf jedem Jahrmarkt und kann sich jeder da ranbinden. War vielleicht doch ein dänischer Segler mit Tochter."

Er beschloss, dass er Recht hatte.

„Ganz bestimmt. Aus Assens kam der, oder? Da gibt es Hunderte von Booten. Gehören alle Vätern mit Töchtern."

Er hatte gehofft, die Sonne würde ihm einen wunderschönen Tag bescheren, aber bedauerlicherweise kümmerte sie sich nicht um die Wünsche dreizehnjähriger Jungen. Sie war morgens glutrot über dem Horizont aufgestiegen, aber als sie eine handbreit ihres Weges gegangen war, wurde sie von einer grauen, milchigen Dunstschicht verschluckt. Es war kein richtiger Nebel, der die Sonne versteckte. Eigentlich war es nur so eine Art hochnebelartige Bewölkung, aber auch das war unangenehm genug. Gerade zu dieser frühen Stunde hätte er gerne einige wärmende Sonnenstrahlen eingefangen. Aber wenigstens war die Sicht nicht so furchtbar schlecht. Er schätzte sie auf etwa sechs Seemeilen im Durchmesser, also vielleicht drei Meilen voraus.

Erwin stand am Ruder der SCHWALBE, hielt angestrengt Ausschau und lauschte zufrieden dem rhythmischen Geräusch des Motors.

„Gut, dass du wieder arbeitest", lobte er die Maschine. Er warf einen kurzen Blick auf die Logge und anschließend auf die aufgeklappte Seekarte. Noch ungefähr eine Meile, dann würde er den nördlichsten

Punkt von Alsen erreichen. Dort müsste er den Kurs nach Südost ändern, um im Kleinen Belt Richtung Kiel zu segeln. Prüfend blickte er auf den Kompass und stellte zufrieden fest, dass der errechnete nordöstliche Kurs genau eingehalten wurde. Erwin lächelte über sich selbst und über so viel Seemannschaft. Eigentlich brauchte er im Moment wirklich keinen Kompass. Er fuhr bei ruhiger und spiegelglatter See parallel zu der Nordküste von Alsen. Die Küste war nur etwa eine halbe Meile von der Steuerbordseite entfernt und damit gut erkennbar.

Er gähnte und schüttelte mehrmals kräftig den Kopf, um seine Müdigkeit abzuschütteln. Zusätzlich öffnete und schloss er die schweren Augenlider ein Dutzend Mal kurz hintereinander, machte einige Kniebeugen und atmete dabei kräftig ein und aus, um sich zu erfrischen. Er hatte in der Nacht vor Aufregung kaum geschlafen. Wieder und wieder hatte er Lindas Plan durchdacht. Als er endlich zu dem Ergebnis gelangte, dass er wirklich gut war und er hätte schlafen können, überfielen ihn schlaflose Gedanken über seine heutige Reise. Er hatte den etwas längeren Kurs durch den Kleinen Belt gewählt, weil die Strecke einfacher zu segeln war als durch den engen Sund bei Sönderborg. Allerdings war der Weg weiter. Ungefähr 60 Seemeilen bis nach Kiel, und das war auch bei gutem Wind eine recht lange Tagesstrecke. So war er also noch vor Sonnenaufgang aufgestanden. Dass sich der Wind zu dieser frühen Stunde noch im völligen Tiefschlaf befand, hatte ihn nicht irritiert. Er würde schon noch im Laufe des Tages erwachen, da war Erwin ziemlich sicher. Für das Ablegemanöver war es sogar ganz gut, dass es windstill war. Er hatte den Motor gestartet, mit der elektrischen Ankerwinsch die Kette und den Anker an Deck gehievt und dann war er langsam, aber zielstrebig zum Ausgang der Bucht gefahren. Er hatte die offene See genau in dem Augenblick erreicht, als hinter ihm die Sonne aufging. Prüfend hatte er sich umgeblickt und mit Genugtuung festgestellt, dass zu dieser Morgenstunde noch keine anderen Boote in Sicht waren. Erst, als er sich am nordwestlichsten Kap von Alsen befand, hatte er weit hinter sich ein Boot gehört, dessen lautes Brummen rasch näher kam. In

204

großer Entfernung hatte er die weiße Bugwelle des Bootes schimmern gesehen. „Wahrscheinlich eine große Motoryacht", dachte er. Er war dann jedoch nach Osten abgebogen und das Motorboot blieb verschwunden. Erwin lächelte zufrieden. Ein Blick auf die Logge zeigte ihm, dass er schon acht Seemeilen zurückgelegt hatte. Gut so! Wenn er auch im Moment noch nicht segeln konnte, so war er dank des Motors wenigstens schnell. Bedauerlicherweise wurde er durch das laute Dröhnen des Diesels aber noch müder, als er ohnehin schon war. Und das Stehen am Ruder machte ihn auch keinesfalls frischer. Erwin sagte sich, dass er seine Kräfte besser einteilen müsste, wenn er bis heute Abend durchhalten wollte. Wozu hatte er den Autopiloten? Eine Weile könnte er den Elektroheinz steuern lassen. Also aktivierte er die Mechanik mit zwei einfachen Handgriffen, stellte den richtigen Steuerkurs ein und löste seinen Gurt. Nachdem er sich aus Gewohnheit mit einem Rundumblick versicherte, dass kein anderes Boot in der Nähe war, ging er zwei Schritte um die Steuersäule herum und setzte sich auf seinen Lieblingsplatz unter die Spritzpersenning. Dort hakte er den Gurt wieder ein, lehnte sich an den Kajütaufbau und war mit sich und dem Boot zufrieden. Er nahm sich jedoch fest vor, mindestens alle drei Minuten aufzustehen und Ausschau zu halten. Für eine Minute schloss er die Augen und dachte daran, was Linda jetzt wohl machen würde. Nun, wahrscheinlich würde sie noch gemütlich schlafen. Erwin lächelte zufrieden, während er ihr Bild vor Augen hatte.

Das Boot schoss währenddessen mit einer Geschwindigkeit von sechs Knoten auf dem eingestellten Nordostkurs durch die spiegelglatte See.

Georgius Rapadopulos war gerne Seemann.

Eigentlich, sagte er sich, war er sogar der einzige richtige Seemann an Bord. Er war schließlich richtiger Grieche und das Schiff fuhr unter griechischer Flagge und war damit ein richtiger griechischer Dampfer. Eine Fügung des Schicksals wollte es sogar, dass Georgius von der Insel Leros im Ägäischen Meer kam und das Schiff auch *LEROS* hieß, oder richtiger: ΛΕΡΟΣ. So stand es jedenfalls auf dem Heck des Dampfers.

Georgius Rapadopulos saß in dem bequemen Drehsessel des Kapitäns auf der Kommandobrücke der *LEROS*. Zu seinem Bedauern war er jedoch nicht der Kapitän. Er hatte in Griechenland seinen spärlichen Lebensunterhalt als Fischer verdient und hatte viel Erfahrung. Zu einem Kapitänspatent hatte er es jedoch nie gebracht. Allerdings, sagte er sich immer wieder, auch wenn er eines gehabt hätte, hätte die sturköpfige Reederei sicherlich lieber einen Engländer als Kapitän genommen. Es war schon ein trauriges Los für ein griechisches Schiff, fand Georgius. Außer ihm gab es keinen noch so kleinen Griechen an Bord! Der Kapitän war Engländer, der Chief Pole und die anderen alle Philippinos. Aber er kam mit den Fipsen gut aus, da gab es gar nichts.

Georgius Rapadopulos war ein erfahrener Seemann.

Deshalb nahm er das Fernglas an die Augen und beobachtete konzentriert die See, so gut es eben bei der mäßigen Sicht ging. Nichts los zu dieser frühen Morgenstunde. Er blickte auf den Radarschirm und bestätigte seine Beobachtung. Der Dampfer befand sich im Kleinen Belt auf Südkurs, genau wie es sein sollte. Weit Steuerbord voraus sah er das Echo der Insel Alsen und das Echo an Backbord voraus musste die Insel Helnäs sein. Verkehr gab es so gut wie gar nicht, stellte er zufrieden fest. Außer einem winzigen Echo weit Steuerbord voraus, unmittelbar vor der Küste von Alsen, war weit und breit kein Schiff zu erkennen. Wahrscheinlich ein einsamer Segler, der bei dem bisschen Wind mehr oder weniger auf der Stelle stehen würde. Georgius Rapadopulos löste den Blick vom Radarschirm und blickte wieder aufmerksam über das gut hundertvierzig Meter lange Schiff und die Containerladung.

Er seufzte zufrieden.

Erstens gab es voraus kein Hindernis und zweitens besserte sich die Sicht langsam. Es gab also keinen Anlass, den Kapitän vom Frühstück hochzuscheuchen. Aus Gewohnheit kontrollierte er nochmals den Kurs des Schiffes und stellte wiederum fest, dass sie sich auf der richtigen Fahrwasserseite befanden und dass die moderne Steuerautomatik einwandfrei arbeitete. Beruhigt erhöhte er die Drehzahl um einen Strich. Das würde zwar immer noch eine langsame Geschwindigkeit von nur zwölf Knoten bedeuten, aber das reichte hier im Kleinen Belt. War immerhin eines der schmalsten Gewässer in der Ostsee, sagte sich Georgius.

Mehr aus Langeweile als aus Appetit steckte er sich wieder eine Zigarette an und gähnte. Er hatte eine lange und anstrengende Nacht hinter sich. Sie hatten ausnahmsweise mal einen ganzen Tag in Assens gelegen. Dort hatte er sich mit den Fipsen ein Taxi genommen und war in die Hauptstadt von Fynen gefahren, nach Odense. Er grinste, als er an die Kneipen dachte und an die Jungs, die keinen Alkohol vertrugen. Waren eben so was nicht gewöhnt, die Hinterasiaten. Als Grieche war er da schon im Vorteil. Er schloss die Augen versonnen und dachte an die blonde Kellnerin in der letzten Kneipe. Wie hieß die noch? Inga? Oder Ingwer? Oder irgend so was. Kam aus Bornholm, hatte sie erzählt. Bornholm – eine Insel. So wie Leros. Was seine Familie jetzt wohl machte? War schon angenehm warm um diese Jahreszeit in Griechenland...

Georgius Rapadopulos stützte den Kopf zwischen die Hände, die er wiederum auf die Instrumentenkonsole stützte. Er wollte die Augen für einen Augenblick geschlossen halten und die Langeweile mit Gedanken an Estephania vertreiben. Estephania..., wie es ihr wohl ging?

Er wachte auf, als ihm die Zigarette die Lippen verbrannte.

„Verflucht!" Erschrocken sprang er auf, spuckte den kümmerlichen Rest der glühenden Zigarette auf den Boden und griff nach der Wasserflasche. Eilig schüttete er sich einen Schluck Wasser in den Mund und spülte damit die schmerzende Unterlippe. Er fluchte abermals. Dass er eine Minute eingenickt war, schön und gut. Das passierte schon mal. Aber wenigstens hätte er die Zigarette aus dem Mund nehmen können. Ärgerlich blickte er auf den Boden, trat auf den Tabakrest und bedauerte die Verschwendung. Eine ganze Zigarette weggeschmort und nur einmal daran gezogen. Aber vielleicht war es sogar ganz gut, dass er sich verbrannt hatte. Womöglich hätte er sonst noch länger geschlummert. Aber in diesen paar Sekunden oder Minuten konnte wenigstens nichts passiert sein. Gewohnheitsmäßig nahm er das Fernglas zur Hand, erhob es und blickte wieder in Fahrtrichtung. Allerdings nur für eine tausendstel Sekunde. Was er dort sah, das konnte er ganz einwandfrei mit bloßem Auge sehen und er wünschte sich, er hätte es nicht gesehen. Mit offenem Mund und aufgerissenen Augen beugte er sich unwillkürlich weiter nach vorne an die Scheibe, so als würde er die Katastrophe dadurch verhindern können. Und immer noch glaubte er nicht, was er sah. Weniger als zwanzig Meter vor ihnen kam von Steuerbord ein Segelboot ohne Besegelung mit schäumender Bugwelle. Es würde in wenigen Sekunden ihren Kurs kreuzen und zweifellos unter Wasser gedrückt werden. Wo, um alles in der Welt kam der so schnell her? Und was hatte die Pissnelke überhaupt hier zu suchen, im Fahrwasser? Aber das Schlimmste war: er, Georgius Rapadopulos konnte nichts machen. Absolut gar nichts. Den schweren Dampfer zu stoppen war ganz und gar unmöglich, und selbst Signal geben ging nicht mehr. Auf der kurzen Strecke konnte der andere, diese Arschgeige, unmöglich bremsen oder wenden und wenn, würde er wahrscheinlich stoppen und genau vor ihnen zum Stehen kommen.

Es gab nur eine Chance: gar nichts unternehmen und hoffen, dass der andere doch noch vorbei kam.

Erwin schreckte hoch.

Er musste eingenickt sein und jetzt hörte er etwas, was wie ein Wasserfall klang. Er schüttelte mehrmals den müden Kopf, sagte sich beruhigt, dass es auf der Ostsee weit und breit keine Wasserfälle gab und so was wie Stromschnellen zum Glück auch nicht. Er saß immer noch auf der Bank in der Plicht, mit dem Rücken in Fahrtrichtung an den Decksaufbau gelehnt. Der Moment, den er gedöst hatte, war gemütlich gewesen. Nun wurde es aber langsam Zeit, sich zu überwinden und die Augen zu öffnen, was er auch widerwillig tat. Im nächsten Augenblick wünschte er, er hätte es nicht getan. Er schloss die Augen reflexartig und riss sie sofort wieder auf. Von der Seite aus schob sich eine Wand auf ihn zu. Eine Wand, so hoch wie ein Hochhaus. Obwohl er die Sonne im Rücken hatte, verdunkelte sich die Welt um ihn herum. Erwin sprang auf, starrte gelähmt und mit weit aufgerissenen Augen nach oben und wollte schreien, aber er brachte nur ein kümmerliches Krächzen heraus. Er streckte die Arme mit gespreizten Fingern weit von sich, so als ob er das auf ihn zukippende Haus mit bloßen Händen abhalten könnte und wirklich schob sich die überhängende Wand rauschend wie ein Gebirgsbach und mit weiß-schäumender Bugwelle zentimeterdicht an ihm vorbei. Er hatte das Gefühl, dass er das Ungetüm hätte anfassen können, wenn er gewollt hätte. Sein Verstand sagte ihm, dass es sich um einen Dampfer handeln musste, aber sein Gefühl konnte das nicht zulassen. Langsam dämmerte es ihm aber, dass es keinen Zweifel gab: es war ein verdammter Dampfer. Wenn der nur eine Sekunde schneller gewesen wäre, hätte er die *SCHWALBE* überrannt und auf den Grund der Ostsee gedrückt und wahrscheinlich hätte es die Besatzung gar nicht gemerkt. Erwin stand wie angewachsen mit dem Rücken zur Fahrtrichtung. Er wollte wenigstens einen winzigen Schritt rückwärts gehen, weg von dem sich vorbeischiebenden dunklen Ungeheuer, aber es ging einfach nicht. Er konnte sich nicht bewegen. Er wurde von den kurzen und steilen Bugwellen des Schiffes getroffen und dabei mehrmals kräftig hin- und hergeschleudert, aber er merkte es nicht einmal. Wie in einem schlechten Film wanderte das Schiff in Zeitlupe an ihm vorbei, aber es war kein Film. Es kam ihm vor, als dauerte es Stunden, bis endlich das Heck des Dampfers in seinem Sichtfeld angelangt war. Er blickte immer noch in die Höhe und sah, wie ein Mann von der Kommandobrücke herunter mit beiden Armen wild gestikulierte und eindeutige Zeichen machte.

Erwin sackte auf die Bank zurück, fasste an den Gashebel und riss ihn in den Leerlauf. Er blieb kreidebleich sitzen und starrte dem Frachtschiff mit der griechischen Flagge hinterher, wo der Mann auf der Brücke immer noch gestikulierte.

Georgius Rapadopulos war außer sich. Er stand am Außensteuerstand der Brücke und konnte es nicht glauben. Ein Kind! Ein gottverdammtes Kind stand da alleine in diesem Boot. Lag der Alte wahrscheinlich besoffen in der Koje!

Georgius Rapadopulos zeigte dem Jungen einen Vogel, machte ihm mit einer typischen Handbewegung vor den Augen den Scheibenwischer, aber laut brüllen und die Arschgeige beleidigen, das unterließ er doch lieber. Natürlich nicht, weil ihn der Junge erbarmte oder er wusste, dass der Bengel wahrscheinlich kein Griechisch verstand. Dem, und vor allem seinem Vater, dem hätte er gerne ein paar deftige Ausdrücke an den Kopf geknallt.

Georgius Rapadopulos ging kopfschüttelnd und leise fluchend in den inneren Steuerstand zurück, wobei er weiter verächtlich auf das langsam verschwindende Segelboot blickte. Er hätte gerne gebrüllt. Aber noch hatte der Kapitän von dem Zwischenfall nichts mitbekommen und das war auch besser so. Am Ende hieße es noch, dass er, Georgius, nicht aufgepasst habe. Dabei hatte er eindeutig Vorfahrt und der andere Schuld. Aber es würde immer unangenehme Fragen geben. Georgius setzte sich auf den Drehstuhl, atmete wie ein Asthmatiker mehrmals prustend ein und aus und beruhigte damit langsam seine Nerven: nochmal Glück gehabt.

Er beugte sich über die Instrumente und überlegte. Eigentlich müsste er jetzt die Küstenwache anrufen. Er müsste den Beinaheunfall schildern. Aber was sollte ersagen? „Da draussen fährt ein verrücktes Kind Amok?" Das wollte gut überlegt sein. Er wog Vor- und Nachteile für sich selbst ab und kam zu dem Entschluss, dass er von der Meldung keinerlei Vorteil hatte. Erstens würden sie ihm nicht glauben und zweitens würde auch der Kapitän, dieser Engländer, davon erfahren und es gäbe nur Ärger. Also Schwamm drüber.

Georgius Rapadopulos nahm die Geschwindigkeit um 10% zurück – sicher war sicher.

Vielleicht gab es hier noch mehr Wahnsinnige.

Das Boot stand und der Motor tuckerte leise im Leerlauf.

Erwin saß immer noch wie versteinert auf der Bank und starrte dem Dampfer hinterher, der schnell kleiner wurde. Zunächst hatte er gedacht, sie würden stoppen, ein Beiboot zu Wasser lassen und zu ihm übersetzen, um ihm eine gehörige Tracht Prügel zu verabreichen. Zu seiner Erleichterung und Verwunderung hatten sie das aber nicht getan.

Erwin atmete tief durch. Er hätte die Prügel mehr als verdient gehabt, sagte er sich. Wie hatte so was passieren können? Er musste eingeschlafen sein, soviel war sicher. Aber wie lange? Er konnte sich daran erinnern, dass er für eine Sekunde die Augen geschlossen hatte.

Durch mehrmalige prüfende Blicke in jede Himmelsrichtung überzeugte er sich, dass diesmal wirklich kein anderes Schiff in der Nähe war. Als er das zu seiner Zufriedenheit sah, prüfte er die Landmarken. Wo zum Teufel war er? Sah alles so anders aus. Vorhin lag Alsen eine halbe Meile an Steuerbord, aber jetzt war das Land weit entfernt. Er versuchte zu gehen und zu seiner Überraschung funktionierte es sogar. Nicht besonders gut, aber immerhin. Seine Beine bestanden aus einer Mischung aus Gummi und Blei und gehorchten ihm nur äußerst widerwillig. Schwerfällig schleppte er sich zum Steuerstand, blickte aufmerksam auf die Logge und die elektronische Positionsangabe, dann beugte er sich über die Seekarte und rechnete. Sorgfältig zeichnete er die Position in die Karte und schließlich maß er mit dem Zirkel die Strecke, die er seit seiner letzten Eintragung zurückgelegt hatte.

Sicherheitshalber rechnete er nochmals alles nach.

Es konnte einfach nicht stimmen.

Aber es stimmte. Da gab es keinen Zweifel. Er hatte über vier Seemeilen hinter sich gelassen. Also hatte er länger als eine halbe Stunde geschlafen und war durchs Meer gebraust. Er konnte es nicht begreifen, aber es war wirklich passiert. Erwin überlegte einen Moment, ob es ihm helfen würde, sich selbst zu ohrfeigen. Aber sicherlich würde das keineswegs helfen. Wie konnte das passieren? Irgendwie hatte er das Gefühl, dass sein Gehirn ausgeschaltet war, seit Linda für ihn das Denken übernommen hatte. Und das war nicht gut.

Das war sogar gar nicht gut.

Er war wieder alleine und musste schließlich auch alleine denken.

Also gut, den Standort kannte er jetzt. Er befand sich mitten im Kleinen Belt, etwa drei Meilen Steuerbord achteraus lag Alsen. Zu allem Überfluss hatte er auch noch einen Umweg von ungefähr zwei Seemeilen gemacht. Aber das war noch zu verschmerzen. Es war immer noch früh am Tag und sein Kalender sagte ihm, dass er heute etwa sechzehn Stunden Tageslicht haben würde. Das würde reichen, um spätestens in der Abenddämmerung in Kiel anzukommen. Das leichte Wehen der Flagge kündigte ihm an, dass endlich auch der Wind erwachte. Er kam sogar aus einer ausgesprochen günstigen Richtung: genau aus Westen. Im Moment hauchte er noch verhältnismäßig schwach, aber er würde sicher in der nächsten Stunde zunehmen. Außerdem würde er den Rest des Hochnebels verscheuchen, und die Sonne völlig zum Vorschein zaubern. Wenn er, Erwin, sich nicht wieder so saudämlich anstellen würde, könnte es sogar ein schöner Segeltag werden.

Er schaltete den Gang ein, drehte das Ruder leicht nach Steuerbord und ging auf südöstlichen Kurs. Das war genau die Richtung, die er fast den ganzen Tag verfolgen musste. Er würde sich an der rechten Seite vom Kleinen Belt halten, jedoch in ausreichendem Abstand zum Land. Als das Boot auf dem angestrebten Kurs war, steuerte Erwin kurz mit dem Autopiloten in den Wind und setzte zunächst das Großsegel. Dann fiel er ab und wiederholte das Gleiche mit dem Vorsegel. Als der Wind die Segel wölbte, ging er wieder auf seinen Steuerkurs und schaltete den Motor in den Leerlauf. Er setzte sich auf die Bank hinter dem Ruder und wartete gespannt. Nach einigen Minuten stellte er zufrieden fest, dass der Wind ihm schon eine ausreichende Geschwindigkeit bescherte. Erleichtert stellte er den Motor aus und lauschte.

Nichts! Er hörte nur das leise Rauschen der Bugwelle und das sanfte Gurgeln am Heck. Während er das Ruder mit beiden Händen hielt, war er wie immer in diesem Augenblick begeistert. Jedes Mal war es aufs Neue eine Freude, nach dem eintönigen Geräusch des Motors nur noch die Geräusche der Natur einzufangen und zu spüren, wie diese Natur das Boot fortbewegte.

Erwin lächelte zufrieden. Gierig atmete er mehrmals tief durch und sog die würzige Meeresluft tief ein. Beruhigt stellte er fest, dass von dem griechischen Frachter nur noch ein Punkt zu sehen war. Unbegreiflich, wie schnell und vor allem wie geräuschlos so ein Schiff plötzlich auftauchen konnte... So was würde ihm kein zweites Mal passieren.

Er nahm das Fernglas zur Hand und beobachtete abermals den Horizont. In weiter Entfernung sah er zwei winzige weiße Dreiecke, was vermutlich Segler waren. Langsam würden sie an diesem schönen Sonntag aus ihren Löchern gekrochen kommen, stellte Erwin schmunzelnd fest. Aber das machte nichts. Er wollte sich nicht mehr unbedingt auf See verstecken und vielleicht würden sie ihn gar nicht mehr suchen. Linda hatte gesehen, dass in der *KLUG-Zeitung* nichts mehr über ihn stand, was bestimmt ein gutes Zeichen war. Vielleicht suchten sie ihn gar nicht mehr, hatte Linda gesagt.

Während er sorgfältig den errechneten Kurs steuerte, schweiften seine Gedanken zu dem Mädchen. Er merkte, wie ihm plötzlich warm wurde, als er an sie dachte. Erwin blickte nach Steuerbord. Dort lag Alsen und dort war Linda. Es war zwar noch früh am Sonntag, aber sie hatte vorgeschlagen, schon heute zu beginnen. Spätestens am Nachmittag wollte sie anrufen.

Erwin lachte unwillkürlich.

Er stellte sich das dumme Gesicht des Angerufenen vor.

Und er malte sich aus, wie der tobte.

„Wie oft soll ich das noch sagen? Was weiß denn ich, wo dieser Erwin steckt. Frag doch die Bahnhofsmission. Und jetzt reicht's!"

Wütend brüllte Kai Burose in den Hörer und hoffte, dass das Telefon am anderen Ende platzte und der Schnepfe um die Ohren flog. „Eigentlich war es bis zu diesem Anruf ein ganz schöner Sonntag Nachmittag gewesen", dachte er einen Moment. Er hatte am Schreibtisch in seinem Zimmer vor einem Computerspiel gesessen und an nichts Böses gedacht, als das Telefon klingelte. Und jetzt hatte er so eine Zimtzicke an der Leitung.

„Reicht wirklich", brüllte er nochmals, aber sie ließ sich nicht abschütteln. Wie hieß die noch gleich? „Wer bist'n du überhaupt", fragte er zum zweiten Mal, jetzt noch eine Spur lauter, und hoffte, sie damit zu verunsichern. Leider klappte das aber auch diesmal nicht. Im Gegenteil klang ihre Stimme von Mal zu Mal provozierend ruhiger.

„Hab' ich doch alles schon gesagt", antwortete Linda. „Heiße Linda und wohne in Hamburg und für die Schülerzeitung meines Gymnasiums schreibe ich einen Artikel über die Sache Erwin Hansen."

„Und woher weißt du überhaupt davon?", fragte Kai.

Er stand von dem wackeligen Stuhl auf, ging an das einzige Fenster seines Zimmers und blickte auf den Hinterhof. Die ersten Kinder aus dem Mehrfamilienhaus von gegenüber spielten schon in ihrem armseligen Sandkasten und backten einen verspäteten Sonntagskuchen. „Macht man doch am Sonnabend, ihr Dösköppe", dachte Kai Burose erheitert, um sich gleich darauf wieder auf sein eigenes Problem zu konzentrieren. Weil er am anderen Ende der Leitung jedoch nichts hörte, fragte er abermals: „Woher weißt du davon?"

Endlich bequemte sie sich dazu, eine Antwort zu geben: „Zunächst aus der *KLUG-Zeitung*, aber ich hab' schon mit einem aus deiner Gruppe gesprochen, von dem hab' ich auch deine Telefonnummer."

Wie vom Blitz getroffen, ließ Kai für einen kurzen Augenblick den Hörer sinken und bekam kein Wort heraus. Er schluckte kräftig und merkte, wie ihm kalter Schweiß über den Rücken lief. Endlich fing er sich ein wenig und stammelte: „Äh..., und mit wem hast du da gesprochen?"

Sie seufzte hörbar und er konnte sich direkt vorstellen, wie sie die Augen verächtlich verdrehte, als sie wie selbstverständlich antwortete: „Weißt du nicht, dass Journalisten ihre Informanten nicht preisgeben?"

„Seit wann ist man eine gottverdammte Journalistin, nur weil man für so ein schmieriges Schülerheft schreibt?", brüllte er, aber zu seinem Leidwesen schüchterte sie auch das nicht ein.

Ganz im Gegenteil kam es erst recht knüppeldick.

„Jedenfalls hat uns dein Freund erzählt", hörte Kai sie fast flüstern, „dass die ganze Erwin-Geschichte von Anfang an eine Intrige war, und ich wollte das nur von dir als Betroffenem bestätigen lassen. So wie man das als Journalistin macht."

Kai schlug mit der geschlossenen Faust auf das Fensterbrett seines Zimmers und wünschte sich, diese Linda zu fassen zu kriegen.

„Lüge. Nichts als Lüge", brüllte er mit sich überschlagender Stimme.

„Einen Scheißdreck werde ich bestätigen!"

„Kann eigentlich nicht sein", hörte er weiter die monotone Stimme. „Dein Freund hat für die Information gutes Geld gekriegt."

Kai Burose fiel der Hörer fast aus der Hand. Er wurde blass, was sie zum Glück nicht sehen konnte, und schwieg erschüttert eine lange Sekunde. Schließlich hatte er seine Nerven wieder so weit im Griff, dass er brabbeln konnte: „Ich weiß von nichts." Langsam wich ihm das Blut aus dem Kopf. Vorsichtig setzte er sich wieder auf seinen Stuhl, um bei einem Ohnmachtsanfall nicht lang auf den Fußboden zu schlagen. Er bereute jetzt zutiefst, nicht sofort den Hörer aufgelegt zu haben. Mittlerweile siegte aber seine Neugier über das, was da noch kommen würde. Zu seinem Erstaunen hörte er allerdings einen Moment gar nichts. Deshalb war er umso verblüffter, als sie plötzlich ganz freundlich wurde.

„Und du weißt wirklich nicht, wo ich diesen Erwin erreichen kann?", hörte er sie fragen.

„Zum Teufel, nein. Und das interessiert mich auch nicht!"

Endlich tat Kai das, was er schon längst hätte machen sollen. Außer sich vor Wut schmiss er den Hörer auf und blickte angewidert auf das Telefon. Er überlegte einen Augenblick, ob er das Telefon anspucken sollte, unterließ es dann aber. Er müsste es nur selbst wieder reinigen und er war schließlich kein Speichelentferner. Stattdessen erhob er sich mit wackligen Beinen, wobei er hoffte, dass sie ihn wenigstens halbwegs aufrecht halten würden. Zu seiner Erleichterung taten sie ihm den Gefallen. Sie trugen ihn sogar bis zum Fenster. Dort blickte er wieder auf die Kinder unter sich, die immer noch gegenüber im Sandkasten spielten. „Bisschen trostlos, in so einem großen Haus zu wohnen", dachte er. Gut, dass seine Eltern ein Reihenhaus hatten und ihm ein eigenes Zimmer gehörte. Wenn es auch unter dem Dach war, so war es doch wenigstens ein eigenes Zimmer mit eigenem Telefon. Wenn er kein Zimmer hätte, müsste er womöglich auch mit so vielen Kindern im Sandkasten spielen. Aber immerhin spielten die dort unbeschwert und sorglos und hatten es gut.

Er schlug mit der geschlossenen Faust dreimal kräftig aufs Fensterbrett.

Er hätte die blöde Kuh viel mehr beschimpfen sollen. So eine dämliche Schnepfe aus Hamburg. Was bildete die sich überhaupt ein? Schlimm, diese Schnüffelei heutzutage. Das Allerschlimmste war natürlich die Sache mit dem Geld. Die hatten doch tatsächlich einen seiner Freunde gekauft. Bezahlt! Wie Judas! Kai Burose lächelte unvermittelt: „Wie Judas! Genau." Die Sache hatte er mal im Unterricht aufgeschnappt und er war stolz darauf, dass er sie behalten hatte. War ein Verräter, dieser Judas. Hatte den Kaiser August Cäsar oder Napoleon verraten oder irgend so jemanden. Kai Burose grinste abermals zufrieden. Ging eben nichts über eine gute Allgemeinbildung. Leider half ihm die Allgemeinbildung aber im Moment nicht weiter.

Sein Gesicht verfinsterte sich wieder und er schlug nochmals mit der Faust aufs Fensterbrett. Die hatten also einen seiner Freunde gekauft. Schöne Freunde! Aber wer war dieser gottverdammte Verräter?

Kai löste seinen Blick von den spielenden Kindern. Er drehte sich um und ging die fünf Schritte, die sein Zimmer im Durchmesser maß, mehrmals nervös auf und ab. Er nahm die Hand an die Stirn und überlegte: „Wer könnte das sein?" Geld hatte keiner von denen, das war sicher. Gebrauchen konnten sie also alle was. Aber wer würde es fertig bringen, einen Freund zu verraten? Torsten? Kevin? Oder Martin?

Kai setzte sich auf sein Bett und grübelte und je länger er das tat, desto bestürzender kam ihm die Einsicht: alle. Allen Dreien traute er die gemeine Schandtat zu. Das heißt, Martin vielleicht nicht. Der war zu feige. Oder hatte er es gerade deswegen getan? Kai sprang auf und prügelte nochmals auf die Fensterbank ein. „Verdammt, verdammt, verdammt!" Wer kriegt so was fertig? Die Menschheit war schlecht, das hatte er schon immer geahnt. Und heute hatte er endlich die Bestätigung dafür erhalten. Das Schlimme war nur: Heute am Sonntag konnte er nichts machen. Er würde seine Freunde heute nicht sehen. Und morgen? Morgen schon, aber was sollte er machen? Er könnte sie schließlich nicht einfach fragen, ob sie ihn verpfiffen hatten. Die Antwort konnte er sich so sicher ausmalen, wie die Kinder dort unten ihren Sandkuchen nicht auffressen würden. Jeder würde beim Leben seines Goldhamsters schwören, dass er niemals nie nicht mit einem Mädchen namens Linda gesprochen und noch viel weniger überhaupt nichts gar kein Geld angenommen hätte. „Geld???", würden alle drei entrüstet fragen. Und sie würden beschwören, dass sie bis eben gedacht hätten, die Südsee-Muschel wäre noch das einzige offizielle Zahlungsmittel.

Es war aussichtslos. Es sei denn, der Verräter würde sich selbst verraten. Das Geld! Das Geld war es! Kai Burose triumphierte innerlich. Der Verbrecher würde wie alle Versager mit seinem unvermittelten Reichtum protzen und sich selbst entlarven.

Was hatte die Zicke noch gesagt, wie viel hatte er gekriegt? Gutes Geld, hatte sie gesagt. Also nicht wenig.

Er, Kai Burose, würde nur die Augen offen halten müssen.

Und er würde sie offen halten!

Erwin war früh dran.

Zu früh.

Er hatte den ganzen Tag über gute Fahrt gemacht und nun stand die Sonne noch wie ein roter Ball kurz über dem Horizont. Es war eindeutig zu hell, um in den Olympiahafen einzulaufen. Etwa zwei Meilen waren es noch bis dort, also noch nicht einmal eine halbe Stunde. Erwin stand am Ruder, während der Motor mit langsamer Drehzahl das Boot in Richtung Kiel bewegte. Er überlegte. Es war 21 Uhr. Nach seinem Kalender müsste die Sonne etwa in einer halben Stunde untergehen und vorher wollte er keinesfalls anlegen. Also fuhr er einfach langsam eine halbe Meile weiter die Förde in Richtung Kiel und anschließend wieder zurück. Danach wiederholte er die Prozedur und endlich war es soweit.

Trotz der einbrechenden Dämmerung waren noch eine Menge Boote unterwegs.

Erwin fragte sich, was das zu bedeuten hatte. Dann fiel ihm ein, dass demnächst die *Kieler Woche* stattfinden würde und viele Besatzungen wahrscheinlich schon bis zum letzten Sonnenstrahl trainiert hatten. Nun, ihm sollte es recht sein. Je mehr Boote in den Hafen kamen, desto weniger fiel das weiße Boot auf. Trotzdem hielt er es für angebracht, etwas außerhalb der direkten Linie zum Hafen zu fahren und sich von dem Pulk der anderen etwas fern zu halten.

Erwin schaute sich prüfend um, aber er konnte kein bekanntes Boot entdecken. „Hat auch seine Vorteile", dachte er, „in so einem großen Hafen zu liegen." Noch besser war es für seine Zwecke, dass es im Olympiahafen vor und während der *Kieler Woche* von fremden Menschen wimmelte. Ein einzelnes Kind würde da nicht auffallen und das Boot sowieso nicht. Mittlerweile hieß es wieder *SCHWALBE*, so wie sich das gehörte. Den Schriftzug des Heimathafens Kiel hatte Erwin von seiner provisorischen Verkleidung befreit und die Isolierband-Buchstaben ASSENS abgerissen. Er hatte unterwegs, als kein anderes Schiff in der Nähe war, sogar die goldenen Messingbuchstaben umständlich und mehr schlecht als recht wieder an ihren ursprünglichen Platz geklebt. Besonders schön war es nicht geworden, weil eine kabbelige achterliche See dafür gesorgt hatte, dass das Boot nervös wie ein junges Fohlen tänzelte. Überdies musste er angeschnallt und über Kopf arbeiten, aber letztendlich war es ihm gelungen. Er war heilfroh, dass keiner der Metallbuchstaben ins Wasser gefallen war. Als er das glücklich erledigt hatte, hatte er noch die dänische Flagge gegen die deutsche ausgetauscht, und damit war die *SCHWALBE* wieder ein ganz legales Boot – zwar ohne roten Streifen, aber das sollte kaum auffallen. Kurz vor dem Leuchtturm Kiel hatte er sogar daran gedacht, die dänische Gastlandflagge einzuholen. Dabei fiel ihm mit Schrecken auf, dass die kleine Flagge die ganze Zeit lang an der Saling geweht hatte. „Schweineglück gehabt", hatte er erleichtert zu sich selbst gesagt, „wenn die dänische Küstenwache die Flagge in der Bucht gesehen hätte..." Er hatte den Satz lieber nicht vervollständigt. Beim Falten der Flagge hatte er sich jedoch gefreut, dass es Menschen gab, die noch blinder waren als er selbst.

Nach dem Vorfall mit dem Dampfer war er heute allerdings nicht mehr blind gewesen.

Sogar das Einrollen der Segel kurz hinter dem Leuchtturm hatte prima und ohne Komplikationen geklappt. Erwin verzog den Mund zu einem breiten Grinsen, als er daran dachte. Vor allem hatte es kein Geschrei gegeben, wie das auf vielen Yachten üblich war. Das war eben der Vorteil des Einhandsegelns.

Er verringerte die Motordrehzahl geringfügig. Weniger als eine halbe Meile bis zur Einfahrt vom Olympiahafen Kiel-Schilksee. Jetzt wurde es Zeit, die Leinen und die Fender vorzubereiten und es wurde sogar allerhöchste Zeit, die Beleuchtung einzuschalten. Er stoppte das Boot, knipste die Lichter an und machte sich mit den Fendern an die Arbeit, so wie er das in den letzten Tagen schon mehrmals gemacht hatte. Dabei musste er sich diesmal beeilen. Es wurde nun doch schneller dunkel, als er vermutete. Als alles zu seiner Zufriedenheit erledigt war, schaltete er den Gang ein und beobachtete mit Genugtuung, wie sich das Boot zügig in Bewegung setzte. Die anderen Segler hatten das gleiche Bestreben wie er. Sie alle wollten noch vor der Dunkelheit in den Hafen kommen, und so stellte er erfreut fest, dass sich jeder um sich selbst kümmerte und keiner auf das weiße Boot mit dem Kind am Ruder achtete. Allerdings richtete Erwin seine Geschwindigkeit auch so geschickt ein, dass ihm nach Möglichkeit niemand zu nahe kam.

Als er die Hafeneinfahrt passierte, war es fast dunkel. Trotzdem gelang es ihm mühelos, seinen Liegeplatz zu finden. Zu seiner Freude war dieser Steg, der Steg mit den festen Liegeplätzen, menschenleer und sogar der Platz der *SCHWALBE* war frei. Das war zu Regattazeiten keineswegs selbstverständlich, aber wahrscheinlich war der Platz für die jungen Leute zu abseits und nicht dicht genug an einer Kneipe gelegen. Vorsichtig und mit minimaler Umdrehungszahl näherte er sich dem Platz. Erfreut sah er, dass auch seine Leinen noch auf dem Steg lagen, so wie er sie vor einer Ewigkeit hinterlassen hatte. Langsam schob sich das Boot an den seitlichen kleinen Steg. Erwin stoppte es mit dem Rückwärtsgang auf, dann eilte er mit dem Bootshaken an die Steuerbordseite und angelte sich eine der Leinen. Mit einem kräftigen Ruck zog er sie so dicht wie möglich und belegte sie auf der Mittelklampe. Weil er vor Aufregung ins Schwitzen gekommen war, wischte er sich mit dem Ärmel über die Stirn. Puh! Das war erstmal geschafft. Eine Leine war erst einmal fest, das Boot war mit Fendern an der Seite abgesichert, und jetzt konnte er sich an die Feinarbeiten machen. Er blickte sich mehrmals um, konnte aber keinen Menschen in seiner Nähe erblicken. Gut so. Er fuhr sich abermals mit dem Ärmel über die Stirn, dann ging er zum Schaltkasten und knipste die Beleuchtung aus. Musste nicht gleich jeder sehen, dass hier ein Boot angekommen war. Er wollte gerade beginnen, das Boot weiter zu sichern, als er Schritte auf dem Steg hörte. Schnell duckte er sich, aber es war schon zu spät. Im schwachen Licht der Stegbeleuchtung konnte er den Mann nicht richtig erkennen, aber die Stimme erkannte er sofort.

„So bindet man bei uns in Berlin 'ne Ziege fest, aber kein Boot".

Derselbe Mann, der ihn auch vor einer Woche in Bagenkop beim Anlegen beobachtet hatte. Erwin traute seinen Augen kaum, aber es gab keinen Zweifel. Er sah ein, dass Untertauchen zwecklos war und richtete sich auf.

„In Berlin gibt's Ziegen?", fragte er, weil ihm nichts besseres einfiel.

Nun war der Mann wirklich verdutzt. „Äh, na ja...", meinte er, „sagt man doch so. Ich meine... Kenne ich dich nicht? Haben wir uns nicht...? Klar. In Bagenkop. Dein Alter hatte damals die Kotzerei und hat dich schuften lassen. Ist er wieder schwer krank, der Vorgarten-Admiral?" Dabei klopfte er sich wieder wie schon in Bagenkop auf die Schenkel und lachte, dass ihm die Tränen kamen.

Geheimnisvoll und mit dem Zeigefinger vor dem Mund ging Erwin einige Schritte auf den Mann zu, dann flüsterte er kaum hörbar: „Sieht so aus. Irgendwas Ansteckendes, glaub' ich, war damals wohl gar nicht die Seekrankheit." Er ging abermals zwei Schritte näher und flüsterte noch leiser: „Hat viele rote Flecken. Ich weiß nicht, aber..."

„Du weißt nicht?" So schnell hatte Erwin selten jemanden davoneilen sehen. „Schleppst hier die Pest ein und weißt nicht...?!", brüllte der Mann aus der Ferne, „sieh zu..." Was Erwin zusehen sollte, das verstand er allerdings schon nicht mehr. Er beschloss, dass es nicht wichtig war. Wichtig war im Moment, das Boot richtig zu vertäuen. Erwin erledigte das sorgfältig und mit der gebotenen Umsicht. Trotz der Dunkelheit kontrollierte er alles mehrmals und war schließlich zufrieden. Jetzt konnte er endlich auch an sich denken und essen. Er stieg in die dunkle Kajüte und tastete nach den letzten Vorräten von Linda. Trotz der Schwierigkeit, alles erfühlen zu müssen, wollte er auf Licht verzichten. Er glaubte zwar, dass er auf seinem Liegeplatz ziemlich sicher war, aber er wollte lieber nichts riskieren. Unwillkürlich musste Erwin schmunzeln, als er daran dachte. Mit Sicherheit würden sie ihn immer noch suchen und zwar überall. Am eigenen Liegeplatz würden sie das Boot aber wohl am allerwenigsten suchen. Und dem Hafenmeister würde unter all den Booten sicher nicht auffallen, dass die SCHWALBE wieder auf ihrem Platz lag. Wenn jemand abgehauen ist, sucht man ihn eben nicht zu Hause. Irgendwie, dachte er, war das eine Ironie des Schicksals. Was auch immer das hieß. Aber er hatte die Redewendung irgendwo gelesen und sie gefiel ihm und vielleicht passte sie sogar.

Gierig nahm er die letzte gekochte Kartoffel und stopfte sie in sich hinein. Schon wieder waren die Vorräte alle. Gestern Abend und heute während des Tages hatte er ordentlich gegessen.

Nun war alles, was Linda gestern mitgebracht hatte, schon wieder aufgebraucht.

Müde setzte er sich auf den Stuhl am Navigationstisch, wischte sich mit dem Handrücken über den Mund und überlegte: „Wie es Linda wohl gehen mochte?" Zum Anrufen war es schon zu spät, aber morgen würde er telefonieren und ihr sagen, dass er heile angekommen war und ihr danken.

Als Nächstes würde er endlich Großvater anrufen.

Leider hatte er aber nicht einen einzigen roten Heller für die Telefonzelle. Also müsste er sich Geld besorgen und zwar noch heute, im Schutze der Dunkelheit. Viel lieber wäre er sofort in seine Koje gekrochen, doch es ging nicht anders.

Erwin beschloss, sich sofort auf den Weg zu machen.

Witwe Elfriede Haake konnte wieder einmal nicht schlafen.

Es war nun schon fast Mitternacht, aber sie konnte nicht einschlafen. Sie würde es nie begreifen. Morgens schlief sie bis spät in den Vormittag, nachmittags ihre drei bis vier Stunden, aber nach der Tagesschau konnte sie nie einschlafen. Lag wahrscheinlich an all dem ganzen Mord und Totschlag, den sie da zeigten.

Elfriede Haake richtete sich in ihrem schmalen Bett auf, stieg wegen ihrer Korpulenz schnaufend in die Pantoffel und schlurfte zum Fenster. Sie zog den Vorhang zur Seite und schaute hinaus. Alles, was sie sah, war nichts. Einfach ein dunkles Nichts. Sie wohnte nun schon seit über 40 Jahren in der Klaus Störtebeker Straße 83 in Kiel und allmählich erschlug sie die unheimliche Ruhe, die hier Tag und Nacht herrschte. Es gab kaum Kinder in der Straße, über deren Geschrei man sich hätte beschweren können, und ihr Dackel Waldemar machte auch so gut wie keine Geräusche.

Witwe Haake blickte in die Ecke zwischen Kommode und Schrank, und wie nicht anders zu erwarten, lag Waldemar dort und hatte sich zum Schlaf eingerollt wie ein ostfriesischer Rollmops. Langsam schlurfte Elfriede Haake auf ihn zu, bückte sich keuchend und streichelte dem Hund vorsichtig den Rücken. Sie konnte es nicht begreifen. Im Gegensatz zu ihr schlief Waldemar dauernd und konnte trotzdem jederzeit einschlafen. Sie wollte sich gerade von ihm abwenden, als er leise knurrte.

Erschrocken fuhr Witwe Haake hoch. Fragend schaute sie Waldemar in der Dunkelheit an, aber er sagte nichts, sondern knurrte abermals.

„Hast du was gehört?", fragte sie.

Waldemar antwortete aber nicht. „Irgendwas hat er", überlegte die Witwe. Sie richtete sich mühsam wieder auf, legte die drei Schritte zum Fenster erstaunlich schnell zurück und blickte wieder hinaus. Da war nichts. Absolut nichts, was verdächtig... Oder? War da nicht eben was? Nicht bei ihr, aber nebenan, im Haus von Kapitän Hansen.

Vorsichtig zog sie die Tüllgardine vor das Fenster, damit sie von außen nicht gesehen werden konnte. Sie hielt aber einen winzigen Spalt offen, durch den sie gespannt das dunkle Nachbarhaus beobachtete. Seit der bedauernswerte Kapitän im Krankenhaus lag und sein missratener Enkel auf der Flucht war, musste sie schließlich ein Auge auf das Haus werfen. Sie wartete mehrere Minuten und wollte gerade den Beobachtungsposten aufgeben, als sie tatsächlich etwas sah. Hatte da nicht ein Licht aufgeblitzt? Konnte auch eine Spiegelung der Straßenlaterne gewesen sein. Aber eigentlich stand die viel zu weit entfernt, um sich hier zu spiegeln. Sie beobachtete weiter gespannt und jetzt blitzte es abermals. Also war dort drüben etwas. Nichts kann schließlich nicht blitzen. Und wenn etwas nur blitzte, dann musste es jemand sein, der etwas zu verbergen hatte. Jeder ehrliche und anständige Mensch würde den Lichtschalter betätigen, wenn er etwas suchte.

Also mussten es Verbrecher sein. Oder es waren Spione, was noch schlimmer war. Wahrscheinlich vom ostfriesischen Geheimdienst. Sonst hätte Waldemar auch nicht angeschlagen.

Elfriede Haake drehte sich abrupt um. „Komm mit, Waldemar", flüsterte sie und tatsächlich gehorchte der Dackel. Er hielt sich schnüffelnd und ängstlich hinter seinem Frauchen, aber er folgte ihr gehorsam. Mit aller Entschiedenheit holte Elfriede Haake einmal tief Luft und schlich in dem dunklen Zimmer vorsichtig zu ihrem Nachttisch und zum Telefon. Sie setzte sich auf ihr Bett und tastete nach ihrer Brille. Endlich fand sie das Kassengestell, setzte es umständlich auf die Nase und nahm eine kleine Taschenlampe zur Hand. Damit leuchtete sie auf die Wählscheibe, nahm den Hörer in die Hand und wählte eine Nummer.

„Hier Elfriede Haake, Klaus Störtebeker Straße 83", flüsterte sie, als die Verbindung hergestellt war, „bin ich mit der Polizei verbunden?"

Erwin fühlte sich wie ein Einbrecher.

Er war aus Geldmangel quer durch Kiel gelaufen, statt mit dem Bus zu fahren und nun war er endlich im Haus seines Großvaters und musste mit einer armseligen Taschenfunzel nach seinem eigenen fetten Sparschwein suchen. Natürlich hätte er das Licht anschalten können, aber sicher wusste jeder Nachbar, dass er auf der Flucht war und hätte sofort die Polizei benachrichtigt. Also hatte er es vorgezogen, leise die Kellertür aufzuschließen und in dem spärlichen Lichtkegel der Lampe seinen Weg zu suchen. Er ging durchs Wohnzimmer in den Flur und stieg von dort die Treppe zu seinem Zimmer empor. Dabei schaltete er nur von Zeit zu Zeit eine kurze Sekunde die kleine Lampe an, um sich zu orientieren. Den Weg kannte er natürlich auswendig, aber in stockdunkler Nacht konnte man leicht eine Stufe verfehlen. Als er im ersten Stock angelangt war, war es leichter für ihn. Vorsichtig tastete er sich zwei Schritte weiter geradeaus und fühlte, dass er an der Tür seines Zimmers angelangt war. Mit sicherem Schritt trat er ein und ein kurzer Lichtblitz aus seiner Taschenlampe überzeugte ihn, dass alles noch genau so war, wie er es verlassen hatte. Wie sollte es auch anders sein? Sein Sparschwein fand er problemlos in der Dunkelheit. Triumphierend öffnete er es und goss das Geld einfach in die Tasche seiner Windjacke, das zu seiner großen Genugtuung nicht nur klimperte, sondern auch raschelte. Er wusste, dass er das Schwein reichlich gefüttert hatte und dass das Geld für einige Tage reichen würde. Es sei denn, er würde sich Uhren kaufen. Allerdings waren Uhren genau das, was er am wenigsten brauchte.

Während er das Porzellanschwein wieder an seinen Platz zurück stellte, lief ihm das Wasser im Munde zusammen, als er an Schinken, Bratwurst und Brot dachte. Heute würde er aber nichts mehr kaufen können, also beschloss er, noch einige Dinge aus dem Kühlschrank mitzunehmen. Er verließ sein Zimmer und stieg wieder die Treppe hinunter. „Ein Deck tiefer", murmelte er. Mittlerweile hatte er sich soweit an die Dunkelheit gewöhnt, dass er keine Lampe mehr brauchte. Vorsichtig nahm er Stufe für Stufe, bis er endlich wieder im Flur angelangt war. Als er in die dunkle Küche trat, ging er langsam auf den Kühlschrank zu und erschrak. Licht! Draußen war Licht. Das war in dieser Gegend ungewöhnlich. Eilig trat er ans Fenster, und jetzt sah er auch das Auto. Es stand unter einem Baum an der nur wenig beleuchteten Straße, aber mittlerweile hatte jemand den Scheinwerfer ausgestellt. Erwin stellte sich hinter die Gardine an die linke Seite des Küchenfensters und beobachtete gespannt, was das zu bedeuten hatte. Zwei Menschen stiegen aus dem Auto aus und gingen den Weg an der Straße entlang. Als sie an Großvaters Pforte anlangten, drückten sie vorsichtig die Klinke nach unten. Dort merkten sie, dass die Tür verschlossen war. Leichtfüßig stiegen sie über die niedrige Pforte hinweg und kamen auf das Haus zugeschlichen. Erwins erster Gedanke war: Einbrecher. Als sie jedoch in der Nähe des Springbrunnens waren, konnte er gegen die entfernte Straßenlaterne etwas an ihnen erblicken, was ihm das Blut erstarren ließ. Die beiden Figuren trugen Uniformen. Verdammt! Polizei. Was wollten die denn? Er überlegte fieberhaft, warum sie ihn jetzt schon hier suchen konnten, bis ihm der Gedanke kam, dass sie möglicherweise gar nicht seinetwegen durch die Nacht schlichen. Vielleicht hatte ein Nachbar trotz seiner Vorsicht die Taschenlampe gesehen und nun dachten sie vielleicht, dass hier ein Einbrecher am Werke war?

Geduckt schlich Erwin ins Wohnzimmer und kauerte sich hinter den großen Ohrensessel, so dass der Sessel zwischen ihm und dem Fenster stand. Er überlegte. Was konnte er machen? Etwa wieder einmal gar nichts? Angestrengt lauschte er. Die beiden Polizisten waren nicht zu hören, aber er war sich sicher, dass sie um das Haus pirschten und nach zerbrochenen Scheiben forschten. Nun, so was würden sie zum Glück nicht finden.

Aufgeregt wartete er wieder eine Weile und jetzt blitzte für eine Zehntelsekunde ein Lampenstrahl durchs Wohnzimmerfenster und Erwin hörte leise Stimmen. Verdammt, Linda hatte ihm gezeigt, dass man immer etwas machen konnte. Aber was? Angestrengt überlegte er, während er abermals einen Taschenlampenstrahl sah, diesmal etwas höher gerichtet, so dass er die Klimaanlage traf. Die Klimaanlage! Vielleicht war das die Rettung? Fieberhaft tastete er nach dem kleinen Beistelltischchen neben dem Sessel und wirklich lag dort wie immer die Fernbedienung für die Klimaanlage. Wahrscheinlich hatte ein Nachbar Licht gesehen. Also musste er ihnen Licht geben.

Erwin drückte den Knopf, von dem er wusste, dass dieser die Anlage aktivierte.

Polizeiobermeister Albert Meyerdirks hoffte inständig, das dies heute der letzte Einsatz war.

Mitternacht wurde er abgelöst und dann reichte es ihm auch. Er hatte heute schon etliche Einsätze gehabt, die Hälfte davon Fehlalarme. Und wahrscheinlich würde dieser Einbruch auch wieder als Fehlalarm enden. Wäre auch zu schön gewesen, die Einbrecher mal auf frischer Tat zu ertappen. Er ging nochmals um das Haus herum und überprüfte sorgfältig und äußerst leise alle Fenster und drückte auf jede Türklinke. Nichts. Die alte Dame von gegenüber hatte Licht gesehen, aber hier war kein Licht. Hier war gar nichts. Vorsichtshalber leuchtete er noch einmal in eines der Zimmer, aber er konnte auch keine Verwüstung feststellen. Der Eigentümer war im Krankenhaus, hatte die Beobachterin gesagt. Nun, dachte Polizeiobermeister Albert Meyerdirks, es war immerhin gut, dass es noch aufmerksame Nachbarn gab. Er flüsterte seinem Kollegen zu, dass sie noch ein letztes Mal gegeneinander im Halbkreis ums Haus schleichen wollten, um sich an dem großen Fenster zu treffen. Aber auch bei der dritten leisen Umrundung des Gebäudes konnte er weder etwas erlauschen noch irgendwas sehen. Er stellte sich auf die Zehenspitzen, legte die flache Hand zwischen seinen Kopf und die untere Ecke des Fensters und versuchte, vielleicht eine Bewegung zu erspähen. Für den Bruchteil einer Sekunde blitzte er mit der Lampe hinein, aber dort war nichts. Er wollte sich gerade abwenden, als er es sah. Dort oben hatte er einen Lichtblitz gesehen. Gespannt wartete er eine Sekunde, machte seinem Kollegen ein stilles Zeichen, und dann sahen sie es beide noch einmal: wieder ein Blitzen und dann eine Weile nichts.

Albert Meyerdirks atmete belustigt aus: „Das ist eine Maschine. Nichts als 'ne blöde Maschine. Leuchte mal."

Sein Kollege tat, wie ihm befohlen wurde, und im Lichtkegel der Lampe sahen sie den Übeltäter.

„Die Klimaanlage", lachte Albert Meyerdirks laut, „eine einfache Klimaanlage. Hat wohl einen Thermostaten. Und wenn eine bestimmte Temperatur unter- oder überschritten wird, schaltet die sich ein. Und dann blinkt das Mistding."

Er drehte sich auf dem Absatz um, gefolgt von seinem lachenden Kollegen. „Eine verdammte Klimaanlage. Ich gehe noch eben zu der Nachbarin, damit die sich beruhigen und wieder einschlafen kann."

Wieder Fehlalarm.

Polizeiobermeister Albert Meyerdirks war nicht traurig darüber.

Bald war Schichtwechsel.

Erwin kroch vorsichtig zum Fenster des Wohnzimmers und lugte hinaus. Er sah, wie die beiden Polizisten Richtung Pforte schlenderten und hörte, wie sie lachten. Erleichtert ließ er sich auf den Fußboden fallen, kauerte sich auf den Teppich und wartete, bis er hörte, wie sie nach einer Ewigkeit das Auto starteten.

Zur Sicherheit wartete er nochmals fünfzehn Minuten, erst dann schaltete er die Klimaanlage wieder aus. Dann trat er vorsichtig den Rückzug an, ohne die Taschenlampe ein einziges Mal zu benutzen. Und ohne den Kühlschrank zu erleichtern. „Zu gefährlich", sagte er sich. Wenn er die Tür öffnen würde, würde das kleine Licht angeschaltet werden, und das war die Sache eindeutig nicht wert. Auf dem tastenden Weg durch den Keller stieß er sich zweimal den Kopf in der Dunkelheit, aber das nahm er in Kauf und ließ die Lampe in der Tasche stecken. Als er die Kellertür erreichte, öffnete er sie vorsichtig, huschte schnell hindurch und schloss sie wieder sorgfältig ab. Dann schlich er sich durch den hinteren Garten zum Weg, der zur Straße führte. Dort ging er rasch und möglichst unauffällig zur übernächsten Bushaltestelle. Jetzt hatte er genügend Geld und konnte sich leisten, mit dem Bus zum Hafen zu fahren.

Er wollte so schnell wie möglich zum Boot eilen und ausgiebig schlafen. Heute war es schon spät und er konnte nichts mehr machen. Aber morgen! Morgen würde er beginnen, ihren Plan auszuführen.

Erwin lächelte unwillkürlich. Das heißt, sagte er sich, vielleicht arbeitete die Zeit ja sogar schon für ihn.

Wenn Linda Kai angerufen hatte, war das durchaus möglich.

Endlich!

Endlich erlöste ihn die Pausenklingel und Kai Burose ließ den Filzstift fallen, schnellte wie von der Feder katapultiert aus seinem harten Stuhl und eilte zur Klassentür.

Kai wünschte sich, denjenigen in die Finger zu kriegen, der sich das ausgedacht hatte. Wie konnte man montags in den ersten beiden Stunden Mathematik unterrichten lassen? Welches kranke Hirn überlegte sich so was? Kai hasste Mathematik und er hasste die erste Doppelstunde am Montag. Außerdem hasste er den Klassenlehrer, diesen unrasierten Heitmann, der die ganze Zeit mit der Bruchrechnung nervte. Mochte auch das Wurzelziehen gewesen sein, so sicher war sich Kai da nicht. War aber auch egal. Er hatte andere Sorgen.

Wie immer war er der Erste an der Tür. Er riss sie auf und eilte den schummerigen, nur von einigen wenigen milchigen Lampen erhellten Gang entlang Richtung Schulhof. Hier würde es jedoch sehr bald von schreienden Kindern wimmeln, deshalb orientierte er sich am Ende des Hofes nach links, wo in der hinteren Ecke des überdachten Fahrradkellers ihr Treffpunkt war. Hier hatten sie den Rücken frei und eine gute Sicht nach vorne. Der ideale Platz, stellte Kai wieder einmal fest. Wenn tatsächlich mal eine der Aufsichten auch hier kontrollierte, konnte er seine Zigarette bis jetzt immer ohne Probleme entsorgen. Zum Glück kam das aber selten vor.

Kai Burose war der Erste. Er griff in seinen Brustbeutel und fingerte sich eine Zigarette heraus, kam aber nicht dazu, sie anzuzünden. Noch ehe er die Streichhölzer gefunden hatte, kamen sie angetrabt. Alle drei gemeinsam: Torsten, Martin und Kevin. Wie auf Befehl, stellte Kai befriedigt fest. Und genau genommen hatte er es auch als Befehl verstanden, als er ihnen in der Mathe-Stunde einen Zettel zugeschoben

230

hatte. „Treffen in der ersten Pause. Wichtig!", hatte er eilig auf das Stück Papier gekritzelt und nun waren sie also hier. Martin schwitzte sogar schon wieder, was Kai als besonders wohltuend empfand. Das bewies ihm, dass Martin die Sache ernst nahm. Oder sollte er etwa Angst haben? Aha! Das machte ihn schon einmal verdächtig.

„Was gibt's denn so Wichtiges?", brüllte Kevin schon aus einiger Entfernung, wie immer mit der Tür ins Haus fallend.

„Pssst", zischte ihn Kai an, wartete, bis sogar der keuchende Martin direkt vor ihm stand und flüsterte dann: „Hier haben doch sogar die Wände Augen und Ohren." Er gab ihnen zu verstehen, dass sie sich gemeinsam setzen sollten, um von neugierigen Augen nicht sofort gesehen zu werden. Erst als das in die Tat umgesetzt wurde, räusperte er sich. „Also...," begann er, wurde aber sofort von Kevin unterbrochen:

„Was heißt also?"

„Immer die Ruhe." Kai fiel das Gehabe von Kevin langsam auf die Nerven. Hatte von Tuten und Blasen keine Ahnung, der Bursche, aber davon viel. Tat immer, als dürfte er widersprechen und hätte hier was zu sagen. Dabei war er mindestens drei Zentimeter kleiner als er, Kai, und damit ein Zwergen-Furz. Aber Kai nahm sich vor, sich nicht aus der Reserve locken zu lassen. Er wollte auf den Busch klopfen und dazu brauchte er Ruhe und Nerven wie Elefantenbeine. Nach einer extralangen Pause und zweimaligem Räuspern fuhr er geduldig fort: „Also..., die Erwin-Sache ist wohl doch noch nicht ausgestanden."

Martin wurde eine Spur blasser als er ohnehin schon war und fragte ängstlich: „Wie meinst du das, nicht ausgestanden?"

Kai schob seinen Kopf noch dichter an seine Freunde, weil das, was er jetzt sagen wollte, wirklich nicht für Fremde bestimmt war. „Hab da gestern einen Anruf von einer Reporterin gekriegt, die wollte wissen, wo der ist?"

„Da ruft die dich an? Ausgerechnet dich?" Kevin lachte lauthals los und klopfte sich auf die Schenkel. „Woher zum Teufel sollst du das wissen? Ha, ha, ha, die ruft dich an! Und du hast alles ausgeplappert, was?"

„Psssst", zischte Kai wieder. „Leiser... Hab ich nicht, du Idiot." Er musste sich wirklich zurückhalten, um Kevin nicht mit der Faust seine vorlaute Futterluke zu stopfen. Also dieser Kevin, der würde ihn bestimmt mit Freude ans Messer liefern. „Linda hieß die. Habt ihr schon mal was von einer Linda gehört?"

Torsten schüttelte den Kopf.

„Linda?" Martin stammelte ein wenig und wurde womöglich noch blasser. „Nie gehört."

„Und du?" Kai schaute Kevin möglichst herausfordernd an. Vielleicht würde er sich verraten.

Leider verriet er sich aber nicht.

„Linda?", lachte er. „Hört sich an wie 'ne Kühlschrankmarke. Nee. Ein Kühlschrank hat bei mir nicht angerufen." Und wieder lachte er über seinen Scherz und klopfte sich abermals auf die Schenkel.

Kai überlegte einen Moment. Aus der Ferne hörte er den Pausenlärm und er wusste, dass er in dieser Pause nicht mehr viel Zeit hatte. So kam er da nicht weiter, das war ziemlich sicher. Er musste mehr beobachten, und zwar genau beobachten. Gestehen würde von denen keiner. Jedenfalls nicht freiwillig. Kai ließ seinen Blick über die Drei gleiten und merkte, wie Martin wie zufällig auf den kalten Fußboden stierte und wie Torsten verlegen an seiner Mütze fummelte.

„Hast ja 'ne neue Baseballkappe", stellte Kai fest, „Markenware! Teuer? Selbst gekauft?"

Torsten nickte. „Sehr teuer", murmelte er, „gefunden."

Unvermittelt stand Kai auf. Das brachte gar nichts. Er musste weiter beobachten. Verdächtig waren alle, aber er wünschte sich, dass Kevin der Verräter war. Dem würde er gerne dies und jenes polieren. „Wollt ich euch nur sagen", erklärte er. „Hab jedenfalls dichtgehalten."

Es gab keinen Zweifel. Das war das Haus.

Wie nicht anders zu erwarten, stimmte die Adresse auf der Schülerliste. Erwin stand vor dem Wohnblock mit den drei Stockwerken und starrte auf die Klingelschilder. Nur zwölf Familien wohnten hier und es war trotzdem nicht so einfach, die Namen zu entziffern. Einige waren einfach mit der Hand auf ein winziges Papieretikett gekrakelt, andere auf Folie gestanzt, wieder andere fein säuberlich mit der Maschine gedruckt. Ein paar waren sogar durchgestrichen und überschrieben worden. Erwin ging in dem überdachten Hauseingang noch näher an die Schilder, wobei er fast aufpassen musste, mit der Nasenspitze nicht auf die Klingelknöpfe zu drücken. Er fuhr mit dem Finger von links nach rechts und von oben nach unten, und da fand er, was er suchte. „Kallweit" las er und er wunderte sich, dass er den Namen nicht vorher gesehen hatte. Er war ganz sorgfältig geschrieben, wahrscheinlich Martins Handschrift. Also hier wohnte Martin Kallweit. Im ersten Stock sogar, falls die Aufteilung der Klingelschilder stimmte, stellte Erwin erfreut fest. Das war günstig. Um die Sache allerdings genau zu planen, müsste er ins Haus kommen. Das dürfte bei so einem großen Haus aber kein Problem sein. Da ging immer jemand ein und aus. Erwin schaute auf die Uhr. Kurz vor Mittag. Also hatte er noch viel Zeit. Seine Klasse hatte am Montag sechs Stunden und Martin würde erst sehr viel später kommen.

Erwin blickte sich verstohlen um. So eine belebte Gegend, und weit und breit keiner, der in dieses verflixte Haus wollte? Ob er einfach irgendwo klingeln sollte? Vielleicht ganz oben? Aber das würde auffallen, also verwarf er den Gedanken wieder. Er trat dicht an die hölzerne, fensterlose Haustür, aber sie war fest verschlossen. Also versuchte er es mit Lauschen. So fest es ging, presste er sein linkes Ohr auf die Tür, dass es schmerzte. Leider nützte aber auch dieser Trick nicht das Geringste.

„Was machst du denn hier?"

Zu Tode erschrocken wirbelte Erwin herum und stand vor einem älteren, nicht besonders gut gekleideten Mann. Seine einfachen Schuhe hatte er wahrscheinlich mit Spezial-Schleich-Sohlen beklebt, durchzuckte es

Erwin. Sonst hätte der Mann nie und nimmer aus dem Nichts plötzlich hinter ihm stehen können.

„Was du hier machst?", wiederholte der Mann seine Frage. „Hab dich schon eine ganze Weile beobachtet."

„Äh...", stammelte Erwin, „ich bin mit Martin Kallweit verabredet, aber der macht nicht auf, die Klingel ist kaputt."

Der Mann trat einen Schritt auf Erwin zu, blickte ihn prüfend von oben bis unten an, rülpste einmal kräftig, wobei er eine Spirituswolke entweichen ließ, und meinte dann: „So, mit Martin Kallweit. Na gut. Wie ein Einbrecher siehst du ja nicht gerade aus. Und wenn er gar nicht da ist?"

„Dann schiebe ich ihm eine Nachricht unter der Tür durch. Können Sie mich mit reinnehmen?"

„Na gut." Der Mann holte seinen Schlüssel aus der Jackentasche und schloss die Tür auf. „Aber ich bleib' bei dir. Und wenn keiner da ist, gehst du gleich wieder raus, verstanden?"

„Muss aber da sein", murmelte Erwin und schlüpfte hinter dem Mann durch die Tür. Dann ließ er sich viel Zeit, die Treppe zum ersten Stock zu erklettern. Er hoffte, der Mann würde vielleicht doch schneller in seine Wohnung streben. Leider hatte der Mieter aber Zeit. Als sie vor der Tür mit dem Namensschild „Kallweit" anlangten, blieb er abwartend stehen.

Erwin überlegte fieberhaft: Was, wenn Martin schon zu Hause war? Oder seine Mutter? Was sollte er machen? Er hob die Hand und tat so, als würde er auf die Klingel drücken. Nach wenigen Sekunden beeilte er sich, zu murmeln „ist wohl doch keiner da" und sprang eilig die Treppenstufen wieder hinunter.

„Typisch", hörte Erwin den älteren Mann hinter ihm herrufen. „Keine Geduld mehr, heutzutage."

Erleichtert öffnete Erwin die Haustür zunächst nur ganz wenig und nutzte die Zeit, einen Moment zu verweilen und sich im Hausflur genau umzusehen. Was er sah, begeisterte ihn. Es war geradezu ideal. Gegenüber der Haustür befanden sich die Treppen zu den Wohnungen. Direkt auf der Ebene der Tür gab es aber noch keine Wohnungseingänge, sondern erst im

Hochparterre. Zwei doppelte Wohnungseingänge lagen da immer gegenüber. Und ein Stockwerk höher wohnte also Martin, dessen Wohnung man von der Eingangstür nicht sehen konnte, aber man konnte es sicher hören, falls die Tür sich öffnete oder ein Schlüssel gedreht wurde. Das Beste aber war, dass sich rechts von der Treppe abwärts einige Stufen befanden, die in den Keller führten. Nach wenigen Stufen machten sie in einem Gewölbe eine Linkskurve. Ideal. Da würde er warten! Dort würde er sich ein paar Minuten aufhalten können und das würde sicherlich reichen.

Erwin hatte genug gesehen. Er sprang flink aus dem Haus und auf den Weg, wobei er sich dicht am Gebäude hielt, um von Martins Wohnung nicht gesehen zu werden.

Für heute reichte es Erwin. Morgen müsste er hier jedoch ganz früh auf seinem Posten sein. Um acht Uhr hatte seine Klasse die erste Stunde. Also müsste Martin etwa gegen halb acht zur Schule gehen.

Erwin wusste jetzt, dass er spätestens um viertel nach sieben hier sein musste.

Im Olympiahafen von Kiel-Schilksee herrschte um diese Stunde nur wenig Betrieb.

Eine Tatsache, die Josef Kappelmann durchaus recht war.

Er gab gefühlvoll Gas und merkte, wie die kleine Barkasse sofort reagierte. Energisch zog er die Schultern zurück, streckte den Hals merklich empor und rückte seine Lotsenmütze gerade. Als Assistent des Hafenmeisters war er schließlich eine Autoritätsperson, und als solche hatte er einen gewissen Stolz zur Schau zu tragen. Josef Kappelmann hatte viele Jahre als Oberbootsmann bei der Marine gedient und sich einen ruhigen Lebensabend redlich verdient. Es machte ihm jedoch Spaß, mit seinen siebzig Jahren immer noch ehrenamtlich im Olympiahafen zu arbeiten.

Natürlich nicht immer.

Josef Kappelmann verringerte die Geschwindigkeit um die Hälfte und bog in die nächste Boxengasse ein. „Spaß macht der Job wirklich nicht immer", dachte er. Vor allem, wenn er sich von Seglern anpöbeln lassen musste, die das Hafengeld sparen wollten. Aber das waren die Ausnahmen. Mit den meisten Bootsbesitzern kam er sehr gut klar. Und den wenigen Lackaffen und Schmarotzern sagte er dann ein paar passende Worte, und das machte wiederum auch Spaß.

Er setzte sich auf die hölzerne Bank der Barkasse, stellte den Gashebel auf minimale Fahrt und steuerte mit der linken Hand. In die andere Hand nahm er einen Bleistift. Wie an jedem Vormittag kontrollierte er verantwortungsbewusst die Boote an den Liegeplätzen. Sorgfältig verglich er die Nummern der Plätze mit den Namen der Boote in seiner Liste. Wenn alles seine Ordnung hatte, hakte er die Namen ab. Nur so konnte er sicher sein, dass alle Gastlieger bezahlten.

Josef Kappelmann war am Liegeplatz 77 B angekommen, als er plötzlich stutzte. Die SCHWALBE lag wieder an ihrem Platz. Länger als eine Woche hatte das Boot nicht hier gelegen, aber nun lag es wieder im Hafen. Nachdenklich stoppte er die kleine Barkasse vollständig und blickte die SCHWALBE prüfend an. Sah alles aus wie immer: tipp-topp. Und eigentlich war es auch nichts Besonderes, dass ein Boot auf seinem Platz lag. Wenn da nicht die Tatsache gewesen wäre, dass sich die Polizei nach dem Boot erkundigt hatte. Vor einigen Tagen hatten ihn ein Beamter und eine Polizistin aufgesucht, die von ihm wissen wollten, wo das Boot war.

„Wenn es nicht hier ist", hatte er geantwortet, „dann muss es wohl woanders sein."

Woher zum Teufel sollte er wissen, wo sich die Segler gerade aufhielten? Ein Boot war schließlich dazu da, dass man damit segelte und niemand musste sich abmelden. Aber die junge Polizistin fand seine Antwort gar nicht gut. „Sie sind ja ein ganzer Komiker", hatte sie zu ihm gesagt, aber dann hatte sie sich mit ihrem Kollegen verzogen, ohne zu sagen, was sie eigentlich suchten.

Und nun war sie also wieder hier, die SCHWALBE.

236

Josef Kappelmann stützte den Kopf auf die Hand und überlegte. So eine Sache wollte gründlich durchdacht werden. Musste er nun die Polizei benachrichtigen oder nicht? Eigentlich müsste er das, wenn sie sich für das Boot interessierten. Auf der anderen Seite rief man ja wohl eher die Polizei, wenn ein Boot verschwand. Und nicht, wenn es dort lag, wo es hingehörte. Unwillkürlich musste er schmunzeln, als er sich die Lachsalve im Polizeirevier vorstellte. Am lautesten würde sich wahrscheinlich diese junge Polizistin über den senilen Hafenmeister amüsieren, wenn er sagte: „Bei mir im Hafen liegt ein Boot, das da liegt, wo es liegen muss."

Hunderte lagen hier. Sollte er jedes der Polizei melden?

Josef Kappelmann beschloss, dass die Sache ihre Ordnung hatte.

Er machte hinter dem Namen *SCHWALBE* ein Häkchen.

Kapitän Erwin Hansen hatte immer auf diesen Anruf gewartet, aber nun war er erschrocken.

Der Junge hatte gesagt, ihm ginge es gut und er sei in Sicherheit. Wie er seinen Enkel kannte, bedeutete das jedoch gar nichts. Erwin sagte immer, dass es ihm gut ginge.

Kapitän Hansen hielt immer noch den Hörer in der Hand. Obwohl ihn ein eintöniges Piepen aufforderte, den Hörer aufzulegen, hatte er im Moment andere Sorgen. Erwin hatte nicht gesagt, wo er war. Das war kein gutes Zeichen. Und er hatte gesagt, er brauchte nur noch ein paar Tage. Ein paar Tage wofür? Das war ein noch schlechteres Zeichen.

Kapitän Hansen saß halb aufgerichtet im Bett, als sich wieder ein stechender Schmerz meldete und er sich mühsam auf den Rücken legte. Die Schmerzen waren im Laufe der letzten Tage dank der modernen Medizin und der Bewegungsübungen ein wenig zurückgegangen und er

237

musste nicht mehr im Gipsbett liegen. An normale Bewegungen war aber immer noch nicht zu denken.

Gedankenverloren legte er den Hörer auf das Telefon, dass er sich vor zehn Tagen auf den Nachttisch hatte stellen lassen. Ein Anruf in zehn Tagen war nicht gerade viel. Er war sich nicht sicher, ob er froh sein sollte, dass Erwin überhaupt angerufen hatte, oder ob er ihn verwünschen sollte. Natürlich verwünschte er ihn nicht. Vielleicht hätte er in Erwins Alter genauso gehandelt. Vielleicht hätte er nur vorher noch das Büro der Jugendamts-Tante verwüstet. Kapitän Hansen musste lächeln. Also war der Kleine sogar vernünftiger als er selbst. Aber wo mochte er stecken, der Lausebengel? Er hatte seinem Enkel gesagt, dass es ihm besser ginge, dass er aber wohl noch zwei bis drei Wochen im Krankenhaus bleiben müsse.

„Freut mich, dass es dir besser geht", hatte Erwin gejubelt. Aber gleich darauf hatte er gesagt: „Aber ich gehe auch nicht für zwei bis drei Wochen ins Heim. Wenn die mich erst einmal da haben..." Er hatte den Satz nicht zu Ende gesprochen und aufgelegt.

Kapitän Hansen sagte sich, dass er eigentlich erleichtert sein müsste. Er wusste jetzt, dass der Junge auf sich aufpasste.

Er fragte sich allerdings, warum bei ihm nicht die geringste Freude aufkommen wollte.

Auch Linda telefonierte.

Erwin war heile in Kiel angekommen und das war gut. Und sie hatte mit Kai telefoniert.

Linda sprach leise. Das Telefon stand im Flur und Linda hörte ihre Mutter in der angrenzenden Küche arbeiten. Obwohl sich Linda durch das

Flüstern verdächtig machte, so fand sie es doch besser, sich verdächtig zu machen, als ihr Geheimnis zu offenbaren. Jedenfalls im Moment noch.

„Und du bist sicher, dass du morgen früh rechtzeitig in das Haus kommst?", fragte sie leise.

„Ja", sagte Erwin, „ich melde mich wieder."

Dann piepte es und die Verbindung war unterbrochen.

Trotz seiner Beteuerungen war Linda unruhig. Leider konnte sie aber im Augenblick nichts machen.

Sie konnte nur abwarten.

Es war noch viel zu früh, aber Erwin konnte das Warten nicht mehr aushalten. Leise verschloss er das Boot und schaute prüfend um sich. Auch heute sah er niemanden, der ihn hätte erkennen können, zumal zu dieser frühen Stunde. Er war froh, dass er auf dem Boot geblieben war und sich nicht etwa im Haus des Großvaters verkrochen hatte. Dort hatten die Nachbarn sogar im Hinterkopf Augen, während er hier im täglichen Gewimmel junger Sportler nicht weiter auffiel. Trotzdem musste er vorsichtig sein. Er zog sich eine Baseball-Kappe tief ins Gesicht und wickelte einen dünnen Schal um den Hals bis zur Nase. So sah er zwar aus wie ein grippekranker Schimpanse, aber immer noch besser, als erkannt werden.

Erwin eilte den Steg entlang und schon nach wenigen Minuten erreichte er den Ausgang des Hafengeländes. Bevor er den Hafen verließ, griff er nochmals prüfend in seine Hosentasche. Wie die Male zuvor nickte er zufrieden. Der kleine Beutel mit den Uhren war noch dort und beulte die Tasche ordentlich aus. „Das ist Stufe II", dachte Erwin mit Genugtuung, während er der Bushaltestelle zustrebte. Stufe I war Lindas Anruf. Er hoffte, dass Kai Burose verstört war. „Nun", murmelte er zu sich selbst, „das ist eigentlich nicht der richtige Ausdruck. Richtig ist, dass ich das Schicksal anflehe, dass ihm der Arsch auf Grundeis geht!"

Zufrieden über diesen Vergleich stellte er sich noch weitere Gemeinheiten vor und wäre darüber fast an der Haltestelle vorbeigelaufen.

Die Fahrt zum anderen Ende der Stadt verlief reibungslos. Es waren nur wenige Erwachsene im Bus, die sich zudem fast alle hinter einer Zeitung verkrochen. Auch als Erwin ausstieg, achtete kaum jemand auf ihn. Er schaute auf die Uhr und war zufrieden. Noch keine sieben Uhr. Das war viel zu früh, aber eben auch viel besser als zu spät. Langsam trottete er auf das Haus zu, das er gestern erkundet hatte. Dabei hielt er sich auf der gegenüberliegenden Straßenseite, nahe der dunklen Büsche. Von Zeit zu Zeit überholten ihn eilige Fußgänger, und stressgeplagte Arbeiter stürzten sich aus ihren Wohnungen und kamen ihm mit gesenktem Kopf entgegen, ohne ihn allerdings zu beachten. Einige vorwiegend ältere Bewohner führten ihre kleinen Hunde auf dem spärlichen Grün Gassi, ansonsten bereitete sich der Stadtteil erst langsam auf den Tag vor. Die Gegend bestand vorwiegend aus dreistöckigen Mietshäusern, die ihre Bewohner in den nächsten Minuten Richtung Innenstadt ausspucken würden.

Erwin ging bewusst langsam weiter, aber auch nicht so langsam, dass er auffallen konnte. Als er das Haus sah, wechselte er auf die andere Straßenseite und hielt sich möglichst dicht an der Häuserzeile. Es könnte immerhin durch einen dummen Zufall geschehen, dass Martin aus dem Fenster schaute, und so dicht am Haus konnte er Erwin sicher nicht erblicken. Wie Erwin erwartet hatte, strömten jetzt immer mehr Menschen aus den Eingangstüren. Als er am Haus zu Martins Wohnung angelangt war, stellte er sich neben die Haustür und wartete. „Hoffentlich kommt bald einer raus, und hoffentlich nicht Martin", murmelte er sich Mut zu. Er tat, als würde er auf eine Klingel drücken und warten. So würde er am wenigsten auffallen. Es konnte schließlich gut sein, dass er einen Schulfreund abholen wollte. Warum auch nicht? Dadurch macht man sich doch nicht verdächtig! Je öfter Erwin an diese Möglichkeit dachte, desto wahrscheinlicher erschien sie ihm, und schließlich glaubte er beinahe selbst daran. Er überlegte, ob er sich vielleicht noch eine andere Ausrede zurecht legen sollte, wurde aber durch Schritte im Treppenhaus unterbrochen. Hochhackige Schuhe, stellte Erwin zufrieden fest, also konnte es nicht Martin sein. Es sei denn, er hätte sich verkleidet. Erwin grinste, als er an diese Möglichkeit dachte. Schnell tat er wieder so, als würde er einen Klingelknopf drücken und im selben Moment wurde die Tür geöffnet. Noch während die gepflegte Frau in der Tür stand, huschte Erwin an ihr vorbei, ins Innere des Mietshauses.

„Vielen Dank", murmelte er, „will Martin abholen. Hört das Klingeln nicht."

Damit hielt er sich nicht weiter auf und eilte bereits zur Treppe. „Sieht ihm ähnlich", hörte er die Frau kommentieren, den Rest verstand er nicht mehr, weil die Tür schon wieder ins Schloss fiel. Erwin blieb herzklopfend stehen und schaute sich vorsichtig um. Während er hoffte, dass nicht gerade in diesem Augenblick jemand aus einer der unteren Wohnungen kam, vergewisserte er sich, dass sich die hochhackigen Schritte entfernten. Als er sich dessen sicher war, eilte er leise wieder die wenigen Stufen abwärts und bog in den Kellereingang ein. Dort verschnaufte er erst einmal. Dann ging er die Stufen weiter abwärts und schlich sich in das Gewölbe. Erschöpft lehnte er sich an die Mauer und holte nochmals tief Luft. Jetzt hieß es warten. Falls jemand in den Keller kommen würde, würde es allerdings gefährlich werden. Dann müsste er schnell vorspringen und möglichst glaubhaft versichern, dass Martin ihn nach seinem Fahrrad geschickt hatte und er den Kellerschlüssel suchte, oder so was Ähnliches.

Er hoffte jedoch, dass es nicht dazu kommen würde.

Erwin lauschte. Er hatte noch gut zehn Minuten Zeit. Aber natürlich konnte Martin auch jeden Augenblick kommen, weil er noch vor dem Unterricht die Hausaufgaben abschreiben musste. Also musste er aufmerksam sein. Jetzt regte sich etwas. Jemand schloss eine Tür auf, öffnete sie und schloss sie wieder. Das kam aber wahrscheinlich von weiter oben. Richtig – er hörte eine Kinderstimme und dann sprang das Kind, immer zwei Stufen gleichzeitig nehmend, die Treppen hinunter, um gleich darauf die Haustür aufzureißen und hinauszuspringen. Scheppernd fiel die Haustür zu und Erwin musste sich erst einmal wieder an die Stille gewöhnen. Wieder hörte er etwas. Das war direkt über ihm, kam aber nicht von den unteren Wohnungen. Das könnte Martin sein. Erwin lauschte angestrengt. Und wirklich hörte er Martins Stimme. Er hatte scheinbar die Tür geöffnet und sagte etwas zu seiner Mutter, und die Mutter rief ihm wiederum etwas zurück. Jetzt hieß es handeln. Eilig griff Erwin in die Tasche, zog eine seiner teuer aussehenden Uhren heraus, schlich leise, aber flink zur Haustür und legte die Uhr auf den Fliesenboden neben der

Eingangstür. Dann huschte er zu seinem Versteck zurück. Noch immer gab es ein Wortgeplänkel zwischen Martin und seiner Mutter. Erwin war sich jetzt ganz sicher, dass es Martin war. Da gab es gar keinen Zweifel. Er hörte gespannt nach oben, konnte aber kein einziges Wort verstehen.

„Blöder Klang hier", murmelte Erwin, dann fiel ihm ein, dass der Hausflur auch nicht gebaut worden war, damit er Gespräche im ersten Stock belauschen konnte. Noch immer stritten Mutter und Sohn. Langsam wurde es Erwin unbehaglich zumute. Hätte er doch noch warten sollen? Aber nun war es zu spät. Er überlegte, ob er nochmals zur Haustür schleichen sollte, als er zu seinem Schrecken hörte, wie sie geöffnet wurde. Mit angehaltenem Atem blinzelte Erwin um die Ecke und was er dort sah, erschütterte ihn. Der Mann, der ihm gestern widerwillig die Tür aufgeschlossen hatte, kam von draußen in den Flur gewankt. Er hatte nur einen Schuh an, seinen Hut in der Hand, und um den Hals hingen ihm Papierschlangen. Zu allem Überfluss begann er jetzt auch noch, ein Lied zu singen, während er die Tür ins Schloss fallen ließ und schwerfällig Richtung Treppe schlurfte.

Erwin atmete erleichtert auf, als der Mann endlich auf der zweiten Stufe angelangt war, was sich allerdings als voreilig erwies. Mühselig auf der dritten Stufe angekommen, stutzte der Partylöwe, drehte sich wieder Richtung Haustür um und schwankte die wenigen Stufen abwärts, während er immer noch sein Lied lallte. Dann bückte er sich umständlich, wobei er mehrmals fast das Gleichgewicht verlor und hob die Uhr auf. Für einen Moment verschlug es ihm die Sprache und Erwin hatte Gelegenheit, angestrengt nach oben zu lauschen. Er stellte erleichtert fest, das der Streit zwischen Martin und seiner Mutter heftiger wurde, aber gleichzeitig sah er auch, dass der Trinker alle Zeit der Welt hatte. Wieder und wieder hielt er die Uhr zitternd direkt vor die Augen. Er streckte die Hand weit aus, um den Wertgegenstand aus der Ferne zu betrachten, so, als würde er eine Fata Morgana einfangen wollen. Endlich, nachdem er vorsichtshalber einmal in die Uhr hinein gebissen hatte, steckte er sie in die Manteltasche. Dann begann er abermals seinen anstrengenden Aufstieg, wobei er wieder sein

Lied nuschelte. Zum Glück ein wenig leiser als vorhin. So konnte Erwin gerade noch hören, wie Martin noch etwas rief und dann die Tür zuschlug.

Jetzt wurde es für Erwin allerhöchste Zeit.

Auch auf die Gefahr hin, dass ihn der Trunkenbold verschwommen oder doppelt sah: Er musste es unbedingt jetzt machen. Er hörte schon Martins Schritte und das war gar nicht gut. In Windeseile fingerte Erwin eine weitere Uhr aus der Tasche, hastete die Stufen hoch, legte die Uhr auf den Fliesenboden und gab ihr einen kräftigen Schubs Richtung Tür. Zu seiner Erleichterung sah er noch aus den Augenwinkeln, dass sie nicht völlig unsichtbar in der Ecke landete, bevor er wieder abwärts sprang und sich hinter der Mauer versteckte. Dabei war er jetzt froh, dass der Zecher weiter sein Trinklied lallte. Erwin hatte sich kaum umgedreht, als er auch schon hörte, dass Martin an der Eingangstür angekommen war. Wieder blickte Erwin vorsichtig um die Ecke und sah gerade noch, wie sich Martin bückte, sich einmal kurz vorsichtig umschaute und die goldene Uhr schnell über das linke Handgelenk streifte. Dann tat er, als sei nichts geschehen, öffnete die Tür und trat mit einem breiten Grinsen auf den Lippen ins Freie.

Selten war Erwin so froh, eine Tür zuschnappen zu hören.

Er wartete mehrere Minuten, dann ging auch er aus dem Haus.

Erleichtert atmete er tief durch. Plan II war also in die Wege geleitet worden. Jetzt würde der dritte Schritt folgen. Seine Klasse hatte heute bis Mittag Unterricht.

Die Zeit würde ihm mehr als ausreichen.

Kai Burose verzweifelte vor so viel unverhohlener Dreistigkeit .
„Gefunden?!", stöhnte er, schlug sich mit der Hand an die flache Stirn, schüttelte mehrmals ratlos den Kopf und wiederholte, diesmal verdächtig leise: „Einfach so gefunden. Ist wohl modern, Dinge zu finden, was? Wie Torsten, der seine Kappe gefunden hat. Denkt ihr, ich hab vergammelten Grünkohl im Hirn?"

„Wenn ich's doch sage, Kai. Hab´ ich im Hausflur gefunden. Lag da einfach so." Martin wurde es langsam zu bunt. Bestimmt ein dutzend Mal hatte er die Geschichte von der gefundenen goldenen Uhr schon erzählt und gehofft, dass seine Freunde sich mit ihm über den Fund freuten. Stattdessen stellten sie ihm komische Fragen, besonders Kai. Und nun war die Pause schon fast vorüber und er kam sich langsam vor wie ein Angeklagter. Nun gut, ganz geheuer kam ihm die Sache selbst nicht vor. Es geschah nicht oft, dass vor einem auf dem Boden ein Vermögen lag. Und eigentlich hätte er die Uhr wohl zum Fundbüro bringen müssen. Aber wer so was verliert, der hatte wahrscheinlich genug davon. Außerdem sollte der halt auf seine Siebensachen aufpassen. Selbst Schuld. Trotzdem wurde Martin sein mulmiges Gefühl nicht ganz los. Während der ersten Musik-Stunde hatte er die Uhr unter dem Ärmel seines Pullovers verborgen. Seinen Freunden wollte er sie natürlich in der Pause sofort stolz zeigen, aber leider hatte sie Kai schon in der Unterrichtsstunde kurz an seinem Handgelenk blitzen gesehen. In einem unbedachten Moment war der Ärmel hochgerutscht, und schon hatte Kai Stielaugen bekommen. Und nur, weil er, Martin, einen Moment unachtsam war. Das heißt: Um der Wahrheit die Ehre zu geben, hatte er den Pullover ein paar Zentimeter hochgeschoben, um Katrin mit seinem neuen goldenen Eigentum zu imponieren. Tatsächlich hatte sie auch nicht schlecht gestaunt. Leider hatte aber eben auch Kai die Uhr gesehen, der Wichtigtuer. Langsam ging er Martin wirklich auf die Nerven.

„Natürlich", ließ sich Kai jetzt wieder höhnisch hören, „gefunden. Wie konnte ich auch daran zweifeln. Liegen ja hier überall rum, die goldenen Uhren." Damit schlug er sich abermals mit der flachen Hand an die Stirn, mit der anderen Hand wies er hektisch auf imaginäre Punkte im Fahrradkeller. „Da, da, und da hinten liegt ja auch noch so eine Uhr. Wie konnte ich das übersehen? Liegen tatsächlich überall rum. Muss man nur auflesen, die verdammten Uhren. Wie die Pilze!"

Martin lief rot an, während Kevin und Torsten sich vor wieherndem Lachen schüttelten.

„Klar, ha, ha, ha..." prustete Kevin, „die wachsen hier sogar, die goldenen Uhren, muss man nur tüchtig gießen. Die Markenuhr war vielleicht gestern auch noch so eine klitzekleine, billige Uhr aus dem Automaten, die bei dir im Hausflur über Nacht gewachsen ist."

Diesmal lachten Kai und Torsten noch lauter, während Kevin über seinen eigenen Scherz am allerlautesten grölte."

Martin drehte sich kopfschüttelnd um und verzweifelte an der Menschheit. Was war denn an der Geschichte so witzig? Er hatte eben Glück gehabt, na und? Er überlegte einen Augenblick und beobachtete, wie sich die Freunde weiter vor Lachen ausschütteten. Er beschloss, einen Vorschlag zu machen. „Also gut", meinte er, „ist ja nicht so..."

Weiter kam er allerdings nicht, weil er von Kai unterbrochen wurde.

„Müssen nur", grölte Kai, „ha, ha, müssen nur gegossen werden, ha, ha, ha", und dabei krümmte er sich vor Lachen und drückte sich den Bauch, dass er sich beinahe übergeben musste. „Müssen nur gegossen werden, die Blechuhren. Ha, ha, ha! Dann werden die auch 'ne Markenuhr. Ha, ha, ha. Ich werd nicht wieder, ha, ha, ha. Ist 'n guter Boden für Golduhren, dein Hausflur, ha, ha, ha." Dann wischte er sich die Tränen ab, schüttelte sich einmal kräftig und fuhr Martin an: „Kannst du jemandem erzählen, der mit der Mistforke seine Bratkartoffeln isst. Von wem hast du das Geld für die Uhr, pack schon aus!"

„Kannst du doch ruhig sagen", ergänzte Kevin, und selbst Torsten erlitt für seine Verhältnisse einen Redeanfall und sprudelte zwei ganze Wörter heraus: „Pack aus."

Martin setzte sich auf den Rand eines Blumenkastens, stützte den Kopf ratlos in die Hände und brachte zunächst kein Wort heraus. Als er endlich

246

einen halbwegs klaren Gedanken formulieren konnte, klang das eher wie ein Flüstern: „Stimmt wirklich, was ich gesagt habe. Warum sollte ich lügen? Aber gut. Wie wär's denn, wenn wir die Uhr abwechselnd tragen, als Freunde. Alle vier! Oder wir verkaufen sie und teilen uns die Mäuse. Was sagt Ihr dazu?"

„Du meinst...? Kevin war der erste, der plötzlich strahlte und die Dollars im Geiste vor seinen Augen flattern sah. „Du meinst, so richtig verkaufen und teilen? Das nenn' ich nobel."

Auch die Gesichtszüge von Torsten erhellten sich und er nickte erfreut.

Kai sagte gar nichts, aber ihm war das Lachen vergangen. War doch ein härterer Brocken, als er dachte, dieser bescheuerte Martin. Der würde so schnell nicht gestehen, dass er das Geld von der Reporterin hatte und man konnte es ihm verdammt nochmal nicht nachweisen. Und nun versuchte er es mit Bestechung und diese Waschlappen von Torsten und Kevin fielen natürlich drauf rein. Aber Kai Burose würde keinen Anteil vom Verrätergeld annehmen. Das war mal sicher! Außerdem würde ihm sowieso die ganze Uhr zustehen. Nicht den drei Weicheiern.

„Hab' 'ne Uhr. Und Geld brauch' ich auch keins", murmelte er, drehte sich um und schlurfte Richtung Klassenzimmer. Der Gong musste ohnehin jeden Moment das Ende der Pause einläuten. Was sollte er sich bis dahin groß aufregen? Ob er die anderen beiden einweihen sollte? Lieber nicht, beschloss er. Noch könnte immerhin auch einer von denen der Verräter sein.

Aber wer es auch war:

Er, Kai Burose, würde diesen Verbrecher überführen.

„Einen Briefumschlag willst du? Einen ganzen? Soll ich ihn vielleicht noch als Geschenk einpacken?"

Die Verkäuferin verdrehte die Augen, verzog die Mundwinkel, aber schließlich zog sie einen vergilbten Umschlag aus einer Schublade hervor und reichte ihn dem Jungen. „Muss ja wohl nicht ganz frisch sein, oder? Steht kein Verfallsdatum drauf."

„Nein", lachte Erwin, „der hat ja wohl schon ein paarmal »Prost Neujahr« gerufen. Aber ich leg' ihn zu Hause gleich in den Kühlschrank. Dann hält er noch ein paar Tage. Danke."

Er reichte der glücklichen Verkäuferin das abgezählte Kleingeld und verließ nochmals freundlich dankend das Geschäft in der Innenstadt von Kiel. Als Nächstes ging er an einen Kiosk und kaufte eine Ansichtskarte. Eigentlich war eine so gut wie die andere, falls sie ihren Zweck erfüllte. Aber wie es der Zufall wollte, hatten sie eine Karte mit den Spielern des FC Bayern München. Und da Kai Burose ein Fan des FC Bayern war, war diese Karte geradezu ideal. Er würde sich freuen.

Erwin setzte sich auf eine Bank am Rande der Fußgängerzone und schrieb seinen vorbereiteten kurzen Text auf die Karte. Dann steckte er die Karte in den Umschlag, verschloss diesen sorgfältig und schrieb auf den Briefumschlag in großen Druckbuchstaben:

HERRN KAI BUROSE

Über das „Herrn" war Erwin besonders stolz. Weil Kai alles war, nur kein Herr. Aber diesen kleinen Scherz wollte er sich immerhin erlauben, obwohl er sicher war, dass Kai den Seitenhieb weder bemerken noch verstehen würde. Aber egal. Außer dem Namen vermerkte Erwin nichts weiter auf dem Umschlag. Weder eine Adresse, noch aus naheliegenden Gründen den Absender. Zufrieden prüfte er nochmals den Umschlag, erhob sich und machte sich langsam auf den Weg. Er hatte jede Menge Zeit. Vorsichtshalber zog er seine Mütze etwas tiefer ins Gesicht, aber niemand achtete auf den Jungen, der während der Schulzeit mutterseelenallein durch Kiel wanderte. Warum auch? In den umliegenden Schulen fielen so viele Unterrichtsstunden aus, dass Kinder in Kaufhäusern, auf dem

Bahnhof oder bei McChicken häufiger anzutreffen waren als beim Konfirmandenunterricht. Außerdem gab es so eine Menge von Schul-schwänzern, dass einer mehr oder weniger nicht auffiel.

Als Erwin das Reihenhaus von Kai's Eltern sehen konnte, wurde er jedoch vorsichtiger. Er lehnte sich eine Weile an einen Baum und beobachtete das Haus aus einiger Entfernung. Als er weder an einem der Fenster noch an der Haustür eine Bewegung wahrnahm, ging er auf das Gebäude zu, wobei er darauf achtete, nicht etwa zu hasten. Dadurch würde er sich nur verdächtig machen. Er redete sich ein, dass er nichts zu verbergen hatte und tatsächlich half das. Wie ein gelangweilter Postbote schritt er an die Haustür, steckte seinen Brief wie eine normale Werbe-broschüre in den Briefkasten und ging weiter, als hätte er noch Hunderte von Briefen zu verteilen.

Nach einigen Minuten schaute er verstohlen zurück, aber auch jetzt war niemand zu sehen.

Erleichtert holte Erwin mehrmals tief Luft.

Das war also der Beginn des dritten, des entscheidenden Schrittes. Kai würde Post bekommen und dann müsste er etwas unternehmen.

Und auch Erwin musste etwas unternehmen. Morgen! Für heute hatte er genug angestellt. Es war noch nicht einmal Mittag, aber er hatte sein Tagewerk bereits erledigt.

Er beschloss, bei einem Metzger einzukaufen, sich zum Boot zurück-zuschleichen, sich darin zu verkriechen und sich Eisbein mit Sauerkraut zu kochen. Seit er in der vergangenen Woche fast verhungert war, hielt er es für angebracht, auf Vorrat zu essen.

Und dann musste er viel schlafen.

Morgen musste er wieder in aller Frühe aufstehen.

Den dritten Schritt von Lindas Plan weiterführen.

Ein Tag später
Mittwoch, 31. Mai, 07:30 Uhr, Kiel

Die Tür knallte zu und die hochhackigen Schritte entfernten sich. „Genau wie gestern", dachte Erwin. Die Leute hatten scheinbar ihre genauen Zeiten, morgens aus dem Haus zu gehen. Dann würde auch Martin nicht mehr lange auf sich warten lassen. Erwin legte das rechte Ohr an die Wand, die vom Keller zur Treppe hoch führte, um zu lauschen. Er hörte hallende Schritte, das Schlagen von Zimmertüren, das Rauschen von Toilettenspülungen und vereinzelte Stimmen. Irgendwo lief auch ein Fernseher ziemlich laut. So ein großes Haus kam nie zur Ruhe. Leider hörte Erwin aber nicht das, was er hören wollte: das Öffnen der Tür im ersten Stock, genau über ihm. Also setzte er sich wieder auf die oberste Stufe der Kellertreppe und wartete weiter. Er gähnte und fuhr mehrmals mit der Hand über die müden Augen. Er wartete nun schon über eine halbe Stunde und langsam wurde es Zeit, dass etwas passierte.

Er war heute noch früher als gestern in das Haus eingedrungen. Nicht etwa, weil Martin früher das Haus verlassen würde. Der Grund war, dass er einem Beobachter auf der anderen Straßenseite zuvorkommen musste, was ihm auch gelungen war. Außerdem hatte er gedacht, dass er zu so früher Stunde lange vor dem Haus warten müsse, aber es war kinderleicht, hineinzukommen. Der Zufall wollte es, dass sich eine ältere Dame mit einem schweren Koffer an der Tür abgemüht hatte. Er hatte ihr geholfen, das unförmige Etwas durch den Eingang zu wuchten, und vor lauter Freude hatte sie ihm die Tür offen gehalten und keinerlei Fragen gestellt.

Nun hatte er zwar früh seinen Beobachtungsposten einnehmen können, der Nachteil war aber eben, dass er umso länger warten musste. Und das gefiel ihm ganz und gar nicht. Er legte wiederum das Ohr an die Wand, konnte aber keine neuen Geräusche herausfiltern. Als er sich gerade wieder setzen wollte, hörte er es endlich. Die Tür im ersten Stock wurde geöffnet und er hörte Martins Stimme. Erwin hoffte nur, dass es heute

250

keine lange Diskussion zwischen Martin und seiner Mutter gäbe. Außerdem hoffte er, dass auch der Trunkenbold heute nicht wieder nach Hause gestolpert käme.

Erwin bewegte sich langsam die Treppe empor und spitzte die Ohren. Noch redete Martin mit seiner Mutter. Wahrscheinlich hatte er wieder etwas vergessen und sie brachte es ihm. Sehr langsam stieg Erwin Stufe für Stufe empor. Vor den ersten Wohnungseingängen im Hochparterre hielt er jedoch inne. Er nahm sich nochmals fest vor, ruhig zu bleiben – ruhig und freundlich. Das war das Schwerste. Am liebsten würde er Martin ein Dutzend Maulschellen verpassen. Linda hatte ihn jedoch davon überzeugt, dass das keineswegs förderlich sei. Sogar schleimig sollte er sein, wenn es der Sache nützte, hatte sie gesagt. Und genau das würde er sein, aber er wusste, dass es ihn mehr Überwindung kosten würde, als einen Sack dieser verhassten Müsliriegel zu essen. Aber gut, auch dafür würde er die Rechnung präsentieren.

Er schlich sich vorsichtig an der Wand des Treppenhauses weiter eine einzige Stufe empor, dann hörte er endlich das Klappen der Tür und herabeilende Schritte.

Jetzt kam es drauf an.

Erwin schüttelte sich einmal kräftig, straffte seinen Körper und ging die Treppe in der Mitte aufwärts, so als würde er hier schon seit Jahren wohnen.

Wieder einmal hatte Martin Kallweit sein Pausenbrot vergessen und wieder einmal hatte es ihm seine Mutter zwischen Tür und Angel nachgereicht. Martin steckte es in die Seitentasche seines Schulranzens, wobei er eilig die Treppe hinunter sprang. Das heißt, er wollte hinunterspringen. Bedauerlicherweise kam er jedoch nicht weit. Nach wenigen Stufen stieß er mit einem Jungen zusammen, der ihm entgegenkam. Wie vom Blitz getroffen, schreckte Martin zurück. Er drehte sich um und wollte die Treppe aufwärts eilen, aber seine Beine trugen ihn nicht. Soviel er sie auch zu bewegen versuchte, ihm war, als hinge ein Amboss an den Füßen. Also versuchte er, dem Gesetz der Schwerkraft zu folgen, drehte seinen Körper wieder in die Gegenrichtung und hoffte, dass er ihm abwärts gehorchte. Leider tat er das aber nicht. Seine Beine wurden zu Gummi und gaben nach, und ohne dass er etwas dagegen tun konnte, sackte Martin wie ein gestrandeter Walfisch in sich zusammen. Dabei war es sein Glück, dass er mit dem gut gepolsterten Hinterteil auf der Treppe aufschlug.

„Er..., Er..., Erwin?", stammelte er und hielt den Mund anschließend so weit geöffnet, als wollte er jede Fliege der Umgebung zum Tag der offenen Tür einladen. „E..., E...", krächzte er abermals, weil er aus seinem geöffneten Mund nichts weiter herausbrachte.

„Mach die Kauleiste zu", grinste Erwin, „will ja gar nichts von dir."

Er bückte sich zu Martin hinunter und reichte ihm die Hand. „Komm mal wieder hoch. Wirst 'ne Arschgrippe kriegen."

„Ne.., ne A..., 'ne Grippe", stotterte Martin, ließ sich dann aber wie in einem schlechten Traum von Erwin an der Hand fassen und sich mühsam hochziehen. Er prustete einmal schwer, rieb sich mit der freien Hand das Hinterteil und fühlte, wie langsam wieder Luft in seine eingefallene Lunge strömte. „Willst gar nichts?"

„Wollte nur gucken, wie's dir geht", erklärte Erwin, nahm Martin am Arm und zog ihn die Treppenstufen abwärts.

„Wie's mir geht?" Martin traute seinen Ohrmuscheln nicht. „Sag das nochmal."

Also wiederholte es Erwin, während sie die letzten Stufen meisterten. „Hab mir gedacht, die ganze Sache hat dich vielleicht genau so mitgenommen wie mich", sagte Erwin und öffnete die Tür.

Erleichtert atmete Martin auf. Er hatte also wirklich nichts zu befürchten. Er lachte sogar ein wenig, als er die Haustür ins Schloss fallen hörte.

„Stimmt, die Sache hat mich wirklich mitgenommen. Gar nicht so einfach, immer zu lügen." Dabei lachte er weiter und bewegte sich immer noch recht unsicher, aber immerhin schon senkrecht in Richtung Bushaltestelle. „Und deshalb kommst du morgens um sieben zu mir, um mir das zu erzählen?"

Erwin trat noch dichter an ihn heran, legte ihm im Gehen vertraulich den Arm um die Schulter, lachte auch freundlich und nickte. „Genau darum", sagte er, „nur darum."

„Wo warst du denn so lange?", fragte Martin, bei dem nun die Neugierde erwachte.

„Segeln", lachte Erwin und drückte sich noch freundschaftlicher an Martin. „Segeln. War mit dem Boot von meinem Opa in Dänemark. Aber nicht weitersagen."

„Alleine? Mit so einem großen Boot?" Martin hielt einen Moment inne und glotzte Erwin an, als sei er von einem anderen Stern. „In der Zeitung stand, du warst in Polen."

„War nur Täuschung", entgegnete Erwin und bog mit Martin in eine Nebenstraße ein, wobei er immer noch den Arm vertraulich um ihn gelegt hielt. Er ging noch etwa eine Minute in dieser Haltung und wiederholte schließlich „War nur Täuschung".

„Wie, Täuschung?", fragte Martin, der sich in seiner Haut mehr als unwohl fühlte. „Wie kann man das denn täuschen? Und was hast du jetzt vor?"

Erwin blieb stehen und nahm die Hand von Martins Schulter.

Er hatte keine Lust mehr. Und schon überhaupt keine Lust, Fragen zu beantworten. Außerdem hatte er nun weiß Gott mehr als nötig geschleimt und war in der Nebenstraße weit genug gegangen.

Er ließ den verdutzten Martin stehen und rannte eilig in eine Seitengasse.

Kai Burose war sich einen Moment nicht sicher, ob er wieder eingenickt war und träumte. Er wischte sich über die Augenlider, kniff sich in
den Oberschenkel und schüttelte mehrmals den Kopf. Aber es bestand
kein Zweifel: er war wach. Und was er eben gesehen hatte, das war kein
Albtraum. Es war schlimmer als ein Albtraum. Er trat hinter dem Busch
hervor und blickte nochmals auf die Tür, aus der Martin und Erwin eben
gekommen waren.

„Die dicksten Freunde. Die verdammt dicksten Freunde", murmelte
Kai, machte einen schwankenden Schritt in Richtung Bushaltestelle, überlegte es sich dann aber anders. Er wollte Martin jetzt lieber nicht in die
Hände kriegen. Dann würde er den Verräter vielleicht umbringen, und das
war die Sache eindeutig nicht wert. Alle dachten, dieser beknackte Erwin
hätte sich abgesetzt, dabei ging der bei seinem guten Freund Martin ein
und aus. Wieso wusste das die Polizei nicht? Und so was sollte nun ein
Rechtsstaat sein? Kai konnte es einfach nicht glauben. Er setzte sich auf
den Kantstein und überlegte. Zunächst musste er das Foto entwickeln
lassen. Und dann? Er öffnete seine Schultasche, legte den kleinen Fotoapparat hinein und hoffte, dass das Beweisfoto auch gelungen war. Dann
nahm er nochmals die abgegriffene Karte mit dem Motiv des FC Bayern
München zur Hand. Wer wusste Bescheid? Wer kannte ihn so gut und
wusste, dass er Bayern-Fan war? „Eigentlich alle", dachte er ärgerlich. Die
halbe Nacht hatte er gegrübelt, wer ihm diese Karte in den Briefkasten
gesteckt haben konnte. Leider war er aber zu keinem Ergebnis gekommen.
Als würde ihm jetzt eine Erleuchtung kommen, las er den Text nochmals:

Sei morgen um 7 Uhr 15 mit einem Fotoapparat vor Martin´s Haus.
Du wirst staunen.

Ein Freund

„Ein Freund! Schöner Freund", murmelte Kai. Versteckte sich hinter
einer feigen anonymen Karte. Wieso durfte so einer frei rumlaufen? Aber
eines musste man dem Pinscher lassen: Er hatte Recht gehabt. Er, Kai,

hatte gestaunt, und zwar nicht nur Bauklötzer, sondern Lastwagen voller Bauklötzer.

Aber wenigstens hatte er sein Beweisfoto.

Wütend stand er auf und setzte sich schleppend in Bewegung. Noch wütender wurde er, als er daran dachte, dass ihm seine Eltern immer noch keine neue Kamera gekauft hatten und er mit seinem Uralt-Apparat knipsen musste. Sonst hätte er das Foto jetzt einfach ausdrucken können. Das hatten sie nun von ihrem Geiz: Er würde zu spät zum Unterricht kommen! In der Innenstadt befand sich ein Fotostudio. Dort wollte er noch vor der Schule den Film abgeben. Am Nachmittag würde das Foto dann endlich fertig sein. Und falls das Geschäft noch nicht geöffnet war, würde er eben warten – auch nicht schlimm. Selbst wenn er eine Stunde zu spät zur Schule käme, so machte das nicht das Geringste. Nicht angesichts der Brisanz dessen, was er zu erledigen hatte. Zumal seine Eltern Schuld hatten!

Kai klemmte seine Tasche mit dem wertvollen Inhalt fest unter den Arm und schritt eilig Richtung Innenstadt. Er nahm sich jedoch vor, sich in der Schule noch nichts anmerken zu lassen. Bis heute Mittag würde er gegenüber Martin noch den guten Freund spielen. Jedenfalls solange, bis er das Foto hatte.

Erst dann würde er zuschlagen.

Dann aber richtig.

255

Martin trat in die Pedale, als ginge es um sein Leben. Er keuchte und prustete und der Schweiß lief ihm den Rücken herunter. Vielleicht hätte er doch nicht seinen dicken Pullover anziehen sollen, dachte er, aber nun war es zu spät. Und anhalten konnte er auch nicht, um ihn auszuziehen. Dabei würde er eindeutig zu viel Zeit verlieren.

Er war spät dran. Ein flüchtiger Blick auf die Uhr bestätigte ihm, dass es fast 15 Uhr war, und um Punkt drei wollten sie sich treffen. Hatte Kai jedenfalls gesagt. Und der verstand keinen Spaß, wenn jemand nicht pünktlich war. Also beugte sich Martin noch weiter über den Fahrradlenker, trat noch kräftiger in die Pedale und schwitzte noch mehr. Und wirklich wurde er auch um eine Zehntelsekunde schneller, was zufriedenes Schmunzeln auf sein Gesicht zauberte. Er war trotz seiner Korpulenz doch kein schlechter Sportler, dachte er erfreut. Jedenfalls auf dem Rad war er einer der Schnellsten. Ein abermaliger Blick auf seine neue Uhr spendete ihm Zuversicht. Er würde mit weniger als zehn Minuten Verspätung in der alten Kiesgrube ankommen. Das war mehr, als Kai erwarten durfte. Hatte selbst Schuld, wenn der so kurzfristig und dann noch mit dem Telefon Zusammenkünfte einberief.

Martin japste nach Luft und beschloss, nun doch langsamer zu werden. Auf die zwei Minuten kam es auch nicht mehr an. Er wusste sowieso nicht, was das Ganze sollte. Kai hatte mächtig geheimnisvoll getan und gesagt, es ginge praktisch um Leben und Tod.

Um wessen Leben und um wessen Tod hatte er allerdings nicht gesagt.

Wahrscheinlich wollte er nur wieder den Wichtigmann raushängen lassen und sich ansonsten seinen Teil an der teuren Uhr sichern. Martin ärgerte sich immer noch, als er daran dachte, dass sie ihn deswegen verdächtigt hatten. Aber gut, heute in der Schule hatte niemand etwas davon erwähnt, so dass die Sache wohl ausgestanden war.

Er verringerte die Geschwindigkeit abermals ein wenig und nahm sich sogar Zeit, die Gegend zu betrachten. Jedes Mal, wenn sie sich in der alten Kiesgrube außerhalb von Kiel trafen, war er von dem kleinen Wäldchen und dem angrenzenden Kanal aufs Neue fasziniert. Er nahm sich vor, als

Erwachsener in so einer Gegend eine einsame Hütte zu bauen und ohne Nachbarn zu leben. Dann hätte er wenigstens keinen Ärger mit Nachbarn wie Kai oder Kevin; oder diesem Erwin, der wie ein Geist auftauchte und wieder verschwand.

Martin war den ganzen Tag über das Gefühl nicht losgeworden, dass Erwin ihn heute morgen kräftig verschaukelt hatte. Aber wieso? Er hatte lange hin- und her überlegt und schließlich beschlossen, die Sache zu vergessen und niemandem etwas von dem Vorfall zu erzählen. Wahrscheinlich würden sie ihn nur wieder verdächtigen. Außerdem reichte es schon, wenn er sich selbst dämlich vorkam. Da wollte er den anderen nicht noch Munition für ihren Spott liefern. So blöd war er nun doch nicht.

Weil er vor sich bereits die letzte Kurve sah, hinter dem sich ihr Treffpunkt befand, rollte er langsam aus. Ein schneller Blick auf die Uhr sagte ihm, dass er nur lächerliche fünf Minuten zu spät kam und er vermutete, dass er der Erste sein würde. Leider wurde er diesbezüglich enttäuscht. Als er um die Kurve kam, sah er zu seinem Erstaunen, dass bereits alle drei Freunde auf ihn warteten. Sie standen dort und lachten und waren ausgesprochen guter Stimmung. Martin war froh darüber. Während er das Rad gänzlich ausrollen ließ, dachte er daran, dass er von mieser Stimmung wirklich genug hatte. Schön, wenn alle wieder fröhlich waren.

Aus alter Gewohnheit wendete er das Rad, erst dann stellte er es an eine Birke am Eingang der Sandkuhle. Dann ging er die wenigen Schritte zu Fuß, wobei er sich den Schweiß mit dem Ärmel von der Stirn wischte.

„Bin bisschen spät", murmelte er keuchend, als er seine Freunde erreicht hatte, „musste erst noch Luft aufpumpen und..."

„Macht nichts", unterbrach ihn Kai und trat auf ihn zu. Auf einen Wink von ihm taten es ihm Kevin und Torsten gleich. „Macht gar nichts!"

Und dann ging alles sehr schnell. Jeder von ihnen hatte plötzlich einen fingerdicken Weidenstock in der Hand, den sie ihm entgegen hielten. Kai hielt ihm zudem noch ein Foto direkt vor die Nase. „Weißt du, was das ist?", brüllte er.

Erschrocken wich Martin zurück. „Wie..., was?", stammelte er, wobei

er strauchelte, sich aber sofort wieder fing. „Was..., äh..., was, was ist?"
„Das hier auf dem Foto, du Verräter", zischte Kai und hielt ihm das Bild
noch dichter ans Gesicht. „Zu dicht", schnaufte Martin. „Kann ja gar nichts erkennen". Damit
stieß er die Hand von Kai ein wenig von sich weg. Im selben Augenblick
wünschte er, er hätte das Foto nie gesehen. „Das...," stammelte er, „das
kann ich erklären..., das heißt, kann ich nicht erklären..."
„Glaub ich, du verdammter Verräter", schrie Kai. „Das bist du mit
diesem Erwin! Und weißt du, was wir mit Verrätern machen? Das! Und
das!" Damit sprang er um Martin herum und ließ seinen Stock kräftig auf
dessen Hinterteil sausen. Auch Kevin und Torsten folgten seinem Beispiel.
Ehe Martin richtig zur Besinnung kam und sich rühren konnte, hagelte es
Schläge über Schläge. Schmerzverzerrt und schreiend schmiss er sich auf
den Sandboden, was seine Peiniger jedoch keineswegs davon abhielt,
weiter auf ihr Opfer einzudreschen.

„Hilfe, Hilfe!", schrie Martin immer wieder, wobei er sich zusammen-
krümmte und mit den Händen seinen Kopf schützte. Er merkte, wie sich
der Rückenteil seines Pullovers langsam auflöste, was die Schläge noch
schmerzhafter machte. „Hilfe, Hilfe", schrie er immer weiter, bis er
plötzlich merkte, dass die Schläge verstummten.

„Mist", schrie Kai seinen Freund Kevin an, „kannst du nicht aufpassen?
Jetzt hast du meinen Stock getroffen. Kaputt!"

„Meiner auch, beruhige dich, Idiot", schrie Kevin zurück, „müssen wir
halt neue schneiden. Warte. Dauert nur 'ne Sekunde."

„Will mich aber nicht beruhigen", fluchte Kai weiter. „Torsten, gib mir
deinen. Der Verräter hat noch längst nicht genug."

Während Kevin einige Schritte zu einem Weidenbäumchen ging,
versuchte Kai, dem verdutzten Torsten dessen Stock zu entreißen. Da
dieser ihn aber behalten wollte, wurde Kai noch wütender. „Gib endlich
deinen dämlichen Stock her, jämmerliche Schleimbacke", brüllte er, aber
erstaunlicherweise beeindruckte das Torsten keineswegs. Das war nun der
Wut-Tropfen, der das Fass bei Kai endgültig zum Überlaufen brachte.

Besinnungslos vor Wut und mit verzerrtem Gesicht holte er aus und stieß seine Faust in den Magen von Torsten. Der stöhnte einmal kurz auf und sackte in sich zusammen. Triumphierend hob Kai den erbeuteten Stock in die Höhe und wollte eben wieder auf den wimmernden Martin einschlagen, als ihn ein Faustschlag am Kinn traf. Kai stieß schmerzverzerrt einen gurgelnden Schrei aus und drehte sich erschrocken zur Seite, aber da traf ihn schon der zweite Schlag von Kevin.

„Was hat Torsten dir getan, Doofmann?", schrie er dabei und holte schon zu einem weiteren Schlag aus. Mittlerweile hatte sich aber Kai von seinem Schrecken erholt und parierte den Schlag. Keuchend bückte er sich, nahm kurz Anlauf und rammte seinen Schädel in den Magen von Kevin. Als beide zu Boden gingen, erwachten auch in Torsten wieder allmählich die Lebensgeister und er kam Kevin zu Hilfe.

Martin, der immer noch röchelnd am Boden lag, traute sich immerhin, vorsichtig aus den Augenwinkeln danach zu schielen, was um ihn herum vor sich ging. Schließlich öffnete er die Augen sogar ganz und drehte den Kopf einige Zentimeter in Richtung des Menschenknäuls. Endlich begriff er, was dort passierte.

Mit einer Behändigkeit, die ihm niemand zugetraut hätte, sprang er auf, hetzte zu seinem Fahrrad, schob es verzweifelt und in Todesangst an und sprang in den Sattel.

Obwohl die drei anderen mit sich selbst beschäftigt waren, mussten sie jedoch seine Flucht mitbekommen haben. „Der will fliehen, der Verräter, los, mir nach", hörte Martin hinter sich Kai kreischen, traute sich jedoch nicht, sich umzudrehen. Jetzt veranstalteten alle drei ein fürchterliches Geschrei, sogar Torsten. Dieses Geschrei verstärkte allerdings die Todesangst von Martin dermaßen, dass er in die Pedale trat wie noch niemals zuvor. Dabei war es sein Glück, dass er das Rad bereits in der richtigen Richtung und in der Nähe des Ausgangs der Schlucht abgestellt hatte. Die anderen hatten ihres einfach auf einen Haufen in den Sand geschmissen und dort mussten sie die drei Räder nun umständlich entwirren, was viel Zeit kostete. Außerdem hatten sie zwar eine Mordswut im Bauch, aber keine Todesangst. Und so kam es, dass Martin schon bald einen beträchtlichen Vorsprung herausradelte. Zu seiner grenzenlosen Erleichterung gaben seine Verfolger die Jagd nach kurzer Zeit sogar ganz auf. Als Martin sich einmal hektisch umschaute, sah er, wie sie sich bereits wieder prügelnd im Gras wälzten.

Trotzdem fuhr Martin so schnell weiter, wie er konnte. Erst, als er wieder in der Stadt war, verschnaufte er einen Moment. Dann radelte er langsam weiter, wobei er darauf achtete, zunächst kein bestimmtes Ziel anzusteuern. Bestimmt würden sie ihm auflauern. Deshalb zog er es vor, zunächst kreuz und quer durch das Netz der Kieler Vorortstraßen zu fahren. Als er völlig aus der Puste war, stoppte er auf dem Parkplatz hinter einem Supermarkt. Hier würden sie ihn nicht suchen. Allerdings konnte er hier auch nicht ewig bleiben.

Martin überlegte.

Er war wütend. Das waren schöne Freunde! Jemanden fälschlicherweise zu beschuldigen, das war ja wohl das Gemeinste, was man einem anderen antun konnte, da war er ganz sicher. Aber was konnte er dagegen tun? Irgendwie musste er es den drei Verbrechern heimzahlen.

Er stieg vom Rad und setzte sich hinter einem geparkten Auto auf einen Blumenkasten. Angestrengt zerfurchte er seine Stirn und grübelte, und endlich fasste er einen Entschluss. Sie hatten ihn fast zu Tode geprügelt, weil er sie angeblich verraten hatte. Dabei hatte er kein Sterbenswörtchen gesagt.

Aber jetzt würde er sie verraten.

Er hatte für den Verrat schließlich schon bezahlt. Und wenn jemand für etwas bezahlt wurde, dann muss er auch das liefern, was bezahlt worden ist, dachte Martin.

Denen würde er es zeigen!

Erleichtert über seinen Entschluss sprang er auf, stieg auf sein Rad und radelte Richtung Innenstadt. Er erinnerte sich an diese Frau vom Jugendamt. Die war in der Klasse gewesen und hatte wegen Erwin blöde Fragen gestellt und hatte ihre Adresse genannt. Nun würde er ihr die

Fragen beantworten.

Zielstrebig fuhr Martin zu dem großen, alten Bürogebäude, in dem das Jugendamt angesiedelt war. Er fragte nach einer Frau Petzold, wurde aber leider enttäuscht. Frau Petzold sei vor einer Woche versetzt worden, hieß es nur, aber sie hatte einen Nachfolger.

Mit einem Nachfolger wollte Martin allerdings nichts zu tun haben. Ärgerlich verließ der das miefige, nach altem Linoleum und Bohnerwachs riechende Gebäude.

Vor dem Jugendamt setzte er sich für einen Moment auf eine Bank und überlegte abermals. Er wusste noch nicht, was er machen sollte, aber eines war sicher: Er würde es den drei Idioten heimzahlen.

Er würde auspacken, bei wem auch immer.

Nur noch eine Stunde bis Redaktionsschluss und er hatte noch keine Zeile geschrieben.

Henning von Türk starrte auf seine Unterlagen, aber dadurch passierte auch nichts Unwichtiges in Ostholstein, worüber er berichten konnte. Nun gut, bei seiner Nachbarin war der Autoreifen in der Garage geplatzt, ob er darüber schreiben sollte? Irgendwie geheimnisvoll war das schon. Andererseits war kein Blut geflossen und somit interessierte es kein Schwein.

Henning von Türk war verzweifelt.

Er war so verzweifelt, dass er beinahe das Klingeln an der Tür überhört hätte. Als er es endlich registrierte, sprang er freudig auf. Vielleicht schleppte sich gerade ein Verwundeter mit letzter Kraft und einem Messer im Rücken zu ihm, dem bekannten Reporter der *KLUG-Zeitung*. Er öffnete die Tür und zu seiner Enttäuschung stand dort niemand mit dem Kopf unterm Arm. Nur ein dicker kleiner Junge mit zerfetzter Kleidung. Wieder keine Story. Aus Mitleid fragte Henning von Türk aber immerhin: „Was is'?"

„Ich will auspacken", erwiderte der Junge und das war die Sprache, die der Reporter liebte.

Er zerrte ihn in sein Büro und wenig später wusste er, dass er den Jungen schon einmal gesehen hatte, und dass er nicht nur **eine** Story hatte, sondern **die** Story.

Er war begeistert.

Er bot dem Jungen sogar eine Cola an und hörte sich dessen Geschichte an. War also eine Intrige, ein Verbrechen, was die Bengels mit diesem Erwin angestellt hatten. Das hatte er, Henning von Türk, zwar schon immer vermutet, allerdings hatte er bisher keine Beweise gehabt. Es gab wirklich schlechte Menschen, die Unschuldige verfolgten. Das war seine Rede seit Jahren. Und nun kam dieser kleine, clevere Martin wie so ein richtiger Detektiv und war drei Mitschülern auf die Schliche gekommen.

Nils von Türk hörte gespannt zu, als ihm Martin erzählte, wie er Kai, Kevin und Torsten schon tagelang belauscht und beobachtet hatte, um das Verbrechen aufzuklären. Erst heute hatte er sie zur Rede stellen können und das sei ihm keineswegs gut bekommen.

Nils von Türk war schwer beeindruckt.

Es gab tatsächlich doch noch richtige Helden. Helden, die für die Wahrheit sogar noch Prügel einsteckten.

Er würde Martin lobend in seinem Bericht erwähnen.

Die Überschrift sollte aber Erwin gelten. Die Überschrift war nämlich immer wichtiger als der ganze Bericht. Und die würde riesig sein und auf der ersten Seite stehen! Henning von Türk setzte sich an den Computer, hörte mit halbem Ohr weiter dem dicken Jungen zu und hämmerte bereits die Überschrift in die Tasten: „*Terror-Kind Erwin kein Terror-Kind*".

Eigentlich, dachte er in einem winzigen Moment, war der Begriff Terror-Kind ja nun nicht mehr angebracht. Der Bengel war ja unschuldig und Opfer zugleich. Aber egal. Der Name war einfach gut und die Leute würden die *KLUG-Zeitung* schon alleine wegen dieser Überschrift lesen.

Und sie würden begeistert lesen, dass das Bürschchen alleine mit der riesigen Segelyacht bis fast nach Grönland gesegelt war.

Henning von Türk war stolz und zufrieden.

Er würde der Wahrheit zum Durchbruch verhelfen.

Vor allem würde ihm aber die Titelseite gehören!

Zehn Tage später
Samstag, 10. Juni, Kiel, Olympiahafen

Kapitän Erwin Hansen saß in der Plicht der *SCHWALBE* und atmete tief durch. „Endlich", stöhnte er, „endlich wieder an Bord. Herrliches Segelwetter, heute!"

„Und fast genau so schön ist es", rief sein Enkel begeistert, „dass die Ferien anfangen."

Er packte die letzte Palette Chips in die Backskiste und erst jetzt war er sicher, dass sie nicht verhungern würden. Er hatte keine Ruhe gegeben, bis nicht wirklich jeder Stauraum bis zur Oberkannte mit Lebensmitteln gefüllt war.

„Das wird die Ferien über reichen, Opa", rief er frohlockend und ließ den Deckel der Backskiste mit einem lauten Schnappen ins Schloss fallen. „Übrigens sitzt du auf meinem Platz, Opa."

„Dein Platz?", entgegnete der Kapitän. „Der Platz hier für Gäste, also unter der Spritzpersenning, das ist jetzt mein Platz."

Erwin richtete sich überrascht auf. „Und wo ist mein Platz?"

Der Großvater steckte sich genüsslich eine Pfeife an, zog einmal kräftig daran und blies den Rauch wieder aus. „Dein Platz ist jetzt der Steuerstand. Kannst ja schließlich alles, wie du bewiesen hast." Dabei grinste er so schelmisch, dass sein grauer Bart gefährlich zitterte und die Pfeife beinahe aus dem Mundwinkel fiel.

„Aber du kannst doch auch alles. Bist schließlich wieder fast gesund", entgegnete Erwin.

„Fast", bestätigte der Kapitän, „fast. Seit ich nicht mehr in diesem Lazarett bin, fühl' ich mich auch jeden Tag wohler."

„Wahrscheinlich, weil ich wieder bei dir bin", scherzte Erwin.

„Hauptsächlich deswegen", lachte auch sein Großvater und er hoffte, dass es nicht zu scherzhaft klang.

264

Tatsächlich war er vor einer Woche aus der Klinik entlassen worden und seitdem wohnte er wieder mit seinem Enkel in dem Haus in der Störtebeker Straße. Überhaupt, dachte er, hatte sich in diesen paar Tagen viel ereignet. Seit dem Geständnis von diesem Martin und dem Bericht in der *KLUG-Zeitung* hatten sich die Ereignisse überschlagen. Erwin war am Tage, als die Geschichte die Titelseite zierte, zu ihm ins Krankenhaus gekommen. Zwar stimmte allerhöchstens die Hälfte der Story, aber immerhin hatte sie bewirkt, dass sich Schule und Jugendamt noch am selben Tage bei ihm entschuldigt hatten. Angeblich hatten sie schon immer geahnt, dass Erwin unschuldig gewesen sei. Aber was hätten sie machen sollen?

Erwin durfte natürlich bei seinem Opa bleiben und er durfte auch noch am selben Tage in seine alte Klasse zurückkehren. Das wollte Erwin jedoch auf keinen Fall. Auch nicht, als der Schulleiter persönlich anrief und mitteilte, dass Kai, Torsten, Kevin und auch Martin in vier verschiedene andere Schulen strafversetzt worden waren. Für Kai, weil er schon 14 Jahre alt war, interessierte sich zudem der Staatsanwalt. „Wegen Falschaussage und Vortäuschung einer Straftat", erklärte der Schulleiter.

Trotz allem wollte Erwin nicht wieder in seine alte Schule.

Deshalb freuten sie sich an dem Tag auch besonders, dass sich der Direktor eines Gymnasiums aus der Nähe des Olympiahafens bei ihnen meldete. Er hatte die beeindruckende Geschichte von Erwins Segel-Flucht gelesen und wollte unbedingt, dass der Junge auf seine Schule kam. Er sagte, dass er eine Segelgruppe seiner Schule leitete und stolz wäre, wenn Erwin in der Gruppe als Trainer mitmachen würde.

Natürlich hatte Erwin freudig zugesagt.

Die eine Woche, die er dort war, hatte ihm auch mächtigen Spaß bereitet. Lehrer und Mitschüler waren sehr nett und hilfsbereit und jeder wollte den berühmten Schüler kennen lernen.

So stand also einer entspannten Ferienreise mit dem Boot nichts mehr im Wege.

„Dann leg mal ab, Käpt'n", sagte der Großvater zufrieden. „Bist befördert worden. Motor läuft schon."

„Alleine?", fragte Erwin.

„Alleine", nickte der Großvater. „Hast du doch vor zwei Wochen auch gekonnt."

„Na gut", entgegnete Erwin, ging zum Bug und bereitete die beiden Vorleinen vor. Als das erledigt war, kam er zurück und bemerkte: „Aber wenn ich Käpt´n bin, dann geb' ich doch die Befehle, oder?"

„Nicht so direkt", erwiderte der Großvater lachend. „Ich bin auch befördert worden. Bin jetzt Admiral." Er klopfte sich auf die Schenkel und schüttelte sich vor Lachen. „Nun mach mal ruhig weiter."

Ruhig und konzentriert, wie er das damals gemacht hatte, löste Erwin die Leinen, sprang an den Steuerstand und setzte das Boot in Bewegung. Und wie damals gehorchte ihm die *SCHWALBE* einwandfrei, was seinem Großvater ein zufriedenes Lächeln entlockte.

Während das Boot sich langsam aber sicher der Hafenausfahrt zubewegte, beobachtete der Großvater mit Genugtuung, wie sein Enkel die *SCHWALBE* beherrschte. „Prima", lobte er ihn und vergaß dabei sogar, an seiner Pfeife zu ziehen. Gleich sind wir aus dem Hafen raus und dann liegen sechs Wochen Bootsferien vor uns. Freust du dich?"

„Und ob ich mich freue", jubelte Erwin.

Er freute sich sogar riesig. Auch wenn sie zunächst nicht so besonders weit segeln würden. Nur nach Dänemark. In die Mjels-Bucht.

Aber dort würde ein hübsches, blondes und kluges Mädchen mit einem ziemlich breiten Mund auf sie warten.

Und sie würde ein paar Wochen mit ihnen mitsegeln.

 ENDE

Ein paar Erklärungen

Es gibt Menschen, die behaupten, Segler hätten ihre eigene Sprache. Und wirklich tun einige Segler alles, um dieses Vorurteil zu bestätigen. Wahrscheinlich glauben sie, damit Eindruck zu schinden. Tatsache ist aber, dass um die Begriffe beim Segeln eindeutig zu viel Brimborium gemacht wird. Manche Leute lieben es eben, Kauderwelsch zu sprechen. Wenn das Kauderwelsch noch ein bisschen was hermacht: umso besser.

Sie lernen die Wörter auswendig und schwafeln in der Kneipe gern von der Schlagpütz, in die der Marlspieker ein Leck geschlagen hat und die nun nicht mehr zum Lenzen taugt. Sie könnten natürlich auch sagen: „Im Eimer ist ein Loch." Aber das macht viel weniger Eindruck.

Es sind dieselben Leute, deren Boot nach jedem Bier um zwölf Fuß – nicht etwa drei Meter – größer wird und beim Zahlen der Hafengebühren um vier Meter schrumpft. Du wirst sie auch daran erkennen, dass bei ihnen der Wind um mindestens drei Stärken mehr geblasen hat als auf deinem Boot, dass nebenan gesegelt ist. Und wenn sie gar keinen Wind hatten, dann waren sie mit Sicherheit genau im Auge des Orkans.

Und dann können sie wieder von einer Monstersee schwadronieren, die das Boot vom Kielschwein über die Karweelbeplankung bis zum Jumpstag erschüttert hat, statt einfach zu sagen, dass sie die Hose gestrichen voll hatten.

Aber so was kannst du getrost vergessen.

Und du musst keine Angst haben.

So kompliziert sind die Ausdrücke beim Segeln gar nicht.

Natürlich wirst du einige Begriffe finden, die es nur auf einem Boot gibt oder die mit Wind und Wetter zusammenhängen und die einen eigenen Namen haben. Das ist aber viel weniger kompliziert, als dir oft weisgemacht wird. Oft ist es sogar sehr nützlich. Wie zu Hause auch. Dein Vater wird dich wahrscheinlich nicht bitten, ihm eine Flasche mit diesem goldgelben Getränk zu holen, das immer so schön weiß schäumt, wenn

269

man es ins Glas gießt. Er wird wohl einfach sagen: „Hol mir doch bitte mal eine Flasche **Bier.**"

Wenn Dinge einen Namen haben, ist einiges viel leichter.

So ist es an Bord auch.

Allerdings musst du die Sache auch nicht übertrieben ernst nehmen.

Nehmen wir ein Beispiel: Steuerbord ist rechts, und zwar vom Boot aus nach vorne gesehen. Wenn du nun sagst, dass sich da vorne rechts ein aufgetauchtes Unterseeboot nähert, so wird das der Steuermann auch verstehen. Es ist vielleicht nicht ganz korrekt, aber für den Anfang ist es bestimmt in Ordnung, und der Steuermann wird dir danken.

In diesem Buch kommen auch einige Ausdrücke vor, die du vielleicht noch nicht kennst.

Deshalb werden sie dir auf den nächsten Seiten erklärt.

Dabei fange ich mit den beiden wichtigsten Begriffen an.

Weil Segeln ohne Wind nicht denkbar ist, sind **Luv** und **Lee** sozusagen das A und O des Segelns.

Danach geht es dann alphabetisch weiter.

Du liest die nächsten Seiten besser nicht an einem Stück. Benutze sie wie ein Wörterbuch. Immer, wenn im Buch etwas auftaucht, was dir spanisch vorkommt, dann kannst du es hier nachlesen. Sicherlich wirst du danach nicht alles übers Segeln wissen; aber du wirst zumindest bei einigen Dingen besser durchblicken und dir erklären können, was Erwin mit dem Boot angestellt hat.

Luv & Lee

Beim Leben an Land ist Luv und Lee nicht so wichtig.
Wenn Erwin zu Hause im Garten hilft, ist es ihm egal, wie viel Wind
weht und woher er kommt

Manchmal jedenfalls!

Wichtig ist ihm, dass es nicht regnet.

Auf See ist das anders.

Regen und Sonne interessieren den Seemann weniger.

Wichtig ist der Wind: wie stark er weht und woher er kommt.

Luv ist die Richtung, aus der der Wind kommt.

Dies ist deshalb so wichtig zu wissen, weil ein Segelschiff leider nie
genau gegen den Wind – also nach Luv – segeln kann.

Die andere Seite, wohin der Wind weht, heißt Lee.

Wir können mit verschiedenen Methoden feststellen, wo Luv und Lee ist

271

Wenn du auf dem Deich bist und der Wind kommt von See, dann ist dort Luv.
Die Seite, wo du und deine Haare hinfliegen ist Lee.

Hier pinkelt Erwin gegen den Wind. Also nach Luv.
Darauf ruht kein Segen.

Und hier saß Erwin in seinem Boot auf der Lee-Seite.

Auch darauf ruhte kein Segen. Man sollte also tunlichst auf der Luv-Seite sitzen, um nicht im Wasser zu landen.

Wenn man mit seinem Boot nach **Luv** segelt – also in Richtung zum Wind – nennt man das **ANLUVEN**.

Wenn man – wie das rechte Boot – vom Wind wegsegelt, heißt das **ABFALLEN**.

Das ist auch wichtig

Erklärungen nach dem Alphabet

abfallen: Vom Wind wegsegeln (siehe **Luv & Lee**)

achtern: Hinten am Boot, am Heck.

achteraus: Nach hinten fahren, zurück. Etwas befindet sich achteraus: hinter dem Boot.

Achterleine: siehe Spring

Anker: Mit dem Anker ankert man, wie du dir wahrscheinlich schon gedacht hast. Der Anker ist ein Gegenstand, meistens aus Eisen, der mit einer Kette am Boot befestigt ist. Den Anker lässt man mitsamt der Kette in flachem Gewässer auf den Meeresgrund fallen. Der Anker sieht meistens „krallenartig" aus. Mit dieser „Kralle" gräbt er sich in den Boden ein und hält das Boot fest. Das Boot kann sich dann nur noch in einem Kreis bewegen, der im Halbkreis etwa so lang wie die Ankerkette ist. Der gängigste Anker ist heute der Pflugscharanker (Zeichnung). Hat den Vorteil, dass er sich wegen seiner Spitze gut eingräbt. Hat den Nachteil, dass er wegen seiner Form genau das macht, wozu der Bauer die Form vor Jahrhunderten erfunden hat: er pflügt bei viel Wind gerne durch den Meeresgrund und das Boot treibt ab. Deshalb empfiehlt es sich, bei viel Wind Ankerwache zu halten und aufzupassen, dass der Anker sich nicht herausgerissen hat und das Boot nicht abtreibt.

Ankerkette: Die Kette, die den Anker mit dem Boot verbindet. Am äußeren Ende ist der Anker befestigt, wogegen das andere Ende der Kette meistens unter Deck, im Kettenkasten, verschraubt ist; und zwar richtig fest verschraubt. Falls das nicht der Fall ist, reißt die Kette ab, der Anker und die Kette bleiben auf Nimmerwiedersehen auf dem Meeresgrund liegen und das Boot treibt an Land und strandet – keine schöne Vorstellung. Möglich ist auch, eine Ankerleine zu benutzen. Die Kette hat jedoch zwei entscheidende Vorteile: erstens ist sie stabiler als eine Leine und scheuert nicht durch und zweitens ist sie schwerer und hält durch ihr Gewicht den Anker möglichst in einer waagerechten Lage (was dazu beiträgt, dass er nicht aus dem Meeresgrund ausgerissen wird).

Ankerwinsch (Ankerwinde): Die Ankerwinsch ist fest auf dem Vorschiff verankert. Weil es (besonders bei viel Wind) furchtbar schwer ist, die Ankerkette mit der bloßen Hand dicht zu holen und den Anker an Bord zu ziehen, nimmt man die Winsch zu Hilfe. Heute funktioniert sie oft elektrisch. Falls sie funktioniert, ist das die einfachste Methode, den Anker hoch zu ziehen: ein Knopfdruck und ein wenig Aufmerksamkeit genügen. Andernfalls benutzt man einen Eisenhebel, mit dem man die Winde durch eigene Körperkraft betätigt.

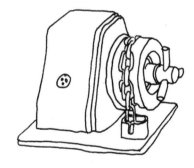

anluven: In Richtung des Windes segeln (siehe **Luv & Lee**).

aufschießen: Wenn wir eine Leine ordentlich zusammenlegen, dann schießen wir sie auf. Das ist nicht nur wichtig, weil es schöner aussieht, sondern aus rein praktischen Gründen unerlässlich. Im Notfall müssen wir nämlich die Leine unter allen Umständen sofort benutzen können. Angenommen, du willst eine Schleppleine zu einem anderen Boot überwerfen – wobei das eine Ende an deinem Boot belegt ist – dann darf es nicht sein, dass du erst einen vertüdelten Haufen Tauwerk umständlich entflechten musst, während dein Boot auf Land zutreibt.

Augspleiß: Das Ende von einem Tau wird so zurückgeflochten, dass eine feste Schlaufe entsteht, die mit viel Phantasie wie ein Auge aussieht. Dieses Auge zieht sich nicht zu und kann über einen Haken gelegt werden (zum Abschleppen) oder man kann damit leicht andere Leinen verbinden.

Autopilot: Automatische Selbststeuerlanlage. Die gängigsten arbeiten mit Windfahne oder elektrisch. Die Windfahnen-Selbststeuer-Anlage arbeitet nur, wenn der Wind weht und das Boot segelt. Die Windfahne wird festgestellt, und das Boot segelt dann immer in diesem eingestellten Winkel zum Wind. Der elektrische Autopilot arbeitet sowohl unter Segeln als auch unter Motor. Man stellt den gewünschten Kurs ein und der Autopilot hält diesen Kurs und macht dabei den Steuermann mehr oder weniger überflüssig. Du kannst dich ein wenig ausruhen und der elektrische Steuermann hält stur den Kurs und merkt nicht einmal, wenn der Wind dreht oder wenn sich direkt vor ihm eine Insel befindet.

Backbord: Vom Boot aus nach vorne gesehen links.

276

Backskiste: Ein großes Fach oder ein Stauraum, der von oben mit einer Klappe versehen ist. Darin kann man Dinge, die man an Bord braucht oder auch nicht braucht, lagern. Das Problem ist meistens, dass die Dinger so groß sind, dass man später oft gar nicht mehr weiss, was unten liegt.

Baum: Er ist am Mast befestigt und dient dazu, die Unterkante des Großsegels zu halten (siehe Bild **Ketsch**, Nr. 9)

belegen: Eine Leine an einer Klampe oder an einem Poller befestigen. Und zwar so, dass sie unter allen Umständen hält, aber im Notfall auch wieder schnell gelöst werden kann.

Beleuchtung: Ein Auto hat nachts auch Lichter, damit es von anderen gesehen wird, hauptsächlich aber starke Scheinwerfer, damit wir selbst die Straße erkennen können. Bei einem Boot ist das anders. Es hat auch in dunkelster Nacht keine Scheinwerfer, um die See voraus zu erkennen. Wenn der Mond nicht scheint, segeln wir nachts praktisch immer in ein dunkles Loch hinein. Ein Boot hat nur Lichter, damit andere Bootsbesatzungen das Boot sehen. An Backbord ein rotes Licht, an Steuerbord ein grünes Licht und am Heck ein weißes. So erkennt man schon aus großer Entfernung, von welcher Seite sich ein Boot nähert oder ob es sich (wenn wir es von hinten sehen) entfernt. Zusätzlich führt ein Segelboot noch ein weißes Licht am Mast, das nach vorne gerichtet ist, wenn wir nicht segeln, sondern mit dem Motor fahren.

277

Bilge: Die tiefste Stelle im Boot. In ihr wird eindringendes Seewasser oder Schwitzwasser gesammelt. Auch unter dem Motor befindet sich eine Bilge, in der auslaufendes Öl oder Treibstoff aufgefangen wird.

Bug: Der vorderste Teil des Bootes

Bugkorb: Ein kanzelförmiges Metallgitter, das in etwa die Funktion hat wie ein Zaun oder ein Gitter an einem Balkon im 5. Stock und auch ein wenig so aussieht. Man kann sich daran festhalten und fällt nicht über Bord. Der Bugkorb ist besonders wichtig, wenn man bei schwerer See ein Segel wechseln muss.

Chief: Der leitende Ingenieur auf einem Seeschiff.

Echolot: Ein Gerät, mit dem die Wassertiefe gemessen wird. Das Echolot sendet vom Menschen nicht hörbare Signale in die Tiefe. Danach fängt es das Echo dieser Signale wieder auf. Logisch, dass auf dem Ozean bei tiefer See dass Signal sehr lange braucht, bis es auf dem Meeresgrund angelangt ist und als Echo wieder zurück kommt. Jedenfalls viel länger als nahe an der Küste. Das Echolot sendet nun nicht nur die Signale aus, sondern misst gleichzeitig die Zeit zwischen Signal und Echo. So rechnet es die Wassertiefe aus. Schließlich sendet das Echolot sogar noch diese Zahl auf ein Anzeigegerät, dass normalerweise vom Steuerstand aus zu lesen ist.

Einhandsegler: Jemand, der ein größeres Boot alleine segelt. Obwohl er natürlich zwei Hände hat, nennt man ihn so. Weil auf ihn die alte Seefahrerregel besonders zutrifft: „Eine Hand für den Menschen, eine Hand für das Boot". Vor allem, wenn jemand alleine an Bord ist, muss er sich nämlich immer mit einer Hand festhalten. Die Folge: Er hat für das Boot nur noch die andere Hand zur Verfügung.

278

Fall: Die Leine, die beim Segelsetzen dazu dient, ein Segel nach oben, also in die Höhe zu ziehen. Besteht aus Tauwerk oder oft auch aus einem Draht, der mit einem Tau verbunden ist.

Fender: Ein mit Luft stramm aufgepumpter Plastikkörper, normalerweise in Ball- oder Wurstform. Sieht aus und fühlt sich fast an wie ein Hüpfball. Der Fender wird mit einer Leine an die Seiten des Bootes gehängt, um die Bootswand zu schützen, wenn man zum Beispiel neben einem anderen Boot oder an einer Kaimauer liegt. Fender sind deshalb wichtig, weil ein Boot sich beim Anlegen nur in den allerseltensten Fällen genau geradeaus bewegt, sondern fast immer ein wenig zur Seite driftet; anders als bei einem Auto, das nicht vom Wind beeinflusst wird und das man zentimetergenau neben ein anderes einparken kann. Obwohl für so manche Autofahrer Fender gar nicht so übel wären. Beim Boot jedoch ist es ganz normal, dass es ein wenig seitlich driftet und dass man andere Boote (hoffentlich ebenfalls mit Fendern versehen) berührt.

fieren: Eine Leine langsam lockern oder nachlassen. Das Gegenteil von dichtholen.

Fjord: Dänisch für Bucht oder Förde

Gastlandflagge: Jedes Boot führt am Heck eine Nationalflagge. Wenn du mit einem deutschen Boot zum Beispiel nach Dänemark segelst, hat dein Boot am Heck die deutsche Flagge. Zusätzlich setzt du aus Gründen der Seemannschaft und der Höflichkeit noch eine kleine dänische Flagge an einer Leine unterhalb der Saling. Wenn du nach Schweden segelst, setzt du natürlich eine schwedische Flagge und in Finnland eine finnische.

Glockentonne: (siehe **Untiefentonne**) Die Glockentonne ist, wie der Name sagt, mit einer Glocke ausgerüstet. Die Glocke läutet im Seegang. Hat den Vorteil, dass man sich an ihr selbst im dicksten Nebel nach Gehör orientieren kann. Wenn man sie zum ersten Mal im pottendichten Nebel hört und nicht sieht, fragt man sich unwillkürlich, wie eine Kirche aufs Meer kommt.

GPS: Abkürzung für „global positioning system". Auf einer fest vermessenen Erdumlaufbahn befinden sich Satelliten, die ständig Signale aussenden. Anhand dieser Signale errechnet ein kleiner Empfänger an Bord die aktuelle Position, und zwar normalerweise auf etwa 100 m genau.

Großbaum: Dient zum Ausstrecken des Großsegels (siehe Zeichnung **Ketsch**).

Großschot: Eine Leine, womit das Großsegel dichter geholt oder gefiert wird (siehe Zeichnung **Ketsch**).

Hafenhandbuch: Eine Beschreibung der Küsten und ihrer Häfen und meistens mit genauen Hafenplänen und manchmal sogar mit Luftbildern.

Heck: Der hinterste Teil des Bootes. Gegenteil: **Bug.**

Heckkorb: Siehe Beschreibung **Bugkorb**, nur eben am hinteren Teil des Bootes.

Hundekoje: Schmale Koje im Inneren des Bootes, zwischen Bordwand und Plicht eingebaut, in die man vom Kopfende hineinkriecht wie in eine Röhre. Ist sehr gemütlich und befindet sich meistens hinter dem Navigationsplatz. Gewöhnlich ist die Hundekoje nicht für den Bordhund, sondern für den Navigator bestimmt, damit er schnell an seinen Arbeitsplatz gelangt.

in den Wind gehen: Das Boot so steuern, dass der Wind genau von vorne kommt. Wird gemacht, damit die Segel killen (flattern) und sich kein Winddruck mehr im Segel befindet. So ist es (leichter) möglich, die Segel herunterzuholen oder einzurollen.

Ketsch: Segelboot mit zwei Masten, wobei der hintere (achtere) Mast kürzer als der vordere ist. Der hintere Mast, der Besanmast, steht dabei vor dem Ruder.

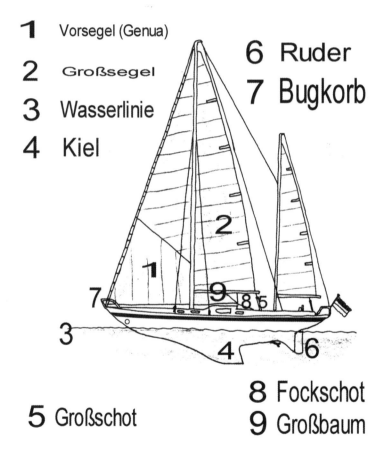

1 Vorsegel (Genua)
2 Großsegel
3 Wasserlinie
4 Kiel
5 Großschot
6 Ruder
7 Bugkorb
8 Fockschot
9 Großbaum

Kielschwein: Keine Angst – das ist kein Tier und grunzt nicht. Es ist besonders bei Holzbooten eine Verstärkung des Kiels. In der Regel handelt es sich um einen kräftigen Balken, der längs (von vorne nach hinten) im Kiel eingebaut ist, um zum Beispiel den Druck vom Mast auf eine längere Fläche zu verteilen.

Kielwasser: Hinter sich (achtern) lässt das Boot eine Spur verwirbelten Wassers. Daran kann man zum Beispiel erkennen, wie gerade man den Kurs gehalten hat. Die Länge der Spur ist davon abhängig, ob die See rauh oder ruhig ist. Und davon, wie groß das Boot ist. Bei ruhiger See kann man das Kielwasser eines Dampfers mehrere Meilen weit feststellen.

Klampe: Darauf **belegt** man eine Leine.

Knoten: Als Knoten bezeichnen wir zwei Dinge: Erstens natürlich die Knoten, die wir in Taue binden und mit denen wir beispielsweise das Boot festmachen.

Zweitens messen wir aber auch die Geschwindigkeit des Bootes in Knoten. Und zwar ist ein Knoten eine Seemeile pro Stunde. Wenn das Boot also beispielsweise eine Geschwindigkeit von fünf Knoten macht, dann segelt es fünf Seemeilen pro Stunde.

Kompass: Das wichtigste Gerät für die Navigation, also für die Standortbestimmung. Wir können damit die Himmelsrichtung bestimmen und die Richtung erkennen, in die wir segeln. Die Kompassrose auf einem Boot ist beweglich und eine kleine Spitze oder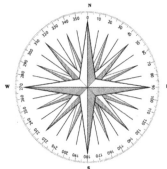

282

ein markierter Punkt dreht sich immer in Richtung des magnetischen Nordpols. Entsprechend können wir dann ablesen, wo Osten, Süden und Westen ist. Norden ist 0° oder 360°, Osten 90°, Süden 180° und Westen 270°.

Beim Kompass bezeichnet man *Ost* immer mit *E*, für das englische *East*, damit man das *O* nicht mit der Zahl *Null (0)* verwechselt

Krängung, krängen: So nennt man es, wenn sich ein Boot zur Seite neigt.

Kurs: Die Richtung, in die ein Boot steuert, z.b. Kurs 180° ist Süd.

Landabdeckung: Wenn das Boot in der Nähe von Land segelt und der Wind aus der Richtung dieses Landes kommt, verringert er sich manchmal durch Bäume, Deiche oder Häuser (weil sie sich zwischen Boot und Wind befinden). Dann segelt das Boot in Landabdeckung. Das ist etwa so, als würdest du dich bei einem Sturm hinter eine Hauswand stellen. Dann ist der Wind immer noch da, aber du spürst ihn nicht.

Längen- und Breitengrad: Längengrade sind künstliche Linien, die die Erde von Pol zu Pol, also vom Nordpol zum Südpol, unterteilen. Der Längengrad O° ist der Greenwich-Längengrad, der durch den Londoner Vorort Greenwich „läuft". Längengrade sind alle gleich lang. Breitengrade sind die Linien, die man auf dem Globus der Breite nach eingezeichnet hat. Der längste Breitengrad ist der Äquator (etwa 42.000 Km oder 26.000 Seemeilen). Die anderen Breitengrade nach Nord (nördliche Breite) und nach Süd (südliche Breite) werden allmählich immer kürzer, bis sie am Nord- oder Südpol theoretisch nur noch aus einem Punkt bestehen.

längsseits: Entlang der Seite. Wenn ein Boot längsseits festmacht, liegt es mit der Seite an einem anderen Boot oder zum Beispiel an einer Kaimauer.

Leck: Undichte Stelle im Rumpf, im schlimmsten Falle ein Loch.

Lee: Siehe Kapitel **Luv und Lee**.

lenzen: Pumpen. Zum Beispiel Wasser aus dem Schiff pumpen, oder auch schöpfen. Manchmal wirst du sogar hören, dass Leute behaupten, sie würden eine Flasche Bier lenzen. So drücken sie sich aus, damit keiner auf die Schnapsidee kommen kann, sie wären Landratten.

Lenzpumpe: Eine Pumpe zum Lenzen. Da „lenzen" dasselbe bedeutet wie „pumpen", ist es wörtlich genommen eine „Pumppumpe". Eine Pumpe dieser Art befindet sich meistens in der Plicht des Bootes oder im Bootsinneren. Sie dient dazu, bei Wassereinbrüchen das Wasser aus dem Boot zu pumpen. Aus diesem Grunde ist sie eines der wichtigsten Geräte an Bord. Und aus diesem Grunde muss der Boden der Kajüte oder der Plicht auch immer peinlich sauber gehalten werden. Manch ein Boot ist schon gesunken, weil ein achtlos weggeworfenes Kaugummipapier die Lenzpumpe verstopft hat. Und dann nützt die beste Pumpe nichts mehr. Viele Boote haben heute elektrische Lenzpumpen.

Leuchtturm: Seezeichen, das an Land steht oder im flacheren Küstengewässer. Bei Tage dient der Leuchtturm als Landmarke zur Positionsbestimmung. Das bedeutet: Im Handbuch oder sogar auf manchen Seekarten ist der Leuchtturm abgebildet und wenn wir ihn dann erkennen, wissen wir, wo wir sind. Bei Nacht strahlt der Leuchtturm ein weit reichendes Licht aus, dessen Farbe (weiß, rot oder grün) und Erkennungsmerkmal (Blitzlicht oder Blinklicht usw.) in der Seekarte vermerkt ist. Wenn wir also nachts von See kommen und weit voraus ein weißes Licht zum Beispiel alle 6 Sekunden dreimal blinken sehen, schauen wir in der Seekarte nach. Und wenn wir dann sehen, dass der Leuchtturm Kiel genauso blinken muss, dann wissen wir glücksstrahlend, dass wir auf dem richtigen Weg sind.

Leuchttürme gehören zu den schönsten Gebäuden, die es gibt.
Und zu den nützlichsten.
Der *Leuchtturm Kiel* steht in der Einfahrt zur Kieler Förde.
Die Seekarte sagt uns, dass er alle 6 Sekunden weiß, rot oder grün blinkt
und 19 Seemeilen weit scheint.

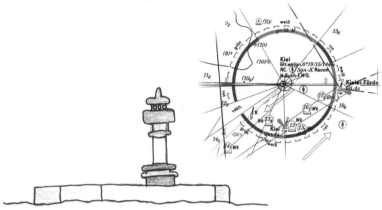

Einer der schönsten deutschen Leuchttürme ist das Leuchtfeuer
Westerheversand an der Nordseeküste in Schleswig-Holstein. Er steht an
Land und scheint 21 Seemeilen weit.

Der Leuchtturm *Alte Weser* in der
Wesermündung scheint sogar
23 Seemeilen weit, weil der Leuchtturm
38 Meter hoch ist.

Die Reichweite eines Leuchtfeuers richtet sich nicht in erster Linie nach
der Stärke der Lampe, sondern danach, wie hoch der Leuchtturm steht.

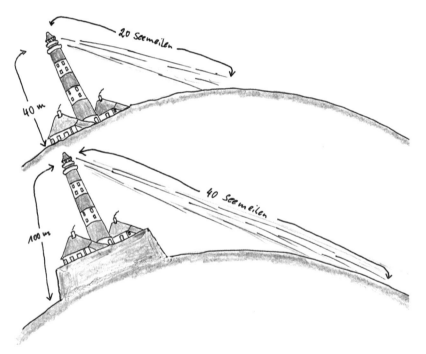

Wenn er höher steht, überlistet er damit gewissermaßen die
Erdkrümmung. Einer der höchsten Leuchttürme Europas steht an der

südwestlichsten Spitze unseres
Erdteils, nämlich am Kap San
Vincente in Portugal. Er steht
auf einem Felsen auf 86 Meter
Höhe und scheint deshalb
32 Seemeilen weit.

Lichter: siehe **Beleuchtung**

Lifebelt / Sicherheitsgurt: An einem Gürtel, der (wie ein Rucksackgurt
oder ein Fallschirmgurt) sowohl um die Schultern als auch um die Brust
geführt wird, wird vorne eine starke Leine eingehakt. Diese Leine hat am
anderen Ende einen weiteren Haken, meistens einen Karabinerhaken, den
wir an einem festen Gegenstand an Deck einhaken. Dies verhindert, dass
wir bei schwerer See über Bord fallen.

Logge (oder Log): Ein Gerät, mit dem die Geschwindigkeit des Bootes
gemessen wird. Es gibt sehr viele verschiedene Arten einer Logge.
Meistens befindet sich unter dem Rumpf des Bootes ein Gerät mit drei
kleinen, fingernagelgroßen Paddeln, die sich bei Fahrt des Bootes drehen.
Wenn das Boot langsam segelt, drehen sie sich langsam, wenn es schneller
segelt, drehen sie sich schneller. Diese Drehimpulse werden auf einem
elektrischen Gerät an Deck in Geschwindigkeit umgerechnet und angezeigt. Oft wird auch die Distanz (die zurückgelegte Strecke) angezeigt.

Luv: siehe Kapitel **Luv & Lee**

Mann-über-Bord-Manöver: (heißt traditionell so, auch wenn wir eine
Frau retten) Wenn während des Segelns jemand über Bord fällt, werden
wir das Boot möglichst schnell zurückbewegen, um den Pechvogel zu

retten. Am besten birgt man schnell die Segel und fährt unter Motor den schnellsten und direktesten Weg zum Unglücksort. Allerdings ist es wichtig, dass man es beherrscht, auch nur unter Segeln zum Unglücksraben zu gelangen; denn erstens kann der Motor ausfallen und zweitens haben gar nicht alle Segelboote einen Motor. Ein Mann-über-Bord-Manöver ist deshalb ziemlich schwierig, weil ein Segelboot nicht genau gegen den Wind segelt. Wir müssen aber trotzdem, und zwar möglichst schnell, zu dem frierenden Schwimmer segeln. Und schließlich müssen wir auch noch bei viel Wind – weil normalerweise nur bei viel Wind Menschen über Bord fallen – genau vor ihm zum Stehen kommen und ihn möglichst heile an Bord ziehen.

Der ganze Vorgang ist eine schwierige Angelegenheit, die immer und immer wieder geübt werden muss. Immerhin muss das Manöver auch bei schwerer See und in der Nacht klappen.

Mastspitze: Oberes Ende vom Mast. Auf der Mastspitze befindet sich gewöhnlich der Windanzeiger (der Verklicker), ein pfeilartiger Metallgegenstand, der sich in den Wind dreht und uns damit die Windrichtung anzeigt. Oft ist auf der Mastspitze auch ein elektronischer Windmesser angebracht, der die Windstärke auf ein Gerät an Deck überträgt.

Mast- und Schotbruch: Einem Segler wünschen wir Mast- und Schotbruch. Das ist durchaus gut gemeint. Eine Redewendung wie bei Landratten, die sich Hals- und Beinbruch wünschen.

Nationalflagge: Zur Seemannschaft gehört es, dass an einem Boot die Nationalflagge des eigenen Landes (an einem Flaggenstock befestigt) am Heck gesetzt wird. Bei einer Ketsch zum Beispiel kann die Nationalflagge auch auf dem hinteren Mast befestigt sein. Der Platz ist nicht ganz so wichtig. Die Hauptsache ist, dass sich achtern eine Nationalflagge befindet.

Navigation: Das ist alles, was man auf dem Boot macht, um den Standort festzustellen. Dazu gehört aber auch zum Beispiel, dass man den Kurs zum nächsten Hafen, also die Richtung, in der das Boot segeln soll, ausrechnet. Den Standort kann man durch verschiedene Arten feststellen. Meistens muss man dabei rechnen und den Kurs in die Seekarte einzeichen. Die einfachste und angenehmste Art der Navigation ist die sogenannte „Augapfelnavigation" in Landnähe. Das heißt, wir beobachten mit unseren Augen. Wenn wir Steuerbord voraus den Kölner Dom erkennen, so ist das Navigation durch Beobachtung. Wir wissen dann, dass wir auf dem Rhein sind. Wenn wir ausgerechnet haben, dass voraus Helgoland liegen müsste, dann wissen wir spätestens jetzt, dass wir ziemlich weit vom Kurs abgekommen sind und dass mit unserer Navigation einiges nicht stimmt.

Niedergang: Die Stufen, die von der Plicht in die Kajüte, in den Innenraum des Bootes, führen.

Optimist: Kleines Ausbildungssegelboot für Kinder

Plicht, Cockpit: Der Arbeitsraum der Besatzung außerhalb der Kajüte. Befindet sich auf einer Segelyacht meistens hinten an Deck. Also im hinteren Teil des Bootes. Hier sind auch Ruder oder Pinne befestigt und von dort aus können die Segel bedient werden. Die Plicht liegt meistens ein wenig tiefer als das übrige Deck. An den beiden Seiten der Plicht gibt es sitzbankähnliche Erhöhungen, die Sitzgelegenheiten der Mannschaft. Unter diesen Bänken befindet sich oft noch Stauraum in Backskisten.

Poller: Ein fest verankerter, pfahlähnlicher kurzer Pfosten aus Holz oder Stahl, der vorwiegend auf Kaimauern steht. Daran können Leinen befestigt werden, mit denen Schiffe festgemacht werden. Manchmal gibt es auch Poller auf (größeren) Booten.

Reling: Siehe Seereling

reffen / Rollreff: Das Verkleinern des Segels. Das ist leider bei viel Wind nötig und macht manchmal eine Menge Arbeit. Aber es muss sein, damit der Wind das Boot nicht auf die Seite drückt oder etwa den Mast knickt oder die Segel zerreißt. Da es bei schwerer See – besonders nachts – gefährlich ist, auf dem Vorschiff zu arbeiten und die Segel zu wechseln oder zu verkleinern, setzen sich mehr und mehr Rollsegel durch, sowohl beim Vorsegel als auch beim Großsegel. Dabei werden die Segel je nach Bedarf und Windstärke ähnlich wie beim Rollo eingerollt und wieder entrollt.

Regatta: Wettfahrt mit Booten

Riemen: Die Paddel vom Beiboot. Du kannst sagen, du ruderst mit dem Paddel, was durchaus richtig ist. Ganz Gewiefte sagen, sie pullen (vom Englischen to pull = ziehen) mit den Riemen. Ist dasselbe, aber hört sich nach Mehr an.

Ruder (Pinne / Rad): Bezeichnung für die gesamte Steueranlage am Boot. Unter dem Heck befindet sich das Ruder, eine Holz- oder Metall- oder Kunststoffplatte in Form eines Brettes. Dies hängt unter dem hinteren Teil vom Rumpf, senkrecht mit den schmalen Seiten nach vorne und hinten. Am Boot ist es mit einer stabilen Achse befestigt, die im Rumpf verankert ist. Diese Achse wiederum und damit das Ruder unter der Wasserlinie wird mit Hilfe einer Pinne (gewissermaßen einer Holzstange) oder eines Ruderrades bewegt. Dieses Steuerrad oder Ruderrad nennt man in der Umgangssprache auch oft Ruder. Es sieht ähnlich aus wie das Steuerrad eines Autos und hat auch eine ähnliche Funktion.

Rumpf: Der Bootskörper. Sowohl das Unterwasserschiff, das man gewöhnlich nicht sieht, als auch der gesamte Teil, der von außen zu sehen ist.

Saling: Im oberen Bereich des Mastes befindet sich die Saling. Das sind zwei kräftige Holz- oder Aluminiumstangen, die vom Mast aus zu beiden Seiten die Wanten abspreizen. Die Wanten sind kräftige Drähte, die den Mast halten. Sie sind vom Bootsrumpf bis zur Mastspitze gespannt.

Schapp: Ein kleines Staufach an Bord, zum Beispiel ein Schubfach.

Schiebeluk: Ein Luk (ein Verschluss, eine Tür) auf dem Niedergang, dass sich durch Schieben öffnen und schließen lässt (siehe Zeichnung **Spritzpersenning**).

Schifffahrtsweg: Ein meistens durch **Betonnung (Tonnen)** bezeichneter und in der Seekarte ausgewiesener Streifen auf See, der von großen Schiffen benutzt wird.

Schot (Genuaschot / Großschot): Die Leine, die am hinteren Ende des Segels befestigt ist, damit wir es dichtholen oder fieren können. Die Schot für das Großsegel heißt Großschot, die für das Vorsegel (wird je nach Größe auch Genua oder Fock genannt) heißt entsprechend Genuaschot oder Fockschot (siehe Zeichnung **Ketsch**).

Schwalbennest: Kleiner Stauraum in der Kajüte oder der Plicht, der ähnlich wie ein Schwalbennest in der Natur nur eine kleine Öffnung hat, damit Dinge nicht herausfallen.

Schwell: Kurze, manchmal auch gleichzeitig hohe Wellen, die durch die Bugwelle oder die Heckwelle eines schnell fahrenden Schiffes entstehen. Auch Wellen, die infolge eines Sturmes zum Beispiel in den Hafen laufen.

Seekarte: Eine geographische Karte vom Seeraum. Landflächen sind dort nur am Rande eingetragen. Weil es auf dem Meer keine Wegweiser gibt, sind Seekarten außerordentlich wichtig für die Navigation, also für die Standortbestimmung. Außerdem sind darin Wassertiefen, Untiefen (Felsen usw), Leuchttürme und andere Seezeichen, die Beschaffenheit des Meeresgrundes und überhaupt alle Angaben vermerkt, die für die Navigation wichtig sind.

Seemannschaft: Das ist ein Sammelbegriff für alle Kenntnisse und Fertigkeiten, die man zum Führen eines Bootes braucht. Gute Seemannschaft sollte selbstverständlich sein. Gute Seemannschaft sind aber auch die „Kleinigkeiten", die im Umgang mit anderen Wassersportlern oder in fremden Häfen den Alltag bestimmen. Dazu gehört zum Beispiel Höflichkeit und dass man in ausländischen Häfen oder Gewässern andere Sitten respektiert. Schlechte Seemannschaft gibt es leider auch. Die ist – wie sollte es anders sein –, das Gegenteil von guter Seemannschaft. Unhöflichkeit und Rücksichtslosigkeit sind eines Seglers unwürdig und schlechte Seemannschaft. Du wirst manchmal erleben, dass Segler im vollen Hafen verhindern wollen, dass ein anderes Boot an ihrem Schiff längsseits festmacht: Das ist ganz schlechte Seemannschaft. Diese Leute sind aber keine richtigen Seeleute, sondern ungebildete Wasserrüpel, die einfach kein Benehmen haben.

Seemeile: Auf See wird die Entfernung in Seemeilen berechnet. Umgerechnet ist eine Meile 1,853 Km. Aber das ist nicht wichtig auf See, weil Entfernungen, Geschwindigkeit und selbst die Windgeschwindigkeit in Seemeilen oder Knoten (1 sm pro Stunde) berechnet werden. Die Seemeile ist eine uralte Maßeinheit, die sich nach dem Erdumfang und der Erddrehung berechnet: Der Erdumfang ist 360°. Eine Erdumdrehung dauert 24 Stunden. Das bedeutet: eine Stunde ist 360° : 24 Stunden = 15° (was auch heißt, dass es alle 15° eine andere Zeitzone gibt). Die Strecke, die sich die Erde am Äquator in einer Stunde dreht (um 15°), entspricht einer Strecke von 900 Seemeilen. 1° ist dann 900 Meilen : 15, und das sind 60 Meilen. Wir können uns also merken: 1° am Äquator sind 60 Seemeilen. Die Breitengrade werden bekanntlich zum Nordpol und zum Südpol immer kürzer. Bei den Längengraden, die die Erde senkrecht gewissermaßen unterteilen, ist das nicht der Fall. Sie sind alle gleich lang. Und sie sind alle so lang wie der Äquator. Deshalb misst man auf der Seekarte die Seemeilen immer an den Längengraden (Meridianen) ab. Und auch hier gilt: 1° entspricht 60 Meilen.

Seenotmittel: Auf einem Boot gibt man jede Menge Geld aus für Dinge, von denen man hofft, dass man sie niemals braucht. Dazu gehören in erster Linie die Seenotmittel. Sie benutzt man, wenn man in akuter Seenot ist, also wenn das Boot zu sinken droht. Dazu gehören vor allem Leucht-raketen, die abgeschossen werden, damit man auch bei Nacht von weit entfernten Menschen gesehen wird. Dann gibt es aber auch noch Seenot-Funkbojen, Notsender und eine ganze Menge anderer Rettungsmittel. Im weitesten Sinne gehört dazu auch ein Signalhorn. Normalerweise benutzt man es, um anderen Booten zum Beispiel eine Richtungsänderung mitzu-teilen. So bedeuten etwa drei kurze Töne, dass dein Boot rückwärts (achteraus) fährt oder fahren will. Wenn du in Seenot geraten solltest, und sich Menschen in der Nähe befinden, die dein Signal hören können, kannst du mit dem Signalhorn auch das bekannte Signal S-O-S geben. Das sind drei kurze Töne, drei lange und wieder drei kurze.

Seereling: Zwischen dem Bugkorb und dem Heckkorb sind, ähnlich wie bei einem Zaun an Land, Drähte an der äußersten Seite vom Deck gespannt. Manche Leute nennen die Seereling auch Seezaun, und das sagt genau das aus, was sie ist. Die Seereling soll verhindern, dass jemand seitlich über Bord fällt. Ähnlich wie das bei einem Treppengeländer in einer Wohnung ist. Die Seereling ist so konstruiert, dass sie etwas auffangen soll, das vom Boot aus nach außen stürzen will. Sie ist dagegen nicht dafür konstruiert, dass sie Druck von außen nach innen auffängt. Manche Segler wissen das aber nicht. Bei ihnen hat sich die dumme Unsitte eingebürgert, wie wild von außen an der Seereling fremder Boote zu drücken und zu zerren, wenn sie bei ihnen längsseits festmachen wollen. Das ist ganz schlechte Seemannschaft.

Segel: Ein Boot mit einem Mast hat gewöhnlich zwei Segel. Ein Segel wird an der hinteren Seite vom Mast hochgezogen. Das ist das Großsegel. Es heißt zwar Großsegel, ist aber in der Regel ein wenig kleiner als das zweite Segel, das Vorsegel. Dieses Vorsegel wird an einem Draht, der vom vordersten Ende am Bug bis zum Mast gespannt ist (Vorstag) hochgezogen. Vorsegel wechselt man je nach Windstärke aus. Bei wenig Wind nimmt man ein großes Vorsegel (die Genua), bei mehr Wind ein kleineres Vorsegel (die Fock) und bei Sturm setzt man die Sturmfock, ein sehr kleines Vorsegel. Heutzutage setzen sich allerdings Rollsegel langsam durch, die man beliebig verkleinern oder vergrößern kann und die das manchmal recht gefährliche Segelwechseln überflüssig machen.

Segelyacht / Jolle: Eine Yacht hat einen festen und sehr schweren Kiel unter dem Rumpf. Der Kiel verhindert, dass das Boot umkippen kann. Der Kiel ist sogar so schwer, dass es selbst stärkster Wind nicht schafft, das Boot (bei voller Besegelung) so weit zu kippen, dass der Kiel aus dem Wasser auftaucht. Eher bricht der Mast oder das Segel reißt. Eine Jolle ist dagegen meistens ein kleineres Boot, dass ein Schwert besitzt. Das ist natürlich kein Schwert, wie es Richard Löwenherz hatte. Aber immerhin ist es auch aus Eisen. Es ist gewissermaßen ein Brett aus dünnem Metall, dass – genau wie bei einem Kiel – unter dem Boot angebracht ist, und zwar in Längsrichtung. Es dient dazu (wie übrigens der Kiel auch), dass das Boot nicht zur Seite treiben kann. Das Schwert ist allerdings im Gegensatz zum Kiel nicht besonders schwer und es ist sogar beweglich und man kann es hochklappen. Durch das fehlende Gegengewicht unter dem Boot kann eine Jolle bei starkem Wind umkippen (kentern).

294

Sicherheitsgurt: siehe Lifebelt

Signalwimpel: Für jeden Buchstaben des Alphabets (und noch einiges mehr) gibt es einen Wimpel. Man kann damit Wörter zusammensetzen und Nachrichten übermitteln. Zum Beispiel ist die Flagge „A" ein blau-weißer Wimpel. Gleichzeitig hat jede Flagge noch eine spezielle Bedeutung. Wenn du zum Beispiel die Flagge „A" (gut sichtbar) an Bord wehen hast, bedeutet das, dass ein Taucher unter deinem Boot arbeitet.

Signalhorn: siehe Signalmittel

Skipper: Der Kapitän auf einer Yacht.

Sloop: Eine Yacht mit einem Mast, im Gegensatz zum Beispiel zu einer Ketsch, einem Boot mit zwei Masten.

Smutje: Der Koch an Bord

Spring: Ein Boot, das mit der Seite zum Beispiel an einem Steg festgemacht wird, braucht normalerweise vier Leinen: Vorleine, Achterleine und zwei Springleinen. Das hört sich kompliziert an, ist aber ganz einfach. In unserer Zeichnung reicht die Vorleine vom Vorschiff zum Steg und hält das Vorderteil des Bootes.

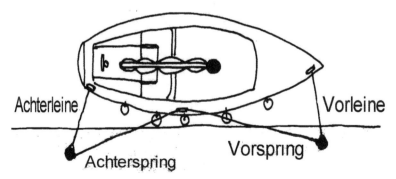

Die Achterleine reicht vom Heck zum Steg und hält den hinteren Teil des Bootes.

Die Vorspring reicht (bei einer Klampe in der Mitte des Bootes) vom Boot nach vorne auf den Steg und verhindert, dass das Boot nach hinten treibt. Die Achterspring reicht vom Boot nach hinten zum Steg und verhindert, dass das Boot nach vorne treibt.

Spritzpersenning (spray hood): Eine Persenning aus schwerem Tuch oder Kunststoff. Sieht ein bisschen so aus und hat eine ähnliche Funktion wie ein Baldachin, der in der Stadt oft über die Schaufenster gespannt ist, und unter den du dich gerne vor Regen flüchtest. An Bord ist dieser Schutz über den Niedergang gespannt, und zwar als Schutz vor Regen oder auch vor Salzwasser, dass beim Segeln sonst in die Kajüte spritzen würde. Hat den Vorteil, dass man den Niedergang nicht ständig verschließen muss und die Kajüte gut belüftet wird. Außerdem kann sich der arme Wachhabende, wenn der Autopilot arbeitet, von Zeit zu Zeit unter die Spritzpersenning und damit auf ein halbwegs trockenes Fleckchen flüchten.

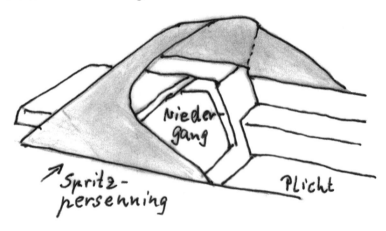

Spundwand: Holz- oder Eisenwand eines Hafenbeckens.

Stauraum: Ein Fach an Bord, in das irgendwas gepackt (also verstaut) werden kann. Ein Stauraum ist ein seltsames Ding: Das Boot kann noch so groß sein und es kann noch so viel Stauraum haben – es ist immer zu wenig vorhanden.

Steuerbord: Vom Boot aus gesehen nach vorne die rechte Seite. Wenn du also mit dem Rücken in Fahrtrichtung sitzt, dann zeigt deine rechte Hand nicht nach Steuerbord. Steuerbord und Backbord beziehen sich nur auf das Boot!

Steuersäule: Eine kleine Säule in der Plicht (hat in etwa die Form einer Parkuhr), auf der normalerweise der Kompass befestigt und an der das Ruderrad angebracht ist.

Strich: Früher wurde die Kompassrose nicht in Gradzahlen eingeteilt, sondern in sogenannte Striche. Nach heutiger Berechnung wäre ein Strich 11,25 Grad. 4 Striche wären dann 45 Grad.

Tonne / Untiefentonne: Schwimmende Seezeichen nennt man Tonnen. Früher mögen es wirklich mal leere Fässer oder Tonnen gewesen sein. Heute haben sie mit einem Ölfass nur noch gemeinsam, dass sie aus Eisen sind. Es gibt sehr viele verschiedene Tonnen. Zum Beispiel Fahrwassertonnen und Untiefentonnen. Sie sind auf dem Grund eines Gewässers verankert und mit einer starken Kette befestigt, damit sie sich keinesfalls selbständig machen.

Es ist von allergrößter Wichtigkeit, dass eine Tonne immer am selben Ort bleibt, und zwar an dem, mit dem sie in der Seekarte eingezeichnet ist. Tonnen schwimmen nämlich nicht zum Vergnügen im Wasser. Im Normalfall warnen sie uns vor irgendeiner Gefahr oder zeigen uns an, wo sich das tiefe, vielleicht extra ausgebaggerte Fahrwasser (Fahrrinne) befindet. Etwa eine halbe Seemeile nördlich der dänischen Insel Alsen liegt (man sagt liegt, nicht etwa: schwimmt) zum Beispiel eine

Untiefentonne. Das ist eine Tonne, die uns vor einer Untiefe warnt – wie du dir aufgrund des Namens wahrscheinlich schon gedacht hast. Also vor einer flachen Stelle im Meer. Im Falle der Tonne nördlich von Alsen warnt sie uns vor Steinen. Diese Tonne ist schwarz-gelb, wie alle Untiefentonnen. Auf der Spitze der Tonne nördlich von Alsen zeigen zwei schwarze Dreiecke nach oben. Wenn man sie in eine Kompassrose einzeichnet, zeigen die Dreiecke also nach Norden. Und damit sagen sie uns: „Ich bin eine Untiefentonne und stehe im Norden der Untiefe". Also wissen wir genau, die Steine liegen südlich von der Tonne und wir wissen auch, dass wir diese Stelle meiden müssen wie der Teufel das Weihwasser. Es gibt natürlich auch Untiefentonnen, die östlich, südlich und westlich einer Untiefe liegen können. Sie sehen alle ähnlich aus, haben aber andere Zeichen. Zwei Dreiecke nach unten gerichtet, heißt: Ich stehe im Süden der Untiefe. Zwei Dreiecke, die wie ein „O" geformt sind, bedeuten: Ich stehe im Osten der Untiefe. Und zwei Dreiecke, die wie ein „W" geformt sind, heißen: Ich stehe im Westen der Untiefe. Eigentlich ganz einfach, logisch und genial. Tonnen, die man sonst noch besonders häufig sieht, sind Fahrwassertonnen. Zum Beispiel in der Elbe- oder Wesermündung sind sie wichtig, weil sie uns sagen, wo das Fahrwasser tief genug ist. Wenn man von See aus kommt, finden wir links (backbord) rote Tonnen und rechts (steuerbord) grüne Tonnen. Dazwischen ist das Fahrwasser, sozusagen die Straße für den Schiffsverkehr.

Vorleine: siehe Spring

Wanten: Starke Drähte, die vom Rumpf bis zur Mastspitze gespannt sind und den Mast stützen bzw. halten. Ohne die Wanten würde der Mast in den meisten Fällen umkippen.

Wasserlinie: Der größte Teil des Bootes – weil wir ja normalerweise nicht mit einem Unterseeboot fahren – ragt aus dem Wasser heraus. Das Unterwasserschiff ist der Teil, der im Wasser eingetaucht ist. Die Linie zwischen beiden Teilen nennt man Wasserlinie. Würdest du dort vom Inneren des Bootes ein Loch in den Rumpf bohren, so würde Wasser eindringen, oberhalb logischerweise nicht.
Siehe auch Zeichnung **Ketsch.**

Windmesser: Natürlich merkst du auch an deinen Haaren oder deinen Ohren, oder einfach daran, dass du selbst fast wegfliegst, dass es windig oder stürmisch ist. Manchmal ist es jedoch ganz nützlich, wenn man weiß, wie stark der Wind tatsächlich ist, also mit welcher Stärke er bläst. Dazu brauchen wir dann den Windmesser. Meistens hat so ein Gerät drei kleine Paddel, die sich waagerecht am Apparat drehen. Drehen sie sich schneller, ist der Wind stärker. Der Windmesser rechnet die Drehungen der Paddel in Windstärken um (siehe auch **Mastspitze**).

Windstärken: In Deutschland werden die Windstärken gewöhnlich in einer Einheit gemessen, die man *Beaufort* nennt. Das ist kein Begriff, der irgendwie geheimnisvoll ist, obwohl er so klingt. Es ist einfach so, dass der Herr Beaufort, ein englischer Admiral, diesen Windstärkenkatalog erstellt hat. Und zwar hat er sie danach bemessen, wieviel Segel sein Kriegsschiff bei unterschiedlich starkem Wind tragen konnte. Die Skala reicht von Windstärke 0 (Windstille) über 1(leichter Zug) bis 12 (Orkan). In England wird die Windstärke heute hauptsächlich in Seemeilen pro Stunde gemessen, in den skandinavischen Ländern in Metern pro Sekunde.

Winsch: Mit der Winsch holt man Schoten oder Fallen dicht. Man legt die Leine mindestens zweimal im Uhrzeigersinn um die Trommel und zieht am Ende der Leine. Mit Hilfe einer Winschkurbel, die man oben in die Trommel steckt und dreht, bekommt man die Leine vollständig straff. Es gibt auch selbstholende Winschen (Abbildung), die allerdings die Schoten nicht selbst holen. Holen muss man sie schon noch selbst. Die selbstholende Winsch hat aber den Vorteil, dass man die Schot in eine Nut zwängt, wo sie sich beklemmt. Wenn man dann die Kurbel dreht, holt man die Leine dicht, ohne daran mit der Hand ziehen zu müssen.

Karte: Kleiner Belt bis Fehmarn

(mit Erwins Kurs)

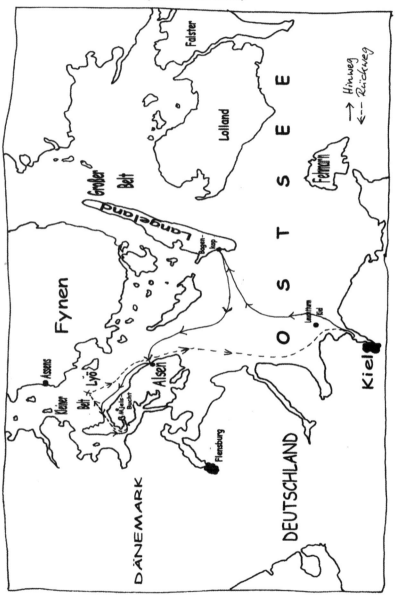